KB196427

박태순 중단편 소설전집 2

무너진 극장

책임 편집·해설 백지연

일러두기

1. 『박태순 중단편 소설전집』은 박태순의 작품 세계를 집성해 널리 알리고 그 문학사적 의미를 새롭게 조명하려는 목적으로 기획되었다.
2. 수록 작품의 순서는 발표 시기 순에 따랐으며, 최초 게재지를 작품의 마지막에 밝혀 적었다.
3. 맞춤법, 띄어쓰기, 외래어 표기 등은 현행 한글 맞춤법과 외래어 표기법에 따라 수정했다.
4. 한글 표기를 원칙으로 삼았으며, 필요한 경우 괄호 안에 한자를 병기했다.
5. 간접 인용과 강조는 ' ', 직접 인용과 대화는 " ", 단편소설은 「 」, 장편소설은 『 』, 잡지는 《 》, 영화 등과 같은 작품은 〈 〉으로 표기했다.
6. 시 구절, 노래 가사 등의 직접 인용은 들여쓰기로 표기하였으며, 등장인물의 편지글이나 낙서 등은 이탤릭체로 표기하였다.
7. 이제는 사용하지 않아 의미가 불명확한 단어는 각주를 붙여서 설명하였다.

무너진 극장

『박태순 중단편 소설전집』을 펴내며

소설가 박태순이 타계한 것은 2019년 8월 30일이었다. 그때 영안실에서 조촐한 추도식을 연 우리 후학들은 고인의 문학 세계를 제대로 정리해 널리 알리는 일의 중요성에 대해 쉽게 의견을 모았다. 그로부터 5년, 우리는 이제 박태순 문학 전집의 첫 번째 성과물로 『박태순 중단편 소설전집』을 세상에 내보일 수 있게 되었다. 스스로 자랑스럽게 생각한다.

주지하듯, 박태순은 소설 이외에도 특히 국토 기행과 현장 르포 같은 산문, 역사 인물 평전, 제3세계 문학 번역 등 다방면에 걸쳐 활발하게 집필 활동을 했다. 엄혹한 시기 무소불위의 전제와 폭압에 맞서 자유실천문인협의회(현 한국작가회의)의 창립도 주도했는데, 그 과정을 꼼꼼히 기록하고 정리해 하나의 문학적 유산이 되게 한 것도 오롯이 그의 몫이었다.

소설로 국한하더라도 박태순은 한국 현대문학사에 자못 의미 있는 발자취를 남겼다. 무엇보다 그의 소설은 시대와의 고투 없이 쓰인 작품이 없으니, 중단편의 경우, 예컨대 「무너진 극장」에서 「외촌동 연작」으로, 거기서 다시 「3·1절」과 「밤길의 사람들」로 나아가는 계보가 이를 여실히 증명한다. 월남민의 자식으로 그는 도시 빈민의 삶을 묘사하는 데 자신의 생 체험을 유감없이 발휘했으며, 경제 개발 과정에서 소외되거나 심지어 추방된 또 다른 빈민들의 집단적 형성 과정에도 집요하리만큼 큰 관심을 기울였다. 또한 그는 소설을 쓰되 마치 성실한 사관처럼 당대를 생생히 기록하는 것은 물론, 한 걸음 나아가 시대를 관통하는 정신의 실체를 찾아내기 위해서도 부단히 노력했다. 이는 1960년 대학에 입학하자마자 독재 정권의 흉탄에 벗을 잃은 자의 순결한 부채 의식에서 비롯했으되, 1970년 전태일의 죽음, 1980년 광주 오월에 대한 부채 의식과도 무관하지 않을 것이다. 당대의 총체적인 현실은 늘 그의 소설의 기점이자 마땅히 가 닿아야 할 과녁이었다.

따라서 그는 소설을 쓰되 골방에서 저만의 우주를 구축하는 데에는 관심이 없었다. 그의 소설은 곧 이야기였는데, 고맙게도 장삼이사 필부필부의 이야기는 사방 천지에 널려 있었다. 그는 발품을 팔아 가며 그런 이야기를 듣는 데 실로 많은 시간과 노력을 기울였다. 국토와 민중에 대한 무한한 애정이 그를 추동했다.

그러나 그의 소설에 대해 이런 식의 고식적인 평가만 반복하는 것은 바람직하지 않다. 그가 동시대의 다른 어떤 작가들보다 고집스러운 측면이 많은 것은 사실이지만, 다른 한편 그는 굉장히 풍성하고도 열린 오감의 소유자였다. 문학 청년처럼 오직 사전에만 남아 있을 낱말들을 수두룩 되살려낸 것도 하나의 사례일 터. 게다가

문학에 대한 그의 놀라운 열정이라니! 작품 목록을 작성하는 과정에서 우리는 등단 직후부터 가히 초인적인 힘으로 소설에 매진한 한 사람의 전업 작가를 목격할 수 있었다.

이번 『박태순 중단편 소설전집』에는 그동안 거의 언급되지 않았던 작품들도 여러 편 발굴해 실을 수 있었다. 그의 문학에 대한 이해와 평가가 한층 넓어지고 또 깊어지는 계기가 되기를 바란다.

박태순 전집 간행위원회의 얼개를 짠 이후 곧바로 박태순 전집 편집위원회를 구성했다. 소설가 김남일과 시인 이승철, 그리고 부지런히 그의 작품을 읽어 온 후학들로 김영찬, 김우영, 박윤영, 백지연, 서은주, 오창은, 이수형이 위원으로 참여했다. 이후에도 많은 이들이 힘을 보탰고 짐을 나누었다. 이 자리를 빌려 고인의 가족에게 가장 먼저 감사의 인사를 드린다. 특히 장남 박영윤은 처음부터 끝까지 뒷바라지만을 자처해 간섭은 하지 않되 물심으로 온갖 도움을 아끼지 않았다. 어려운 출판 사정에도 불구하고 기꺼이 출판을 맡아 준 '걷는사람'의 김성규 대표의 결단, 그리고 어렵고 짜증스러웠을 편집과 제작의 실무를 맡아 준 여러 직원의 노고도 기억해야 한다. 일일이 호명해 드리진 못하지만 전집 간행에 시량의 우정을 보태 준 많은 벗과 독자들에게도 고마운 마음을 전한다. 마지막으로, 고인의 동기로 긴 세월을 함께해 온 염무웅 선생이 간행위원회 위원장을 맡아 주셨기에 이 모든 작업의 첫발을 뗄 용기를 얻었음을 밝힌다.

박태순 전집 간행위원회는 앞으로도 장편 전집과 산문 전집을 계속해서 펴낼 예정이다. 많은 관심과 격려를 부탁드린다.

2024년 12월
박태순 전집 편집위원회

차례

박태순 중단편 소설전집 2

삼두마차 1

삼두마차 1

1. 김 씨 신문

어느 날 아침 허술은 문득 각성했다. 그는 좁다다한 방에서 벗어나서 바깥마당으로 나갔다. 재건 체조[1]를 하려는 것처럼 두 팔을 힘 있게 벌렸다가 이윽고 하품을 하였다. 그랬더니 눈물이 나왔는데, 그는 이 근래의 생활을 반성하는 것이었다.

"아아 너무도 파묻혀만 있었구나. 학교를 졸업한 지도 어언 사 년이 넘었군그래. 데모다 무어다 해서 경찰서 신셀 진 것도 사 년이 넘었고……. 오늘은 시내엘 나가서 좀 돌아다녀봐야겠군."

대강 이렇게 중얼거리고 나니까 한결 상쾌해졌다. 허술은 방 안으로 들어갔다. 한 칸이 채 되지 않은, 삼만 원 전세의 방 꼬라지는 지저분하기 짝이 없으므로 기분이 안 좋았다. 시체처럼 널브러져 있는 이불하며, 떨어진 장판 조각, 책 나부랭이를 보면서 한숨을 쉬었다.

허술은 방을 치운다든가, 장판을 새로 깐다든지 따위의 비본질적인 잔손질에는 취미가 없었다. 그는 빨리 영자가 나타나 이불을

---

1) 1961년에 재건 국민운동 본부에서 제정한 10개 종목으로 된 체조.

개 주기를 바라고 있었다. 영자는 머리를 지져야겠다고 미장원엘 갔는데 아직 돌아오지 않고 있었다. 허술은 영자를 혐오하였다. 영자가 사내의 웅지를 이해해 주지 못함을 생각하자 슬그머니 울화가 치미는 것이었다. 허술은, 십 년을 한정하고 글공부를 했던 옛날 선비들과 마찬가지로 책을 보면서 방구석에만 들어박혀 지냈던 것이다. 그의 머리에는 사람을 현명하게 하는 놀라운 지혜들이 가득 차 있었으며, 현실을 타개할 수 있는 갖가지 비상한 원리가 사이좋게 쌓여 있었다. 다만 그는 좀 더 머리가 맑아지기를 기다리고 있는 것이었다.

허술은 간밤에 읽다가 놔둔 책을 집어들었다. 그가 한창 독서 삼매경에 빠져 있는데 영자가 돌아왔다. 머리칼 냄새와 향수 냄새가 방 안에 진동하였다. 영자는 미용사가 머리 손질을 개성 없이 해버렸다고 종알거리고 있었다.

"이봐, 밥이나 가지고 와."

허술은 점잖게 입을 열어 말했다. 영자를 보고 있자니, 독서에 방해가 되었던 것이다.

"흥, 아침부터 책이나 붙잡고 있으면 용 된 기분인가? 당신도 너무해요. 책이구 무어구 다 불살라 버리구 제발 정신을 차리란 말야."

"아, 조용하지 못하겠어?" 하고 허술은 말했다.

"병원엘 가야 한단 말야, 돈이 어디 있어? 당장 돈이 있어야 해. 속상해 죽겠어 정말이지. 누군 마음 편해서 미장원에 다녀온 줄 알어? 영숙이한테라도 찾아갈까 하고 미장원에 다녀온 거란 말야. 알어? 당신처럼 뻔뻔스럽고 게으르고 태평한 게 아니란 말야."

영자는 분한 마음을 가지는 것 같았다. 허술을 쳐다보는 눈길에 멸시가 범람했다. 사실 허술은 그러한 때 가장 비참한 마음이 되는 것이었다. '식전 아침부터 김샜군' 하고 그는 생각하였다.

"돈은 내가 마련해 오지. 그러니 병원에는 이따 오후에 가라구."

"흥, 무슨 수로 마련해 온다누? 또 술이나 처들이켜구 오겠지."

"이제 그만 해 두고 밥이나 가져오라니까."

"아이 기분 나빠. 어쩌면 저렇게두 잘났을까. 구멍가게라도 내서 입에 거미줄 안 치게나 해주었음 오죽이나 좋아? 여태까지는 그래 두 참아두었지만, 정말 이게 무어야, 앞으로는 못 참어, 못 견뎌."

영자는 지치지도 않고 이런 푸념을 늘어놓았다. 허술은 날마다 듣는 푸념이었으므로 별달리 노여움을 느끼지도 않았다. 하지만 곰곰이 따져보자니 분노가 치밀었다. 영자가 지껄이고 있는 말은 바로 오늘 아침에 그 자신이 생각했던 것이었다. 그렇잖아도 새로운 방도를 궁리하리라 생각하는 중이었다.

"야, 이 빌어먹을 것아. 아가리 좀 닥치지 못하겠니?"

허술은 버럭 화를 내고야 말았다.

일단 화를 내고 보니, 영 뒷맛이 좋지 않았다. 영자는 쿨쩍쿨쩍 울고 있었다. 달래자니 위신에 관계되는 것 같고 해서, 허술은 "이 병신아, 울긴 왜 울어." 하면서 더 화를 냈다. 아침밥을 먹는 둥 마는 둥 허술은 바깥으로 나왔다. 바야흐로 봄철이어서 하늘은 맑게 개었지만 허술에게는 갈 만한 데가 없었다. '빌어먹을, 이게 무슨 꼴이람. 나는 정신을 똑바로 차리고 살아야겠다고 생각해왔어. 피곤한 소시민들이 하루살이의 영욕에 파묻혀 놓치고 있는 것을 놓치고 싶지 않았어. 내일 당장 어떠한 사태가 벌어질는지 알지도 못하면서 좋아만 할 수는 없지. 자기를 포기해서도 안 되고 자기를 양보해서도 안 되지. 아아, 그러나 영자가 이걸 알 수는 없을 거라. 영자가

저러는 것도 무리는 아니지.'

합승 차에 타고 나서 허술은 이런 종류의 망상으로 자신을 달래었다. 그러자 어지간히 진정이 되었다. 자잘한 생활의 표정으로 인해 비감한 마음을 가지는 것은 허술이가 처음일 리도 만무한 것이었다. 허술은 딱히 목적지가 있었던 것도 아니었지만 종로 2가에서 내리고 말았다.

사실 허술은 결심한 바가 있기도 했다. 한마디로 말하자면 '공부해서 남 주나'였다. 시쳇말로 치사하고 더러워서, 변오석이같이 굴지 않았던 것이었다. 변오석은 대학 동창이었다. 1960년대 초반부를 메웠던 대학의 데모 운동에 있어서는 제법 주동자 노릇들을 하면서 가까이 지냈었다. 허술은 그 당시 궐기문 따위의 초안을 주로 작성했던 것이며, 변오석은 구체적인 데모 행동을 준비했었다. 학교를 졸업한 뒤에는 각기 다른 방향으로 멀어져갔던 것이었으며, 근래에 와서는 거의 접촉이 없다시피 하였다. 허술은 변오석이가 청춘을 몽땅 저당 잡힌 채 기성 사회의 하수인 노릇이나 하고 있음을 퍽 아니꼽게 생각해왔다. 변오석이가 타락해 버렸다고 단정하는 데 있어 아무런 의심도 하지 않았었다.

하지만 오늘 허술의 기분은 좀 달랐다. 영자의 바가지 긁는 소리가 묘한 화학 반응을 마음속에 불러일으킨 것이 분명했다. 생계 하나 제대로 꾸리지 못하면서, 폼 잡고 있어 봤자 개똥 같을 수밖에 더 있겠는가, 이따위 생각이 드는 것이었다. '어쩌면 내게도 잘못이 있었는지 몰라. 밥벌이도 하지 못하면서, 이상을 믿고 야망을 가지고 안목을 키운다니 이게 모순인지도 모르지, 이게 모순인지도 모르지, 무어 내가 영웅주의자도 아니고…… 아아 맥살이다.' 허술은 이렇게 생각하는 것이었다. 사회인에게 일어나는 전면적인 마비 상태. '그래라, 나도 나서서 돈이나 벌어야겠다. 돈이나 벌고, 이 세상의 공기를 쐬어야지 안 되겠다.' 허술은 이렇게 새삼 각성하는 것이었다. 그래서 허술은 변오석이를 찾아가 보리라 작정하였다.

변오석은 삼한빌딩에 웅크리고 있었다. 젊은 녀석으로서는 좀 과분하다고 느껴질 만큼 잘 정돈된 사무실을 쓰고 있었다. 허술은 허술한 옷차림새를 개의치 않고 변오석의 앞으로 갔다.

"야 오랜만이구나 이거? 새애끼 너 혼자 대한민국을 살고 있는 것두 아니잖어? 그런 심각한 낯짝을 하고 있으면 와 붙으려던 행운도 도망가 버리구 말겠다. 야, 나가 차나 한잔 하지."

변오석은 껄껄 웃어대며 허술의 등어리를 마구 두들겨 대었다. 사람들은 이상하다는 듯이 허술을 쳐다보고 있었다. 허술한 녀석을 변오석이 호들갑을 떨며 반가워하는 게 신기하다는 눈치였다.

"너한테 부탁이 있어서 왔다."

허술은 간단명료하게 얘기하였다. 변오석의 뻔뻔스런 태도를 보고 있노라면 부탁은커녕 욕설이나 실컷 해주고 싶었지만, 집에서 짱알거리는 영자를 생각해보며 배포를 든든하게 차렸다.

"그렇지 않아도 너를 찾고 있었다. 사실 우리가 어디 그럴 처지냐, 너하구 나 사이에 저 바다가 있는 것도 아닐 테구 말이지."

변오석은 유쾌하게 웃었다. 그러고는 이어서 허술의 어깨를 두들기며 정치가의 폼을 잡는 것이었다.

마침 점심때였다. 비빔밥이 먹고 싶다고 말한 변오석은 택시를 붙잡았다. 광화문 네거리에서 학사 주점이 있는 골목으로 진격해 올라가다 보면 그 오른쪽에 붙은 조선기와집이 전주비빔밥에 못지 않은 비빔밥을 만들어준다는 것이었다. 변오석은 아마 자기의 식도락을 자랑하고 싶어진 듯했다.

"다른 게 아니구 말이지, 김오천 선생에 관한 것인데 말이지."

"김오천이라면…… 왕년에 청년 운동을 했다는 그 사람인가?"

"맞았어. 그 김 선생이 빠릿빠릿한 젊은 녀석을 하나 구하고 있거든."

"무슨 일인데?"

"그거야 김 선생한테 직접 들으면 될 거 아냐?"

변오석은 이런 정도로 눙쳐 잡고는, 시시한 옛날이야기로 돌아갔다. 식사가 끝나고 나서 둘이는 김오천 씨를 찾아갔다. 사회생활 경험이 많아 뵈는 김오천 씨는 뚱뚱한 몸집에 큼직한 손을 가지고 있었다. 주름살에 파묻힌 두 눈알이 허술을 내리훑어 보았다. 그것은 마치 허술의 오장육부에 남아 있는 지성과 능력의 함량을 측정해내고야 말겠다는 듯한 눈초리였다.

그리하여 그날부터 허술은 김오천 씨의 비서 비슷한 역할을 맡게 되었던 것이다. 김오천 씨는 사회의 명사였으며, 더욱 위대한 사회의 명사가 되고자 각 방면으로 준비를 하고 있는 사람이었다. 김오천 씨는 조국 독립운동을 했다는 김일백 의사의 장남으로서, 6·25 전쟁 때에는 비참한 생활을 했으나 그 이후로 밀수 같은 짓을 해서 돈을 긁어모았다.

김오천 씨는 시쳇말로 '새끼손가락 재벌'은 능히 되었다. 돈이라는 것은 사람을 살찌게 하는 것이며, 또한 이 세상이 정의와 진리와 희망과 용기와 신념에 의해서 움직이고 있음에 틀림없다고 믿게 만든다. 그리고 가난한 사람들을 동정하게 되지 않는데, 그 이유는 가난한 자들이 원래 게으르고 못나고 무능력하며 시기와 질투와 모함에 휩싸여 있는 탓으로 고생을 한다고 생각하기 때문이다. 김오천 씨도 예외는 아니어서 마치 자기가 잘났기 때문에 돈을 벌었다고 믿는 것 같았다.

그런데 김오천 씨는 나쁜 짓을 해서 돈을 벌었다고 생각해본 적은 없었으므로, 이제 사회로부터 빨아들인 돈을 가지고 이 세상에 나서볼 뜻을 갖게 된 것이었다. 김오천 씨는 물론 탄탄하게 사회 지반을 닦아놓은 것이지만, 그래도 어딘가 불안하여, 좀 더 높은 사회 지반, 즉 정치계에 투신해볼까 생각하고 있는 것이었다. 김오천 씨는, 그랬으므로 자질구레한 현실의 동태에 대해서는 도리어 둔감한 편이라고 할 수 있었다. 허술의 등장은 바로 이런 점으로 김오천 씨에게 필요했다. 다시 말하자면 별다른 식견도 없고 리더십도 없고 비전도 없는 뚱뚱한 장년 사내의 출세를 위해 필요한 것이었다.

"나는 자네에게 무얼 해보라 지시하지 않겠네. 자네가 다 잘 알아서, 소신껏 일을 해주게. 듣자 하니, 자네는 책도 많이 보았고, 머리도 명석하며, 현실도 잘 안다고 하더군."

"나도 뜻을 정한 이상 시시하게 굴지는 않겠어요."

허술은 큰소리를 쳤다. 아닌 게 아니라 그는 복안을 가지고 있었다.

"무슨 일을 하려는가, 자네는?"

"이 사회에서는 명성이라는 게 중요하죠. 옛날에는 그것이 인품이라든지 이런 걸로 결정되었지만, 요새는 인품과는 상관없어요. 거물이라는 소리를 듣자면, 사회를 할퀴어놔야 합니다. 내게는 우선 두 가지 계획이 있지만요."

하고 허술은 말했다.

그런 연후에 허술은 양복이나 그럴듯하게 해 입고, 나이트클럽 같은 데에 다니면서 사교성 좋게 구는 법을 배우느니라 했다. 그러고 나서 첫째 계획을 착수했던 것이다.

그 첫째는 '김일백 의사(義士) 기념사업회'에 관한 것이었다. 김일백 씨의 조국 광복 운동 일대기를 편찬하고, 김일백 씨를 추앙하는 애국 노인들의 백일장을 개최하며, 기념비를 세우고, 장학회라도 하나 만드는 일이었다.

허술은 조그만 사무실에서 이 일을 도맡아 하게 되었는데, 개인적인 흥미도 있고 하여 김일백 의사의 뒷조사를 해봤다. 그랬더니 어럽쇼, 김일백 씨가 조국 광복 운동을 했다는 것은 거짓말이라는 사실이 드러났다. 평안도 용강에서 남의 집 머슴으로 태어난 김일백 씨는, 양반입네 하고 사람 괄시를 하는 주인집의 학대에 핏대가 나 만주로 튀었다. 만주에 가서 김일백 씨가 한 일은 독립운동과는 관계가 없는 것이었다. 친일파 노릇을 하여 돈을 움켜쥐었다는 것은 누구나 다 인정하고 있었다. 다만 친일파 노릇을 해서 번 돈을 장하게도 독립운동 군자금으로 바쳤다는 것인데(그리고 직접 참가했다는 것인데) 그것도 거짓말이었다. 춥고 배고픈 진짜 독립지사들은 김일백이라는 자가 때려죽일 놈이라고 단정하고는 어느 날 밤중에 습격을 간 것이었다. 김일백은 제발 목숨만 살려달라고 하며 재산을 몽땅 내주고 뒤로는 밀고를 했다는 증거도 나타났다.

허술은 그러나 김일백 씨가 독립지사였든 아니었든 그런 문제에는 관심이 없었다. 사람의 가슴을 족히 후벼팔 만한 당당한 문장을 구사하여 우선 신문에 광고부터 내었다. 김일백 씨의 놀랄 만한 애국 애족의 일대기를 엮어 내린 뒤에, 뜻한 바 있어 이번에 기념사업회를 만들었다는 것을 밝히고, 그리하여 기념비를 세우고, 백일장을 개최하는 것이라고 하였다.

백일장에 많이 응모하여 주기를 바란다고 하였고, 이로써 사라져간 애국심에 대한 몰지각을 환기시킬 만한 계기가 되기를 바란다고 하였다.

　백일장은 대단한 성공을 거두었다. 우국지사들이 몸소 사무실로 방문을 와주었고, 현하의 세상 실정에 관하여 담론하였다. 김일백 씨와 같은 애국자가 현재 없는 것을 아쉬워하였다. 그리하여 김일백 씨의 기념사업회는 대단한 성공을 거둘 수 있었으며, 그분의 아드님인 김오천 선생은 덩달아 사회 명사로서의 지위를 굳히게 된 것이었다.

　허술이 계획하고 있는 또 하나의 일은 '김 씨 신문'에 관한 것이었다. 김 씨 신문은 원래 어떤 쓸개 빠진 사람이 용돈이나 좀 뜯어 쓸까 하여 만든 것이라고 했다. 물론 그 취지는 대단한 바가 있었다. 한국에서 일등 가는 성(姓)인 김 씨들의 상호 친목을 위하고 동성애(同姓愛)를 지키며 나아가서는 조국의 번영에 기여할 수 있는 터전을 마련하자는 것이었다. 김 씨 신문은 우선 김 씨 사과의 종악소와 공적인 유대를 맺고 있었고, 김 씨 중에서 사회 명사로 자처하는 사람들로부터 적당한 구실을 붙여 용돈을 뜯어내고 있었다. 그런가 하면 김 씨 성을 가진 사람 중에서 오늘날에 이르도록 명인, 현인 소리를 듣는 양반의 계보를 더듬어 올라감으로써, 프라이드에 궁진한 후손들로부터 절대적인 지지와 성원을 받고 있었다.

　타블로이드판으로 일주일에 한 번씩 발행하는 신문은 방방곡곡 가닿지 않는 데가 없었다. 은연중에 김 씨 신문은 고정 독자를 확보하고 있었고 특히 김 씨 성을 가진 노인들의 애독물이 되어 있었다. 옛날에는 체통이라든가 위엄이라든가 하는 것이 양반 가문에 의해서 결정되었지만, 현대에 이르러서는 신문이나 단체 같은 것이 그러한 체통과 위엄을 대행해 주고 있는 것일 터였다.

　이번 일에도 허술은 적극적으로 나섰다. 그는 김 씨 신문 편집실을 찾아가서 발행인인 김석만 씨도 만나봤고, 편집 태도도 관찰했다. 김 씨 신문사는 거지 같았다. 창신동 골목길에 있는 초라한 이층에 사무실을 마련하여, 하는 일도 없이 빈둥거리고 있었다. 서너 명밖에 안 되는 자칭 기자들은 돈을 뜯어먹을 궁리만 대고 있었고, 사장인 김석만 씨는 싸구려 막걸릿집에 나타나서 기염을 토함직한 부스스한 얼굴로 시국론만을 펼치고 있었다.

그런가 하면 노인들 서너 명이 의기양양하게 버티어 앉아서 조상 타령을 하고 있었다. 얼마 전에 기사화되었던 아무개에 대한 소개는 그것이 사실과 틀리다고 하면서 한문 구절을 입에 담고 있었다.

"그래 어떤가? 김 씨 신문을 뺏자면 무슨 좋은 수가 있나?"

김 선생은 맥주를 한잔 사는 자리에서 허술에게 물어왔다.

"아주 간단한 일이죠. 돈 한 푼 들이지 않아도 됩니다. 그러나 돈을 들이면 더욱 좋구요."

허술은 맥주 마시느라고 정신이 없어서 그까짓 대답이야 아무렇게든 해두었다. 또는 시들한 표정을 지어둠으로써 김 선생의 속을 썩여주자는 심보가 들기도 했다.

워낙 바쁘게 돌아다니는 탓이기도 하였지만 허술은 거의 집엘 가지 않았다. 영자가 어떻게나 지내고 있는지 깜깜하였다. 그는 대개 여관에서 잠을 잤으며 보이를 불러 아무 계집이나 불러다가 재미있게 밤을 보내는 것이었다. 그런가 하면 지방으로 출장 갈 기회도 많았으며, 사회 명사와 접촉할 기회도 많아졌다. 방구석에 처박혀 맹하게 지내던 시절을 허술은 까마득하게 잊어먹고 있었다. 두툼한 서적을 펼쳐들고 이 세상의 진실을 운위하던 시절이 그에게 있었음을 망각했다. 사실 그 시절에는 맹꽁한 이조 시대의 성리학자들처럼 공리공담에 파묻혀 프래그머티즘을 무시했다. 실학자들이 개탄해 마지않았던 것과 마찬가지로 구름을 좇아다니고만 있었다. 그러나 지금은 어떤가? 그는 필요해야만 하는 논리를 잊어버렸다. 불란서의 어느 철학자의 말처럼, 인생은 있되, 인생의 의미는 없는 후진국의 사회에 밀착해버려 청춘이 가져야 하는 정당한 반항 의식이라는 것이 쑥이 되어버렸다.

'김 씨 일보'를 창간하여 김 씨 신문을 자동적으로 거세시키자는 말도 있었지만, 그렇게 되면 비용이 많이 드므로, 아예 김 씨 신문을 접수하는 방향으로 일을 꾸미기로 했다. 가장 무난한 방법은 총회를 소집하여 투표로써 발행인을 바꾸는 일이었다. 허술은 그 공작을 꾸몄다. 다름 아니라 김 씨 각파 종약소를 획책하여, 각 종약소에서 김 씨 신문을 접수해야 할 것이라고 선동하였다. 그것은 맞아들어가 총회에서는 바로 그러한 일이 진행될 것이었다.

여름이 다가오는 어느 날 오후 세 시에 서울의 변두리에 위치하는 시시한 예식장에서 그 총회는 시작되었다. 핏대가 난 김석만 씨가 깡패를 동원한다는 풍설이 돌았으므로 식이 시작되기 전부터 주위의 공기는 아연 긴장되어 있었다. 허술 또한 주먹 잘 쓰는 녀석들을 배치해두었던 것은 물론이다. 식은 예정보다 이십 분쯤 늦게 시작되었다.

사회자는 개회를 선언하고 이어 임시 의장이 선출되었다. 김영장 씨는 하얀 구레나룻 수염을 가진 노인이었다. 점잖게 기침을 하면서 단상으로 올라섰다.

"내가 김영장이요. 부원군파의 제십일 대 종손이 바로 나요. 오늘 이 자리에서 임시 의장으로 선출되었음은 한미하기 짝이 없는 이 사람으로서 과분의 영광이라 아니할 수 없소."

이어서 김영장 씨는 근자에 들어와 김 씨가 더욱더욱 이 사회를 영도하는 주체 세력이 돼 가고 있음을 영광으로 안다고 했다.

"그러니, 우리는 김 씨로서의 긍지를 지켜야 할 줄 아오. 우리가 무어 이권 다툼하는 것도 아니고 정치하자는 것도 아니니, 김 씨 신문은 그 발행인을……."

"의장, 여기 발언할 게 있소."

"도대체 무슨 발언이야? 그거 조용하지 못해? 발행인 선출은……."

"여러분, 엉뚱한 사람이 나타나 가지고 다짜고짜 김 씨 신문을 뺏으려고 합니다. 아무리 돈이 좋기로서니 이럴 수가 있습니까?"

현재 발행인인 김석만 씨가 울부짖기 시작했다.

회의는 의견 충돌의 연속이었다. 청년들이 우르르 달려들어 김석만 씨를 제자리에 앉혔다. 그사이에 임시의장은, 발행인 선출을 김 씨의 각파 대표에 의해서 하기로 한다고 선언하였다. 여기저기서 '와' 하는 함성과 아울러 박수가 터져 나왔다. 다른 한편에서는 "집어쳐라, 집어쳐라." 소리와 함께 서로 증권을 사려고 서두르는 증권 회사의 고객들처럼 오른손을 앞으로 내밀며 떠들어 대었다. 식장은 떠나갈 듯이 소란스러워졌고 금방이라도 유혈사태가 일어날 듯하였다.

허술은 식장의 뒤편에서 수완이 좋은 탐정처럼 담배를 비껴 물고 서 있었다. 그는 김석만 씨에게 동정을 느끼는 것도 아니었다. 아니, 그는 김석만 씨를 딱하다고 느꼈다. 대세가 글렀으면 솔직히 물러나는 것이 한국적인 민주주의의 개념인 것이다. 민주주의라는 것이 약자와 강자를 분간 못 할 만큼 어수룩하지는 않다. 약자에게는 민주주의란 잘 해당되지 않으며, 설령 해당된다고 할지라도 형식적일 수밖에 없다. 그것은 자유를 획득하려면 강자가 되어야 한다는 사정과도 같은 것이다. 설령 그 자유가 프로메테우스적인 자유이든

중학교 공민 교과서적인 자유이든……

드디어 발행인 선출 단계에 들어섰다. 예상한 대로 후보자로서 김오천 씨와 김석만 씨가 대결하게 되었다.

김석만 씨는 후보자 연설에서 눈물을 흘리며 김 씨적인 양심에 호소하였다. 김 씨는 이 세상에서 가장 양심적인 사람들만 모인 성(性)인 것이다.

한편 김오천 씨는 후보자 연설에서 긴급동의부터 제출했다. 아조(我朝)의 석학이고 김 씨의 위대한 선조이며 33현(賢) 중의 한 분인 수월(水月) 옹의 유택(幽宅)이 헐려 버렸으니 이것을 개수하지 않으면 안 되겠다는 긴급동의였는데, 그 누가 조상 섬기는 일에 반대하겠는가. 김 선생이 즉석에서 이십만 원을 내어놓자 사람들은 박수를 쳤던 것이다. 이어 김 선생은 "만약에 불초 소생이 김 씨 신문 발행인이 된다면" 할 일에 관해서 늘어놓기 시작했다. 김 씨 사회를 형성하겠으며, 김 씨 장학회, 김 씨 구락부, 김 씨 노인회, 김 씨 청년회, 김 씨 소년회, 범 김 씨 족보 간행 위원회를 구성하겠다고 하였다. 그러는 한편 좌석에 앉은 사람들에게는 식권과 수건이 배부되기 시작하였다. 그것은 마치 김 씨 신문이 날마다 식권과 수건을 배부해줄 만큼 인자하며 매혹적인 사업을 벌일 것만 같게 느껴지는 것이었다.

이윽고 김오천 씨의 연설도 끝이 났다. 투표를 앞두고 장내는 아연 활기를 띠기 시작했다. 허술은 김석만 씨의 똘마니라고 짐작되는 자들에게로 다가가서 다음과 같은 말을 공손히 했던 것이다.

"트릿하게 굴면 당신의 앞날이 재미없을 테니 알아서 기란 말야, 알겠어? 이 이상 딴 소린 않겠어. 당신의 앞날을 잘 생각해서 기란 말야."

"에에 그러면 투표로 들어가겠는데……."

사회를 보는 노인이 선언했다. 투표는 종다수제(從多數制)로 하기로 했다. 설마하니 한글을 모르는 사람이야 없을 테지만, 만일을 염려해서 김오천 씨는 작대기 하나로, 김석만씨는 작대기 두 개로 표시하겠다고 하였다. 투표용지에 작대기만 그려 넣어도 좋고, 또는 이름을 써넣어도 무방하며, 또는 친절하게도 작대기와 이름을 둘 다 써넣어도 상관없다고 하였다.

그리고 투표는 끝났다. 허술은 김오천 씨와 악수를 나누었다. 예의 규범과는 어떻게 되는지 모르지만, 젊은 여자 한 명이 큼직한 꽃다발을 김오천 씨의 목에 걸어주었는데 김오천 씨는 마치 레슬링 시합에서 우승을 차지한 레슬러처럼 씩씩하게 상체를 내밀고 두 손을 번쩍 쳐들어 승리를 자축하였다. 패배한 김석만 씨는 어린애처럼 엉엉 울고 있었고, 한편에서는 동원된 깡패들끼리 주먹다짐이 오가고 있었다.

조금 뒤에 허술은 김오천 씨와 함께 밖으로 나왔다. 러시아워가 되어 있었다.

초라한 길거리에 장난감 같은 각종 차량들이 내빼고 있었다. 태양은 시시한 하루의 의식을 마감하려 하고 있었다. 놀이 붉게 물들었다. 농담처럼 초승달도 일찍 출근해 있었다.

"자아 택시를 타. 오늘은 내 한턱 내지, 응, 가지, 가지, 가."

택시 안에서 김오천 씨는 허술의 등허리를 연신 두들겨주었다.

"정말 자네가 수고 많았어. 자네는 참 잘했어. 더구나 나중 말이 그럴듯했지. 상대방 놈들에게 한 공갈 수법이 대단했어. 아하하하."

하고 김오천 씨는 웃었다.

그들은 요정으로 밀려 들어갔다. 파란 눈썹을 붙인 인형들이 우르르 달려들어 야단법석을 쳤다. 김오천 씨는 연방 인형들의 궁둥이를 두들겨주고 앞가슴을 쓰다듬어주었다.

"자아, 이제부터 김 씨 신문은 사회를 위해서 이바지해야지."

"그렇겠죠, 사회를 위해서 이바지해야죠."

"어떤가? 솔직히 까 놓구 얘기해서 김 씨 신문을 갖고 할 수 있는 일이 무어가 있을까?"

"참으로 많죠. 얼마든지 많아요. 우선 김 씨 재단을 만들어서요, 김 씨적인 양심을 끌어모아야 해요. 김 씨적인 양심은 김 씨의 편을 들겠죠……."

"하하, 자네가 참 앞으로 수고를 많이 해야겠어."

"김 씨 성을 가진 사람에게 김 씨라는 게 일종의 종교라도 되는 것처럼 그 혈족의식을 강조시키면……."

"하하, 자네는 참 무서운 사람이야. 김 씨 신문 편십국장 자리는 우선 자네가 맡아서 해주어야겠어."

"허나 그뿐입니까? 김 씨 신문이 일차적으로 성공하면, 다음에는 이 씨 신문을 만들고, 박 씨 신문을 만들고, 최 씨 신문을 만들고……. 아니죠, 드문 성의 신문부터 만드는 게 효과적이죠. 형 씨 신문, 서 씨 신문을……."

"하하 그거 참, 대한민국에는 아직 할 일이 너무 많단 말야."

"어디 대한민국이 할 일이 많은가요? 김 선생이 출세하자니 할 일이 많은 거죠."

"결국 마찬가지 얘기 아닌가?"

"아니죠. 사회 일선에서 내로라하고 일하는 사람들이 왜 도둑놈이란 욕을 먹는지 아세요? 제기랄."

"허, 자네가 그런 약한 소릴 하다니."

"아아 빌어먹을, 가서 똥이나 싸구 와야겠어요."

허술은 일어섰다. 그길로 바깥으로 나와서 오랜만에 집에 돌아갈 생각을 했다. 집에 돌아와 봤더니, 영자는 연속 방송극을 들으면서 담배를 피우고 있었다. 생활비를 벌기 위하여 그동안 비어홀에 나갔다는 것이었다. 그래서 담배를 배웠다는 것이었다. 그러다가 오늘은 몸이 아파서 출근을 안 했다는 것이었다. 영자는 허술이 돌아와 준 것이 고맙고 반가워서 소리내어 울었다.

"이봐, 울지 마." 허술은 소리를 질렀다.

"대야에 물 좀 떠 가지고 와. 발을 좀 씻어야겠어."

허술은 지저분한 장판, 너덜너덜한 창호지, 책 나부랭이들을 돌아보았다. 영자가 대야를 가지고 왔다. 영자는 발을 씻어주겠다고 하였다. 허술은 열린 창호지 문으로 바깥을 내다보았다. 그는 재건체조라도 하려는 듯이 두 팔을 힘 있게 벌렸다가 이윽고 하품을 하였다. 그랬더니 눈물이 나왔는데 그는 이 근래의 생활을 반성하는 것이었다.

"아아 너무도 돌아다녔구나. 집을 뛰쳐나간 것도 벌써 사 개월이 넘었군그래. 김일백 의사다, 김 씨 신문이다 해서 한심한 짓거리를 벌인 지도 사 개월이 되었고……. 참 세월이 빠르기도 하지. 내일부턴 방구석에 들어박혀 낮잠이나 즐겨야겠군."

영자가 발을 다 씻어주었다. 허술은 그녀를 부둥켜안고 키스부터 했다.

2. 쥐꼬리 장사
허 중령은 어느 날 아침 비장한 결심을 하지 않을 수 없었다. 사실 허 중령은 허 중령도 아니었다. 왜냐하면 그는 1966년에 예비역에 편입되었던 것이다. 제대(除隊)라는 말은 대열에서부터 이탈한다는 뜻일진대, 허 중령은 이 년여에 걸친 무직자 생활에서 숱한 괴로움을 겪지 않을 수 없었던 것이다. 막걸릿집에서 흔하게 나오곤 하는 푸념마따나, '주머니에 돈은 없지요, 자식새끼는 밥 달라고 울어대지요'였던 것이다. 마누라쟁이는 남편의 무능을 비웃다 못해 치맛바람을 일으키며 친정 식구들과 속닥대더니 생활 전선으로 나섰던 것이었으며, 그럼에도 불구하고 허 중령은 엄숙한 표정을 하고 다음과 같이 중얼거리는 것이었다.

"말세다, 말세야. 양심을 가지고 살 수 없다니 말세가 아니고 무언가? 도둑질을 하지 않으면 낙오하고 만다니 말세가 아니고 무언가? 전쟁 마당에서 싸움하느라고 청춘을 보낸 혁혁한 참전 용사를 이렇게 괄시하다니 말세가 아니고 무언가? 5·16 혁명에 가담했던 용사를 이렇게 차 버리다니 이게 말세가 아니고 무언가? 그놈의 장사치들 때문에 내 꼴이 이렇게 되다니."

허 중령이 개탄해 마지않는 것은, 입찰 업자들의 농간에 휘말려 들어가 예편되었다고 그가 믿기 때문이었다. 갑이라는 업자와 을이라는 업자는 각각 든든한 배경을 가지고 공수부대 장교였던 허 중령의 부서에 어떤 건물 자재를 군납하는 일에 경합을 붙였었다. 허 중령은 원래 갑이라는 업자가 양심적인 듯하여 마음에 들었었다. 그러나 을이라는 업자가 높은 언덕에. 등을 비벼대기 시작했다. 할 수 없어서 을이라는 업자에게 낙찰시키자, 갑이라는 업자가 신경질을 내며, '부정이 있다' 하여 고발해 버렸던 것이다. 사람 환장하게도 올가미에 걸려든 허 중령은 그러나 사회 정의를 믿었으며, 군기의 숙정을 알고 있었던 것인데, 그 어찌 뜻하였으랴, 허 중령과 사이가 좋지 않은 어떤 자가 있어, 이 사람이 얼씨구나 좋다, 하고 모함을 해올 줄은 전혀 예상하지도 않았던 것이었다. 꼼짝없이 판상비를 물고, 제대된 이후에 허 중령은 문자 그대로 그의 생명이 참가했던 대열에서 이탈당한 것이었다. 그랬으므로 만약에 어떤 사람이 허 중령의 처지를 명예 후퇴라는 관점으로 판단했다면 그것은 말도 안 되는 소리이다. 중학 육 년에 재학 중일 때 전쟁을 만나 군문에 들어선 허 중령에게 있어서는 마흔을 바라보는 연배에 사회에 첫발을 디딘 것이나 다름이 없었다. 허 중령은 정리해야 할 일이 너무도 많았다. 군대는 나왔지만 사회는 문자 그대로 별유천지비인간(別有天地非人間)이었다. 모든 사람이 다 도둑놈으로 보였을지언정, 인간다운 인간 하나 발견할 수 없었다. 허 중령은 당파 싸움에 휘말려 들어가 애매하게도 관직을 박탈당했던 그의 칠 대 선조의 인생 행로를 또다시 반복하고 있는 듯한 기분이 들었다.

그러한 허 중령이 근래 이르러 비장한 결심을 하게 된 것은 다름이 아니었다. 이 이상 마누라쟁이의 멸시를 견디어낼 수가 없었다. 어떻게든지 목돈을 좀 만들어 한번 무슨 일이든 해볼 결심을 하게 된 것이었다. 어느 따사로웠던 봄날이었다. 허 중령은 오랜만에 외출을 해서, 동향(同鄉)인 관계로 술친구가 된 변오기 씨를 만났다. 변오기 씨는 원래 근종 없는 바람쟁이였으며 우쭐거리기를 좋아하는 쓸개 빠진 친구였다. 하지만 이삼 년 전부터 형편이 풀리기 시작하더니, 눈 깜짝할 사이에 벼락부자가 되어 빌딩을 짓는다느니, 땅을 산다느니, 일본으로부터 무슨 보세 가공을 들여온다느니 야단이었다. 허 중령이 찾아가 보니 변오기 씨는 썩 유쾌한 상태에 있었다. 미상불 기분이 좋아진 허 중령과 변오기 씨는 서너 군데 술집을 전전하며 이 세상 사회가 어떻게나 돌아가고 있는지 얘기를 주고 받았다.

"자네는 너무 양심적이어서 큰일이란 말이야."

하고 변오기 씨는 상투적인 개탄을 마지않았다. 요컨대 허 중령이 양심적이므로 사회에 뛰어들지 못한다는 뜻이었다.

"하하 양심적인 거 좋아하네. 헌데, 자네 쥐꼬리 장사라는 거아나?"

"쥐꼬리 장사?"

"그런 게 있어. 대한민국에서 돈을 벌자면 바로 쥐꼬리 장사를 해야 하네."

하고 허 중령은 주장했다.

그날 변오기 씨와는 열두 시가 거진 되어서야 헤어졌다. 하룻밤같이 재미나 보자는 것을 마다하고 집에 돌아온 허 중령은 '쥐꼬리장사'라는 것을 곰곰 생각해 보기 시작했다. 변오기 씨도 그 얘기에흥미를 내보였으니, 잘하면 돈을 좀 벌 수 있을는지도 몰랐다. 사회초년병인 허 중령의 입에서 그런 얘기가 나왔던 만큼 더욱 인상적인모양이었다. 경제학을 사회적인 언어로 번역해보면 '쥐꼬리 장사'라는 게 되겠다고 허 중령은 말했던 것이었다. 금리 상환이니, 평가절하니, 연불 대체니 따위의 낱말은 아무리 해도 무슨 소리인지 알수 없었던 허 중령은, '쥐꼬리 장사'라는 낱말이 그러한 근대적인 경제 용어일 거라고 생각해 버린 것이었다.

사실 쥐꼬리 장사라는 것은 대수로운 말이 아니었다. '쥐꼬리 삽니다' 하고 광고를 내면 그 장사는 시작된다. 사람들은 쥐꼬리를사서 무엇에다 쓰려는가 의아심을 가진다. 그러나 귀한 돈을 주고쥐꼬리를 산다면 어디에든 쓸만한 용도가 있는가 보다 믿어 버린다. 주변에서야 무어라고 하건 말건 장사꾼은 쥐꼬리 한 개당 십 원

씩 주고 열심히 사 모은다. 쥐꼬리의 용도야 어찌 되었든 수요자가
있으니 공급자는 생긴다. 그리하여 어느덧 쥐꼬리를 십만 원어치쯤
사 모은다. 그런 다음에는 '쥐꼬리 한 개당 백 원에 삽니다' 하고 광
고를 낸다. 사람들은 '아이쿠 이거 기회를 놓쳤구나' 하고 느끼게 된
다. 쥐꼬리를 백 원씩에 사는 걸 보면 대단한 용도가 있음에 틀림없
다. 이번에는 너 나 할 것 없이 혈안이 되어 쥐꼬리를 구입하기에 여
념이 없다. 이때쯤 되면 쥐꼬리 장사는 성공이다. 장사꾼은 다른 사
람을 시켜서 십 원에 사 모았던 쥐꼬리를 칠십 원에 팔게끔 만든다.
사람들은 칠십 원에 쥐꼬리를 사더라도 백 원에 팔아버릴 수 있으
므로 경쟁을 해가며 제가끔들 있는 돈, 없는 돈, 다 긁어모아 매점
하려고 애를 쓴다. 그리하여 장사꾼은 십 원에 샀던 쥐꼬리를 칠십
원에 다 팔아버린다.

그다음 얘기야 뻔하지 않은가? '쥐꼬리 안 삽니다'라는 말만 하
면 된다. 사람들이 얼떨떨해져서 '여태까지 쥐꼬리를 사 모으지 않
았는가'고 묻는다면 다음과 같이 대답하면 된다. '쥐꼬리를 사 가지
고 무엇에다 쓴단 말요?'

허 중령은 곰곰 이 말을 반추하면서 회심의 미소를 짓는 것이었
다. 그렇다, 요령은 이것이다. 이것을 터득하는 자는 행복하게 살게
되고, 이것을 터득하지 못하는 자는 죽을 똥을 싸고 앉아 있을 수
밖에 없다. 허 중령은 다시 변오기 씨를 찾아가서 좀 더 구체적인 복
안을 얘기하였다.

더욱더욱 화창한 봄날이었다. 집을 저당잡혀 변오기 씨로부터 약
간 거액의 목돈을 빌린 허 중령은 일류 신사복 차림을 하고 고향으
로 가는 기차를 탔다. 사실이지 그는 감개무량한 기분을 느끼게 되
었다. 실제야 어찌 되었든, 당당히 출세해서 귀향한 사람으로 처신

하려는 것이다. 고향 사람들은 허 중령을 맞이할 때 놀라자빠질 듯
한 부러움을 느껴야 할 것이다. 그것이 허 중령의 목적이며 또한 허
중령이 앞으로 해야 할 일이었다.

조그만 역에서 내렸을 적에는 어느덧 오후가 되었다. 버스로 갈
아타고 한 시간가량 흔들리며 도로 포장이 안 된 황톳길을 지나가
야 한다. 허 중령은 내친 김에 택시를 타고 가기로 하였다. 편안한 시
트에 기대어 허 중령은 삼십 년 전과 별로 달라진 것이 없는 고향 산
천을 둘레둘레 바라보고 있었다. 유행가 가사에는 이와 같은 귀향
길의 정서를 감격적으로 나타내고 있는 것이지만, 허 중령의 심정
은 그것과는 좀 차이가 있었다. '지지리도 못 살고 있구나' 하고 허
중령은 느꼈던 것이다. 모든 행정적인 혜택, 근대화 작업, 산업 시설
은 허 중령의 고향에까지 닿아지지 않는 듯했다. 경제 장관의 서랍
속에 세획된 시산과 허 중령의 고향에서 굼 흐르듯 흘리가는 자연
적인 시간은 전혀 별개의 것이 아닌가 싶었다.

쌍바윗골이라는 이름을 가진 고향에 허 중령은 드디어 도착했
다. 쌍바윗골은 쌍암군(雙岩郡) 쌍암읍에서 오 리쯤 떨어진 곳이었
다. 먼 친척 집에서 하룻밤을 묵고, 선조의 묘소를 참배한 뒤에 허
중령은 읍으로 택시를 타고 갔다. 읍이라고는 하지만 서울에서 살
아온 허 중령의 안목으로 본다면 초라한 먼지투성이 오점의 덩어리
에 불과한 것이었다. 다 떨어진 버스하며, 먼지를 뒤집어쓴 가게들,
상투에 갓을 쓰고 다니는 노인들, 억센 사투리를 쓰며 떼 지어 다니
는 배불뚝이 어린애들을 볼 적에 허 중령은 좀 김이 새지 않을 수 없
었다.

하기야 놀랄 만한 것이 있기는 했다. '007 당구장', '오드리 헵번
미용소', '신선 소주 쌍암읍 지점', '피로 회복에는 박카스'를 달고

있는 약방, '산아 제한 상담 병원', '우주 라디오 상회' 등등의 상점들을 볼 적에 허 중령은 자기의 고향이 여하히 서울특별시로부터 착취를 당하고 있는가 알 만하였다. 또한 좁은 거리에서 허 중령은 서울로부터 특파된 화장품 판매원, 서적 월부 세일즈맨, 광산 관계 브로커 들을 볼 수 있었다.

"이 조그만 곳에서 말입니다." 먼 친척이 되는 면서기는 말했다.

"애들 유학 보내는 바람에 서울특별시에다가 바치는 학자금 조공만 해도 일 년에 천만 원가량 됩니다. 서울은 점점 살이 찌고, 이곳은 점점 헐벗을 수밖에 없지요."

또 여관에서 알게 된 서울로부터 온 브로커는 말했다.

"농촌은 방치돼 있어요. 엉망입니다. 그러니 요령만 좋으면 장사는 잘해 볼 수 있죠."

그럴 만한 이유라곤 없는데도 불구하고, 허 중령은 노골적으로 김이 새 버렸다. 고향이 이런 식으로 근대화되리라곤 생각해보지 않았다. 이미자, 남진의 유행가를 신나게 부르며 돌아다니고 있는 싸가지 없는 젊은 애새끼들의 풍기 문란함을 목도할 때, 허 중령은 마치 도덕군자가 된 듯한 느낌이었다.

그것이야 어찌 되었든, 허 중령은 금의환향한 사람의 온갖 통쾌한 존경을 한몸에 받게 되었다. 허 중령은 도저히 가만있을 수만은 없다고 느꼈다. 그리하여 요정에다가 한 상 그럴듯하게 차린 뒤에 지방 관리들과 동네 유지를 모았다. 사람들은 허 중령의 말 한 마디 한 마디에 심히 감동하는 것이었다.

"정신을 차려야지요." 하고 허 중령은 말했다.

"일찍이 나는 조국을 구하기 위해 전쟁 마당에 뛰어들었어요. 그 뒤에 역사에 빛날 5·16 혁명에 흔쾌히 참여하였으며 제대한 이후로는 소신껏 조국 근대화 작업에 미력이나마 힘을 보태고 있는 중입니다. 여러분도 구악을 일소하고 각성하지 않으면 안 되리라고 생각합니다."

대략 이런 내용의 허 중령의 발언은 만장의 감동과 흥분을 불러일으키기에 족한 것이었다. 다만 허 중령 자신도, 연설이라는 것은 이러한 식의 낯간지러운 대의명분임을 모르지 않았고, 듣는 사람들 또한 출세한 이의 뽐내보는 소리가 이러한 식의 희망적인 발론이라 생각하여 어색해하지 않는 것이었다.

"나는 이 고을에서 어린 시절을 보냈어요. 역시 고향이라는 것은 하나의 인간에게 있어 가장 중요한 마음의 보금자리가 되는 겝니다."

허 중령의 심각한 술회는 그 자리에 모인 사람들을 극단적인 감격으로 떨게 하였다. 마치 그들은 그 고상에서 배출한 바 있는 가장 위대한 영웅을 방금 맞이하고 있다고 착각이라도 하는 것 같았다.

"약간 돈이 생기고, 또 여유가 생겼습니다. 그래서 고향을 위해 좀 일해 볼 마음을 갖게 된 것입니다. 나도 구상하는 바가 없지는 않으나, 기탄없이 여러분의 의견을 경청하고 싶습니다."

허 중령이 고향을 찾아온 의도가 이와 같이 갸륵한 것임을 들은 사람들은 열띤 어조로 이곳의 실정을 얘기하기 시작하였다. 사실 허 중령이 듣고 싶은 얘기가 이것이었다. 이곳을 덮고 있는 공기가 어떠한 것인지를 알 필요가 있었던 것이다.

며칠 뒤 동네에는 요란한 선전 포스터가 나붙기 시작했다. '리(里) 대항 축구대회'라는 것이었다. 주최자는 쌍암군 개발위원회였는데, 바로 허 중령이 갑작스럽게 만들어 붙인 엉터리 단체였다. 후원으로서는 물론 군청이 있고, 은행 지점이 있고, 공공회사 지점이 있었다. 축구 볼은 후원하는 측에서 제공한 것이었다. 특별히 은행 지점에서는 부상으로 할 트랜지스터 라디오까지 제공해주었다. 화장품 지점에서는 화장품을, 캐시밀론 이불 분소에서는 캐시밀론 이불을, 제약회사 지점에서는 제약을 주었다. 한편 도위원회에서는 허 중령에게 표창장을 수여할 준비를 갖추고 있었고, 군청에서는 갸륵한 허 중령의 행거를 낱낱이 중앙 관서에 상신하기에 이르렀다. 이 축구대회를 주최하여 허 중령이 들인 비용이라고는 그럴싸한 트로피를 두 개 사고, 글 잘 쓰는 노인에게 상장을 써 달라고 부탁한 것밖에는 없었다.

축구대회가 끝나고 난 뒤, 허 중령은 본격적인 사업을 벌이기로 하였다. 서울에서부터 그가 구상해온 일이 바로 이것이었다. 한국은행에서 발행한 전국 토지 시세표에 의거하면 쌍암읍의 중심가라야 고작 평당 천 원에 불과했다. 허 중령이 착안한 것이 바로 이 점이었다. 땅 장사는 비단 서울에서뿐만이 아니라 지방에서도 수지가 맞는다. 어느 날 허 중령은 비밀히 사람을 시켜 읍 주변의 논과 밭의 시세를 알아보도록 부탁하였다.

읍의 중심지에서 일 킬로미터쯤 떨어진 곳에 적당한 땅이 있었다. 조그만 동산을 비스듬히 깎아 먹어 들어간 밭이었다. 허 중령은 삼천 평가량 그것을 사기로 하였다. 극장을 짓자면 약간 고지대가 좋을 듯하였다. 읍의 중심지가 그쪽으로 이동한다 해도 지리적인 조건이 썩 좋을 듯하였다.

허 중령은 특별히 주문을 해서 오백 평가량의 밭에다가 울타리를 치기 시작하였다. 그것도 아무렇게나 치는 울타리가 아니었다. 보기 좋은 나왕 재목과 베니어판을 사용하여 마치 고급주택의 담장 치듯이 쳐놓은 울타리였다. 역시 특별히 초빙되어온 간판장이는 있는 정성을 다 기울여 울타리에다가 대문짝만 한 글을 쓰기 시작했다. 동네 아이들은 한 번도 구경해본 적이 없는 이런 돌발적인 사태에 놀라 개미떼처럼 달려들어 구경하고 있었다. 동네 애들 중에서 한글을 읽을 줄 아는 녀석들은 울타리에 다음과 같이 써놓은 한글을 읽을 수 있었다. '쌍암극장 신축 부지'.

때를 놓치지 않고 허 중령은 유인물을 읍의 주민들에게 발송하였다. 자기는 이 고장에서 태어나 일찍이 조국을 수호했으며, 혁명에 가담했으며, 사회 정의를 위해 힘써왔다는 것, 다행히 여러분의 염려지덕으로 돈을 좀 모으게 되어 고향의 발전을 위해서 해볼 일이 없을까 생각했다는 것, 그리하여 이미 축구대회를 연 바 있거니와 읍에 극장 하나 없다는 것은 아무리 보아도 수치스럽기 짝이 없는 일인 듯하고, 또한 비단 영화를 상영하기 위해서 뿐만이 아니라 읍민들이 한자리에 모여서 즐길 수 있는 공회당이 필요히리리는 것을 절실히 느껴 극장을 짓기로 하였다는 따위의 말이었다.

기공식을 하는 날에는 높은 지위의 관리를 초빙했으며, 술 두 섬과 돼지 두 마리를 잡았다. 지방 신문에서 기자들까지 와서 사진을 찍게 하였다. 허 중령은 연설을 한마디 하는 것을 잊지 않았다. 읍의 발전은 우리 읍의 사람들에 의하여 행해질 수밖에 없노라는 등의 얘기였으며, 막상 와서 보니까 발전시켜야 할 여지가 너무도 많다는 것을 느꼈다고 하였다. 나아가서 허 중령은 매혹적인 설계도를 펼쳐놓았다. 현재 읍의 중심가는 너무 협소하므로 날개를 벌린 학의 모양처럼 이쪽으로 뻗어와야 할 것이라고 말했다. 다행히도 자기는 돈을 갖고 있는 서울 사람들을 많이 알고 있으므로 이들의 자본을 끌어들여 와 고을의 발전을 위해서라면 발 벗고 나설 용의가 있다고 하였다. 아울러 허 중령은 자신의 거취를 명백히 밝혔다. 자기가 이렇게 사재를 기울여가며 고향을 위해 돈을 쓰는 것을 보고, 혹시 차기 국회의원에 출마라도 하려고 저러는 것이 아닌가, 또는 일종의 사기행각이라도 부리는 게 아닌가 의심할 분이 있을지도 모르지만, 결코 그런 것이 아니며, 그럴 마음이 만에 하나라도 있다면 구태여 고향 땅에 내려와서 이러겠는가 하고 말해두었다.

"이렇게 말씀드려도 믿지 못할 분이 계실는지 모릅니다. 아직 나라는 인간을 의심할지 모릅니다. 그래서 나는 명백히 밝혀두는 바이지만, 본 극장이 완공되면 나는 이 극장을 여러분에게 바칠 의향을 갖고 있는 것입니다. 극장을 지어 돈을 벌고자 하는 의도가 아닙니다. 나는 이것을 일종의 주식회사로 할 생각입니다마는……."

허 중령은 구체적인 상업담을 개진하였다. 자기 혼자의 힘으로 극장을 짓는 것이 불필요한 오해를 살 우려가 없지 않아 있으므로, 그런 오해를 피하기 위하여 여러분이 자본을 투입하겠다면 막을 의사가 없노라고 하였다. 그리하여 여러분의 고장에 여러분의 돈으로 극장을 지었다는 우월감을 가진다 할지라도 자기는 자기가 처넣은 돈을 아깝게 생각하지 않겠다고 했다. 하여튼 기공식에서 허 중령이 한 연설은 대성공이었다. 아무도 허 중령의 의도가 진실되지 않다고 의심하지 않았다. 그러기는커녕 사람들은 충심으로 감사한 생각을 가지는 것이었다. 극장이 하나 생긴다는 것은 어느 모로 보나 읍의 발전을 의미하는 것이었다. 아울러 사람들은 능동적으로 극장에 투자하고 싶은 생각이 간절하여지는 것이었다. 일단 완성만 되어놓고 보면 투자한 돈의 몇 갑절 이득을 얻으리라는 것은 자명하였다.

또한 극장이 하나 세워진다는 것은 중요한 영향력을 과시하는 일이었다. 읍의 중심에서부터 상당히 떨어진 곳이기는 하지만 그 주위가 장차 번창할 것은 분명했다. 극장 주변에는 유흥가가 뒤따를 것이고, 술집이 생길 것이며, 다방이 생길 것이며, 주택가가 들어찰 것이다. 허 중령은 그런 암시를 계속해서 주민들에게 주입시켰던 것이다. 극장 옆에는 최신 기계를 도입하여 탈곡장을 세울 것이며, 제재소를 세울 것이며, 근대적 설비의 백화점과 비슷한 시장가를 세울 작정이라고 하였다. 서울에 있는 자기 돈을 끌어모아 고향을 발전시키려고 생각하고 있으므로…….

트랙터는 땅을 평평하게 갈기 시작하였다. 블록이 연방 와서 쌓였다. 목재와 철근이 운반되었다. 공사는 착착 진행돼 갔다. 허 중령은 공사장에서 감독도 하는 한편, 일 주(株)당 오백 원을 매겨 우선 일천 주를 방매하였다. 읍민들은 주주가 되고 싶어 안달하였다. 주는 흡사 복권이 나가듯 나가는 것이었다. 허 중령은 다시 일천 주를 내놓았다. 어느덧 소문이 널리 퍼져서 인접해 있는 시(市)의 무자들까지도 투자를 시작하였다. 돈 많은 서울 사람이 내려와서 극장을 짓는다는 소문이었으므로 지방의 부호들은 다투어 허 중령을 만나고자 하였다.

극장 주변의 땅값이 하루가 다르게 오름세를 보였다. 허 중령이 사들였을 적의 가격은 백 원 안쪽이던 것이 금시에 기백 원을 호가하게 되었으며 때 아닌 복덕방이 제철을 만났다. 하치만 허 중령은 회심한 미소를 지었을지언정, 이미 사둔 땅을 팔려고 하지는 않았다. 좀 더 시세가 오르기를 기다리는 것이었다.

극장의 외곽은 거의 덩치를 드러내었다. 인부로 채용된 사람들은 쉬지 않고 블록을 쌓아 올렸다. 동네 애들은 생후 처음 보는 거대한 공사에 혀를 내둘렀으며 자진해서 심부름들을 하는 것이었다. 똘마니 주주들은 마치 자기 집이나 짓는 것처럼 물질적으로 정신적으로 후원을 아끼지 않았다. 그리하여 산의 중턱에는 읍이 생긴 이래 처음으로 흉물스런 거대한 블록 건물이 우뚝 서게 된 것이었다. 극장의 외모는 거의 완성단계에 들어가 있었다. 다만 내부 시설은 아직 손을 안 대고 있었다.

허 중령은 이제 약간의 싫증을 느꼈다. '쥐꼬리 장사'의 결말 부분이 가까워 온 것이다.

'쥐꼬리 안 삽니다'라는 선언을 할 때가 가까워 온 것이다. 그러기 위해서는 마지막으로 정리해둘 일이 있는 것이다. 허 중령은 계속해서 주를 방매하고 있었던 것이었지만, 그것은 그것이고, 또 별도로 돈을 끌어댈 궁리를 하였다. 어느 날 허 중령은 은행 지점장을 초대했다. 지점장과 허 중령과 기사(技士)는 공사장을 답사하였다.

"어떻습니까, 극장이 완성되고 나면 시가로 따져서 얼마쯤 된다고 보십니까?"

허 중령은 점잖은 어조로 물어보았다.

"글쎄요. 무어라고 말하기는 어렵지만⋯⋯." 지점장과 기사는 저네들끼리 쑤군거렸다.

"대략 천만 원 정도로 보면 적당할 것 같군요."

천만 원이라? 허 중령은 눈에서 불똥이 튀어나오는 듯했다. 천만 원이 어느 집 개새끼 이름이던가?

"천만 원? 너무 과소평가하는군요."

"아 물론, 은행으로 따지는 가격이란 좀 빡빡한 게 당연하겠죠."

"아무리 그렇다 하지만, 고작 천만 원이라니?"

"글쎄요, 천이백, 아니 천삼백까지는 볼 수 있겠군요."

"그렇다면 어느 정도의 대부를 받을 수 있을까요? 완공되고 나면야 무엇이 걱정이겠습니까마는, 우선 비용이 적지 아니 들어서……."

그날 요정에 들어가서 허 중령은 뱃풀이라도 하는 기분으로 제 마음껏 놀았다. 신나는 세상을 위해 축배를 들며 마음껏 술이 취했다.

허 중령은 상량식(上樑式) 올리는 날을 디데이로 정했다. '쥐꼬리 안 삽니다'는 선언을 그날 하기로 생각하였다. 마지막 절차는 더더구나 신나는 구찌였다. 허 중령은 사놓았던 땅을 슬금슬금 팔기 시작했다. 사 놓은 땅 삼천 평 중에서 오백 평이 극장 부지에 이용되었으니, 나머지 이천오백 평의 땅이 바야흐로 감격적인 현금으로 쏟아져 들어올 판이었다. 땅값은 여전히 껑충껑충 뛰어올라 허 중령은 열다섯 배에서 스무 배 사이의 어처구니없는 땅 장사를 한 셈이었다.

이미 사귀고 있었던 아가씨들에게 휴짓조각 지림 느끼지는 주를 몇 장이고 쥐여 주기도 했고, 친척 되는 사람들에게도 칭찬 들을 만한 선행을 해주었다. 그러면서 슬금슬금 도망칠 준비를 다 해 놓았던 것이다.

상량식을 거행하는 날이 되었다. 기공식 때보다도 더욱 흥청거렸음은 어찌 보면 당연했는지 모른다. 읍에 사는 사람들이 전부 모인 것이나 아닐까 생각될 지경이었다. 사람들은 기쁨에 들떠 마치 늦장가 가는 신랑처럼 어쩔 줄 몰라 하였다. 말로만 들었던 근대화가 자기들의 읍에서 이렇게 실현되는 것이었다. 아이들은 동요의 가사를 바꾸어 노래 불렀다. 처녀들은 극장이 완공되기만 하면 서울에서부터 일류 유행가 가수들이 오리라는 소문에 들떠 마치 서울 사람이 되기라도 한 것처럼 뽐을 내었다. 노인들은 허 중령을 칭찬하느라고 정신이 없었다. 오래 살다 보면 이런 기꺼운 일도 다 보게 되는 법이라고 좋아하였다.

마침 그 지방에는 삼류 딴따라 패들이 흥행을 돌고 있었다. 허 중령은 그자들을 불러오기로 했다. 이왕 해먹을 바에야 사람들 마음이나 즐겁게 해주고 꺼지자는 심산이었는지 모른다. 고수레까지 드리고 난 다음 즉흥 무대가 가설되고 쇼가 벌어졌다. 화장을 짙게 한 무희는 허벅다리를 살짝 가린 해괴한 옷깃을 여몄다가 들췄다가 하면서 뱅글뱅글 맴을 돌았다. 트럼펫은 이거 환장하겠다는 듯이 〈안개 낀 밤의 블루스〉를 들입다 뽑았다. 아가씨들은 가랑이를 짝짝 벌리며 돌아갔다. 앞가슴을 간신히 가린 벌거숭이 여체는 신비한 자맥질을 계속하였다. 술이 취한 청년들은 흥분해서 "잘한다, 잘해." 하고 고함을 질렀으며, 좀 더 나이가 든 사람들은 수치감도 잊어먹고, 인생에서 가장 재미있는 어떤 일을 눈앞에 보고 있는 양, 나른한 도취감에 겨워 숨소리를 죽이고 있었다. 노인들도 이날 따라, 윤리 도덕의 문란을 개탄하지 않았다. 춤이 끝나자 만담가가 나타났다. 아, 그들의 우스갯소리는 어쩌면 저렇게 재미있는가? 사람들은 배꼽을 쥐어 잡으며 웃어댔다. 웃고 웃고 또 웃었다. 온갖 불만과 근심 걱정을 다 잊어먹었다. 열일곱 살이나 되었을까, 어린 여가수가 나와서 노래를 불렀다. "돌이킬 수 없는 죄 저질러 놓고." 어린 여가수는 무표정한 얼굴에 애처로운 짐승 새끼의 말간 눈동자를 하고 노래를 불렀다. "때는 늦으리이, 때는 늦으리이." 라디오를 통하여 익히 알던 노래였으므로 관중은 이내 따라 부르기 시작했다. "돌이킬 수 없는 죄 저질러 놓고." "때는 늦으리이, 때는 늦으리이." 노래는 일종의 통곡처럼 사람들의 가슴을 후벼 파며 진동하고 있었다. 여가수는 앙코르를 받았다. "헤아릴 수 없이 수많은 밤을, 말 못 할 아픔에 겨워……."

허 중령은 사람들의 뒤쪽에 서서 구경을 하고 있었다. 사실이지 유행가가 이다지도 사람의 마음을 때릴 줄이야 미처 몰랐다. 허 중령은 사람들이 분노해서 달려들지 않을까 은근히 걱정이 되는 것이었다. 자기의 허튼 행동을 낱낱이 들추어내어서 성난 이리처럼 덤벼들지 않을까 떨리는 것이었다. 그래서 허 중령도 마음속으로 중얼거렸다. '돌이킬 수 없는 죄 저질러 놓고.' '때는 늦으리이.'

이윽고 공연은 끝이 났다. 허 중령은 무대 위로 올라서서 사람을 굽어보았다. 빌어먹을, 알 게 무어람. 어찌 되었든 극장을 지어준 게 아닌가? 그것은 일종의 근대화가 아니고 무어냐, 무지와 암흑의 세계에서 벗어나면 신선한 태양이 떠오른다고 말할 자가 누구란 말인가? 어둠이 벗겨져 내리면 어둠에 가려 보이지 않았던 추악한 세계가 선명히 드러날 것이다. 신선한 세계, 찬란한 세계가 아님을 저들이 알 적에는 너욱 큰 혼란이 오겠지만, 그렇다고 피할 도리가 없는 게 아닌가? 빌어먹을, 그까짓 일까지 내가 생각해야 할 게 무어람. 허 중령은 관중을 보면서 이렇게 생각하고 있었다.

"여러분 감사합니다." 하고 허 중령은 서두를 꺼냈다. "나는 이 극장을 약속한 바대로 여러분에게 돌려드립니다. 여러분이 이 극장을 어떻게 이용하는지 나는 모릅니다. 하지만 바라건대 제발 서울에서부터 오는 영화나 쇼 같은 것에 사용하지 마십시오. 여러분은 여러분의 고장을 지키십시오."

하마터면 '나는 여러분을 속였습니다.'라는 말이 나올 뻔한 것을 허 중령은 간신히 참아내었다. '어차피 쇄국 정책은 쓰지 못할 테니 서울특별시를 닮아갈 방안이나 세우시오.' 라는 말을 하려던 것도 그만두었다. 그는 뚜벅뚜벅 걸어서 회장을 나왔다. 그러고는 바로 여장을 수습하여 서울로 향했다.

번 돈은 생각했던 것 이상으로 많았다. 하지만 허 중령은 세상사가 시들하여졌다. 은행에 다 맡겨서 이잣돈을 타 먹으며 그 옛날과 마찬가지로 방구석에 처박혀 지냈다. 마누라쟁이는 다시 들큰대기 시작하였으며, 혹시는 어떤 사람이 방문을 와서 시국에 대한 해결책을 묻고, 이미 소문이 나버린 돈벌이에 관해서 궁금증을 가지는 것이었지만, 허 중령은 결코 대답하지 않았다.

3. 팔금산으로 가자

나는 외촌동이라는 곳에 살고 있네. 참 희한한 동네도 다 있지. 그곳이 어디 사람 사는 곳인 줄 아는가? 오늘은 하도 울적해서 이렇게 남산 공원엘 올라왔지만……. 그리고 자네를 만나서 얘기지만, 외촌동은 서울시라고 할 수도 없고 그렇다고 농촌도 아니고, 참 별천지일세. 그렇게 희한한 동네는 없을 거야. 대한민국의 모든 인간 쓰레기들을 갖다 버리는 장소라고나 할까.

먼저 외촌동이라는 곳이 어떻게 해서 생겨났는지 말해야겠군. 지금부터 사 년 전의 일이었어. 부동(富洞)이라면 시내의 중심가에 자리 잡은 유흥가가 아닌가? 이상하게도 부동에는 무허가 판자촌들이 들어차 있었는데, 그야 6·25 전쟁 때 폭격을 많이 당해서 그렇게 되었겠지. 근년에 들어와서 부동은 놀라울 정도로 발전했지. 빌딩이 들어차고 육교가 놓이고, 고가도로까지 건설할 계획이 되어 있음은 자네도 잘 알겠군? 저 밑으로 잘 보이는군그래. 그거 무슨 배꼽처럼 건물들이 들어찼군그래.

바로 사 년 전에 그 부동에서 대화재가 발생했었지. 들리는 얘기에 의하면 어떤 쓸개 빠진 젊은 애가 자기 좋아하는 여자애의 집에 불을 질러서, 그게 널리 퍼진 것이라 하더군. 하루 끼니가 걱정되는 무허가 주택의 사람들은 그나마 가재도구를 몽땅 불태워 버리고 나니까 오도 가도 못할 처지가 되어 버렸거든.

서울시 당국자들은 매정했었어. 화재민들을 위해 구조책 하나 변변히 마련해주지는 못할망정, 옳다구나 잘됐구나, 이 기회에 저 거지 같은 족속들을 말끔히 청소해 버려야겠다, 생각했거든. 외촌동이라는 판판 변두리에다가 이러한 인간쓰레기들을 갖다가 버릴 작정을 했어. 외촌동이라니, 그런 곳이 있는 줄 당시에는 알기야 했는가? 서울시에서는 우선적으로 한 가구당 천막 하나씩을 공여해 주었지. 트랙터로 산 중턱을 깎아내려 반듯하게 만든 뒤에는, 적당히 천막을 치고 요령껏 살아보라 이거였지. 사람들은 돈 만 원씩 준다는 바람에 눈물을 머금고 그쪽으로들 갔어. 그래 천막촌이 생겨난 깃이야.

하루아침에 사람들이 와글거리는 동네가 탄생했단 말이야. 아마 이렇게 쉽사리 동네가 만들어지는 경우는 역사적으로 그리 흔하지 않을 거야. 외촌동이라는 데가 무슨 지리적인 장점을 갖고 있는 곳도 아니고, 교통이 편리한 곳도 아니고, 더구나 무슨 특별한 생산물이 나는 곳도 아니니까 말이야.

사람의 목숨이라는 것처럼 끈질긴 것도 없기는 해. 외촌동 사람들을 보면 참 신기하거든. 제대로 돈벌이가 있는 곳도 아닌데, 그래도 죽지는 않고 살아 있단 말야. 어떻게 살아 있느냐 물을 수야 없겠지만⋯⋯. 참 별천지야. 전국 각지의 사람들이 다 몰려들었어. 북쪽으로는 혜산진 사람으로부터 남쪽으로는 제주도 사람에 이르기까지 함부로 뒤섞여 그 동네에 살고 있네. 사람들은 여전히 사투리를 쓰고 있어. 그 꼬락서니를 보면 아직껏 제 고향에 살고라도 있는 것 같단 말야. 애들도 사투리를 쓰고 있어. 어린애들이야 자라나는 곳의 말씨를 배우게 마련 아닌가? 그런데 애들은 서울 말씨를 배우지 않고 있거든. 그 동네는 6·25 전쟁을 고스란히 간직하고 있는 거야. 배부른 자들은 언제 그따위 전쟁이 있기나 했느냐는 듯이 활갯짓을 치고 돌아다니지만, 외촌동의 꼬라지를 보면 지금도 전투가 곳곳에서 벌어지고 있는 게 아닌가 착각이 된단 말야.

자아, 생각해 보게. 이 사람들에게 무엇이 있겠는가? 이 사람들은 고향을 잃어버리고 정든 집을 잃어버렸어. 이 사람들은 부패한 곳에 모여든 파리 떼와 비슷하지. 이 사람들은, 그뿐인가, 한국의 현실에 끼어들 자격조차 상실했네. 아무것도 가진 것 없이 죽음과 싸우고 있는 거야. 어떻게 오늘 하루를 무사히 넘기느냐, 그 생각 밖에는 없어.

참, 끔찍한 곳이지. 서울시라는 곳이 돈 없고 땅 없는 농민들의 최후의 피난지처럼 되어버린 지는 오래지만, 외촌동은 서울이 배설하는 분비물을 받아내는 곳처럼 되어 버렸단 말야. 싸움질, 주먹질이 그치지 않아. 좀도둑이 들끓고, 강간질, 살인질이 항다반사로 일어나고 있어. 절후(節候)를 맞추어 전염병이 만연되고 있고, 식수가 엉망이어서 노상 위장병들을 앓고 있어. 아마 세상에 이런 특수한 빈촌이란 없을 걸세. 엄청난 달러변[2] 이자 놀이가 성행하고 있고, 품삯이 터무니없이 싸서 돈이 귀하기가 말이 아니지. 그런데 더욱 개탄할 것은 관리들일세. 지난번에 하도 비참한 일이 겹치는 바람에 동네 유지들이 서울시에다가 청원서를 냈거든. 제발 밀가루 배급이라도 좀 달라구 말일세. 그 관리가 와서 하는 말이, "당신들은 일하

---

2) 미국 달러를 이용해 환율 변동으로부터 이익을 얻는 금융 활동.

기를 싫어해서 고생을 하는 것이오. 고생해도 싸지 뭐요." 한단 말야. 퀴퀴한 변소 냄새가 늘 배어 있어. 공중변소 더럽기란 말도 못 할 지경이지. 무당의 푸닥거리가 늘 계속되고 있어. 똥똥한 아랫배에 훈장처럼 자지를 내놓고 다니는 어린애들은 사람 찔러 죽이는 놀이만 하고 있네. 젊은 처녀들은 되어 먹지 않은 유행가를 나부랑거리며, 때가 잔뜩 묻은 미니스커트를 입고 궁둥이를 홰홰 돌린단 말야. 꼭두새벽부터 소주를 들이켠 채 고래고래 고함을 지르고 다니는 멀쩡한 사내들 꼴이라지도 꼴이라려니와, 화툿장을 벌여놓고 도리짓고땡이니 섯다니 하는 노름으로 밤을 새우는 부녀자들은 또 그 꼴이 무언지?

정말 개판이야. 사람 사는 곳이 이처럼 타락해 본 적도 없고, 이처럼 가난해 본 적도 없을 거야. 과연 어디에다 대고 하소연을 해야 좋을지 모르겠어. 너절 전에도 일가족이 집단 자살을 했어. 집단 자살이란 것도 하도 상식화된 일이라 세인의 눈을 끌기에는 틀려버렸지.

179호에서 사는 남 씨네야. 남 씨는 6·25사변 전에는 강원도 춘천에서 무슨 과장인가 하는 공무원이었다는군. 원래 부잣집 자식으로 태어나 고생을 모르고 자랐다는 거야. 사람이 아주 귀골로 생겼어. 인사성 밝고 예절이 있고 양심적인 사람이야. 허나 그 양심적이라는 게 얼마나 많은 사람을 망치고 있는 겐가? 이 사람은 하도 들볶이니까 그만 환장하는 마음이 들어 독약을 먹구 죽어 버렸네. 헌데 말야, 기가 막힌 것은 집단 자살을 해 봐도 사람들은 눈 하나 깜짝 않는 것일세. 미친 자식, 자살은 왜 하노? 그런 욕설 한마디로 그만이거든. 관심을 가지려고 하지 않는단 말야. 시체는 고약한 냄새를 풍기며 열흘 가까이나 방치되어 있었어. 아무도 거들떠보지 않는단 말야. 나중에는 보다 못해, 우리 '외촌동 노인회'의 노인들이 힘을 합쳐 매장해 버리고 말았지. 물론 그것은 신문에도 나지 않았지. 신문에 그런 기사가 자꾸 실리면 독자들이 안 좋아한다고, 찾아왔던 신문기자는 심드렁한 표정을 짓더군.

내 나이 벌써 예순아홉일세. 아직 죽지 않고 살아 있다는 죄가 큰 줄은 나도 잘 알고 있네. 허지만, 이 기막힌 세상을 바라보면, 죽어도 눈이 감길 것 같지 않네. 나는 나이 많은 사람으로서, 공연히 잘난 체하려는 마음은 없어. 어디 지금 세상이 나이 많은 사람을 공경하는 세상인가? 젊은 것들은 정치한답시고 엉뚱한 짓들만을 하니 딱하단 말야. 나의 나라, 내가 살고 있는 독립된 조국이지만, 외촌동은 마치 식민지처럼 버림을 받고 있으니, 어디 이게 내 나라 같은 생각이 들게 돼 있는가 말야. 외촌동 사람에게는 경제 개발이니 고속도로니 하는 말들이 참 멋없이 들린단 말야. 국가 백년지대계를 위하여 그런 건설사업을 한다고 하치만, 외촌동 사람에게는 국가 백년지대계가 무슨 소리인지 알아먹을 수가 없는 걸세.

다음 얘기는 국회의원 선거가 있을 적에 있었던 일이야. 내가 외촌동 노인회를 조직하여 그 회장으로 있었던 것은 선거를 앞두고 어찌 국물이나 좀 얻어먹을까 바랐던 때문은 결코 아니었네. 나는 동네의 비참한 환경과 문란해질 대로 문란해진 기강을, 나이 많이 먹은 사람으로서 바로잡아야겠다고 생각했네. 하릴없이 심심파적으로 놀기 위해서 모인 게 아니었어.

그런데 외촌동 노인회는 오해를 받았단 말야. 영감들이면 곱게 조용히 죽어갈 것이지 웬 기승이냐, 이런 소리들을 한단 말야. 참 분한 노릇이지만, 그래도 꾸욱 참고, 아침에 일어나 변소 소제를 하고 마당을 쓸곤 했어. 나이 많은 사람의 권위를 세워주지 않는 세상이지만, 그럴수록 솔선수범 해보자 생각이 들었거든.

하루는 국회의원 후보자가 찾아왔네. 나이는 마흔두 살이라고 했고, 본관은 청풍 김 씨로서, 혈색이 좋은 사람이더군. 이 사람이 백화수복 청주를 들고 와서, 노인들에게 일일이 술을 권하는 거야.

"선생님의 명예로운 존함은 이미 익히 들어왔습니다." 하고 이 사람은 나보고 말하더군. 이 사람은 나의 과거 이력을 알고 있더군. 내가 왜정 시대에 만주 벌판을 헤매고 다녔다는 것도, 간도에서 우리 동포를 위해 일자리를 마련해주고 꿋꿋이 단결하여 살게 한 것도, 또 해방 직후 환국하여 '애국독립당'을 세웠다는 것도 알고 있단 말야. 그래 나는 이렇게 말해주었지.

"나는 초야에 파묻혀 여생을 글 읽는 것으로 보내는 사람이오. 당신같이 위대한 사회 명사가 내 이름을 들었을 리 만무하지 않겠소?"

"원 별 말씀을······." 그 청풍 김 씨는 살찐 턱을 문지르더군. "그런데 우리나라는 번영의 길로 접어든 지 오래입니다. 외국의 저명한 경제학자들도 우리나라 경제는 이륙 단계에 접어들었다고 말해줍니다. 외촌동 사람들도 조금만 고생을 참으면 좋은 세상을 맞이하게 될 것입니다."

그 사람의 언변을 듣고 있노라니 부아가 치밀더군. 이 사람도 수학자이구나 하는 생각이 들었어. 수학자가 무언지 아는가? 일반 국민들의 실정은 개뿔도 모르면서 종이쪽에다가 숫자만 잔뜩 그려놓고는 좋아하는 게 수학자지 무어겠는가?

그런데 이 사람은 점점 미련한 소리를 하는 거야.

"선생님께서는 이 시국을 어떻게 보십니까?" 이렇게 묻는 게 아닌가.

"시국을 어떻게 보느냐구?" 나는 안색이 달라지데. "임자도 그걸 말이라고 묻소? 시국을 어떻게 보다니? 허허, 그거 참. 내 입으로부터 태평성대라는 말을 듣고 싶다는 거요? 내 말하리다. 이 시국은 어떻게 보구 자시구 할 게 없소. 알아듣겠소? 어느 누가 이 비참한 시국을 감히 안다고 자처할 수 있단 말요? 당신 같은 사람이 국회의원이 되어서는 안 되겠군."

이렇게 말하니까, 그래도 이 친구는 껄껄 웃으며 눙쳐 잡더군. 그렇게 비꼬인 마음으로 세상을 바라볼 게 아니라는 거야. 이 세상은 엉망진창인 듯하면서도 제대로 질서가 잡혀 있고, 불안투성이인 듯하면서도 그렇지만도 않다는 소리야. 그건 꼭 나의 배를 뒤틀게 하려는 수작이지 무언가? 약을 올리는 것 같단 말야. 나는 이렇게 위인이 잘나서 국회의원이 되고자 하는데, 당신은 늙어 꼬부라질 때까지 이런 고생을 하느냐, 놀려주는 것처럼 생각됐지.

"당신은 국회의원이 되어서 무얼 하겠다는 거요?" 하고 나는 물었어. 나는 내 경험담을 얘기해주었지. "해방 직후의 일이었소마는, 그때 어떤 사람이 나보고 이렇게 말하더군. '우리 삼천 만 동포를 구하기 위해서는 아무래도 선생님께서 국회의원 출마를 하셔야겠습니다.' 이렇게 말하는 거야. 그 젊은 친구의 충정이야 내 충분히 알고도 남았소. 허나 나는 이렇게 말해주었지. 이 나라의 땅이 좀 더 넓고, 인구가 일억만 된다 하더라도 내가 출마를 하겠다고 말이지. 소국 의식처럼 더러운 것은 없어. 자기 뱃속만 두둑하게 차리고자 국회의원 출마를 하고 있으니……."

참 큰일이야. 이렇게 기막힌 세상은 또 없을 거야. 그런데도 세상은 점점 지저분하기만 하니 어찌 개탄이 안 따를 수 있겠는가? 자네 같은 젊은 사람들을 보면 측은한 생각이 앞서. 이 한심한 세상에서 장차 자네들은 얼마나 사람답게 살 수 있으려는지? 거기에다 자네들은 정말 딱해. 이 세상이 어떻게 돌아가고 있는지 생판 모르고 있으렷다. 뭣도 모르고 자유니 민주주의니 하는데, 그게 무슨 소리들인지 참 한심하거든. 요새 젊은것들은 한국이라는 땅이 어떤 땅인지를 몰라. 그래서 앞일이 걱정이지 무언가. 배고파 굶어 죽는 사람을 못 본 체하는 세상의 인심도 한심하지만, 그런 세상인심이 어째서 되어 먹지 않은지를 모르는 자네들의 개인주의 사고방식이 큰일이야.

아니, 그거 술은 왜 사누? 보아하니 자네도 돈이 넉넉한 것 같지는 않은데? 허허, 그러나 이왕 산 술이니 반가이 마시겠네. 술만 해도 그래. 요사이 술은 옛날에 비해 점점 더 나빠지거든. 이거 이상하지 않은가? 시간이 흘러갈수록 인류 사회는 나아지게 마련인데, 대한민국에서는 이것이 점점 너 나빠지는 것 같으니 말이야.

자네는 참 성실한 청년 같구만. 자네는 내 마음에 드는군.

이왕지사 얘기가 나왔으니, 나의 과거지사를 자네에게 들려주겠네. 무어 자랑할 것까지야 없겠지만, 그러나 나는 양심껏, 하늘 부끄럽지 않게 살아왔다고 말할 수 있네. 참 험난한 인생이었지. 나의 인생은 파란만장한 최근 세사에 그대로 연결이 된다고 할 수가 있지. 지나온 과거를 생각해보면, 나는 감히 말할 수 있네. 만약에 다시 어린 시절부터 재출발한다 할지라도, 내가 여태껏 살아온 것만큼 지조를 지키며 인생을 보낼 수는 없었을 거라고 말일세.

한 가지 얘기만 하겠네. 내가 왜정 치하의 조국을 버리고 독립에의 웅지를 품은 채 만주로 들어갔을 적의 일이었네. 나는 북경으로 들어가 이 세상이란 것을 새로 배웠어. 나는 북경에서 돈을 좀 벌었었지. 그러나 조국을 잃어버린 사람이 돈을 벌었댔자 무슨 흥미가 있겠나? 나는 돈을 가지고 만주로 돌아왔네. 바로 간도로 들어갔지.

내가 간도에서 했던 일은 지금 생각해봐도 썩 상쾌한 일이었어. 그 당시 간도에서 살던 우리 동포들은 이중 삼중으로 곤경을 헤매고 있었다고 생각되는군. 왜 그 만보산 사건 같은 것도 있잖았는가? 토착 중국인의 박해는 박해대로 자심했고, 왜놈들은 왜놈대로 행패가 있었지. 나는 번 돈으로 농토를 샀네. 그 농토에 우리 동포를 불러들였어. 그들로 하여금 비굴하지 않게 살게끔 하기 위해서였지.

얘기가 또 엉뚱하게 비약하지만, 외촌동에는 그런대로 착실한 사람들이 몇 명이 있네. 76호에 사는 허 씨라는 사람이 그런 사람이야. 나도 성은 허 씨인데 족보를 따져보니까 76호의 허 씨는 나에게 증조할아버지뻘이 되지 무언가? 비록 그 사람의 나이는 올해 마흔네 살이지만서도…….

그 허 씨가 하루는 나를 찾아왔어. 그 사람으로 말하자면 학문을 좋아하고 책을 즐겨 하여 지금도 열심히 공부하는 숨은 학자야. 이 사람이 나에게 하는 말인즉 이랬어. "선생님은 박연암이 지은 허생전을 읽은 적이 있습니까?" 이 사람은 허생전을 가지고 왔더군. 솔직히 말해서 나는 그런 패관 문학은 읽은 적이 없거든. 정통적인 유학으로 따져보자면 박연암이란 사람은 좀 외도를 한 위인으로 치는 법이 아닌가?

"읽은 적이 없네." 하고 나는 솔직히 말했지. 그랬더니 이 사람은 이렇게 말하더군. "여기 가지고 왔으니 한번 읽어보시지요. 선생님께서는 어쩌면 허생과 똑같은지 모르겠습니다. 저는 새삼 감탄했습니다. 허생과도 같이 선생님께서도 참으로 놀라우리만큼 고명한 식견을 가지신 분이니까요."

그래서 나는 허생전을 읽어봤지. 재미있는 글이더구먼. 그거 참 묘한 얘기야. 솔직히 말해서 좀 속된 구석이 있다고 내가 느낀 것은, 실학이라는 걸 정통적인 유학의 마당에서는 괴팍하다고 따지기 때문에 그랬겠지. 헌데, 허생전은 묘한 작품이더군. 연면히 이어 내려온 한반도에서의 곧은 선비의 생활 방식을 아무 구김살 없이 적나라하게 표시했더구먼. 너무 적나라하게 표시해서 야비하다는 생각이 들었는지도 모르겠으나…….

아닌 게 아니라 나하고 비슷한 데가 있더군. 그거 허생이 사문(沙門)과 장기(長崎) 사이에 있는 공도(空島)에다가 세운 지상낙원은 어쩌면 내가 간도에다가 세운 농장의 사정과 그리도 흡사한지 모르겠어. 나도 간도에다가 배고프고 불쌍한, 이민을 온 우리 동포를 위해 땅을 주고, 집을 주고 먹을 것을 마련하여 주었거든. 나는 동포들에게 말했었지. '임자들은 양심껏 일을 하면 먹고살기에는 걱정이 없으리라……. 임자들은 옛날에 우리 땅이었으나 중국놈들에게 빼앗기고 만 간도를 개척함으로써 가장 살기 좋은 고장을 만들 수 있으리라.'

그리고 또 같은 게 있더군. 허생이 이완 대장과 만나서 나누는 얘기 말일세. 물론 효종대왕이 다스리던 그 당시에는 북벌 정책이 국가의 당면 과제였지만, 그것은 내가 국회의원 후보자와 다투었던 얘기와 어쩌면 그리 똑같은지 모르겠단 말야.

자네도 허생전을 읽어 보았으면 알겠지만, 이런 얘기가 나오더군. 어영대장 이완을 만난 허생은 국가를 위해서 세 가지를 건의한단 말야. 참으로 일리 있는 건의 사항임에도 불구하고 이완 대장은 고개를 설레설레 흔드는 거야. '어렵습니다.' 하고 이완 대장은 말하지. 그러자 허생은 참을 길 없는 울분을 느낀 거야. 그래서 허생은 벌떡 일어서면서 호령했어. '내가 세 가지를 건의하였으나, 너는 하나도 옳다고 듣지 않으면서도 신신이라 하니 신신은 과연 이와 같은가? 이놈의 목을 베어야겠다.' 하면서 허생은 칼을 뽑아 이완 대장을 죽이려고 덤벼드는 것일세.

정말이지 예나 지금이나 마음 바른 선비의 태도는 한결같지 무언가? 장안의 갑부 변승업이라는 사람이 찾아와서 출사(出仕)를 권할 적에 허생은 간곡히 거절하면서 다음과 같이 말했더군. '유형원은 어려운 전쟁을 당해서 수만 군사에게 군량을 댈 만한 재주가 있음에도 바닷가에 숨어서 세상을 보냈소. 대체로 정치를 한다는 자들은, 정도의 차이는 있을망정 저마다 이기적인 야심을 가지고 하는 것이오. 이런 자들이 조정에 앉아 텃세를 부리고 있는 이상, 진실로 존경을 받을 만한 사람들은 숨어 살 수밖에 없는 것이오.'

허생의 발언은 얼마나 정곡을 찌르고 있는가 말이야. 어쩌면 내 심정과도 같은지 모르겠어. 내가 해방 직후 국회의원에 출마하라는 주위의 권유를 물리칠 때의 느낌이 꼭 이러했거든.

자아, 자네도 한잔 들지그래. 노소는 동락이라. 무어 허물할 게 있나? 이건 또 다른 얘기이지만, 참으로 이 세상은 큰일 난 세상이야. 타락했어도 이만저만 타락한 것이 아닐세. 내가 요새 어떻게 호구지책을 꾸리고나 있는지 한마디 안 할 수가 없네.

아까도 얘기가 나왔지만, 주책없이 나이를 처먹은 것에 관해서는 미안한 느낌도 없지 않아 있으나, 너무도 한심한 요사이의 세상 풍정에 관해서는 반드시 이를 광정해야겠다는 일종의 의무감 비슷한 것을 가지게 된단 말야. 그래 뜻 있는 노인들 몇이 모여서 '애족 노인회'라는 걸 발기했지.

나는 순서를 밟아 공부한 건 아니었으되, 어렸을 적부터 남달리 명필이란 소리를 들어왔어. 아무리 한글 전용을 부르짖는 세상이라 할지라도, 저 한문의 오묘한 세계는 감당할 수 없는 것일세. 보기 좋은 액자에 넣은 한문 명귀는, 썩 잘된 명화처럼, 또는 훌륭한 서적처럼, 사람들의 마음을 맑게 해준단 말야. 글은 마음으로 쓰는 것일세. 나는 명필이라는 소리를 듣는 것을 영광으로 아는데, 이는 다름 아니라 나의 마음이 명경지수와도 같이 맑다는 소리이기 때문일세.

그런데 세상은 야단난 세상이야. 한문 성귀(成句)를 쓴 액자를 가지고, 이름 있는 회사나 사회 명사를 찾아가, "참 좋은 글이니 걸어놓고 보시오. 마음이 청정해질 것이외다."라고 말할라치면, 현금만능주의자인 저들은, 흡사 나를 장사치 취급을 한단 말야. 인간관계가 이다지도 험악해지다니, 이게 큰일이 아니고 무언가?

나는 글을 써서, 선비의 맑은 재화를 얻어 호구지책을 삼고 있네만, 이 나라 일을 생각하면 시름 걱정일 뿐일세. 아까도 얘기가 나왔지만 한국이란 땅은 마음 바르고 선량하며 정직한 사람이 살기 힘들게 되어 있단 말야. 그것은 허생전에도 나오더군. 마음 바른 사람이 살지 못하게 되어 있다는 소리가 나와.

무엇이라구? 허생전의 내용은 그렇지 않다고? 아, 물론 자네의 주장에도 일리는 있어. 허생이 무슨 도피적인 경향을 가지고 있다고 내가 말하려는 것도 아닐세. 아니 아니, 나는 실학이다 무어다, 그런 것은 몰라. 하지만 자네는 한국이라는 땅덩어리를 모르는 것일세. 자네 말마따나 허생이 사회 개혁론자인 것은 틀림없겠지만, 무어 그렇게 생각할 것도 없지. 허생은 솔직하게 당대 사회의 모순을 이해해서, 한국이라는 땅덩어리를 충분히 감안하여, 그러니까 꼿꼿하게 산 것이겠지.

자네는 모르고 있네. 자네는 아직 너무 어려. 나이가 어리다는 것이 아니라, 그 의식상태가 어려. 자네는 한국이 오천 년 역사를 가진 나라라는 것이 무슨 의미를 띠고 있는가를 도대체 이해하려고 하지 않는단 말야. 그래서 자네는 허생이 무슨 사회개혁자가 아닌가 생각하고 싶어한단 말야. 그것이 젊은이의 협기라는 걸세. 허생은 그저 마음 곧은 선비라고 보면 족할 걸세.

그래서 역시 사람은 나이를 먹어봐야 이 세상을 이해하게 되는 법일세. 알겠는가, 역사라는 것은 나이를 먹어봤다는 것을 뜻하는 거야. 역사는 사람의 지혜에 뿌리를 내려주고 깊이를 쌓아주고, 그리고 세련되게 만들어주지. 요사이의 정치가들이 한심하다는 것은, 그저 정권 유지에만 급급해서 지금의 현실을 막무가내하고 모든 것으로부터 단절시키고, 일반 국민들의 실정과는 담을 쌓고 있다는 것일세.

나에게 무슨 묘안이 있느냐구? 이 현실을 올바르게 이끌어갈 방책이 있느냐고 묻는 것이렷다? 아암, 있지, 있구 말구. 그러나 그것을 얘기해본댔자, 자네가 이해할 수 있을지 모르겠군. 자네는 한국이라는 땅덩어리를 모르니까 말일세.

그거 사람들이 하도 가난하게 사니까 말야. 외촌동에는 별의별 해괴한 일이 많아.

예수교의 어떤 파에서는 허무맹랑한 소리를 하는군그래. 1975년이 되면 이 세계가 멸망하게끔 돼 있다는 소리가 성경에 써 있다면서? 이 세계가 멸망하고 나면, 착실하게 하나님을 믿은 사람 십삼만여 명만이 행복하게 살게 된다고 하더군. 미친 소리들이지. 예수는 한국이라는 땅에서 태어난 게 아니니까, 성경에 써 있는 말은 한국에는 해당 안 될 것이 틀림없어.

아까도 얘기했지만, 우리 '애족 노인회'에서는 어찌하여 이 세상이 혼란에 빠졌는가를 분명히 알고 있네. 애족 노인회에서는 장차이 나라를 위해서 보다 광범위하게 윤리 도덕을 일으킬 준비를 갖추고 있는 중일세.

앞으로 끊임없이 재난이 잇닿을 걸세. 그걸 나는 환히 알 수 있네. 알겠는가? 내가 말하고자 하는 요점은 이걸세. 한마디 확실히 해둔다면 한국인은 어디까지나 한국인이라는 거야. 단일민족이라는 것은 장점일는지 모르지만, 그만치 단점일 수도 있지. 섣불리 근대화한다는 미명으로 과거의 역사를 무시해 버리면 안 된다는 이유가이 점에도 있지. 한국인은 어디까지나 한국인이고……. 참, 이건 아까부터 말하고 싶은 것인데, 자네는 정감록이라는 거 알고 있겠지? 물론, 그야 정감록이라는 걸 내가 말한다면, 아이구, 서 영감쟁이별수 없구나 하고 생각하겠지만, 그걸 그렇게 간단히 무시해 버릴수도 없는 것이란 말일세.

사실 허생전이란 것은 좀 괴팍한 선비가 쓴 패관 문학임에 틀림없어. 나는 차라리 정감록이라는 걸 자네에게 권하고 싶네. 정감록은 말하자면 한국인의 성경과 같은 것일세. 요새 나는 이 점을 절실히 느끼고 있네. 서울 구석에 오구구 모여 붙어 정치를 행하고있는 자들은, 저 가난한 외촌동 사람들의 끈질긴 생명력을 모르는 법일세. 나는 이 근래에 정감록을 새로 접해 보았는데, 거기에는 무어라 말할 수 없는 한국인의 강인한 생명의 의지가 깃들어 있었어. 알겠는가, 모진 박해를 받으며, 하소연할 데 없는 설움을 삼키며, 연면히 생을 이어온 민중의 의식이 박혀 있단 말야. 참, 놀라운 일이야. 정감록은 한국의 산세와 지세를 면밀히 검토하고 있고 이러한 지리적인 조건에서 어떤 정치 형태가 가장 이상적인가를 놀라우리만치 섬세하게 작성했어. 고난의 땅덩어리에서 사는 사람들의 불안한 마음을 그만치 정직하게 이해해준 책은 다시없을 걸세.

정감록에 무슨 말이 쓰여 있는지 아는가? 팔금산으로 가면 난을 피하리라, 이렇게 씌어 있어. 또는 삼산(三山)으로 가면 난을 피하리라, 이렇게도 쓰여 있지. 팔금산이 무언지 아는가? 바로 부산일세. 가마 부(釜)자를 풀어쓰면 팔금(八金)이 되지 않는가? 그리고 삼산이란 무엇인고 하니, 그것은 부산, 마산, 대구 이렇게 세 도시를 가리키는 거야. 어떤가, 6·25사변 때 그쪽으로 간 사람들은 난을 피하지 않았는가?

정감록에 쓰여 있는 말마따나, 이재궁궁을을(利在弓弓乙乙)일세. 궁궁을을이란 약할 약(弱)자를 풀어쓴 거야. 약(弱)한 사람에게 이(利)가 있는 걸세. 물론 자네야 학정에 시달릴 대로 시달린, 옛날 봉건주의 밑에서 살던 각성하지 못한 일반 백성들의 궁여지책에서 나온 소리라고 하겠지. 물론 그 소리는 옳은 소리일는지 모르지만, 앞으로 달라질 줄 아는가? 아까도 얘기했지만, 앞으로 끊임없이 재난이 잇닿을 거란 말일세.

자네는 또 딴소리를 하는군. 그거 쓸데없는 이론은 꺼내지 말게. 자네는 내 말을 고깝게 들은 모양이야. 자네가 아직 어려서 그렇다고 보아주겠지만, 별수 있는 줄 아는가? 유수한 한국 사상의 뿌리를 철부지 자네가 이해하리라 믿을 수야 없겠지. 앞으로 재난이 잇닿을 게 틀림없는 것은 정감록에 분명히 쓰여 있는 것으로도 알 수 있어. 어찌하면 재난을 피할 수 있을까 가르쳐 주려 했더니 관둬야겠군. 하지만 자네가 화를 내다니, 그래 세상이 그렇게까지 달라졌단 말인가? 달라졌다면 어디 잘 좀 해보지 그래? 고얀 녀석 같으니라구.

《창작과비평》, 1968년 여름호

삼두마차 2

삼두마차 2

1. 점잖은 중국인

우리가 면밀한 검토도 없이 서울을 떠난 것부터가 잘못이었다. 특히 내 잘못이 컸다. 나는 황종택이 해 오는 말을 너무 순진하게 믿어 버렸다.

황종택은 공군 중위였다. 연말 유가를 얻은 그는 군용 비행기를 타고 제주도로 갈 마음을 먹었다. 혼자 가기가 심심하다고 느낀 그는 특별히 민간인도 탑승할 수 있는 그러한 허가증을 두 개 만들었다. 그는 자기 애인과 친구 한 명을 동반자로 결정했는데, 친구로 내가 선택이 되었으며, 마침 집안일이 있어서 그의 애인이 동행을 못 하게 되자 주성자에게 연락을 취했던 것이다.

주성자는 시시껄렁한 영화 잡지사의 기자였는데 언제든 그 기자 노릇을 그만둘 마음을 먹고 있었다. 내가 전화를 거니까 "어머, 멋있어요." 하고 그녀는 응수해 왔다. 비행기를 공짜로 얻어타고 제주도로 갈 수 있다는 사실은 고무적인 것이지만, 그러나 비낭만적인 계산을 해 보았어야 옳았을 것이다.

우리 세 명은 서울 충무로에 있는 닭집에서 전야제를 가졌다. 그렇지 않아도 12월 10일경이 되면 떠들썩한 거리 풍경이 여간 싫지 않왔다. 백화점 입구마다 산타클로스 할아버지가 바보스런 웃음을 띠고 서 있는 걸 본다는 것은 고역에 속하는 일이었다. 우리는 제주도를 샹그리라[1]에 비유시켜 흥분해 보고 있었다. 일반 사람들은 제주도가 삼다도인 줄로만 알고 있으나, 도둑이 없고, 거지가 없고, 물이 없는 섬이라는 뜻에서 삼무도라 불리기도 한다는 사실은 잘 모르고 있었다. 우리는 제주도를 가는 것뿐만이 아니라 삼다무도를 가려는 것이며, 이미자의 노래에 나오는 〈동백 아가씨〉가 아닌 순진한 동백 아가씨를 만나러 가려는 것이기도 했다.

비행기는 오산에서 출발한다고 했다. 우리는 아침 여섯 시 반에 서울역에서 만났다. 몹시 추운 날이었다. 하지만 얼마 안 있어 남국의 섬나라에 도착할 우리는 내의를 껴입지 않았다. 기차에서 내려서니까 더 추워졌다. 합승을 타고 비행장까지 도착해서 신분증을 제시한 뒤에 그 안으로 들어갔다. 격납고들은 겨울의 안개에 휘감겨 있었다. 괴상하게 생긴 자동차들이 활주로를 왔다 갔다 하고 있었다. 황종택은 안으로 들어가서 비행기 사정을 알아보았다. 그러자 우리는 첫 번째로 김새는 소리를 들었던 것이다. 기상이 나빠서 제주도행 비행기는 취소되었다는 것이었다.

바깥으로 나와서 곰탕을 한 그릇씩 먹었다.

"별수 없잖아? 서울로 되돌아갈 수는 없고, 어디든 가서 사흘만 꿀리고 있자 이거야. 다음 월요일에 뜨는 비행기는 틀림없이 취소되지 않겠지."

비행기는 일주일에 두 번 뜨는 모양이었다. 다음 월요일에 뜨는 비행기를 타자는 말이었다. 나는 황종택의 말을 옳게 들었다. 그냥

---

1) 제임스 힐튼의 소설 『잃어버린 지평선(Lost Horizon)』에 이상향으로 등장하는 가상 도시.

서울로 되돌아간다는 것은 우스운 노릇이었다.

우리는 어디에서 이틀하고 반나절을 소비할 수 있을까 궁리했다. 그러나 바깥으로 나와 보니 공주로 가는 버스가 마침 정류하고 있었다. 우리는 무턱대고 그 버스를 집어 탔다. 그리하여 그날 안으로 마곡사에까지 도착했던 것이다.

마곡사에서의 이틀은 비교적 재미가 있었다. 산골짝마다 눈이 겹겹이 쌓여 있었다. 그 쌓인 눈 밑으로 마치 땅이 소리를 내며 이동하고 있는 듯한 그런 물소리를 우리는 들었다. 봉우리를 하나 올라가서 사방을 꽉꽉 메우고 있는 산천들을 조망하면서 우리나라의 지형에 관해서 얘기를 주고받았다. 여러 전설과 귀신들이 포근하게 살고 있는 산의 우렁찬 돌올에서, 우리는 평지가 아닌 산지를 느꼈다. 도시가 일단은 평지로써 납득이 된다면 이곳은 산지였다. 이곳에서는 우리가 겸손해져야 할 이유가 있었다. 마침 우리가 묵고 있는 여관방에는 20리쯤 떨어진 사곡이라는 곳에서 온 청년들이 있었다. 이 청년들과 막걸리 파티 비슷한 것을 열기도 했다. 주성자는 그들에게 술을 따라 주었고, 그리고 자기도 서너 잔 용기를 내어 마셨다. 그러다 보니 주성자는 약간 무리를 했다. 그녀는 코맹맹이 소리를 내었다.

"감기로부터 구애를 받고 있어요. 당신들이 너무 매정스러우니까 이 지경이지 무어예요." 하고 주성자는 개탄했다.

"감기 걸린 사람은 어쩐지 노인 같다." 하고 나는 말했다.

그러자 주성자는 지독한 감기에 걸려 버리고 말았다. 주성자는 파파노인처럼 콧물을 흘렸으며 가래를 긁었고 코맹맹이 소리를 내었다.

다음 날 아침에 우리는 마곡사를 벗어나서 공주로 나왔다. 주성자는 괜찮다고 하였지만 병원에 가서 진찰을 받았다. 그 의사는 많은 돈을 물라고 했으므로 우리는 여비를 털지 않을 수 없었다. 애당초 우리는 여비를 많이 준비하지 않았던 것이다. 제주도에만 가면 황종택은 황종택대로, 나는 나대로 돈을 변통할 수가 있었으므로, 가볍게 출입하는 기분으로 나섰던 것이다. 주성자는 목욕을 하고 싶다고 했으므로, 그동안에 우리는 꿩고기를 안주로 파는 술집에 가서 한 잔씩 나누었다.

"이렇게 되면 도리 없어. 대전으로 나가자. 주성자는 서울로 보내고 말이지, 너와 나는 오산으로 가서 비행기를 탈 생각을 하자."

황종택은 일이 여의치 않은 것에 기분이 상해서 이렇게 말했다.

그리하여 우리는 춥고 음산한 연말의 산야를 털털거리는 버스에 매달려 훑어 내려갔던 것이다. 마침 장날이 겹친 탓인지 시골 버스는 지독히 만원이었다. 버스 안에서는 마늘 냄새와 먼지 냄새와 고리타분한 사람 냄새가 났다. 그것이 동지의 추위에 대한 온기를 형성하고 있었다.

버스는 금강의 지류라고 짐작되는 하천을 끼고 달려갔으며, 계룡산에 연결되는 산줄기를 헤맸다. 버스는 축지법을 쓰는 것이 아니라 확지법(擴地法)을 쓰고 있는 것 같았다. 시골 버스는 특급 열차와는 다른 방식으로 산과 들과 농촌을 답사하고 있었다.

나와 황종택은 한 잔 술로 인해서 자꾸 오줌이 마려웠다. 주성자는 젊은 처녀를 할머니로 만들어주는 감기로 인해서 차체가 흔들릴 적마다 얼굴을 찡그렸다. 우리는 서로들 미안하다는 마음은 갖고 있었지만, 그것도 짜증 섞인 분노로 변해서 서로들 증오하고 있었다. 거기에다가 버스는 펑크가 나서 우리의 여정을 더욱 춥고 감상적인 것으로 만들었다.

인간들이란 행복하고 싶어서 사는 것은 아니고, 도리어 증오와 수치심을 통하여 그들의 삶이 어떠한 모습을 보여주고 있는지를 확인하게 된다. 물론 나는 이번 여행에서 이와 같은 것을 새삼스레 알게 되었다고는 믿지 않을뿐더러, 그렇게 말할 자격도 갖고 있지 않다. 그리고 우리가 유성온천에서 보았던 어떤 풍경을 센티멘털하게 강조하여 그것이 당세풍의 일반적인 분위기라고 말하려는 것도 아니다.

우리가 대전까지 가지 않고 유성온천에서 내린 것은 휴목을 하고 싶대서가 아니었다. 제일 첫째 원인은 동태처럼 우리 자신이 빳빳하게 얼어붙었기 때문일 것이다. 그래서 꾀가 났고, 유성온천에서 내릴 수는 없을까 명분을 생각하게 된 것이었다.

"가만있자, 너도 유성에 공군 부대가 있다는 건 알고 있겠지?"

공군 중위인 황종택은 말했다.

"틀림없이 내 동기생이 있을 거야. 그 녀석들을 만나면 돈도 꿀 수 있겠고 말이지, 그럴듯한 대접도 받을 수 있을 거야.

"그거 참 그렇겠구나."

"잘 됐어. 그렇지 않아도 추워 죽을 지경인데 말이지. 이만하면 유성온천에서 내릴 명분이 충분히 생겼어."

황종택은 후닥닥 버스로부터 내려서더니 우선 화장실을 찾아 나섰다. 마치 변소에 가기 위하여 유성이라는 땅이 필요했다는 것처럼.

유성온천은 내가 처음 와보는 곳이었다. 나는 주성자의 손을 잡고 바깥으로 나왔다. 나는 막연히 호화스럽고 거창한 유원지를 예상하고 있었는데 약간 실망을 느꼈다. 그다지 크다고 만도 할 수 없는 호텔과 간판들, 그리고 조그만 도로변의 양쪽을 끼고 이어진 상가의 행렬은 그저 조그만 읍내의 중심가를 연상시켜 줄 뿐이었다.

물론 얼마 지나지 않아서 나는 유성온천에 대한 첫인상이 옳지 않다는 것을 깨닫게 되었다. 이곳이 얼마나 화려한 장소이며, 선택된 지역이며, 서울 쪽으로 당겨져 있는 땅인지를 알게 되었다. 이곳의 지하로부터 솟아 나오는 뜨거운 물로 인해서 이 평범한 장소는 주변의 삭막한 논이나 밭과는 상대도 되지 않을 만하게 존경을 받는 곳으로 변해 버렸다는 것을 알게 되었다.

아마 나의 첫인상이 초라하다고 느껴졌던 것은 이 장소가 유성온천이라는 어떤 관념적인 이미지의 조작과는 별도로 형성되어 버린 듯한 그 배반감에서 오는 것이었으리라. 바야흐로 한 해가 다 흘러가 버린 연말이었다. 길가에는 서울 자가용 넘버를 붙인 택시들이 줄지어 늘어져 있었다. 유성온천은 길거리에 있는 것이 아니라, 그 호텔들의 내부에 건물의 깊숙한 내벽에 숨겨져 있는 것이리라.

황종택은 용변을 마치고 돌아왔다. 그는 화려한 장소에 가면 몰라볼 정도로 싱싱한 얼굴이 되는 것이었다.

"며칠 동안 절간에 박혀 있었더니 말야, 아주 소심해져 버렸는걸?" 그는 말했다.

"우선 배가 고파 죽겠구나. 어디든 가서 요기부터 해야지, 안 되겠군."

"우리 이왕이면 고급으로 놀아볼까?"

"임마, 까불지 말아. 우선 20원짜리 국수 정도로 봉창을 할 필요가 있어."

그러자 조그만 중국 음식점이 눈에 띄었다. 우리는 그 집을 목표로 하여 먼 여행을 온 것처럼 다급하게 안으로 들어갔다. 49공탄 난로가 가운데 놓여 있었다. 오리 의자와 비닐 포장을 한 나무 식탁이

들어차 있는, 어디를 가나 똑 마찬가지인 그러한 중국집이었다.

중국놈들은 얼마나 뱃심이 편한 족속들인가? 그들은 자기네 고유의 음식을 만들어 팖으로써 세계의 곳곳에서 그들의 삶을 유지할 수 있는 배짱 편한 이득을 가지고 있다. 그리고 중국 음식점에는 놀라운 장점이 있다. 다시 말하자면 서울 명동 한복판의 자장면이나 강원도 산골 깊숙한 곳에서 만들어지는 자장면이나 그 맛에 있어서는 질적인 차이점을 별로 나타내지 않는다.

보이 녀석은 손톱을 깎고 있었다. 난로 앞에는 두 명의 장년 사내가 불을 쬐고 있었다. 우리는 난로 쪽으로 다가갔다. 선참해 있던 두 명의 장년 사내는 자리를 양보할 기색이 아니었다. 우리는 상당히 기분이 나빴다. 보이 녀석은 여전히 손톱을 매만지고 있었다.

나는 담배를 물었다. 실내는 춥지는 않았지만 따뜻하지도 않았다. 수성자는 스카프를 벗고는 가만히 한숨을 쉬었나. 이미 섭색입소의 불친절에 대해서는 우리 또한 익숙해져 있었지만 그럼에도 우리는 상당히 기분이 나빴다.

"야, 이 자식아, 손님이 들어왔으면 어서 오라는 인사말이라도 있어야 할 거 아냐?" 황종택이 호통을 쳤다.

"그리고 엽차라도 한 잔 갖다 줘야 할 것 아냐?" 하고 나도 말했다.

보이는 여전히 손톱을 매만지면서 얼굴만 들어 우리를 바라보았다. 난롯가에 버티고 앉아있던 두 명의 장년 사내가 쿡쿡 기분 나쁜 웃음을 터뜨렸다.

"얘, 엽차 갖다 드려라."

조금 뒤에 장년 사내 중에서도 얼굴이 넓적하고 약간 키가 커 보이는 사람이 말했다. 그는 마흔대여섯 살 가량 들어 보였는데 두툼한 검정색의 오버에 하얀 머플러를 하고 있었고, 상당히 거만스러었다. 그는 무두질의 피부를 갖고 있었고, 그 용모는 남아메리카의 유명했던 독재자 후안 페론과 흡사하게 생겼다. 그는 큼직한 입을 가지고 있었고, 이빨도 완강하게 생겨 있었다. 그가 이 음식점의 주인인 듯했다.

보이 놈은 그제야 비슬비슬 일어서더니 난로 위에서 끓고 있는 주전자를 집어 들었다. 보이는 열두어 살 정도 들어 보였다. 우리를 마치 깡패쯤으로 오해한 듯했다. 왈카당 소리를 내면서 컵을 갖다 놓더니 아주 거친 태도로 물을 따랐다.

"인마, 컵에다가 미리 물을 따라서 갖다 주면 못 써?" 황종택은 구박을 놓았다.

보이는 황종택의 말을 들었는지 말았는지 자기 할 일만 하더니, 다시 멀찌감치 떨어져서 손톱을 매만지고 있었다.

"야, 이 자식아." 황종택은 다시 화를 냈다.

"아아 손님, 이거 미안하게 되었습니다." 난로 곁에 앉아 있던 키 큰 사내가 말했다.

"식사는 무엇으로 하시겠습니까?"

"식사를 무얼로 하겠느냐구?"

"예, 중국 음식점에서 드실 수 있는 건 대개 됩니다."

그제야 보이가 다가왔다. 그는 말을 하지 않았다. 하지만 화난 시선으로 우리를 바라봄으로써 음식 주문은 당연히 자기가 맡아서 해야 한다는 뜻을 표시했다.

"이봐, 손님이 왔으면 응당 네가 식사 주문을 받아야 할 거 아니겠니?" 하고 나는 그 애에게 말했다.

"너 조그만 자식이 벌써부터 불손한 태도를 지으면 어떡해? 중국 음식점에서, 중국놈의 밥을 빌어먹는 애들치고 제대로 되어 먹은 놈 하나 없거든."

황종택이 이렇게 말하자, 그때 키가 큰 장년 사내가 하하하 소리를 내어 웃었다. 그 사내가 이 음식점의 중국인 주인이리라는 것은 틀림없는 사실인 듯했다.

"손님들, 이거 접대가 소홀해서 죄송합니다."

"실례지만 이 집의 주인 되십니까?"

"예예, 내가 주인입니다. 오늘은 영업을 안 하다시피 해서 저 애도 그렇게 되었습니다."

그 중국집 주인의 표정에는 나이가 많은 사람이 지어 보이는 어떤 우월감, 다시 말하자면 인생사에 대해서는 좀 더 확실히 알고 있는 사람이 그 인생사의 실제 양상을 자세히 알지 않는 사람에게 공손을 떨 때의 묘한 빈정거리는 친절성이 가미되어 있었다. 그것은 반대로 말해서 황종택이 내보인 울화를 우스꽝스럽게 만들어 버리는 효과를 가지고 있는 것이었다.

"무얼로 하시겠습니까? 아저씨, 무얼로 하시겠습니까?"

보이는 화가 올라있었다. 입술을 꼭 깨물고는 나와 황종택을 노려보았다.

"여기 배갈 두 병 하고, 부추 잡채나 하나 하고." 나는 음식을 주문했다.

"부추 잡채는 안 됩니다. 부추는 상당히 값이 비싸서 우리는 손님들에게 바가지 씌우는 게 될까 봐 잘 만들지 않습니다."

중국인은 여전히 겉만 번지르르한 친절성을 보이며 말했다.

"그럼 잡채를 갖다 줘."

보이는 물러가 버렸다. 황종택은 화가 올라있었다. 중국인과 다른 사내 쪽으로 고개를 돌려서 그들을 쏘아보기 시작했다. 이제 중국인은 음식점 주인으로서의 의무는 다했다는 듯한 표정이었다.

그러고 보니 중국인은 확실히 한국인과는 다른 데가 있었다. 그의 입술이 두텁고 뺨 가죽이 무두질이어서 뻔뻔스럽게 보인대서가 아니라, 그의 동작에 중국인다운 데가 있었다. 그러한 인상의 근원지는 과연 무엇일까? 또는 역으로 말하여 한국인은 어떠한 표정과 동작을 꾸미기 마련이기에, 시시한 중국 음식점에 앉아있는 그 장년 사내를 한국인이 아닌 중국인으로 보이게 했을까?

그러는 중에도 중국인은 엽차 잔을 앞에 갖다 놓고는, 마치 영국 사람들이 홍차를 마실 때에 이런 표정을 짓지 않을까 싶은 태도로 엽차를 한 잔 따라 마시고 있었다. 중국인은 황종택을 거들떠보지도 않았다. 그는 자기 옆에 앉아 있는 약간 젊고 키가 작은 사내와 중단되었던 얘기를 계속하려고 하였다.

보이는 주방으로 들어갔다 나오더니 다시 손톱을 만지작거리다가 라디오를 틀었다. 그러자 남진의 노래가 흘러나오고 있었다. 그 남진의 노래는 음식점의 분위기에 잘 맞아들어갔다. 그 노래로 인해서 이 음식점이야말로 한국이라는 변방에 싸구려로 존재하는 그런 음식점의 하나에 불과하고, 이런 곳엘 드나드는 손님들 또한 싸구려일 수밖에 없다는, 바로 그와 같이 침침한 서민적인 무드를 풍겨주었기 때문이다.

중국인은 얘기를 시작하고 있었다. 그런데 놀랍게도 그의 입을 거쳐나오는 언어는 일본어였다. 중국인의 옆에 앉은 사내가 재빠른 일본말로 응수를 했다. 우리는 일본어를 몰랐다. 그래서 그들이 무슨 얘기를 나누고 있는지 그 내용은 알 수 없었다. 하지만 그들의 쿡쿡 웃음과 점잖음, 또는 일본어가 풍기는 사각사각한 느낌을 종합해 본다면 아마 우리를 비웃고 있거나 한국이라는 나라가 주는 어떤 분위기를 한탄하는 게 아닌가 싶었다. 하여튼 그들은 일본어로 유창하게 대화를 나누고 있었다. 그래서 깨닫고 보니 중국인 옆에 앉아 있는 사내는 일본인임에 틀림없었다.

그들은 이제 우리를 안중에 두지 않았다. 그들끼리 점잖고 유쾌하게 수작을 나누고 있었고, 이따금씩 지극히 관대하게, 마치 추운 곳에 있다가 따뜻한 방안으로 들어와 킁킁거리는 강아지처럼 그렇게 묘하게 웃어댔다.

황종택은 새로 담배를 물었다. 나는 그가 상당히 분개해 있다는 것을 눈치챌 수 있었다. 아마 중국인과 일본인도 그것을 알았으리라. 그래서 그들은 의식적으로 황종택을 무시한 채 일본어로 얘기를 나누고 있는 것을 터였다.

그것은 역으로 말하여 황종택도 의식하고 있었을 것이다. 이 사내들이 황종택을 무시하고, 흘러나오고 있는 남신의 노래를 무시하고, 유성온천이라는 곳의 분위기를 무시한 채 마치 국제인들처럼 일본어로 얘기를 나눔으로써, 우월감을 태연하게 견지하는 즐거움을 갖고 있다는 것을 알고 있었을 것이다.

최소한도 내가 느낀 것은 이러했다. 이곳의 분위기를 어디에선가 너무 많이 보고 읽고 했다는 느낌이었다. 나는 어디에서 보았던가? 한국 독립운동가들이 상하이다 하얼빈이다 등의 땅에서 싸구려 음식점을 아지트로 하여 만나던 그러한 분위기……, 그러한 분위기를 묘사한 영화 같은 것을 보고 있을 때의 기분과 흡사했다. 그리고 어디에서 읽었던가? 내가 만약 내셔널리즘을 완고하게 신앙했더라면 「백범일지」에 나오는 어떤 장면……. 다시 말하자면 백범이 싸구려 음식점에서 일본인과 조우하여 그 일본인의 놀림을 당하던 때의 그 장면을 상기했을 것이다. '참 시시한 곳에서 삼국의 인간이 모였군.'

하고 나는 생각했다.

황종택은 이제 좀 진정이 된 모양이었다. 나는 상체를 젖히고 나서 중국인과 일본인을 번갈아 바라보고 있었다. 황종택이 저러고 있는 것은 두 사내에게 자기를 광고하고 싶은 강한 자극을 느끼고 있기 때문일 것이다.

나는 황종택을 믿기로 했다. 싸구려 영화에 나오는 것처럼, '이봐, 어느 나라에 와서 일본말을 지껄이고 지랄들이야? 여기는 엄연히 독립 국가인 한국의 땅이라는 걸 명심하시지그래?' 라고는 하지 않을 것이다. 나는 황종택이 무슨 꿍꿍이속을 가지고 있는지 흥미를 느꼈다. 전통적으로 묘한 관계를 맺어왔던 동양 삼국의 현대판 현장에서 (그러나 어쩔 수 없이 풍속적인 모호한 현장에서) 황종택은 어떠한 태도를 지으려는 것인가?

아마 이러한 흥미를 갖게 된 것은 내 성격이 졸렬했기 때문이었을 것이다. 그리고 이것이 나중에 들은 말이지만 그 일본인은 우리가 아프리카의 원주민처럼 보인다고 했다. 그 말을 들었을 때 황종택이 내보였던 행동에 관해서는 말할 필요가 없겠지만, 나 자신의 개인적인 느낌으로 말하자면 바로 내가 제일 피하고 싶은 것이 바로 그 일본인이 지적한 1차원적인 세계관이었다.

황종택은 내 옆구리를 쿡쿡 찔렀다.

"야, 이건 묘하지 않니? 가만있어, 저치들과 얘기를 좀 나눠봐야겠어."

"인마, 그만둬. 조용히 식사나 하고 나가."

"그럴 수는 없잖아? 넌 아직도 우리나라가 저치들의 식민지 아래에 놓여있다고 생각하는 거냐?"

"그렇지 않기 때문에 네 태도는 정당한 게 못 되지. 유식한 말로 하자면 이런 얘기가 될 거다. 식민지 사관, 사대주의 사관을 청산하고 싶다면, 그 다음번으로는 후진국 사관이라고나 할까, 그러한 것이 대체되어 들어오고 있는데 바로 네 태도가 그와 비슷한 거야."

"정말들 이러기에요?"

주성자는 화가 나서 내 말을 중단시켰다.

"여자를 앞에 놓고 성난 젊은이 노릇이나 할 거예요?"

"그것도 그렇군."

황종택은 맥없이 긍정했다.

우리는 배갈을 마셨다. 여행이란 참 사람을 뒤죽박죽으로 만들어놓는다. 우리는 뒤죽박죽으로 되어버린 여행 때문에 속이 상해 있었다. 거기에다가 우리의 국토에서 보게 되는 여러 어이없는 광경 때문에 문별심을 잃었나.

"참을 수 없잖아?"

한참 뒤에 황종택은 투덜거렸다.

"저 자식들은 되어 먹지가 않았거든. 나는 말이지, 부당하게 대접받고 있는 게 싫단 말이다. 우리가 무어 깡패냐 말야. 저 자식들은 고의적으로 우리를 무시하고 있고, 이 음식점의 무드를 극히 불명의 해괴한 장소로 만들어 버렸거든. 저 자식들이 내보이고 있는 우월감이 환장할 정도로 싫어 죽을 지경이란 말이다."

황종택은 심지어 나에게까지 욕을 했으므로 사실 나도 기분이 나빴다.

"그것이 아까 내가 말한 후진국 사관(後進國 史觀)이라는 거다."

"그것을 강요당하고 있잖아? 국가가 열등감을 느끼고 있을 때, 그 속에서 사는 개인이란 얼마나 열등감을 갖지 않을 수 없느냐 이

거다."

"넌 굉장히 자상한 감수성을 갖고 있구나. 느끼지 않아도 될 것을 느끼고 있으니?"

"이 쥐똥대가리 같은 자식아, 너마저 사람의 핏대를 긁어놓을 텨?"

황종택은 으르렁거렸다.

"너는 나쁜 자식이다. 내가 지껄이는 말이 어디에 근거하는지를 너도 알 거다. 내가 1920년대의 민족주의자와 같은 폼을 잡고 있는 줄 아니? 이씨 조선 시대의 분위기, 왜정 시대의 식민지 분위기가 아직까지 청산되지 않고 고스란히 남아 있다는 것과, 저 자식의 어처구니없는 똥보 배짱이 아니꼬워 죽을 지경이라는 바로 그 소리란 말이다."

"저 사람들을 상대할 것은 없어. 너는 저 사람들과 같은 수준이 될 필요가 없어."

그러나 말해 가는 동안에 나는 내 말에 자신을 잃어버렸다. 그러니까 내 성격과는 관계없이, 점잖은 말만 지껄이게 된다는 데에서 아쉬운 불만을 느꼈다.

"가만있어. 나는 내 하고 싶은 대로 할 테니까."

황종택은 우리의 좌석에서부터 일어났다. 그는 난롯가로 다가가서 중국인과 일본인과는 예전부터 친한 사이였다는 듯이 그렇게 익숙한 태도로 가랑이를 벌리고 앉았다.

"말려야 하지 않아요?"

주성자는 나에게 말했다.

"내버려 둬. 저 녀석은 너무 정직한 녀석이야. 그러나 졸렬한 녀석은 아니니까 일단 믿어둬."

"남자들은 왜 사소한 일을 가지고 성을 내구 큰소리를 지르고 야단일까? 내가 감기에 걸렸다는 걸 강조하려는 것은 아니지만, 이건 정말 너무해요. 당신들 두 명의 남자가 엉터리짓이나 하고 술이나 처마시고 했기 때문에 내가 감기에 걸린 거예요. 그런데도 당신들은 자기 잘난 줄이나 알지 내 감기에 대해서는 속수무책이잖아요? 진정으로 화를 내야 할 사람은 나예요. 그리고 화풀이의 대상이 되는 사람은 저기 중국인이나 일본인이기에 앞서서 당신과 황종택 두 사람이에요. 난 밤차 타구 서울로 먼저 올라가겠어요."

"그럼, 제주도는 못 가게 되잖아?"

"제주도가 어디 붙어 있는 곳이죠? 아마 달이나 화성쯤에 붙어 있겠죠."

"그러지 마. 내가 실수를 했다는 것은 알고 있어."

"알고 있으면 부얼해요? 나는 감기 때문에 파파힐미니기 디 되어 버렸는데."

"하여튼 시간이 있으니 마음을 너그럽게 가져봐."

나는 주성자의 손을 꼭 쥐어 주었다. 고통을 당하고 있을 때, 또는 괴로움을 참고 있을 때 사람은 위대하게 되는 법이다. 더욱이 여자의 경우에 있어서 고통은 미(美)이다. 나는 주성자의 괴로움을 내가 대신 아파해줄 의무를 가지고 있다고 생각함으로써 그녀를 아주 자세히 이해하게 된 듯한 기분이었다.

황종택은 제대로 처신해가고 있었다. 그는 정직한 녀석이었지만 졸렬한 녀석은 아니었다. 그는 고함을 지르지 않았고 두 외국인에게 불손한 태도를 짓지도 않았다. 일본인은 영어를 할 줄 모른다고 발뺌을 하고 있었으나, 그 말은 거짓말임직했다. 그 일본인은 무슨 무역 관계의 회사에서 한국으로 파견 나와 있는 사람인 것 같았다.

황종택이 열을 올려 얘기하자 껄껄 웃어대며 응대를 하고 있었다. 그러자 중국인도 얘기에 꼽사리를 붙고 있었다. 그는 황종택과 말할 적에는 한국어를 썼고, 일본인과 말할 적에는 일본어를 썼다. 그러니까 그 좌석에는 영어까지 포함하여 세 나라의 언어가 동원되고 있었다.

나는 배갈을 한 병 더 주문했다. 보이 녀석은 이제 손톱을 깎고 있지 않았다.

"인마, 너 몇 살이야?"

나는 보이에게 수작을 붙였다.

"열네 살이에요."

"짜아식, 열네 살 치고는 상당히 늙었는걸?"

보이는 내 말에 대답을 하지 않았다. 그는 어색한 태도를 짓더니 다시 주방이 있는 입구 쪽으로 걸어가서 앉았다. 그는 좀 무료한 표정을 하고 방안에 모여앉은 사람을 돌아보더니 손톱을 매만지기 시작했다. 알고 보니 손톱을 매만지는 것은 그 애의 무의식적인 습관인 듯했다.

중국인과 일본인은 약간 시무룩한 표정을 하고 있었다. 황종택이 상당히 유식한 티를 낸 모양이었는데, 그것이 두 외국인의 관심을 끌어모으지 못하고 있는 것 같았다. 그러나 황종택은 상관하지 않고 자기 지껄이고 싶은 소리를 열심히 지껄여대고 있었다.

주성자는 코를 풀었다. 감기 때문에 그녀는 여전히 파파할머니처럼 행동하고 있는 중이었다.

"오늘이 무슨 날인지 아세요?"

"오늘?"

"크리스마스이브예요. 그러고 보니 크리스마스 캐럴도 이 며칠 동안은 듣지 못했네?"

"그것만은 여행 떠난 보람이 되겠군. 설마 하는 주성자 씨가 크리스마스 캐럴을 좋아하는 건 아니겠지?"

"아녜요. 좋아해요."

"이따 대전엘 나가면 그렇지 않아도 듣게 되겠지."

황종택이 돌아왔다. 그는 득의만면해 있었다.

"상당히 통쾌하게 해치웠군그래?"

나는 빈정거렸다.

"아암, 통쾌하구 말구. 하여튼 이것은 이번 여행에서 주울 수 있었던 하나의 삽화이며 각성이다."

이제 우리는 음식과 술을 다 처분했다. 싸구려 중국집에 더 앉아 있을 이유가 없어졌다. 황종택은 주머니에서 백 원짜리 지폐를 꺼냈다. 그리하여 돈 계산을 할 적에 약간의 수작질이 동양 삼국 인간들 사이에서 일어났다. 그 중국인은 상당히 불쾌했던 모양이었다. 황종택이 내주는 백 원짜리 지폐를 받아들더니 거기에 그려져 있는 세종대왕을 들여다보기 시작했다.

"여기 이 노인의 이름이 무엇이더라?" 하고 중국인은 일부러 무식한 티를 내는 체했다.

"한국 글씨를 만들어낸 사람이 이 사람이라면서?"

일본인은 무슨 얘기인가 싶어 돈을 들여다보며 흥미 있어 했다.

중국인은 일본어로 설명을 했다. 아마 한국이 한문 대신에 한글을 쓰게 된 내력을 설명하고 있는 듯했다. 일본인은 미소했다.

"그런데 요새 보니까, 이 노인은 쑥 들어가고 이순신 장군을 추켜세우고 있더구만, 안 그렇소?"

중국인이 말하자 일본인은 혼잣소리로 '이순신' '이순신' 하고 되뇌었다. 무엇인가를 조금 알고 있다는 듯한 태도였다. 중국집 보이는 다시 라디오를 틀었는데 구봉서의 '한 곡조 꽝' 하는 MC가 튀어나오고 있었다.

우리는 바깥으로 나왔다. 여전히 추운 날씨였다. 서울 자가용 넘버를 붙인 자동차들의 숫자는 더 늘어나 있었다. 사람들도 많이 보였다. 두툼한 겨울옷을 입고, 썩 살찐 얼굴에 관대한 표정을 유지하고 있는 그들은 온천장에서 크리스마스를 즐기게 된 그들의 처지에 아주 만족하고 있는 듯했다.

"확실히 우리 젊은 세대는 귀중한 역사적 시간 속에 놓여 있지 무어냐?"

황종택은 브리핑을 하는 사람과 같은 어조로 말했다.

"한국이 과거와 다르다는 것은 바로 본인과 같이 새 세대가 새로운 세계관을 갖고 등장했기 때문에 다르다는 것을 저 자식들은 납득했겠지."

"그랬을까?"

"물론 국가가 열등감을 느끼고 있는 나라일수록, 그 속에서 살고 있는 청년은 국가의 열등감을 자기의 열등감으로 치환시켜 생각해보지 않을 수 없을 테지만, 거기에는 묘한 맹점이 있는 거야."

황종택은 지치지도 않고 말하고 있었다. 너무 날씨가 추워서 나는 어서 그의 말이 끝나기를 기다렸다. 중국인과 일본인에 대해서 그 어떤 주체성을 확립해야겠다는 것은 한두 마디 말을 가지고 되는 일이 아님을 깨달을 수 있었다. 이윽고 황종택의 말이 끝났을 때, 문득 그 중국 음식점의 보이 녀석이 생각났다.

"아, 그 중국 음식점에서 일하는 아이 말야, 걔는 구봉서 만담을 들으면서 빤히 우리를 바라보고만 있더라. '안녕히 가세요.' 라는 상식적인 인사말을 생략하고 있었어."

"그 빌어먹을 자식." 황종택은 흥분했다.

"중국놈 밑에서 밥을 빌어먹는 자식들은 그 성격이 이상해진단 말야. 내가 그걸 알았더라면 한 대 갈겨주고 오는 건데."

황종택은 여간 분해하지 않았다. 그런데 황종택은 자기가 어떠한 인간이라는 것을 생각해 보고 있는 것 같지는 않았다. 하기야 나도 마찬가지였을 것이다.

중국 음식점에서 일하고 있는 그 소년의 부끄러움 많은 불친절성이야말로 나나 황종택이 갖고 있는 어떤 요소인지도 모르는 것이다.

2. 무식한 론타나인

소심성이라는 문제를 나는 진지하게 생각한다. 소심성이라는 것은 불안한 사회를 살아가는 생활 태도의 한 형태일는지 모른다. 내가 홍청석과 만나게 된 것은 서울이 우리를 같은 시각에 같은 장소로 걷도록 해주었기 때문이었다. 나는 홍청석을 대략 4년 만에 처음으로 상봉하였다.

어느덧 밤 열 시 반이 지나 있었다.

"우리 술이나 한잔 할까? 어차피 나는 좀 더 마실 예정이었어."

홍청석은 나의 친절을 의심하는 것 같았다. 친한 사이라고는 할 수 없는 주제에 술을 마시자고 말한다는 것은 각박해진 우리의 상황 경험에 비추어볼 때 의심의 대상이 되지 않을 수 없었는지 모른다.

마침 포장마차가 눈에 띄었다. 리어카에 '주류 일체 안주 일체' 따위의 헝겊 조각을 붙이고 우동과 막걸리를 파는 그런 곳을 우리는 포장마차라고 불렀던 것이다.

그 안으로 들어섰다. 손님은 아무도 없었다.

막걸리를 주문하고 우동을 시키고 꼬치 안주를 하나 집어먹을 때까지 나는 주인노릇을 했고 홍청석은 손님 역할을 했다. 그것이 모두 홍청석의 소심증 때문에 생긴 분위기였다. 그는 뱁새눈을 해서 나를 째려보고 있었다.

홍청석이 나를 어떠한 인간으로 읽고 있을는지 나는 괘념하지 않기로 했다. 이미 나는 '자기 소개를 해 두자면' 30세를 바라보는 나이가 되었고, 좌절감을 맛본 인간이 가지는 너그러움이라고나 할까, 아니 너그러움과는 거리가 있고 그것은 비겁한 타협이며, 좌절감이 가져다준 쓰라린 패배의 느낌에 대한 무력한 시인이지만, 평범한 월급쟁이에 지나지 않았다. 나는 평범한 월급쟁이 이상의 인간이 될 수 없다는 사실을 강조해서 의식하는 습관을 가짐으로 해서, 사실은 어떤 균형 감각을 찾고 있었다. 그래서 하루하루의 생활은 종잇조각과 다를 바 없는 나의 육체로써 캘린더를 만들어 그 숫자를 하나하나 넘겨보는 것과 비슷하였다. 나는 저녁마다 술을 복용했고, 때로는 타락한 듯한 행위를 함으로써 그 이상으로 타락해 버리는 것을 예상하고 있었다. 우리는 건배했다.

나는 담배를 태웠으며, 담배와 흡사한 대화를 나눌 필요를 느꼈다. 홍청석은 내가 무엇을 하면서 지내느냐 물어왔다. 나는 명함 한 장을 건네었다. 명함을 들여다보고 있는 사람들의 표정에는 사회 생활의 현장에 대한 막연한 존경감이 포함되어 있다. 생존을 호도하는 외투라고나 할까, 한 장의 명함 속으로 빨려들어 온 사회는 거기에 적혀 있는 이름 석 자의 당사자를 구속하고, 그 당사자와 함께 생명을 획득해 내고 있는 것 같다. 홍청석은 내 명함을 마치 내 가슴에서 뽑아낸 갈비뼈의 하나라도 된다는 듯이 진지하게 들여다보고 있었다. 홍청석의 소심증은 여전한 것 같았다. 나는 말하자면 얼마 전에 발급받은 주민등록증조차 보여주고 싶은 기분이 들었다.

"이 회사는 어떤 종류의 회사지?" 그는 물었다.

"병마개를 만드는 회사다."

"그런 회사도 다 있나?"

"다 있나가 무어야?"

"괜찮은 모양이구나?"

그의 이 질문에는 소심성과 아울러 약간의 시기심조차 스며 있었다.

"괜찮지."

"거기서 월급은 얼마쯤 받는데?"

"한 4만 원쯤 받지."

하지만 이 말은 거짓말이었다. 내 실제 월급이 만 5천 원가량밖에 안 된다는 것을 정직하게 말해 버린다면, 이 친구는 내 능력이 그 정도밖에 안 된다고 믿을지언정 그 공장의 사장이라는 인간이 인색하고 구차한 사업가라는 것을 이해하지는 못할 것이다. 물론 나는 만 5천 원에서 약간 더 생기는 돈이 있었다. 도둑질이라도 해서 생기는 부수입은 아니었고, 사회생활에 때가 절어 버린 사람만이 획득해낼 수 있는 영역에서 참깨로 기름을 짜내듯이 짜내지는 그러한 부수입이었다.

얘기는 진전되지 않았다. 홍청석의 소심증 때문이었다. 나는 홍청석이 소심증에 절어 버린 인간일 뿐만 아니라, 그 소심증으로 자기를 학대함으로써 이 세상을 학대하는 듯한 착각을 갖고 있는 청년이라고 느꼈다.

"그동안에 넌 어떻게 지냈어?"

"어떻게 지냈느냐구? 그럭저럭 지냈지."

"그러니까 대략 4년 만에 우리는 처음 만나는 셈이 되는군."

"그런가?" 홍청석이는 말했다.

"월남에 갔다 온 지는 두 달 밖에 안 되거든. 나는 그래서 과거의 시간에 대해서는 정확한 산술 능력을 잃어버렸어."

"월남에 갔다 왔다구? 맹호부대냐, 백마부대냐?"

"맹호부대였어. 나트랑이라는 곳을 중심으로 해서 더위와 싸우다 왔지."

"이건 참 뜻밖이군. 파월용사를 만나다니 영광이다."

"누구나 그런 식의 예절을 차리더군."

홍청석은 이게 소심성으로부터 약간 해방되어 있었다.

"하지만 전쟁 얘기라면 신물이 나. 월남에 관해서는 얘기하고 싶은 것이 없고."

"그곳은……."

나는 월남전쟁에 관해서 여러 가지 생각을 해보고 있었다.

"그곳은 무척 덥다면서?"

"덥지."

"어떻게?"

"하여튼 더워. 태양이 파리 새끼처럼 잉잉거리며 뒤통수에 달라붙어 떨어지지를 않아. 거기에 비하면 한국의 태양은 얼마나 점잖은지 몰라."

홍청석은 진절머리가 난다는 듯이 얼굴을 찡그렸다. 마치 월남으로부터 더위가 쫓아와 지금의 그를 덮어씌울까 봐 겁이 난다는 듯이…….

그러고 보면 나는 홍청석의 소심증을 이해할 수 있었다. 전쟁에서 하나의 청년이 돌아온다. 그 청년은 무엇인가 끔찍한 현장을 보았다. 그런데 돌아와 보니 세상은 그 청년이 전쟁터에서 보았던 끔찍한 현장과는 상관이 없다. 청년은 자기의 현장을 찾을 수 없다…….

　"전쟁에 관해서는 얘기하고 싶지 않아."

　홍청석은 월남전에 관해서 더 이상 물어낼 것을 경계하는 어조로 말했다.

　"나는 차라리 그것을 말끔히 잊어먹었으면 해."

　"그야 잊혀지겠지. 자, 술 들까?"

　우리는 술을 들었다.

　"앞으로 무엇을 했으면 좋을지 모르겠어."

　"긴장할 필요는 없을 거야. 그럭저럭 살아가게 마련일 테니까."

　"그러나 자신이 없어. 이렇게 당황해 보기는 처음이야."

　"세월이 해결해 주겠지."

　나는 무책임한 소리를 하고 있다고 느꼈다. 나는 소심해지기 시작했다. 나의 소심증은 마음의 책갈피 깊은 곳에 틀어박혀 있었다. 나는 나의 소심증이 표면으로 부상해 올라오고 있음을 느꼈다.

　"사실 전쟁이라는 것은 비참해. 나는 우리나라의 6·25 전쟁이라는 게 실제로 어떠했을지 알 수 있을 것 같애. 6·25 전쟁도 그렇게 비참했을 테지. 비참하다는 것을 잊어먹기 위하여 사람들은 얼마나 안간힘을 쓰며 노력하고 있는지 알게 되었어."

　나는 대답을 하지 않았다.

　홍청석은 월남전쟁에서 돌아왔다. 그는 불가사의한 전쟁을 보았다. 그는 그 불가사의한 전쟁을 통하여 6·25 전쟁의 실제 모습이 어떠했을지를 '처음으로' 그리고 '비로소' 느꼈다. 이 세상에는 몰라 두어야 하는 것도 있다. 그것을 몰라 두어야 하는 것은 그것을 알아 두었을 때에 오는 '비참함'을 요리할 수 없기 때문이다. 비참함에 익숙해질 도리는 없다. 비참함에 대안을 내세워 그것을 이겨낼 방법론이란 현재로서는 발견되지 않는다. 다만 비참함을 우회하거나 비참함을 약화하여 거기에 소규모의 대응책을 마련하는 것으로 그치고 만다. 그 이상의 것을 감당해내려고 할 적에는 먼저 자기를 정립해두지 않으면 안 된다. 그런데 그것은 불가능하다.

그래서 나는 홍청석의 소심증을 이해할 수 있었고 그리고 나는 소심해져 있었다.

"그러니까 내 말은 월남전쟁을 통하여 6·25 전쟁을 이해하게 되었다는 것인데 말이지……."

"그것은 너무 엄청난 아픔이 되는군." 하고 말하면서 나는 우리의 화제에 저항을 받았다. 우리는 엄숙한 어조를 써서 말할 수밖에 없는 사태를 만나게 되는 것이지만, 결국 우리의 엄숙성에는 허무한 한계가 그어져 있었다.

이제 통행금지 시간이 임박해오고 있음을 알 수 있었다. 리어카 주점의 주모는 우리더러 나가 달라고 말했다.

계산을 치르고 바깥으로 나왔다. 무서운 속도로 차들은 내빼고 있는 중이었다. 나는 포도의 한가운데에 우뚝 서서, 하루를 마감하는 통금 직전의 밤거리를 바라보고 있었다.

활동이 허락되는 시간과 비교(秘教)의 시간을 구태여 분간시키는 준전시 상태의 평화. 하루를 구성하고 있는 두 가지 모습이 거기에 어려 있었다. 인간들이 자기 정신을 가지고 있다는 것은 얼마나 위태로운 도발인가? 3천만의 인간들이 3천만 개로 쪼개어진 정신을 갖고 있다는 그것은?

그런데 내가 갖고 있는 3천만 분의 1의 정신은 흥분을 했고, 그리고 자기 독립성을 돌아보았다. 그가 무슨 생각에 잠겨 있었는지 나는 모른다. 3천만 분의 1과 3천만 분의 1을 합치면 천오백만 분의 1로 맞줄임 될 수 있는지 어떤지 내가 모르는 것처럼…….

"자, 그러면 나는 들어가 봐야겠다." 나는 말했다.

"나하고 여관에 가서 자지 않을래?"

"여관에?"

"그렇게 하자, 우리를 낯선 방에 의탁시킴으로써 우리 자신이 실종되고 있는 듯한 느낌은 가질 필요도 있겠지."

"월남에서는 어땠어? 일반적으로 남방 여자들의 피부는 좀 찬 맛이 있다고 하던데?" 나는 무책임하게 지껄였다.

"그게 다 사치스런 얘기다. 선생마낭에 나서 보담, 다 라민이라도 그런 생각이 들게 되는가?"

"그럼 월남에는 공손하게 다녀오셨구만."

"그런 말을 들어도 화내지는 않아."

홍청석의 얘기를 나는 심각하게 받아들였다.

나의 소심증은 여관 문을 들어설 때에도 계속되었다. 이따금씩 여관에서 잠을 자는 습관이 들어 버렸지만, 여관 문을 들어설 때의 이상한 자의식에 나는 익숙해지지 못했다.

"여자 있어?" 하고 나는 보이에게 물었다. 그 녀석은 기분 나쁘게 웃었다. 소년이 어른 흉내를 낼 때의 잘난 체하는 그런 기분 나쁜 웃음이었다.

밤은 무더웠다. 홍청석은 다른 방으로 들어가 버리고 말았다. 나는 옷을 벗지 않고 누워 있었다. 가장 값싼 느낌으로 고독이 나를 찾아왔다. 그런데 그 고독은 지저분한 고독이었다. 싸구려 여관엘 찾아와 잠을 자고, 보이에게 자신의 저의를 숨김없이 드러내 버리고, 불친절한 어투와 때에 절은 이불에 내팽개쳐져서 타락이라는 이름을 가진 꺼끌꺼끌한 어떤 물체 비슷한 것 속으로 자신을 주사(注射)시켜, 말하자면 인생의 비리를 장한 듯이 깨달아내기라도 한 것처럼 느끼게 하는 그 모든 절차에 사카린처럼 묻어있는 고독이었다.

새벽이었다. 밤의 느낌은 어느덧 정돈되어 가서, 이제 새 아침이 다가오고 있음을 느낄 수 있었다. 통행금지 시간이 방금 해제되었을 것이다. 홍청석과 나는 여관을 벗어났다.

어두웠다. 홍청석은 나에게 담배를 건넸다. 새벽 기운은 느껴졌으나 아직 밤이었다. 거리는 텅 비어 있었고, 귓바퀴를 울리는 째앵 소리는 쇤베르크의 〈정야(淨夜)〉에 나오는 꺼끌한 첼로 음과 흡사했다. 홍청석은 '성문 앞 우물 곁에'로 시작되는 〈보리수〉를 부르고 있었다.

"새벽 꿈이라는 걸 실감해 본 적이 있니?" 그는 물었다.

"새벽 꿈?"

"그것을 실감해 본 적이 있었지. 월남에서이지만…….

"남방의 야자수 그늘 아래서인가?"

"그렇지는 않아. 전투 중이었어. 아니 좀 더 정확하게 말하자면 행군 중이었어. 습지대를 걸어갔지. 동이 트기 전이었는데, 걸으면서도 반쯤은 잠들어 있었던 거지."

"행군하면서 잠을 자고 있다?"

"그래, 꿈속에서 일어나는 일이 진짜인지, 행군하고 있는 저 고단한 일이 진짜인지 처음에는 잘 분간되지 않았어."

"무슨 꿈을 꾸고 있었는데."

우리는 목적지를 정해놓지 않고 걸어갔다. 몸은 피곤하였으나 머리는 맑아 왔다. 서울의 새벽…… 나는 서울의 새벽을 사랑하고 있었다. 나는 서울의 새벽에서 느껴지는 그런 한촌(寒村)의 냄새가 좋았다. 대낮이 되면 소음과 방황하는 인간들로 추악한 도시가 되어 버리지만, 새벽에는 그런 것이 없었다. 서울은 도시라는 것을 양보하여, 시골의 전원의 모습으로 회귀하고 있는 것 같았다. 높이 올라선 빌딩은 수풀 같고, 아스팔트 거리는 신작로 같다. 어둠에 파묻힌 집들은 들판 같고, 검은 빛깔을 오만하게 찾아내는 하늘은 도시의 천정으로서의 하늘은 아니었다. 나는 이러한 서울의 새벽에다가 전쟁 장면을 연상시켜 보았다.

"시골 풍경이란 어느 나라를 막론하고 똑같다. 그것은 월남에서도 마찬가지였어. 근대화되지 않은 도로, 사람의 발이 닿아 본 적이 없는 것만 같은 수렁…… 시골심에는 어떤 철학이 있다."

드문드문 서 있는 인가, 밀려들기 시작하는 더위, 잠복해 있는 베트콩……을 나는 막연히 연상하고 있었다.

"새벽의 전쟁은 긴장된 도전이었다. 미칠 것만큼 피곤하고, 슬프고…… 수색 작전은 너무 시간을 길게 만들어 준다. 우리들이 만들고 있는 군화 소리, 숨소리, 갈증은 너무 뻐근했다……."

"어디 가서 해장국이나 먹을까?" 하고 나는 말했다.

"그것도 좋지."

홍청석은 마치 새벽 작전에 참가한 망상에 빠진 듯했다.

"그날 우리는 한 명의 포로를 수확했었지."

"포로?"

"몬태나 족이었어. 150센티가 넘을락 말락 하는 조그만 인간이었다. 나이가 몇 살이나 들었는지 알아낼 도리가 없는 무표정한 인간이었어."

"몬태나 족에게서는 괴상한 냄새가 난다면서?"

"사람에게서는 냄새가 나지. 하지만 그 냄새는 전쟁의 냄새로써 혼동되어 버린다. 그 끈적끈적한 냄새가 후려치듯이 우리의 미각을 마비시키지 않았다면 도리어 우리는 견디지 못했을 거야."

"그 포로는 어떻게 됐어?"

"데리고 왔지. 나는 거기에서 정보 활동을 맡고 있었거든. 심문이 시작되었어. 월남군과 미군 사이에 끼어 있는 한국군의 입장은 좀 묘해서, 포로 인계 문제에는 수속 절차가 복잡해."

"몬태나어는 월남어와는 다르다면서?"

"달라. 그래서 통역을 대는 게 문제지. 몇 나라 언어가 동원되는지 알아? 한국어, 영어, 불어, 월남어, 몬태나어가 동원되는 거야."

"그 통역을 다 구하기란 힘들겠군?"

"힘들지. 다섯 명의 통역관이 있어야 해. 나는 영어를 씨부렁거릴 줄 알기 때문에 통역관 겸 심문관이 되었어. 대대장이 말했어. '나이가 몇 살이나 되느냐고 물어봐라.' 나는 옆의 통역관에게, 옆의 통역관은 또 옆의 통역관에게…… 그리하여 몬태나인에게 그 질문은 전달이 되었어. 이 자는 새까맣게 그을린 피부에 옴딱지 같은 땀방울을 달고 있었는데 통 말을 하지 않아."

"그렇다면 곤란하겠군."

"몇 번씩이나 재우쳐 물어보아도 이 자는 말을 하지 않는단 말야. 몇 살이나 되었느냐고 물어도 가만히 있기만 하는 거야. 그러자 놀라운 사실을 알게 되었지."

"놀라운 사실이라니?"

"이 자는 자기 나이를 모르는 거야 진짜로……."

"자기 나이를 모른다?"

"그래. 자기 나이를 잊어버렸어. 사실은 잃어버린 거겠지. 전쟁 중에 있을 때 사람의 나이란 불필요한 거야. 자기 나이가 몇 살이라는 걸 의식한다든지, 청년이니 중년이니 노년이니 떠든다는 것은 벌써 평화 시대를 하품처럼 맛보고 있다는 얘기가 되겠지."

"그것은 과연 그럴까?"

이제 우리는 해장국 간판이 붙어 있는 집을 발견했다. 그 안으로 들어갔다. 형광등 빛이 유난히 하얗게 빛나고 있었다. 라디오는 AFNK²⁾를 틀어두고 있었다. 딕시 랜드 조의 쿨 재즈가 경쾌하게 흘러나오고 있었다.

"그자는 베트콩으로 끌려 나온 지 꽤 오래 됐겠지, 그러나 몇 년이나 되었는지는 그 자도 모르고 있어. 거기에는 시간이란 존재하지 않아. 현장이 있을 뿐이야. 이 자의 얼굴을 봐노 _l 됐어. 어떻게 보면 마흔 살이 넘은 것 같기도 하고, 어떻게 보면 열아홉이나 스무 살 정도밖에는 안 된 것 같기도 하고……"

"그럼 너는 몬태나인의 나이를 찾아주었나?"

"나이를 찾아주었느냐구?"

홍청석은 쓰게 웃었다.

"나는 수용소에 갇혀 있는 그자에게 몇 번 면회를 갔어. 그자에게 먹을 것도 갖다 주고, 얘기도 붙여보려고 노력했고 과거의 기억을 회상시켜 주려고 애도 썼고, 그자의 나이가 몇 살인지 기억시켜 보려고 했어. 그렇다고 내가 무슨 앙드레 지드의 「전원교향악」에 나오는 목사와 같은 인간은 아냐. 그 몬태나인이 눈먼 소녀가 아닌 것

---

2) American Forces Network Korea, 주한미군방송.

처럼……."

열 개 남짓한 식탁의 반 정도는 손님으로 채워져 있었다. 특히 우리의 시선을 끈 것은 오른쪽 끝에 앉아있는 젊은 남녀였다. 남자는 쫙 달라붙은 리젠트 형의 머리에 테토론 하복지를 입고 있었다. 여자는 첫눈에 보아 창녀임을 알 수 있었다. 그들은 대담하게 껴안고 있었다. 여자는 화가 나 있었고, 남자는 험악한 얼굴로 여자에게 욕을 했다.

주인은 라디오의 다이얼을 돌렸다. "여러분, 안녕히 주무셨습니까." 하고 아나운서는 말했다.

"그러면 지금부터 오늘의 방송을 시작하겠습니다."

애국가가 울려 퍼졌다. 하지만 해장국집에서 틀어주는 애국가는 경건한 것은 아니었다. 아무도 일어서서 묵례를 하지는 않았다.

"애국가를 감격 속에서 들었던 순간이 있었지." 홍청석은 화제를 돌렸다.

"외국에 나가 보니까 느끼게 된 것이지만, 한국은 조그마한 성에 불과해."

"그 몬태나인은 귀순이 되었나?"

"나는 몰라."

해장국이 왔다. 우리는 그것을 퍼먹었다.

"월남 전쟁은 나 자신에게 변화를 가져다 주었어. 인간 살육에서 돌아와 지금부터 내가 해야만 할 일이 과연 무엇일까 생각하게 돼."

"무슨 일을 하고 싶은데?"

"아직은 아무것도 몰라. 죽지 않았으니까 살아야겠지. 의미는 붙이기 나름이겠지. 나의 정신은 내 머릿속에서 안정되어 있지 못하거든. 귀환병의 감정에 대해서는 하다못해 영화 같은 데에서도 충분히 해명이 된 감정이라고 너는 생각할 테지만, 직접 내가 겪은 바에 의하면 그것은 전혀 해명이 안 된 감정이더군."

"그 몬태나인은 결국 자기가 몇 살인지를 알게 되었어?"

"알지 못했지, 끝끝내. 나는 할 수만 있다면 어느 시골에라도 내려가 구멍가게 장사 같은 것으로부터 새 출발을 하고 싶어."

"그것은 어째서?"

"내게는 새로운 현실이 필요한 거야. 내 나이를 확인하고 싶은 기분을 가지고 아주 소극적인 것에서부터 새로운 각오로 출발하고 싶어."

홍청석은 해장국을 먹기 시작했다.

"잘 될까."

"이놈은 아주 맛이 좋군그래?" 홍청석은 좀 감동한 목소리로 말했다.

나는 홍청석의 말에 아무런 느낌도 가지고 있지 않았다. 그에게는 전쟁이라든지, 현대라든지 또는 조국이니 반공법이니 국토 통일이니 따위의 단어들을 그 단어로써 구속시켜 두고 있었던 비참한 세계를 확인하는 순간 그것으로부터 갖게 되는 자각에 어려워하고 있을 것이었다. 그는 그래서 그러한 외적 상황을 자기의 몸 바깥으로 밀어내려고 애를 쓰고 있는 것 같았다. 그렇게 될 수 있을까. 되어지고 있을까.

자기 나이를 잃어버렸다던 몬태나인과는 반대 방향으로 자기 나이를 잊어버리게 되는지도 모르는 것일까. 나는 홍청석의 평범한 얼굴을, 그 평범한 얼굴이 던져주는 심상한 인상 속에서 전혀 심각하게 받아들이고 있었다. 그것은 마치 나 스스로를 깊이 반성하고 되돌아본 듯한 느낌을 주었다. '이다음에 죽더라도 나는 지옥에 가지 않을 것이다. 왜냐하면 살아 있을 때, 사이공에서 지옥을 체험했으니까.' 나는 언젠가 이런 문장을 쓴 유니폼을 입고 지나간 사람을 본 생각을 했다. 그런데 그 사람은 자기가 입고 있는 유니폼에 쓰여 있는 글이 월남인들이 당하고 있는 고통에 대해서 얼마나 무관심한 증오를 나타내고 있는 것인 줄조차 모르고 걷고 있는 것 같았다. 아니 도리어 그 사람은 월남 전쟁터에서 벗어났다는 것 때문인지 쾌활하게 지나갔다. 한국이 월남과 다르기 때문이었을까? 다르다고 믿어 버리고 싶어서 그랬을까.

3. 콜 디스카스

콜 디스카스는 비교적 작은 키에 좁은 앞이마, 고수머리, 나부죽한 콧날, 시꺼먼 피부 빛깔, 우수에 찬 갈색 눈동자를 가지고 있었다. 그는 태평양 전쟁이 발발하던 때에 태어났으니 1943년생이었다. 그를 재즈 가수로서가 아니라 하나의 청년으로 받아들인다면 그 체모에서 어떤 모자라고 열등한 점을 발견할 수 있을 것이다. 그는 아버지 쪽으로 미국 국적을 가진 흑인의 피를 받았으며, 얼굴에 이것이 나타나 있을 것이지만, 반면에 그에게는 어머니 쪽으로부터 받은 동양인의 피가 섞여 있어서, 니그로로 간주해 버리기에는 어딘가 섬세하고 나약한 듯한, 이그조틱(Exotic)한 용모를 하고 있었다. 그의 머리칼과 짙은 눈썹, 쌍꺼풀의 갈색 눈은 흑인의 전형적인 모습이었으나, 코와 입술에 있어서는 황색 인종의 모습을 보여주고 있는 것이다. 그의 인중은 길이가 짧았고, 간격이 좁았다.

하지만 그의 얼굴 중에서도 가장 특이한 것은 입술이었다. 그것은 흑인의 유형과 동양인의 유형을 한꺼번에 받아들인 듯한, 어떻게 보면 코 높이보다도 입술이 더 높아 보이고, 특히 윗입술이 우람스럽게 아랫입술을 덮어 버리는, 그러한 모양이었다.

그러한 콜 디스카스가 이 세상에 얼굴을 보인 것은 어떤 우연한 계기로 인해서였다. 그가 열여덟 살이 되던 때의 여름이었는데, 〈우리의 아마추어들〉이라는 텔레비전 프로에 나가서 그는 직접 작사 작곡한 〈아이를 낳는 재미〉라는 노래를 기타에 맞추어 불러 젖혔다. 미국의 시청자들은 땅딸막한 키에 괴상하게 생긴, 어떻게 보면 푸에르토리코 인종 같기도 하고 어떻게 보면 아랍인과 흑인의 튀기 같기도 하고, 또 어떻게 보면 고릴라와도 흡사한 젊은 녀석이 한없이 포근한 음성으로 노래를 불러대는 것을 듣게 되었다.

그의 노래는 분명히 새로운 것이었다. 티 없이 맑은 저음이라고나 할까, 허스키 보이스임에는 분명한데, 그 굴러나오는 가락은 산뜻했으며, 그런데 그 산뜻함은 배후에 기막힌 사연을 안고 있는 것처럼, 바로 그러한 이유로 느린 템포가 될 수밖에 없다는 듯이 천천히 연결이 되고 있었다. 그의 목소리는 팻 분이 자살소동을 벌이고 났더라면 이렇게 되지 않았을까 싶은 무게를 지녔으며, 페리 코모를 니그로로 가상했을 때의 볼륨을 갖고는 있었지만 실제로는 그 두 가수의 음성과는 달랐다. 곡 자체는 기교가 없고, 흔히 들을 수 있는 민요 조의 리듬에 편승한 듯한 블루스였지만, 그 속 알갱이에는 재즈가 갖지 않은 이국풍의 애수를 담고 있었다.

문제는 이 애수가 던져주는 감수성이라고나 할까, 그것이 육체적인 느낌의 아편과도 같은 감미로움에 있었다. 가만히 귀를 기울이고 있던 사회자는 노래가 끝났을 때 알 수 없다는 듯이 고개를 갸우뚱거렸다. 이 조그만 짐승 같은 소년이 불러준 슬픔은 새롭고 낯선 슬픔이었던 것이다.

"세상에 이런 슬픔도 있었던가?" 하고 사회자는 말했다.

"자네의 목소리는 우리를 무척 놀라운 예감에 떨게 하였네. 아마 자네는 가수로서 대성할지도 모르겠네."

과연 그 사회자의 말과도 같이 얼마 안 있어 콜 디스카스는 혜성과 같이 나타났던 것이다. 우리가 하고 있는 콜 디스카스의 얘기와는 직접적으로 상관은 없지만, 텔레비전을 통하여 콜 디스카스의 노래를 듣고 있었던 시청자 중에는 제시 제임스라는 사람도 있었던 것이다. 제시 제임스는 서부 개척 시대의 악당과 이름이 같기도 하지만, 실제로는 라스베가스 근처를 어른거리며 프로모터 노릇을 하고 있었다.

"옳거니, 저 새까만 자식이 달러 박스가 될지 모르겠다."

텔레비전을 보면서 제시 제임스는 손뼉을 쳤다. 그는 신통치 않은 필리핀 출신의 여가수 두 명을 빨아먹고 살아왔는데 그렇지 않아도 새로운 가수를 발굴해서 돈을 벌어야겠다고 눈이 벌겋게 찾아다니고 있는 중이었다. 콜 디스카스가 놀라운 신인으로서 미국의 재즈계에 등장하기까지에는 제시 제임스의 노력이 없었다고는 할 수 없으리라.

콜 디스카스가 명성을 얻기까지 미국 사회를 여하히 헤엄쳐 나갔는가를 여기에서 자세히 설명할 필요는 없겠다. 그러나 거기에는 19세기의 사회 풍조로서는 이해할 수 없는, 그러니까 20세기다운, 그리고 한국의 사회 환경으로서는 이해가 되지 않는, 그러니까 아메리카다운 제반 경로를 거치지 않을 수 없었던 것이다.

일찍이 니체는 예술가의 자질로서 인도 천민의 감정을 상기시킨 바 있다. 예술가에게는 인도 천민의 지하실적(地下室的)인 색채가 스며있기 마련이라는 것이며, 따돌림을 받고, 천하고, 더러운 자라는 낙인이 찍힌 그러한 '묘지의 공기'가 배어 있다는 것인데 콜 디스카스가 갖고 있는 분위기도 이와 같은 것이었다. 유명해지기 전의 콜 디스카스는 이 세상에 가장 수모를 당하고, 가장 인종적인 차별을 감당해야 하는 그러한 소년이었다. 그는 유치장 신세를 몇 번이고 지게 되었으며, 린치를 당하였으며 백인으로부터는 물론이려니와 심지어는 흑인으로부터도 인종차별을 당했다. 흑인들은 그를 푸에르토리코인으로 간주해 버리는 것이었는데, 푸에르토리코인이야말로, 인종차별을 받는 흑인들이 이번에는 가해자의 입장에서 인종차별을 해줄 수 있는 그러한 열등 족속이었던 것이다. 그가 어째서 푸에르토리코인으로 오해를 받았느냐 하면, 그는 흑인과 황색 인종 사이에서 태어난 혼혈아였기 때문이었다.

아마 콜 디스카스의 노래는 이러한 배경 속에서 갖게 되는 최소한의 분노, 또는 최소한도의 인간 본연의 발로인지도 몰랐다. 갈기갈기 찢긴 영혼의 한쪽 구석에 하나의 리듬, 하나의 노래가 죽지 않고 일종의 저항처럼 감질(疳疾)거리고 있다가 솟구쳐 올라왔을 것이다. 그것이 현대의 문명사회를 이루고 있는 저 무관심한 대중들의 허를 찌르고 올연(兀然)히 독단적인 항거의 힘으로 등장할 때, 우리는 그것을 가히 기적적인 사건이라고 부를 수 있을 것이다. 어느 나라의 대중사회나 비슷하겠지만, 특히 미국의 경우에 있어서는 발정 난 암고양이 같은 데가 있다. 그 대중사회의 일상성을 여하한 도전으로부터도 수호하려는 그러한 본능에 의해서 야기되는 현상이라고 할 수 있다. 콜 디스카스가 몰고 온 폭풍이 이것과 흡사했다. 미국의 청교도적인 기질과 물질 문명의 기질에 의하여 이룩된 일반인들의 생활 감각으로서는 도저히 묵과할 수 없는 그의 이방적인 체취는 충분히 무시되고, 그 위로 그의 음악으로서 도도하게 대두되는 그러한 일이 벌어졌던 것이다. 그것이야말로 시대를 막론하고 천재적인 예술가가 그 시대에 대하여 성취하여 놓았던 높고 큰 차원의 반역의 패턴과 흡사한 것이었으니, 콜 디스카스의 등장에 관하여 아무리 강조해서 얘기한다 해도, 그 감명은 여전히 줄어들지 않는 바가 있다.

　콜 디스카스가 어느덧 확고히 가수로서의 지위를 획득하고, 주급 2만 달러 이상의 일류 나이트클럽과 계약을 맺게 되고, 〈아이를 낳는 재미〉와 〈식도락〉의 레코드가 34만 장 이상이나 팔려 버렸을 때, 미국의 유명한 재즈 평론가 알 나케는 저 유명한 재즈 주간지 〈쾌감〉에서 콜 디스카스에 대하여 다음과 같이 썼다.

　우리는 새로운 귀를 갖게 되었다. 그러나 우리의 새로운 귀는 마셜 매클루언에 의해서가 아니다. 콜 디스카스라는 못생긴 소년에 의해서이다. 과거에 있어 왔던 귀로써는 들을 수 없는 노래가 생겨 나왔으므로 우리의 귀는 감동적인 개척 시대를 맞이하게 된 것이다. 콜 디스카스는 앤서 디스카스라는 흑인을 아버지로 하고, 조순자라는 한국인을 어머니로 하여 태어났다. 그의 히트작 〈아이를 낳는 재미〉라는 노래를 듣고 있으면, 우리는 마치 아담과 이브가 처음으로 자식을 만들었을 때의 감정이 이런 것이 아닐까 느끼게 된다. 우리가 원시적이면서도 자연적인 인간의 기쁨을 멀리해 온 잘못을 범한 듯한 실수를 깨닫게 된다. 그것은 또한 예이츠가, 제우스와 백조 레다와의 화간(和姦)에서 보았던 새로운 세계에 대한 진통과도 같은 아픔을 우리에게 느끼도록 해주고 있다. 콜 디스카스는 영어 발음이 어색하고, 아니 모든 아메리카적 규범이 어색한 것 같지만, 그러나 천재의 어색함은 곧 모든 익숙함을 물리쳐 버리는 역할을 한다. 이것이야말로 콜 디스카스 자신의 내력에 대한 어필과 함께, 다시 한번 〈아이를 낳는 재미〉라는 제목의 묘한 긍정력을 실감케 한다. 〈아이를 낳는 재미〉는 구체적으로 말해서 콜 디스카스가 그의 부모에게 보내는 하소연을 담고 있으며, 또한 콜 디스카스가 만든 신생아에 대한 경외감을 포함하고 있다. 콜 디스카스의 노래는 아이를 낳는다는 인류의 기본적인 감정을 새로운 각도에서 확인할 뿐만 아니라 당당하게 납득하고 있다. 아프리카 태양 밑에서 형성된 정자가 고요한 은사의 나라에서 포근히 숨겨져 왔던 자궁을 개봉하여 얻어낸 〈아이를 낳는 재미〉의 현실, 즉 미스터 콜 디스카스는 과거의 세계가 아니라 미래의 세계로 향하여 뻗어 나가는 새로운 유형의 예술가임에 틀림없다. 하여튼 콜 디스카스의 노랫소리가 얼마나 우리의 귀를 놀라게 하고 기쁘게 하였는지는 아무리 강수해서 설명해도 강조가 되지 않는다. 그의 음악에 다시 한번 찬사를 보내 마지 않는다.

　어떤 개인을 칭찬하기로 들자면 이판사판 정신없이 영웅으로 둔갑을 시켜야 직성을 풀려 하는 것이 미국인의 체질이기는 하지만, 그 당시의 콜 디스카스가 일으킨 반향이야말로 범세계적이었다. 그리고 물론, 미국의 문화와 유행은 약간의 시간적인 거리를 두고 우리나라에 반영되었던 것이 당시 사회 풍조였다. 콜 디스카스의 노래는 한국에서도 굉장한 물의를 일으켰고, 그의 노래는 각 방송국이나 다방에서 하루에도 몇십 번씩 울려 나왔던 것이다.
　뿐만 아니라 콜 디스카스는, 혼혈아에 대한 한국인의 멸시 감정을 능히 억눌렀을 뿐만 아니라, 한국이 전 세계에 내놓고 자랑할 수 있는 그러한 위대한 인물의 하나로 둔갑을 했다. 우리는 서울의 한복판에서 콜 디스카스라는 이름을 붙인 음악실, 다방 레코드 회사, 문방구들을 흔히 볼 수 있었다. 잡지는 콜 디스카스의 특집을 꾸몄고, 미국에 특파해 있는 신문 기자들은 인터뷰를 해 보려고 애를 썼다. 콜 디스카스가 한국 사람들에게 감명을 가져다준 것은 물론 그가 한국인이었다는 사실 때문이었다. 확실히 그는 한국인이었지만, 아니 어쩌면 그는 한국인이 아니었는지도 모른다. 현대의 영웅은 그 생존에 대한 최소한도의 신비조차 보장받지 못하는 경우가 흔하다지만, 콜 디스카스도 예외는 아니었다. 이것을 어떻게 설명해야 옳을까? 간단히 말하자면 그의 출생은 신비에 싸여 있었다. 이 말은, 그가 한국 여자와 흑인 남자 사이에 태어난 혼혈아라는 점에 있었다.

아프리카의 열사 지대의 태양을 받으며 태어난 검둥이 후손과 대단히 감정적인 단일 민족인 한국 여자의 결합은 현대사의 내막을 몰라서는 이해될 수 없는 어떤 아이러니를 느끼게 한다. 아프리카의 정충을 받아냈던 단군 할아버지 후손의 자궁은 몇천 년 동안 금지되어 왔던 새 생명의 탄생에 얼마나 가슴 졸였을 것인가.

콜 디스카스 자신은 이러한 점을 자세히 해명하기를 거부하고 있으므로 확실한 것은 드러나고 있지 않지만, 신비의 베일은 짓궂은 기자들에 의하여 차츰 벗겨져 내려가고 있었다. 콜 디스카스의 노래가 갖고 있는 놀라울 만한 섬세성과 애조(哀調)는 그의 출생 내지는 그의 성장 과정과 무관할 수 없는 것이었기 때문이다.

그리하여 기자들이 알아낸 바에 의하면 콜 디스카스의 부모는 태평양의 어느 조그만 섬에서 사랑을 나누었다는 것이 유력한 사실로 등장하게 되었다. 바로 여기에는 한국이 처해 있던 당시의 상황과 미국이 처해 있던 상황의 보충적 설명이 필요하겠다. 그 이후 어찌하여 한국과 미국이 우호적인 국가 관계를 유지하게 되었느냐는 설명이 있어야겠지만 그것은 상식적으로 다 알고 있는 사실이므로 생략하기로 하자. 하여튼 콜 디스카스의 어머니 조순자는 가공할 만한 일본 제국주의자들에 의해 희생된 여자였음이 드러났다.

조순자는 일설에 의하면 일본 군인들을 상대로 하는 위안부, 다시 말하자면 정신대의 일원으로 전쟁마당에 끌려 나왔다고 한다. 다른 일설에 의하면 하와이로의 이민이 한창이던 무렵에 배를 타고 태평양의 어느 조그만 섬으로 갔다가 뜨거운 태양열에 놀아나서 창녀가 되었다고 하는 것이지만, 이 점은 확실한 것이 아니다. 한편 콜 디스카스의 아버지 앤서 디스카스는 미국의 앨라배마에서 국민학교를 졸업했고, 백인과의 사소한 충돌로 감옥살이를 해본 적도 있는 전과자였다. 제2차대전이 발발하고 태평양 전쟁까지 일어나사 ㄴ는 얼씨구나 좋다 하고 참전했다. 그는 태평양으로 배속되어 군함의 맨 밑바닥에서 엔진을 청소하는 잡역을 맡았다. 기자들이 알아낸 바에 의하면 조순자와 앤서 디스카스가 결합하게 된 것은 전쟁이 끝나기 바로 직전이라는 것이다. 그리고 콜 디스카스가 태어난 것은 미군들이 그 태평양의 섬을 탈환한 직후라는 것이었다. 다시 말하자면 앤서 디스카스는 조순자의 비호를 받으며 숨어서 지냈다는 것이었다. 전쟁이 끝나고 나서 앤서 디스카스와 조순자의 행적은 확실치 않다. 다만 앤서 디스카스는 전쟁이 끝났다는 사실에 무척 실망을 느낀 것이 확실하다. 귀국해 보았자, 인종 차별이나 받을 것이고 직장도 제대로 마련되지 않을 것이 뻔했기 때문이었다. 한편 조순자는 엉뚱하게도 전범자로 불렸다고 한다. 즉 일본 제국주의를 위해서 간첩 노릇을 했다는 죄명으로 기소되어 감옥소에 갇혔는데, 거기에서 말라리아에 걸려 죽어 버렸다는 것이 기록에 남아있었다.

　신문 기자들이 콜 디스카스의 출생에 관해서 알아낸 배면적인 사실은 대략 이러한 정도였다. 그러나 콜 디스카스는 시인도 하지 않았고 부인도 하지 않았다. 콜 디스카스로 인해서 달러를 벌게 된 제시 제임스는 기자들을 다루는 비결을 알고 있던 것이다. 제시 제임스는 미국의 대중들의 선호를 알고 있었으므로, 과장된 제스처를 써 가지고 이렇게 말하곤 했다.

　"우리의 콜 디스카스를 괴롭히지 마라. 과거가 어찌 됐단 말이냐? 어쨌든 우리의 디스카스야말로 가장 전형적인 아메리칸이다. 미국은 콜 디스카스에게 대하여 겸손할 줄을 알아야 할 것이다.

　제시 제임스는 미국 대중들에게 콜 디스카스를 여하히 부각시켜야 할지를 알고 있었다. 캘리포니아에 있는 조그만 섬을 하나 사서 콜 디스카스를 거기에서 살게 했다. 경호원을 두 명 가량 두어서 외부 인사와의 접촉을 피하게 했다. 그리고 소문을 퍼뜨리기를 콜 디스카스는 태평양 쪽을 바라보며 명상에 잠겨 있으며, 그의 새로운 노래 〈전쟁하는 재미〉를 작사·작곡하고 있는 중이라고 선전했다.

　〈전쟁하는 재미〉가 어떠한 곡인지를 알기 위하여 특별히 기자 인터뷰가 있었는데 콜 디스카스는 상당히 거만하게 의자에 앉아서 내뱉듯이 말했다고 한다.

　"나는 진실로 핵무기가 인류를 멸망시키기를 바란다. 인류가 멸망한다고 해서 내가 당황해질 까닭은 없지 않으나, 인류의 장래를 진지하게 걱정하고 있는 듯한 폼을 잡고 있는 인간들처럼 우스꽝스런 자들은 따로 없다. 그것이 모두 선진국에 살고 있기 때문에 일어나는 생각들이다. 나는 〈전쟁하는 재미〉라는 노래에서 인간의 잔인성을 얘기하려는 것만이 아니다. 사람들이 소와 돼지를 학살해서 그 고기를 먹고 살면서도 그것을 비난하면 안 되는 것처럼, 사람이 사람을 어떤 민족이 다른 민족을 학살하면서도 그것을 당연시하는 전쟁 그 자체를 말하려는 것이며, 그것은 나의 〈아이를 낳는 재미〉에 그대로 연결되는 노래가 될 것이다. 어머니 태내에서 자라고 있는 물음표 꼴의 태아는 이미 살아온 사람들의 잘못에 대한 새로운 가치이다. 나는 모름지기 자식을 많이 낳아야 한다는 사상을 노래했었다. 그리고 이번 〈전쟁하는 재미〉에서는 모름지기 사람들이 자꾸 많이 죽어야 한다는 사상을 노래하려는 것이다. 그리고 이러한 이유로 해서 나의 노래가 저 너절한 나라들, 예를 들어 한국 같은 나라에서는 유행 안 되기를 바라는 바이다. 그런 나라에서는 내 노래가 필요 없이도, 충분히 그것을 느끼고 있고 알고 있을 테니까. 그리고 이 인터뷰는 그만하자. 나의 아들 브래들리가 감기에 걸렸는데, 이 녀석을 데리고 닥터 노먼한테 갈 시간이 되었다.”

콜 디스카스는 그러더니 안으로 들어가 버렸고, 이내 문이 닫혀서 인터뷰는 끝나고 말았다고 했다.

콜 디스카스의 〈전쟁하는 재미〉는 그 뒤 얼마 안 있어 발표되었지만, 그닥 인기는 끌지 못했다. 매스컴을 잘못 사귄 이유도 있었겠지만, 보다 근본적으로는 아메리카의 규범으로부터 이미 벗어났기 때문이었다. 제시 제임스가 후에 지적한 바와 마찬가지로, 콜 디스카스는 〈전쟁하는 재미〉 따위의 노래보다는 〈사랑하는 재미〉와 같은 노래를 들려주었어야 했는지 모른다. 그러자 어떤 주간지에서는 콜 디스카스가 어이없는 책동가에 불과하다고 신랄하게 비판해 버렸다. 콜 디스카스의 새로운 노래가 미국인을 사로잡지 못했으므로 일어난 분노였을지도 몰랐다.

〈전쟁하는 재미〉라는 노래는 그때 한국에도 들어왔다. 한국에서의 그 노래에 대한 인기는 미국보다는 나았다. 하지만 절대적인 환영을 받았다고는 말할 수 없으리라.

그 노래의 전반부에는 스타카토로 파묻치는 북의 울림이 들려오는데, 그것을 전쟁에 대한 음울한 분위기를 표현한 것이라고 본다면, 한국인들은 그따위 귀찮은 음감을 느끼기를 싫어했던 것이다. 그리하여 한국인들조차 콜 디스카스에 대한 정열은 식어 들었고, 대신에 콜 디스카스가 한국에 대하여 퍼부었던 문제의 욕설이 대두하게 되었다. 그 혼혈아는 한국을 분명히 멸시하는 언동을 한 적이 있었다.

날마다 태양은 떠오르고, 거리를 지나가고 있는 사람들의 표정에는 변함이 없고, 그러면 시간은 흘러가고 세월은 지나간다. 그러면서 수많은 변화가 일어나고 기라성 같이 많은 사람들이 시간의 파도에 밀려 거품을 일으키며 사라져 버리곤 하는 것이다. 콜 디스카스는 그 이후에 아무런 노래도 더 만들어내지 않았다. 이따금씩 불렀던 〈아이를 낳는 재미〉는 해괴망측한 무드 뮤직으로 변질이 되어 흘러나올 뿐, 콜 디스카스는 완전히 망각에 빠진 인간이 되었다. 한때에는 극성스럽게 그를 물고 늘어지던 매스컴들은 새로이 일어난 사건들과 인물들의 꽁무니를 쫓아다니느라고 바빠졌으며, 그리하여 콜 디스카스가 어디에서 무슨 짓을 하고 있는지 아는 사람은 아무도 없었다. 그리고 그것은 한국에 있어서도 마찬가지였다.

그러던 어느 날, 나는 미국에 가 있는 친구로부터 편지를 한 장 받았다. 그는 나이 서른에 새삼스레 그곳엘 가서 공부를 한답시고 처박혀 있는 친구였다.

미국 오리건의 봄은 몹시 짧아서 주택과 아파트들의 낮은 담장 주변의 잔디며 나무들은 서둘러 탈바꿈을 끝내고 있다. 이 인구 몇 만의 학교 촌은 작년보다는 좀 더 친근한 모습들로 나를 '수식'하며 학교 건물의 박공에 반사되는 햇빛이며, 골목마다 서캐가 박힌 듯이 서 있는 옥수수 자동 매판기들의 흉한 모습 따위가 때때로 신당동 골목에서 듣던 엿장수 가위 소리로 바뀌어 느껴질 때가 있다. 나는 잠자리에 들어서도 방들과 낭하와 변소 층계의 잔상에 눌려 부엉이처럼 어둠 속을 흘겨보는 그런 생활을 계속하고 있다. 이 미국 사회가, 그리고 그것이 풍기는 냄새가 향기롭지 못하다는 것은 참 따분한 일이다.

결국 한 인간이 장소에의 집착과 동경을 잃어버려야 한다는 것이 슬픈 느낌을 준다. 이 말은 미국이 싫어졌다는 뜻만이 아니고, 미국에서 바라보는 한국도 또한 싫어졌다는 것을 의미한다. 이미 팩트 워드가 아니라 워드 팩트가 되어버린 현시대에 있어서는 진혀 쓸모가 없어져 버린 것이나 마찬가지인 '언어'를 가지고, 그런데 그 인간들이 그들에게 필요한 행복을 여하히 말살시키고 싶어하는지를 내가 여기에서 본 바에 의하여 너에게 납득시키려고 의도하고 싶어지는 이유는, 이 미국 사회가, 한국이 추구하는 이상의 형태보다도 더 이상형임직하게 자유가 완전히 보장되어 있고, 그래서 자유의 항목들이 태블릿으로 제조되어 25센트나 50센트를 구멍에 틀어넣으면 어김없이 얻을 수 있도록 되어있음에도 불구하고, 그 자유라는 것처럼 잔인한 필목이 없다는 것을 확인하게 된다. 아마 너도 기억이 나겠지만 왕년에 그 이름을 팽팽하게 얻었던 콜 디스카스라는 가수가 지금에 이르러, 그가 승선했던 세계로부터 여하히 침몰하여 익사하여 버렸는지를 보게 되는 것이 슬프기 때문이기도 하다. 사람들, 너는 '사람들'의 '들'이라는 글자가 교묘하게 펼쳐지는 우중화(愚衆化)로 인해 무관심 집단이 되어 어떻게 '사람'에게 해악한 영향을 미치는지를 알 것이다.

　분명한 하나의 사실은 한국이 미국처럼 되어서는 안 된다는 사실이며, 기를 쓰고 이를 방지하기 위해서는 가장 고통스러운 형태를 통하여 다시 말하자면 서양의 참혹했던 근대사의 반항으로 생긴 '이데올로기'라는 프리즘을 통하여서가 아닌, 그러한 한국의 프리즘으로 새로운 운명의 형식을 찾아내 주어야 한다는 점이다. 그것은 내가 만나보았던 콜 디스카스로부터 내가 얻게 된 다음과 같은 인상, 즉 한국과 미국의 현대사를 몰라서는 이해되지 않을 그러한 콜 디스카스의 음울한 현재의 처지에 대하여 느낀 분노와도 일맥상통하게 되는 것이다. 그러나 콜 디스카스는 한창 이름을 날리던 때에 비견해서 현재가 더 마음이 편하다고 말해 주었는데, 그것이 또 얼마나 묘한 느낌을 나에게 주었는지 모른다. 이 사회는 '고정관념들로부터 자유스러워지기에는' 너무도 치명적으로 오염을 당해, 결과는 혼돈으로 요약이 되는 것 같다. 이들에게는 일정한 방향 감각이 없다고 생각되는 것은, 이들에게 방향이 어디에건 존재하고 있지 않기 때문이 아닌가 얘기하게 되는, 그러한 오류일지도 모르는 판단을 나는 내리게 된다. 내가 오류라고 얘기하는 것은 아마도 내가 상당히 보수적이기 때문일 것이다. 보수적이란 말은 역시 고정관념을 많이 갖고 있다는 얘기가 되겠지만, 나는 콜 디스카스에게 차라리 한국에 가 보는 게 어떠냐고 물어보았다. 아직 한국은 각박하지 않고, 인간에 대한 성실미가 그런대로 남아있고, 또한 다행스럽게도 선진국이 아니라 후진국이므로 배가 고파서 걱정이지 숨 쉴 구멍은 얼마든지 있다고 말해 주었다. 콜 디스카스는 상당히 내 말을 일리 있게 듣는 눈치였다. 만약에 그가 가게 되거든, 어디 싸구려

더라도 상관없으니, 입에 거미줄 안 칠 정도의 가수 자리나 하나 주선해줄 수 없겠니? 물론 그는 도저히 한국에서는 견디지 못할 것이고, 아마 그것이 음울한 혼혈인 가수의 숙명이겠지만, 설사 그렇다고 할지라도 한 번쯤은 한국에 가서 버티어 보는 것이 그를 위해서 필요하리라고 나는 판단했다. 너는 어떻게 생각하는지, 답장을 보낼 때에는 부디 네 의견을 적어 보내렴.

그 친구는 이어서 자기의 생활 주변에서 일어나고 있는 일들을 자질구레하게 적어넣었다.

나는 그 친구에게 답장을 띄우지 못하고 있었다. 그 편지를 주머니에 넣고 있는 채로 그렇게 시간을 보내고 있었다. 하지만 콜 디스카스를 내 친구가 만나보았다는 사실은 약간의 충격을 나에게 주었다. 나는 그 혼혈인 가수에 관해서 상당한 흥미를 가지고 있었으니까.

콜 디스카스가 승선한 세계, 또는 콜 디스카스가 참여한 세계는 과연 어떠한 세계였을까? 그의 노래는 어찌해서 폭발적인 인기를 얻다가, 갑작스레 잊혀 버리고 말았을까? 콜 디스카스가 그만큼 놀라운 목소리를 가지고 계속해서 노래를 부르지 않았다는 것은 이해하기 힘든 사실이었다. 거기에는 콜 디스카스 나름의 어떤 사연이 있을 것이고 정신적인 고통이 있을는지 모른다. 그리고 콜 디스카스 자신의 좌절을 설명하자면 20세기라는 괴상한 시대에 대한 개관과 함께, 이 시대에 가장 선진 국가에 속하는 미국 사회의 비겁한 요소와 세계에서 가장 큰 고난을 짊어지고 있는 나라인 한국사회의 아픔에 대한 고찰이 있어야 할는지 모른다. 민주주의니 공산주의니 하는 20세기 서양의 낮도깨비가 어째서 한반도를 능욕하며 물고 늘어지는지 욕설을 퍼붓는다는 것마저(그런 본능적인 느낌마저) 허용될 수 없게 하는 이 역사의 병폐가, 장난 아닌 비극적 운명을 무수히 태어나게 한다면, 콜 디스카스 같이 우스꽝스럽게 생존하게 된 자는 자기를 죽여 무(無)로 환치시키기까지는 장난이면서 장난이 아닌 비극으로 흔두껍을 당하게 마련일 것이었다. 그리고 이 말은 콜 디스카스의 운명을 예리하게 주시해왔던 우리에게 있어서는 마치 우리 자신의 운명의 참담함을 느끼는 것과 같은 아픔을 주는 것이다. 나는 미국에 가 있는 친구로부터 반년쯤 뒤에 다시 편지를 받았다. 콜 디스카스는 틀림없이 한국으로 갔을 텐데 모르느냐고, 그 친구는 도리어 반문하는 어조로 묻고 있었다. 그러나 나는 아무것도 아는 것이 없었다. 아니 우리는 아무것도 아는 것이 없었다고 하는 편이 옳을 것이다. 우리는 거의 콜 디스카스가 바로 우리 옆에 살고 있다는 것을 느낄 수 없는 그러한 생활을 영위하고 있는 것이 아닌가? 만약에 콜 디스카스가 한국에 와 있다면 그는 우리가 날마다 신문에서 보고 있고 라디오를 듣고 있고, 또는 길거리에서 행해 가고 있는 그 모든 것을 알고 있으리라. 그리하여 그의 어머니 나라에 대한 애정을 가지고, 여하히 그 분위기에 참여할 수 있을까를 따져 보고 있으리라.

　여기에서는 콜 디스카스의 행방을 끝내 알 수 없었다는 점을 미리 고백해 두지 않을 수 없다. 사실은 심심하고 따분한 그런 지성인들이 신문과 라디오를 통하여 콜 디스카스 찾기 운동과 비슷한 일을 벌였던 것이다. 콜 디스카스가 천재적인 음악가라는 점을 상세히 설명한 뒤에 그가 갖고 있던 한국인 체질상 미국 사회에 적응할 수가 없었고, 그리하여 그의 노래는 한때 폭발적인 인기를 얻었으나 금방 미국인들의 노여움을 사서 잊히고 말았음을 상기시켰으

며, 그러므로 우리 한국인들은 콜 디스카스를 찾아내어 그의 천재
적인 음악을 개발할 수 있는 기회를 주어야 하며, 그렇게 함으로써
우리 한국이라는 나라가 맞이하고 있는 현세적인 상황을 개선하게
하고 그 정신적인 영토를 의젓하게 넓힐 수 있는 계기를 마련하여야
한다는 것이 대개 그 취지문의 내용이었다. 콜 디스카스여, 제발 숨
어 있지 말고 나타나 달라. 그 취지문은 이렇게 하소연했으며, 국민
들이여 콜 디스카스의 노래를 들어보시오, 하고 호소했던 것이다.

　이미 밝혔듯이 콜 디스카스는 끝내 나타나지 않았다. 그래서 무
거운 실망을 받지 않을 수 없다면서 우리 사회가 가지고 있는 엄청
난 편견과 한심한 문화 감각, 그리고 매스컴의 무능, 몰상식한 사
람들의 쇼비니즘[3]을 한탄하는 소리가 나오기도 했다. 과연 콜 디
스카스가 승선한 세계는 어떠한 세계였을까? 그가 의식의 바다 밑
에 잠수하여 살고 있는 깃이 타딩할 수밖에 없다는 결론을 나는 애
당초 가졌다. 콜 디스카스를 다시 이 세상 밖으로 끌어내 와서 그를
천재 음악가로 대두시킨다는 것은 일종의 죄악임을 알고 있었기 때
문이었다. 아아, 참담한 문명의 세계로부터 한반도가 잠적해 버릴
수는 없을까 생각을 하게 되었던 것이다.

《아세아》, 1969년 10월호

---

3)　맹목적·광신적·호전적 애국주의.

무너진 극장

무너진 극장

1960년대에 접어들자마자 일어났던 4·19사태에 대하여 우리가 갖는 정직한 느낌은 과연 무엇이었을까? 우리는 그것을 알지 못했다. 때는 바야흐로 비상시국이었으며, 일차 모든 기성의 질서들이 무시되는 혼란의 시기였다. 오도된 질서에 대한 반발이 극심하게 표현되었던 시기였다. 기성 질서의 테두리 속에서 비겁한 안정을 꾀하던 지배자층의 총알에 맞아 많은 사람들이 죽었다. 붙잡힌 학생들은 고문을 당했다. 계엄령이 선포되었으며 통금 위반에 걸린 사람들은 얻어 터졌다. 경찰은 여관과 가택을 수색했다. 병원마다 젊은이들은 빵꾸가 난 육체를 가누지 못해 죽음과 고통을 함께 느끼며 신음하였다. 때는 비상시국이었으므로, 무슨 일이든 발생할 수 있는 것이었다. 그랬으므로 그 당시 우리는 그 사태의 전모를 알고 있지 못했다. 완고한 노 대통령과 그 밑의 사람들이 무슨 마음을 먹고 있는지, 세계의 언론이 어떠한 보도를 하고 있었는지, 미국 대사가 무슨 생각을 하고 있는지 자세히 알지 못했다. 더욱이 외아들을 죽이고 만 평길이 아버지의 심정이 어떠했는지, 마포 형무소에 끌려 들어간 우리 친구들이 어떤 상념에 빠져 있었는지 알지 못했다.

그날은 4월 19일의 데모가 일어난 지 벌써 엿새가 흐른 4월 25일이었다. 경미한 부상을 당했던 나의 몸은 어느 정도 나아져서 기동할 만했다. 나와 광득이는 아침 열 시쯤 바깥으로 나가다가 융만이를 만났다. 융만이는 마포 형무소에서 금방 풀려나온 길이라고 했다. "다구리로 얻어맞았지."하고 융만이는 별로 억울할 것도 없다는 어조로 말했다. 융만이는 나의 손을 그의 가슴 속으로 넣게 하여, 용감한 무인(武人)이 자부심을 가지고 새겨 넣은 문신(文身)과도 흡사한 그의 상처를 보여주었다. "나는 이 가슴에다가 우리의 뼈저린 현실을 새겨 넣은 거야!"하고 그는 말했다.

"부정 선거를 했던 정권은 망하고야 말 것이다."하고 광득이가 심각한 얼굴로 말을 받았다. "그럴지도 모르지. 이것은 하나의 혁명이니까."

"그래 혁명이야"하고 광득이가 다시 동의했다. "앞으로 어떻게나 될 것인지?" 광득이는 이어서 혼잣소리로 말했으며, 거기에 답변을 하지 못한 채 우리는 걸어서 시내의 중심가로 나왔다.

맑은 날씨였으나, 시내의 풍경은, 우리가 전혀 낯선 도시에 마악 닿았을 적에 받는 서먹서먹한 인상을 우리에게 줄 만큼 바뀌어져 있었다. 군인들이 거리마다 도열해 서 있었으며, 곳곳에 바리케이트가 쳐 있었다. 불타 버린 건물들, 탄흔(彈痕)이 남아 있는 포도에서 우리는 마치 전쟁이 한바탕 휩쓸고 지나가기라도 한 듯한 느낌이었다. 그래서 태양은 더욱 뜨겁고 하늘은 더욱 맑고 푸르게 느껴졌다. 사람들은 무관심한 표정 속에 흥분을 감추고 있었다. 서로들 경계심을 풀지 않으면서도, 비상시의 사람들답게 날카로운 호기심과 분노에 떠는 표정을 간간이 지어 보이고 있었다. 거리에는 계엄사의 포고문이 붙어 있었고, 노 대통령의 담화문도 게시되어 있었다. 집총한 군인들은 호각을 불며 시민들이 혹시 대열을 지어 데모라도 벌일까 봐 경계하고 있었다. 민간인들은 군인들의 시선을 피하여 우울하게 하늘을 올려다보곤 했다. 태양은 점점 도시의 상공으로 접근해 왔으며, 바람은 더운 기운을 내뿜고 있었다. 이윽고 우리는 도심 지대를 벗어났다.

우리는 중량교까지 시내버스를 타고 가서, 거기에서 서울을 벗어 났다. 우리는 망우리 입구에서 시외버스를 내려 허덕허덕 걸어 올라 가기 시작했다. 하늘은 여전히 한가로운 느낌을 주는 푸른 빛깔을 띠고 있었다. 공동묘지는 성숙한 봄의 한가운데에, 별로 무덤이라 는 느낌을 주지도 않으며 그렇게 방치되어 있었다. 그럼에도 거기에 는 죽은 사람들의 고단한 혼백이 닥지닥지 붙어 있었다. 죽음은 다 만 광물성(鑛物性)의 의미밖에는 가지고 있지 않은 듯했다. 부정 선 거와 오도된 민주주의를 규탄하다가 죽어 버린 스물한 살짜리 청 년의 시체가 그 가운데에 있으리라는 증서를 말건힐 수는 없었다. 우리는 평길이의 무덤을 찾아내느라고 애를 먹었다. 한 시간 이상 이나 헤매서야 간신히 찾아낼 수 있었다. 하지만 평길이의 무덤은, 설사 그것이 평길이의 무덤이라는 것을 인식한다 할지라도, 평길이 와는 관련이 없을 것처럼 보였다. 우리는 죽어 버린 친구가 결국은 그 시체(屍體)를 남기지 않았다는 느낌을 받았다. 우리는 종달새 소 리를 들었으며 소나무 사이를 거쳐 오는 바람 소리를 들었으며, 강 인한 생명력을 가지고 움이 트는 잡초를 보았으며 뜨거운 태양의 냄새를 풍기는 소주를 핥았다. 이윽고 우리는 사자(死者)에게 허리 를 굽혀 절을 한 뒤에 그곳을 떠났다. 먼 지방으로부터 서울을 향하 여 다가오는 시외버스는 그런데 만원이 되어 있었다. 엄밀하게 계엄 령의 울타리를 치고 있는 그 속으로 끼어들어 가려고 하는 버스의 느릿느릿한 속도에서 우리는 그러나 그 계엄령을 잊어 먹고 있었다.

다만 우리는 사자로부터 멀어져 가서, 그 사자를 사자가 되게끔 만든 도시의 생명 속으로 끼어들어 가고 있는 것이었다.

어느덧 오후도 저물어 가고 있었다. 우리는 전차를 타고 가다가 종로5가에서 내렸다. 서울의대 부속병원에는 중상을 입은 친구들이 많이 입원해 있었는데, 우리와 함께 데모를 했던 혼수는 갈비뼈가 부러져서 신음을 하고 있었다. 우리는 혼수의 병실을 찾아갔다. 혼수는 얼굴을 찡그리며 앓는 소리를 내었으며, 사태가 어떻게 돌아가고 있는지 우리에게 물었다. 우리는 그에게 해줄 말이 없었다. 우리는 앓고 있는 사람에게, 그가 앓게 된 원인의 하나인 부정 선거 규탄 데모를 얘기할 수는 없었다. 모든 것은 아직 엉망이었으며, 우리에게 희망과 감격을 안겨 줄 반가운 소식이란 하나도 없었다. 어쩌면 앓고 있는 혼수 이상으로 이 세상이 앓아누웠는지도 모를 일이었다. 우리는 병원으로부터 벗어났다. 정원에는 수목이 자라고 있었고, 부상자들에게 헌혈을 하려는 사람들이 웅성거리고 있었다. 우리는 서울 문리대 쪽으로 걸어가기 시작하였다. 거기에서 우리는 많은 떼거리의 사람을 볼 수 있었다. 운집한 군중들 틈새로, 도열해 있는 사람들이 보였다. 그들은 플래카드를 들고 있었다. 거기에는 '대학교수단'이라고 씌어 있었다. 교수들은 허리를 구부정하게 굽힌 채 이윽고 움직이기 시작했다. 운집했던 군중들이 박수를 쳤다. 무어라고 떠드는 흥분된 소리도 들려왔다. 교수들의 굳게 긴장된 표정에는 나이 많은 사람들이 가질 수 있는 태연한 흥분이 엿보였다. 이윽고 교수단 데모대는 군중을 거느리고 경찰들의 호위를 받으며 사라져갔다.

우리는 문리대 앞으로 나왔다. 우리는 대학이라는 곳이 진리의 보금자리라는 말을 그때 실감하였다. 저녁 햇빛에 감싸인 캠퍼스는 이 근래 일어나고 있는 제반 사태에 대하여 엄숙한 의무감을 내보이고 있는 것 같았다. 캠퍼스 앞에는 집총한 군인들이 서 있었으며, 학생들은 그 앞에서 옹기종기 모여 잡담을 나누고 있었다. 우리는 다방으로 들어가 차를 한 잔 마셨으며, 그런 뒤에 바깥으로 나왔는데, 핏빛 놀이 진 하늘에는 저 6·25 전쟁 때에 내가 보았던 불그무레한 처참한 빛을 띠고 있었다.

이윽고 밤이 되었다. 우리는 더욱 심상치 않은 분위기를 느꼈다. 라디오로부터 흘러나오고 있는 뉴스에서 교수단의 데모가 국회 의사당 앞에까지 닿았음을 알았다. 라디오는 교수단이 데모를 한다는 뉴스를 보내준 것이 아니라, 쓸데없이 거리로 뛰쳐나온 시민들은 어서 집으로 돌아가라고 호소하는 것이었다. 거리는 어느 정도 허탈하게 비어 버렸으며, 우리는 싸구려 막걸리 집에 들어가서 술을 먹기 시작했다. 그런데 우리는 술이 취하시 않았다. 그래서 더욱 열심히 속도를 빨리하여 마시기 시작했다. 우리는 술이 안 오르는 이유를 너무도 잘 알고 있었다. 우리는 늙은이와도 마찬가지의 침통한 어조로 민주주의와 자유와 행복과 후진국과 부정 선거와 부패와 타락과 슬픔과 아픔에 관해서 얘기했다. 술은 취하지 않았으나 머리는 무거웠다. 그래서 열심히 술을 마셔주는 것만이, 지금의 순간에 있어서 우리가 할 수 있는 가장 성실한 일이라고까지 생각되었다. 이윽고 밤 여덟 시가 좀 지났다. 바깥으로 나갔던 주인아주머니가 돌아왔다. "어서들 나가세요. 문을 닫아야겠으니까요."하고 주인아주머니는 말했다. 시계는 여덟 시 이십 분을 가리키고 있었다. "학생들, 라디오 소리가 안 들려요?" 주인아주머니는 라디오의 볼륨을 높여 놓았다. 계엄령은 다시 선포되어 있었다. 통행금지 시간도 아홉 시부터 시작된다고 했다. 아나운서는 거듭거듭 시민의 자숙을 요청하고 있었다. 술집 주인의 아들인 듯한, 중학생이 그 때 숨을 헐레벌떡 쉬면서 들어왔다. "지금 시내에서는 데모대들과 경찰이 마구 총질을 하고 있어."하고 그는 말했다. 건물들이 불타고 있으며, 파출소가 다시 파괴되고 있고, 공공건물들이 가릴 것 없이 화염에 휩싸여 있다고 그는 말했다.

우리는 바깥으로 나왔다. 거리는 깊은 정적에 감싸여 있었다. 상점들은 모두 문을 닫았다. 그러자 그때 사이렌 소리가 들려왔다. 날카로운 음향이었다. 우리는 정신을 차렸다. 조금 뒤에 우리는 함성이 들려오고 있음을 감득했다. 그 함성은 차츰 이쪽으로 가까워 오고 있었다. 갑자기 사람들이 나타나기 시작했다. 산적처럼 사람들은 어둠 속으로부터 뛰쳐나왔다. 큰 거리는 이내 인파로 가득히 메워져 있었다. 주위가 온통 시끄러워져 있었다. 우리는 어느덧 술이 깨버렸으나, 우리의 피부에 부딪히는 거대한 힘의 무게에 압도되어 다시 몽롱해져 왔다. 수분기처럼 적셔지는 분노, 부정, 부패와 학정에 대한 씻을 수 없는 혐오가 한 덩어리로 뒤엉켜, 어느덧 우리는 사람들의 성난 대열에 가입돼 버리는 것을 느끼고 있었다. 3·15선거는 불법이다, 부정이다, 하고 사람들은 외치고 있었다. 임화수의 집이 결딴났다, 하고 어떤 녀석이 고래고래 고함을 지르고 있었다. 사람들은 임화수의 집이 결딴났다는 것이 마치 부정 선거에 대한 규탄 구호인 것처럼 복창하는 것이었다. 이정재의 집도 결딴났다 하고 어떤 녀석이 고함을 질렀다. 평화극장을 부숴라, 사람들은 절규하고 있었다. 임화수의 평화극장을 때려 부숴라. 사람들은 평화극장을 향하여 맹렬한 속도로 달려가고 있었다. 사람들은 뛰었다. 사슬에서부터 풀려 나온 짐승처럼 으르렁거리며 아무런 제지도 받지 않고 달려가는 것이었다. 평화극장이 어둠 속에 나타났다. 사람들은 주변을 감쌌다. 구호를 복창하고, 알아먹을 수 없는 비명을 지르고, 어이 어이 소리를 뱉어냈다.

극장 안에는 경찰들이 잠복해 있는 모양이었다. 사람들은 그러나 아랑곳하지 않았다. 임화수는 나오라, 임화수는 나오라. 사람들은 울부짖고 있었다. 사람들은 하나의 상징, 일종의 스케이프 고트인 임화수라는 추상적인 존재에 대하여 그들의 분노를 떠맡겨 버린 것이었다. 나가자, 나가자, 사람들은 이어서 외치고 있었다. 사람들은 삼삼칠 박자의 가락으로 손뼉을 치면서 앞으로 앞으로 내달았다. 타캉하는 소리가 그때 울려 퍼졌다. 이어서 타캉, 타캉, 타캉, 둔탁한 소리는 계속 울려 퍼졌다. 아아…… 짧은 신음 소리를 내며 얼른거리는 어두움 속에서 누군가가 쓰러졌다. 몇 명의 사람들이 그곳으로 다가서서 쓰러진 사람을 일으켜 세우려고 했다. 총에 맞은 사람은 아픔이 확실하게 느껴지자 비명을 지르며 울기 시작했다. 사람들은 고함을 지르고 있었다. 돌멩이들이 앞으로 뻗쳐나갔다. 쨍그랑하는 소리가 들렸다. 총소리가 뜸해졌다. 사람들의 기세가 드높아졌다. 그러자 총소리는 다시 들리기 시작하였다. 총소리는 절대적인 정적, 그것과 마찬가지로 계속이 되어서, 그 소리가 없으면 도리어 이상해질 것 같은 모호한 상태가 되어 버렸다. 막연한 죽음의 상태와도 같이 그 총소리는 총소리라기보다도 하나의 무게로써, 엄청난 부피로써 이 세상을 변경시켜 놓고 있었다. 그 총소리는 인간의 육신이 인내할 수 있는 한계를 온통 부숴 버리는 것 같았다. 삶과 죽음은 한데 엉겨 붙어, 흐느적거리는 즙액처럼 그 총소리 속에 용해되어 버릴 것 같았다. 그런 상태는 몹시도 오랜 시간 동안 계속된 것 같았다. 어느새 사람들은 와르르 극장 안으로 쏟아져 들어가고 있는 판이었다. 사람들은 들고 있던 몽둥이와 쇠꼬챙이 같은 것으로 극장 입구의 유리문을 부수기 시작했다. 쨍그랑 쨍그랑 소리를 내며 유리문은 산산조각이 났다. 영화 포스터가 찢어졌다. 현수막이 쓰러졌다. 사람들은 임화수를 잡아라, 소리를 지르며 내닫고 있는 것이었다.

우리는 어깨동무하여 천천히 극장 앞으로 갔다. 극장 입구는 완전히 파괴되어 있었다. 우리는 발길에 걸리는 깨어진 유리 조각을 차 던지며 안으로 들어갔다. 우리는 잠시 휴게실이라 짐작되는 곳에 서 있었다. 주변은 깜깜했다. 그러나 어둠 속으로부터 소리가, 그것도 이중 삼중으로 겹쳐 들려오는 소리가 마치 단단한 물질처럼 우리를 뺑 둘러쌌다. 사람들은 성냥을 켜고 종이를 태워 어둠을 몰아내고자 하였다. 여기저기서 마치 사악한 영혼을 가진 유령들처럼 너울거리는 불빛이 보여왔다. 사람들은 불을 보면서 함성을 내지르고 있었고 닥치는 대로 부수고 있는 중이었다. 극장의 관람석으로 들어가는 출입구가 우선 요란한 굉음을 내면서 부서지고 있었다. 장의자가 넘어가고, 테이블이 나뒹굴고 있었다. 유리창이란 유리창은 뭉뚱그려 깨어지고 있는 중이었다. 출찰구 옆의 사무실의 부서진 문 안으로 사람들이 몰려들기 시작했다. 우리는 부서진 출입구를 통해서 관람석으로 발을 들이밀었다. 마악 누군가가 쇠창살 같은 것으로 스크린을 찢고 있었다. 스크린은 마치 하얀 치마저고리를 입은 여자처럼 보였다. 하얀 빛을 뿌리면서 너울대다가 그 가운데로부터 짝 갈라지기 시작했다. 그 음향은 주변의 소음에 함몰되지 않는 독특한 음색을 가지고 있었다. 그것은 살갗을 면도칼로 짝 그었을 때 나리라 생각되는 그러한 음향을 가지고 있었다. 마치 신체의 일부분이 상처를 받은 것만 같았다. 그것을 듣고 있기란 정말 괴로운 일이었다. 누군가가 이 극장의 한편 구석에 숨어서, 이쪽을 향하여 총알을 겨냥하고 있을는지도 모른다는 생각과 함께, 막연하게 여러 불법적인 정치 질서가 떠오르고, 데모에 대한 것이 기억나고, 아니 그 모든 것에 앞서서 고고한 승리를 목전에 두고 있는 사람만이 가질 수 있는 크나큰 쾌감, 기막힌 흥분이 엄습해 왔다. 나는 무의식중에 앞에 보이는 물건들을 부수기 시작했다. 전신으로부터 알지 못할 힘이 솟구쳐 나와서 근육이 불뚝 불뚝 일어서고 머리에 피가 몰려서 눈앞이 아뜩해 왔다.

관람석은 갖가지 음향으로 꽉 차 있었다. 아래층 이 층이고 가릴 것 없이 기괴한, 삭막한 음향이 뒤엉겨 붙었다. 그것은 이 세상이 파괴되는 음향이었다. 음향은 일찍이 사람들이 몰려들어 구경을 하던 극장 안을 온통 삼켜 버리고 말았다. 그리하여 사람들의 집회 장소였던 이곳의 질서의 음향을 깨뜨려 버리는 것이었다. 음향은 파괴될 필요가 있는는지도 모른나. 서 위선과 기만의 음성들. 레코드판처럼 똑같이 반복되었던 찬양의 소리, 속삭임 소리, 신음 소리, 불평과 불만의 소리는 일차 깨뜨려질 까닭이 있었을 것이었다. 사람들은 동물이나 내는 기괴한 탄성을 지르고 있었다. 그들은 눈앞에 닥친 무질서에 환장해 버려서, 마치 사회와 인습과 생활 규범을 몽땅 망각한 것 같았다. 그들은 기괴한 소리를 뱉으며 물건들을 부수고 있는 것이었다. 극장 안에 이루어져 있었던 여러 형상물(形象物)들은 점점 망가져서 쓰레기더미로 화하였다. 말하자면 추상물이 되어가고 있었다. 열(列)을 지어 뻗어 있던 의자들은 사람들에 의하여 파괴되어 의자로서의 기능을 분해 당했다. 의자는 다만 약간의 금속판과 나무의 합성제품으로 구성된 것에 불과한 것이었다. 그것은 마치 괴팍한 화학자가 이 세상의 물질이 무엇으로 되어 있는가를 실험할 적에 내보이는 원소와 원자에의 회귀(回歸)와도 같은 것인지도 모른다. 또는 사실화만 그리던 사람들이, 그런 객관의 질서를 무너뜨려서 추상화, 초현실화를 그리지 않을 수 없었던 때의 그 와해 감정과 같은 것인지도 모른다. 사람들은 관람석을 분해시켜 그곳의 효용 가치를 파괴시키는 무질서에의 작업을 열렬한 흥분 속에서 감행하고 있었다. 사람들은 정권 유지에 급급하여 제멋대로 부정을 자행하던 지도자들이 만들어 놓은 그러한 질서를 인정할 수가 없었는지 모른다. 사람들은 부정부패의 한 상징인 임화수를 생각할 때 이 극장에 대한 질서를 허용하지 않는 것이었다. 그리하여 사람들은 이러한 파괴에서 묘한 쾌감조차 느끼고 있는 것이었으나, 반면에 붕괴되고 있는 저 굉음에 대하여서는 어떤 본능적인 공포를 자극받았다. 그들은 공포를 느낄수록 더욱 집착하고 있는지 모른다. 어떤 절망 같은 것, 이 세계가 이것으로 끝나 버릴지도 모른다는 아득한 허탈감 속에 너무나도 깊이 빨려 들어가 있었다. 나 또한 부서진 의자에서 철근을 추출해내어 그것으로 타일을 깐 바닥을 두들겨 대기 시작했다. 꽈당, 꽈당. 내가 내고 있는 소리가 나의 육체 속으로 달려들었다. 마치 내 몸뚱어리를 꽈당 꽈당 들이부수고 있는 것이나 아닌가 생각될 지경이었다. 그것은 너무도 힘이 들어서, 계속하여 두들겨 부수지 않는다면 도리어 내가 죽어 버리지나 않을까 생각되었다. 죽을힘을 다하여 죽음 그 자체와 싸워야 한다고 느끼기나 하는 것처럼 열렬하게 때려 부수고 있는 것이었다.

물건 부수어지는 소리와 고함 소리는 한데 휩싸여 아비규환의 절정을 이루고 있었다. 사람들은 불을 만들었다. 어둠은 무서웠던 것이었다. 성냥불이 그어지고, 커다랗게 흔들리는 그림자들이 이쪽 저쪽 벽에 나타났다. 그림자들은 귀신에 혹한 것처럼 아니면 스스로 귀신이 되어 버릴 것처럼 너울거리고 있었다. 누군가가 의자 더미를 모아왔다. 불길이 솟아올랐다. 그러자 보다 무서운 광경이 현출되었다. 불빛에 드러나고 있는 현장의 처참은 극한 상태에서 오는 무서움이었다. 넘어져 뒹구는 의자들은 진짜로 죽어 나자빠진 사람들인 것 같았다. 거기에 겹쳐 일어나는 소음과 비명과 울부짖음은 장내의 처참한 광경을 소스라칠 정도로 돋보이게 하였다.

"아아아……." 절망적인 목소리로 누군가가 절규하고 있었다. "이 개새끼들아." 하고 그 소리는 외쳐대고 있었다. 불은 점점 더 커져 가기 시작하여 장내는 환해졌다. 이미 제대로 형체를 남기고 있는 비품이라고는 거의 찾아볼 수 없었다. 사람들은 타오르기 시작하는 불을 보며 흥분했고, 망가진 광경을 보며 흥분했다. 무대에는 가랑이 벌린 여자의 꼴로 찢어져 버린 스크린이 더욱 가득히 요괴스런 흰빛을 내뿜고 있었고, 그러자 사람들은 무대로 달려가고 있었다. 이 층에 가 있는 사람늘은 함부로 물건들을 아래로 던지기 시작하였고, 무대에 올라간 사람들은 흡사 살인이라도 할 듯한 열성을 가지고 스크린을 찢기 시작하였다. 그리하여 스크린은 수천 갈래로 조각이 나 버리고 말았는데, 사람들은 이에 그치지 않고 천정에 말려 올라간 비로드 막(幕)을 잡아 내리기 시작하였다. 사람들은 그 막을 찢었으며, 무대를 부수기 시작하였다. 무대 뒤의 벽도 허물어지기 시작했고, 거기에도 누군가가 성냥을 당겨서 불길이 붙기 시작했다.

그때 나 또한 무대 있는 곳으로 올라갔다. 이미 막이며 스크린은 산산조각으로 찢겨 있었으며, 무대의 마룻바닥도 엉망으로 망가져 있었다. 나는 무대에서 객석을 향하여 서 있었다. 수많은 관객을 매혹시키던 아름다운 배우가 의기양양하게 가슴을 펴고 자신의 연기를 자랑하던 모습을 도저히 상상할 수는 없었다. 그때 내 눈에 비친 광경은 너무도 비현실적인 냄새를 풍기고 있었다. 어둠과 밝음의 경계는 뚜렷이 이루어지고 있지 않았다. 그러나 어둠보다는 밝은 쪽이 더욱 광기를 내포하고 있었다. 아래층이고 이 층이고 할 것 없이 사람들은 아무런 의미도 없는 마치 원시인들과도 같이 깩깩 고함을 지르며 제멋대로 날뛰고 있었다. 여기저기 불길이 번지기 시작하는 곳에 마치 이 세계에 종말이 다가왔다는 것처럼 이상한 냄새를 피우며 연기가 퍼져가고 있었다. 우당탕 우당탕 소리가 겹쳐 올라, 무자비한 전투가 벌어지고 있는 것처럼 보이는가 하면, 무조건 만세를 부르며 절규하는 자들도 있었다. 나는 마룻바닥에 주저앉아서, 점점 매캐한 냄새를 풍기는 연기를 맡고 있었다.

아마 이것이야말로, 사람들이 불만스러워할 때 막연히 느끼는 그러한 방심 상태일는지도 모른다. 원시적이고 본능적인 무질서에로의 해방 상태. 이런 본능이야말로 최루탄을 맞으면서도 애써 진행시켜 갔고 대열을 만들어 갔던 데모의 다른 한쪽 면이 아니겠는가? 그러니까 데모의 바깥쪽에는 법률적인 것, 도덕적인 것, 종교적인 것, 심지어는 신화적인 것이 이를 지켜주고 있을 것이나, 데모의 그 안쪽에는 이런 도취, 이런 공동 무의식이 잠재되어 있을 것이었다. 오류에 빠진 질서를 파괴하여, 인간을 속박시키던 것들을 풀어 버리고, 구차한 사회생활의 규범과 말 못할 슬픔과 부정부패에 대한 울분을 훌훌 떨구어 버리고 나서, 하나의 당돌한 무질서 상태를 만드는 것이었다. 사람들은 조만간에 극장을 몽땅 태우고 말 것이었다. 여기저기서 어느덧 불길은 심상치 않은 세력으로 번져 가기 시작했고, 사람들의 흥분은 더욱 가세되어 있었다.

그러자 출입구 쪽으로부터 한 떼의 사람들이 밀려들기 시작했다. 그들은 장내에서 무턱대고 때려 부수고 있는 사람들과는 다른 종류의 사람들이었다. 그들은 무서움과 울분과 두려움을 교묘하게 섞고 있었다. 그들이 고함을 지르기 시작했다. 데모대들이 지르던 고함과는 그 여운이 달랐다. 그들은 저 사회인이 가지는 냉정한 눈초리로 사방을 훑어보며 "아아아……."하고 고함을 지르는 것이었다. "불을 지르지 마라. 불을 지르지 마라."하고 그들이 일제히 소리를 질렀다.

알고 보니 그들은 이 동네에 사는 사람들이었다. 불을 지르면 삽시간에 퍼져서 이 동네는 잿더미가 되어 버릴 판이었다. 그래서 그들은 필사적인 노력으로 데모대의 흥분을 어떤 차원에서 막아보려고 달려온 것이었다. 하지만 데모대들은 그들의 고함 소리에 귀를 기울이지 않았다. "이 개새끼들아……." 하고 그들은 일제히 외쳤다. "불을 지르지 마라." 그들 중에서 뚱뚱한 중년 부인이 미친 듯이 비명을 지르기 시작했다. 여자의 높은, 째지는 듯한 음성은 살벌히게 극장 안을 울려 놓고 있었다. 그러다 그 여자는 그만 기절해 버리고 말았다. 데모대들은 계속해서 불을 지르고 있는 중이었으며, 파괴 행동은 또한 그대로 계속되고 있었다.

주민들은 참을 수 없다는 듯이 불이 번지기 시작하는 곳으로 달라붙었다. 성난 이리떼처럼 달려들어 불길을 짓밟았다. 거기에 약간의 충돌이 있었다. 데모대들은 어떤 본능적인 느낌으로 이들을 적수로 간주하여 달려들 태세를 취했다. 주민들 또한 필사적인 노력을 기울여 그들의 재산을 보호하려고 하였다. 그것은 마치 혼란의 세계를 맞이한 두 가지 계층의 사람군(群)을 나타내 주고 있는 것 같았다. 불길이 어느 정도 잦아들기 시작하자, 주민들은 일제히 합창을 하듯이 말하기 시작했다. "불을 지르지 마라. 그러면 이 동네가 타 버린다." 그러나 주민들의 말은 아직 데모대에게는 설득력을 발휘하지 않고 있었다. 마치 그들은 주민들이 떠드는 소리 또한 '부정 선거 다시 하라'는 따위의 구호처럼 듣고 있는 것 같았기 때문이었다.

갑자기 장내에는 전등불이 켜졌다. 누군가 스위치를 발견한 모양이었다. 순식간에 어둠은 물러나고, 대낮과도 같이 환해졌다. 사람들은 놀라서 천정을 쳐다보고, 주변을 둘러보았다. 사람들은 더욱 놀라 버렸다. 그들은 과연 어느 곳에 서 있는 것일까? 그들은 극장 안에 있는 것인가? 아니면 해파리와 조개껍질들이 잔뜩 깔린 바닷가에라도 와 있는 것인가? 사람들은 마치 그들의 흥분을 믿지 못하는 것 같았다. "여러분."하고 파자마 바람의 장년 사내가 말했다. "여러분 불은 지르지 마시오, 그러면 이 동네가 불바다가 되어 버린단 말요."

그 사내의 말소리는 자세히 들린 것은 아니었다. 사람들은 비록 놀라서 정신을 차렸지만, 다음 순간에 무의식적으로 다시 주변의 물건들을 때려 부수기 시작했던 것이었다.

그리고 그때 나는 저 이 층, 영사실에 그림자가 얼른거리는 것을 보았다. 어떤 녀석들은 이 극장 안에 있을 물건들을 훔치기 위하여 광분하고 있는 것이었다. 나는 자신의 육체가 깨어진, 텅 비어 버린 무대 위에 포복하는 자세로 엎드려 있음을 문득 깨달았다. 나는 반만큼 일어나 앉으려다 말고 다시 엎드려져 있었다. 너덜거리는 막(幕)이며, 찢어진 하얀 스크린은 주변에서 나를 감싸주고 있었다. 그것은 마치 내가 파괴된 극장의 무대에서 단독 주연 배우로서 어처구니없는 연기(演技)라도 하고 있는 꼴이었다. 그것은 언젠가 읽은 적이 있는 이 차 대전 때의 어떤 극장 광경을 상기시켜 주었다. 철저하게 파괴되어 버려서, 거의 다 피란을 가 버리고 만 텅 빈 도시에 남아 있는 약간의 사람들은 이미 태반이 폭격을 맞아 파괴된 극장 안에서 관중이 없는 연극놀이를 하는 것이었다. 사람들은 그러한 연극놀이라도 하지 않고서는, 절망 가운데에서 도리어 이겨낼 수 없었을 것이었다. 인간의 행동이라는 것은 왕왕 어떤 연극의 연기자에 비유되기는 하지만, 극장 파괴라는 이 놀음에 있어서, 사람들이 가지고 있는 저 냉혹한 도취, 사회와 역사에 대해서 가지고 있는 왜곡된 광장(廣場), 또는 완성된 무질서 상태는 어떻게 제지를 받아야 할 것인가. 위정자들은, 그들의 협소한 현실 감각에 의해서, 고달픈 광범위한 현실을 이해하지 않았다. 사람들은 그들의 무의식의 영역에 위치하는 무거운 분노를 떨구어 내지 않는 한 견딜 수 없었을 것이었다. 더욱이 정치적인 현상이 모든 다른 현상을 일방적으로 지배하게 마련인 후진국 사회에서, 그 정치가 잘못되어 있다면 여타의 모든 것이 엉망이라는 사실에는 이의가 없다. 사람들은 그 정치의 개선을 요구함으로써 그들이 갖고 있는 모든 부면의 개선을 요구할 권리를 가진 것처럼 생각하여 데모를 벌인 것이나 아닌가? 그 데모는 궁극적으로 퍼져나가 이와 같은 광란의 도취에까지 이른 것이 아니던가? 어느 결엔가 전등은 다시 나가 버리고 말았으며, 찌꺼기만 남은 불더미와, 사람들이 피우고 있는 담뱃불이 마치 밤의 대지에 얼른거리는 도깨비불 같았다. "군인들이 달려오고 있어." 하고 그때 누군가가 말했다. "계엄사의 군인들이 오고 있다." 하고 누군가가 그 말을 받았다. 그러자 데모대들은 갑자기 정신이 번쩍 난 것 같았다. "임화수는 도망가 버리고 없다." 라고 그들은 말하면서 퇴각하기 시작했다. 그것은 흡사 거대한 파도가 밀어닥쳤다가 밀려 나가는 것과 흡사한 형국이었다. 사람들은 그들이 부순 의자며, 방음벽을 왕그랭 땡그랭 차면서 나가 버렸다. 파도는 거센 힘으로 밀려와 상륙하여 거친 흔적을 남긴 뒤에는, 순식간에 깨끗이 물러가 버리고 마는 것이었다. 조금 더 시간이 지나니까 장내에는 나 혼자만이 남아 있었다. 갑자기 정적이 찾아왔다. 왁자지껄하던 소리는 차츰차츰 멀어지더니 아무 소리도 들리지 않게 되었다. 공기는 여태까지의 혼란스러웠던 회전에서 마치 죽음의 세계를 맞이한 듯이 흔들리지 않고 있었다. 하도 고요했으므로, 나는 그 고요하다는 것을 믿지 못했다. 그것은 나를 무섭게 만들었으며, 고독하게 만들었다. 나는 무대의 가운데에 자빠져서 숨을 죽이고, 과연 이것이 현실에서 일어나고 있는 일인지 의심했다. 나는 전혀 꼼짝할 수가 없었고 오늘 밤에 일어난 여러 사건들이 감감하게 몽롱해져 와서, 내가 과연 죽은 것이나 아닌가 생각하였다. 나는 비어 버린 객석의 그 무거운 집념에 도저히 혼자 견뎌낼 자신을 잃었다. 심하게 몰아닥치던 폭풍우가 지나가 버리고 엉뚱한 기슭에 난파하여 과연 그곳이 죽음의 섬인지나 아닌지 의심이 들 때의 그 곤혹한 의문을 나는 이해할 수 있었다.

군인들이 극장 안으로 들어왔다. 나는 전혀 꼼짝하지 않았다. 방금이라도 그들에게 발각되어, 비참한 몰골로 사살되어 버리고 말 것이라고 나는 생각했다. 군인들은 플래시를 비추었다. 한 줄기의 광선은 파괴된 극장의 내부를 처참하게 드러내 보였다. 군인들은 플래시를 이리저리 흔들었다. 플래시는 바로 내 몸뚱어리를 핥고 있었다. 나는 군인들이 나를 발견했으리라고 생각했다. 그러자 군인들은 플래시를 이동시켰고, 나는 간신히 어둠 속에 매장될 수가 있었다. 군인들이 말하는 목소리가 들려왔다. "개똥 같은 새끼들." 하고 군인 중의 하나가 욕을 했다. 그 목소리는 지독한 혐오감과, 무질서에의 분노를 담고 있었다. "이러다 우리나라는 어찌 될 것인가? 모두들 빠방 쏴 버려야 돼.”하고 다른 군인 하나가 절망적인 어조로 개탄했다. 둔중한 구두 발자국 소리는 계속해서 울려 퍼졌고, 그들의 개탄은 계속되었다. 그러다 그들은 을씨년스러운 풍경에 더럭 염증이 나버렸는지 바깥으로 나갔다.

이제는 한밤중이 되어 있었다. 군인들은 파괴된 극장의 주변을 유령처럼 끈질기게 돌아다니고 있었다. 플래시는 간단없이 이쪽저쪽을 비추었으며, 그럼에도 불구하고 나는 꼼짝하지 않았다. 군인 중의 하나가 이 층으로 올라갔다. 그러자 거기에서 총소리가 한 번 났다. 시끄러운 소리가 들리는가 하더니, 아래층에서부터 대여섯 명의 사람들이 우르르 밀려 올라가고 있었다. “이 새끼 넌 무어야?” 하는 소리가 들려왔다.

“아이구, 살려주십시오.”하고 비명을 지르는 소리가 들려왔다. “안으로 끌고 들어가.” 다른 목소리가 이렇게 받았다. 이 층의 출입구가 열리더니 서너 명의 군인들이 민간인 청년 하나를 끌고 들어왔다. 그리고 다른 군인 하나는 커다란 포대자루를 움켜쥐고 있었다.

“그래 너는, 이런 혼란 통에서도 물건을 훔치는 거야? 개새끼.”하고 포대자루를 든 군인이 말했다. 알고 보니 민간인 청년은 구내매점의 물건을 쌓아둔 곳에 들어가 물건을 훔친 모양이었다. 캐러멜 등속, 빵, 과자, 껌, 사이다, 주스가 쏟아져 나왔다. 포로가 된 민간인 청년은 두 손을 싹싹 비비고 있었다. 군인들은 그를 한가운데 놔두고 나서 성급하게 빵과 캐러멜 같은 것을 먹기 시작했다.

“제기랄, 그럴듯하군. 여기서 파티나 열자.”하고 그들 중의 하나가 말했다. 그들은 부서진 나무판자를 바닥에 깔았으며, 적당히 주저앉아서는 한결 기분이 풀렸다는 듯이 잡담을 나누며 데모대들을 욕하고 있었다. 그러자 조금 뒤에 이 극장의 관리인인 듯싶은 사내가 한 명 들어왔다. 그 사내는 거의 사십이 가까워 보였다. 그 사내는 군인들에게 설설 기면서 데모대에 관해 욕설을 퍼부었다.

이제 한밤중이 되어 있었다. 여전히 군인들은 유령처럼 돌아다니고 있었다. 하지만 무대에는 나 혼자밖에는 없었고, 주변은 삭막할 만치 괴괴하였다. 나는 절실히 담배가 한 대 피고 싶어졌다. 그러나 나는 담배를 필 수는 없었다. 배때기를 바닥에 깔고 앉아서 나는 이 무서운 밤이 빨리 지나가기를 바라고 있었다. 나는 아득하게 느껴지기 시작한 아픔과, 괴로움, 그리고 의욕만 가지고 뛰어들게 된 우리의 이러한 현실 참여에서, 우리가 일종의 보상(報償)처럼 받게 되는, 이 세상의 잔학한 진상을 생각하고 있었다. 파괴된 공간, 정지된 시간이라고 어떤 시인은 말한 적이 있었다. 사람이 생각할 능력과 의식을 가지고 있다는 것은 크나큰 고통의 의미가 될 수 있음을 나는 깨닫고 있었다.

과연 이 밤은 지나갈 것인가? 사람들이 아픔을 느끼며 희구해 마지않았던 새날은 찾아올 것인가? 능히 무질서를 수용하며 그것을 승화시킬 수 있는 새로운 질서는 찾아올 것인가? '희망을 말하는 자는 누구를 막론하고 도적놈들이다.'라고 어떤 시인이 쓴 말은 과연 정확한 것인가? 1950년대에 사람들은 전쟁이라는 것을 통하여 잔학한 무질서를 익혔었다. 그리고 1960년대로 넘어가는 이 해에는 한국에 있어서 또 하나의 크나큰 변혁이 오고 있었다. 이 변혁을 정치적인 의미로만 해석해 버리기 이전에, 사람들은 그들이 어째서 질서를 파괴하고 있는가를 깨닫게 될 것인가? 화석(化石)과도 같은 질서……. 마치 죽어 가는 나비를 대(臺) 위에 고정시켜 놓은 나비 채집가의 핀과도 같은 질서를 파괴하였을 때, 사람들은 이를 능히 감당해 낼 수 있을 것인가? 나는 볼기를 맞고 있는 그러한 사람의 자세로서 객석 위의 넓은 공간을 응시하고 있었다. 기다란 어둠의 장막이 거기에 깔려 있었다. 어둠에서는 아무런 냄새도 나지 않았고, 아무 소리도 들리지 않았고, 아무 형태도 포착할 수 없었다. 어둠은 마치 안개인 양 몽롱하기만 했다. 그 몽롱한 어둠 속에 미래가 서려 있을 것만 같았다. 나는 어둠 속에서 거울을 들여다 보는 사람처럼 그 희부연 속을 들여다 보고 있었다.

차츰차츰 아침이 되어 가고 있었다. 추웠다. 가슴 속은 텅 비었으며 목이 탔다. 그러나 나는 점점 심해지는 두려움에 떨고 있었다. 어둠이 물러나자 나의 육신을 숨길 수가 없게 되었다. 희미한 박명에 나의 몸뚱이는 드러나고 있었다. 금방이라도 군인들은 나를 발견하리라. 나는 소리를 내지 않으며, 비어 있는 무대를 벗어나서 객석으로 내려왔다. 아침이 찾아온 극장의 내부는 더욱 처참하게 보였다. 아침은 지나간 밤의 광포했음을 너무도 선명하게 증언하고 있었다. 새날의 출발은 비참한 상처에서부터 비롯되고 있는 것 같았다. 과거의 번창했던 극장은 여지없이 망가져 버리고, 그 파괴된 폐허에서 새날은 우뚝 그 밝음을 드러내고 있는 것이었다. 나는 부서진 객석을 서서히 포복해 나갔다. 몸은 비록 무겁고 정신은 혼미하였으나, 절실한 아픔과 함께 어떤 밝은 빛깔이 보여오고 있는 것 같았다. 무엇인가가 확실히 무너져 버렸다는 것을 느낄 수 있었다. 파괴된 극장과 함께 과거의 시간이 무너져 내려앉았다. 지난 10년의 시간이 파괴당했다. 과거의 극장은 부서져 버렸으나 과연 새로운 극장, 새로운 무대는 어떻게 등장하려는 것인가?

두 명의 군인을 빼놓고는 그들은 모두 자고 있었다. 낭하로 나왔을 적에 나는 두 명의 민간인을 만났다. 아마 그들도 파괴된 극장의

124   박태순 중단편 소설전집 2권

어느 구석엔가에 나처럼 숨어서 저 소란의 밤을 뜬눈으로 보냈으리라.

 그중 한 사람은 팔에 심한 부상을 입고 있었다. 그들의 얼굴에는 다만 고통의 그늘이 엿보였다. 그리하여 우리는 살그머니 극장 바깥으로 기어 나와서는 냅다 뛰기 시작했다. 우리는 몸과 마음을 대가로 하여 그 아침을 얻은 것이었다. 바로 그날 4월 26일은 이승만 정권이 무너진 날이었으며 20세기로 들어온 이래 한국에 있어서 가장 긴 하루 중의 하나였다. 그러나 우리는 그날 너무도 피곤하여 바깥에 나가지 않고 집구석에 들어박혀 잠만 잤다. 우리가 잠에서 깨어났을 적에는 확실히 이 세계는 뒤바뀌어 있었다. 어떤 시인의 말마따나 좁은 골목길에까지 지평선이 나타난 것처럼 느껴졌던 것이었다. 아마 사람들은 일종의 시민 혁명이라고까지 생각되는 그들의 승리의 의미가 무엇인지를 알았다고 믿었을 것이며, 그것이 어찌하여 고귀한 것인지를 마음 터놓고 얘기하였을 것이다. 일방통행적인 질서의 함몰된 세계를, 마치 저 평화극장을 부수듯 잔인하게 부숴 버림으로 인해서, 그들이 몰고 온 고귀한 무질서가, 미래에 있어서는 고귀한 자유, 고귀한 행복, 고귀한 가치로 축조 건설되리라고 몇 번이고 강조해서 생각했을 것이었다. 사람들의 그날의 흥분을 얼마든 과대평가해 보는 것처럼 유쾌한 일은 없을 것이다. 새로운 시대를 알리는 그 타종의 울림을 새로운 세대였던 우리가 거느리고 나타날 수 있었음은 그 얼마나 행복하며 영광되며 축복스러웠던 것인지? 그러나 우리는 얼마 안 가서 어떤 철학자의 말처럼 ‘한순간의 흥분을 너무 과대평가하여 기억하는 것의 무의미함’을 어느덧 배우기 시작하였으며 그리하여 우리가 힘들여 끌어올렸던 그 무질서의 위대한 형식이 역사성 속의 미아처럼 다만 한순간의 고립에 불과하고 말았다고 주장하는 세력이 여전히 의연히 버티고 있음을 보았다. 그것은 마치 그날 밤에 우리가 이룩하였던 그 놀라운 긴장감의 파괴를 부정하고 모든 변혁과 가치를 부정하는 것처럼 보이는데, 물론 우리는 결코 속아 넘어가지 않을 뿐 아니라 혁명은 의연히 계속 진행 중임을 도리어 확인하는 것이다. 그러니까 인생과 사회와 역사에 대한 우리의 시련이 도리어 그때로부터 출발하고 있었던 듯한 느낌으로……

《월간중앙》, 1968년 8월호

저녁밥

저녁밥

그 동네의 바라크들은 황혼 무렵의 누런 햇빛을 시꺼멓게 받아들이고 있다. 연기가 퍼져 올라가고 어둠이 흔들리면서 여릿여릿한 햇빛과 싸우고 있다. 그 바라크의 창으로 바라보자면 저 아래 바다와 같이 전개된 서울 시가에는 파도가 밀려오는 것처럼 가로등의 행렬이 점차 뚜렷해지고 네온사인들이 활갯짓을 하고 있다. 이윽고 시간은 분명하게 흘러 어둠이 마취제처럼 풀리어 가고 있다. 바라크들은 땅의 설움을 한데 모아 하늘에 기도를 드리는 것처럼 불을 켜고 있다. 사람들이 거기에 살고 있으리라는 징조는 도리어 찾아지지 아니한다. 국민학교 5학년생인 을섭이는 어서 저녁밥을 먹어야 했지만(왜냐하면 배가 고팠다). 어른들이 밥을 먹을 염을 내지 않고 있으므로 셀로판종이로 만든 창을 통해 밤의 도시를 바라보고 있었다. 을섭이는 자기네 식구들만 외롭게 갇혀서 엉뚱한 산비탈의 오막살이에 처박혀 있는 것만 같았다. 아버지가 앓아누운 뒤로부터 집안은 엉망진창이 되어 버렸고, 어른들은 이상해져 버렸다. 공연한 일에 신경질을 내는가 하면 저녁밥을 먹을 때가 지나고도 남았는데, 오구구 모여 앉아 걱정들만 해 쌓고 있는 것이다.

병문안을 온 이희세 씨와 할머니가 얘기를 나누고 있었다. 을섭이는 숙제를 끝내기 위해서 엎드려서 연필을 주웠다. 방바닥은 따스하였고, 밥 생각보다는 이내 졸음이 왔다. 이희세 아저씨가 피우고 있는 담배 연기는 구수하였는데, 아저씨는 조금 뒤에 할머니에게 담배를 붙여 드렸다. 할머니는 곰방대 피우듯이 신탄진 담배 연기를 입으로부터 뱉어 내고 있었고, 그러자 할머니가 피우고 있는 담배 연기도 구수하였다. 졸음이 오고 배가 고프기 때문에 담배 연기가 구수하게 느껴지는 것이다.

이희세 씨는 저 이북 고향에서 아버지와 한마을에 살았던 모양이었다. 대머리가 찔꺽 벗겨지고 둥글넓적한 얼굴에 커다란 코를 가지고 있는 씨는 헤픈 웃음을 터뜨리곤 하였다. 성만우 씨가 병에 걸리기 전에는 인사불성이 될 정도로 술이 취해가지고는 오밤중에 나타나서 제멋대로 호통을 치고 야단법석을 떨곤 했었다.

이승만 박사가 어떻구 민주주의가 어떻구 따위의 정치 얘기를 하는가 하면, 여우골에서 살던 아무개를 만났다는 둥 고향 얘기를 떠벌이곤 했었다. 이희세 씨는 한숨을 쉬었다.

"정말 큰일이에요. 환자는 더 나빠졌구만요."

이희세 씨는 다시 말했다.

"내 아는 사람 중에, 한방(韓方)에 밝은 이가 계시는데 말입니다. 그분은 뜸을 잘 놓지요."

"그래서?"

할머니가 물었다.

"환자가 더 나빠졌어요. 당장 그분을 모셔 올랍니다."

"뜸을 잘 놓는다구?"

할머니가 물었다.

"네에, 뜸을 잘 놓지요. 제가 자세히 말씀을 드렸어요. 성만우라는 사람이 쇠간을 잘못 먹어 스름스름 앓기 시작하더니, 그것이 위장병 간장병으로 번져 가고 대쪽처럼 몸이 마르기 시작하고 이제 이르러서는 위암이 아닌지 모르겠다는 양의들의 진단을 받고 있다고 내가 말씀드렸지요. 그랬더니 그분 말씀인즉 양의들은 걸핏하면 위암이다 무어다 하는데, 그게 벌써 못난 소리라는 겝니다. 위암이라는 게 별게 아니라는 거예요. 썩은 피가 고여 있어서 위장이 팅팅 붓고 돌기가 생겨나는 건데 말입니다. 정성 들여 뜸을 들여설랑 그놈의 썩은 피를 뽑아내 버리면 거뜬히 나을 수도 있는 거라는 겝니다.”

“하기야 그 말이 옳은 말이야.”

할머니는 고개를 끄덕거렸다.

“아마 아실 겝니다. 임 면장의 백형 되시는 분으로 임한식 옹이라구요.”

“임 면장의 백형이라구? 그 가루개에서 살던 임 씨 말인가?”

“네에. 가루개에서 살던 임 씨 말입니다. 그분들은 괜찮게들 지내고 있지요. 임 면장은 동대문시장에서 장사를 해서 돈깨나 긁어 모았구요.”

“그런 얘기 나두 들었지.”

하고 할머니는 말했다.

“당장 임한식 옹을 찾아가 볼랍니다.”

“당장 찾아가 보겠다구?”

할머니가 물었다.

“네에, 뜸을 들이고 나면 훨씬 좋아질 겝니다. 위장에 고여 있는 썩은 피를 뽑아내면 말입니다.”

“그야 그렇지.”

하고 할머니는 말했다.

"미처 그 생각을 못 했구먼. 뜸을 들이면 잘 나을 수 있을 거야."

"네에, 그분은 뜸을 잘 들이니까요."

하고 이희세 씨는 말했다.

"제가 그 말씀도 드렸지요. 진작 수술을 받았더라면 이 지경으로 악화되지는 않았을 게라구 환자가 푸념을 한다고 말씀드렸지요. 그분도 그러드만요. 수술 안 받은 건 참 잘한 일이라구요."

"아암, 잘한 일이지. 사람의 배때기를 가르다니 그런 끔찍한 일이 어디 있을라구. 진작 임 면장을 생각했더라면 좋았을걸 그랬군. 뜸을 들이면 좋았을걸……"

하고 할머니는 말했다.

할머니는 그러다가 을섭이를 바라보았다.

"참, 을섭아. 냉큼 뛰어가서 초 두 자루만 사 갖구 오너라."

"초를 왜 사 와요? 전깃불두 밝은데."

을섭이는 고양이처럼 드러누워 있다가 짜증이 나서 딴전을 부렸다.

"잔말 말구 냉큼 사 갖구 오지 못하갔니?"

할머니가 역정을 내었다. 마지못해서 을섭이는 이십 원을 받아 쥔 뒤에 바깥으로 나갔다.

"그럼 저두 일어서 보겠습니다. 임한식 옹을 당장 모셔 와야지요."

담배를 비벼 끈 후에 이희세 씨는 껍적 일어섰다.

"같이 올러누?"

"예. 같이 오갔습니다. 참, 환자한테는 암말두 마시지요."

"그럭허지."

할머니는 말했다. 할머니는 행주로 소반을 닦기 시작했다.

이희세 씨가 바깥으로 나서자 할머니도 바깥으로 나갔다. 완전히 어두워졌다. 하늘과 땅은 경계를 허물었다. 어디에서 하늘이 끝나고 어디에서 땅이 시작되는지 알 수가 없었다. 다만 하늘에는 별들이 총총 빛나고 땅에는 전깃불이 총총 빛나는 것이다. 반달도 떴다. 반달은 전깃불을 집어넣은 애드벌룬처럼 나지막하게 떴다. 이희세 씨는 환자 방에 들어가서 위로의 말을 던진 뒤 마당으로 나왔으며, 그 동안에 할머니는 며느리가 되는 최 씨와 얘기를 나누고 있었다.

"그래, 섭섭이 년은 뭘 하고 자빠졌단 말이냐?"

"낸들 알아요?"

최 씨는 짜증이 나는 목소리다. 전실 딸에 대한 미움이 들어 있다.

"내 말이라면 콩으로 메주를 쑨대두 듣지 않는걸요."

"그년은 웬 속을 이리두 썩이누. 제 애비가 드러누워 있는데두 돌아댕기기만 해."

이희세 씨는 구두끈을 매고 있었다. ㄱ자 끝의 집 주위에는 엉터리로 만든 울타리가 쳐 있고, 울타리 안쪽에 조그만 소나무가 버티어 섰는데, 그 너머로 길이 보인다. 산 아래쪽에서 올라오는 길이다. 고급주택들이 들어찬 곳에는 환하게 가로등이 켜 있고, 아스팔트가 돼 있지만 그 아스팔트가 끝나는 곳에서부터 길은 갑자기 살아 움직이는 한 마리 뱀처럼 꾸불텅꾸불텅 산을 기어오르기 시작하여 바라크 집들을 이리저리 피해 달아나는 것이다. 대문은 사과 궤짝을 뜯어서 만든 것인데, 을섭이가 열어 놓고 나갔기에 아가리를 쫙 벌리고 있다. 이희세 씨는 구두끈을 다 매고 나서 주변을 휘둘러보았다. 그러는데 열려진 대문으로 두 명의 남자가 들어섰다.

"이 집이 맞는지 모르겠군."

하고 나이 많은 남자는 말했다.

"여어, 자네를 예서 만날 줄은 몰랐구면."

이희세 씨는 그 남자를 보면서 말했다.

"그래그래. 죽지 않고 살아 있으니 만나게 되는군."

그 남자는 손에 들고 있던 파인애플 깡통을 번쩍 쳐들었다.

"아이고, 이게 누구야? 영재 아닌가?"

할머니는 길영재 씨와 그의 아들 길석윤을 바라보았다.

"예에, 안녕하셨어요. 참 오랜만에 찾아뵙습니다."

"무슨 소릴? 바쁠 텐데 이렇게 올 것까지야……."

"예, 아닌 게 아니라 바쁜 핑계를 대고 너무 격조했어요. 이거 사람 처신이 말이 아닙니다그려."

"별말을 다 하눈. 어서 들어와."

할머니는 길영재 씨의 팔을 잡아끌었고, 길석윤 군의 인사를 받았다.

"그래, 얼마나 걱정이 되십니까?"

길영재 씨가 묻자,

"원, 걱정이구 뭐구 사람 사는 거 같지 않네."

하고 할머니는 개탄하였다. 할머니의 어조는 묘하게도 남자의 말투를 닮아 있었다. 아마 집안에서 가장 나이 많은 분으로 처신하다 보니 그렇게 된 것이 아닌가 싶었다.

길영재 씨와 성만우 씨는 이북 고향에서 살 적에 동서 간이었다. 그들은 양반 가문으로 이름이 있는 해주 최씨의 큰딸과 작은딸과 성사(成事)를 치렀던 것이다. 해방이 되고 난 뒤에 길영재 씨는 먼저 월남을 했으며, 성만우 씨는 그대로 고향에 남아 있다가 이주(移住)를 당하여 사리원에서 살게 되었다. 6·25 전쟁이 터졌을 때, 그리고 1950년 10월 12일 유엔군이 고향을 탈환하였을 때 그들은 다시 만나게 되었다. 이제는 아무런 근심 걱정 없이 살게 되었다고 좋아들 하였다. 그러다가 다시 유엔군이 후퇴하는 바람에 일은 엉뚱하게 풀려 버렸다. 길영재 씨는 노모가 병환 중이었으므로 피난을 가지 못했다. 골방 속에 숨어 있다가 구월산 유격부대가 동네에 들어오게 되자 거기에 가담해 버렸다. 황해의 여러 섬에 근거를 두고 유격 활동을 하다가 씨는 휴전 협정이 체결되던 해가 되어서야 비로소 항도 부산에 나타날 수 있었던 것이었다. 길영재 씨의 부인은 이미 죽고 없었고, 먼 친척 되는 사람이 길석윤을 맡아서 기르고 있었다. 길영재 씨는 이내 양키 물건 소매장사를 시작하였던 것이었다. 한편 성만우 씨는 1·4 후퇴 시에 간신히 노모와 어린 딸년 섭섭이만을 기차 지붕 꼭대기에 태울 수가 있었다. 전라도 광주로 피난을 가서는 아동복 제품을 만드는 것으로 간신히 생계를 꾸릴 수가 있었던 것이었다.

환자의 부인인 최 씨도 마당에 나와 있었다. 하지만 아무도 최 씨에게 알은체를 하지 않아 좀 화가 나 있었다. 최 씨는 원래 전라도 무안이 고향이었다. 최 씨의 남편은 소위 거창 사건이라나 무어라나 하는 것 때문에 죽고 말았다. 시집 살림도 할 수 없게 되고 친정 붙이라야 별게 없었던 최 씨는 광주로 무턱대고 진출하였다. 거기에서 재봉침을 돌리는 기술을 터득하여 성만우 씨의 아동복 제품을 만드는 일을 거들었다. 어찌어찌 성만우 씨와 동거생활을 하게 되고 을섭이를 낳게 되었지만 별다른 애정이 있었던 것은 아니다. 최 씨는 길영재 씨가 나타났던 날을 기억하고 있었다. 서로들 죽은 줄로만 알았다고 하면서 두 사람은 밤새도록 얘기를 나누고 있었다. 다만 남편인 성만우 씨는 죽을병을 앓고 있는데도 길영재 씨는 활기가 넘쳐흘러 보였다.

"이거 참, 병시중을 드느라고 고생이 많으시갔습니다."

하고 길영재 씨가 최 씨에게 인사말을 했다.

"몸 성한 사람들은 아무래도 괜찮어, 고생이 무슨 고생인구."

할머니가 이렇게 말했기에, 최 씨는 화가 났다. 할망구가 얌체머리가 없어도 유분수지, 저런 소릴 어떻게 할까. 최 씨는 이렇게 생각하는 것이었다.

을섭이가 초를 사 가지고 돌아왔다. 그는 남은 돈 육 원을 주머니에 집어넣고 말았는데, 그것이 들킬 것 같아서 조바심이 났다.

"자아, 방으로 들어가세."

할머니가 말했다.

"그러면 저는 임한식 옹에게 갔다 올랍니다."

이희세 씨는 아쉬운 빛이 있었으나 이렇게 말하고는 조금 뒤에 대문 바깥으로 나갔다.

그리고 사람들은 마루에 올라서서 건넌방으로 들어갔다. 환자는 안방에 있었지만, 마침 잠이 들었다고 하여 깨우지 않기로 한 것이었다.

"그래, 어떻습니까? 환자는 차도가 있나요?"

길영재 씨는 할머니에게 담배를 붙여 드렸다.

"차도구 무어구 다 그른 것 같네."

"성만우는 보통 인간하군 달라서 강인한 사람입니다. 전쟁 통에두 죽지 않구 살아남았는데, 이까짓 병 좀 못 이겨 낼 리 없지요."

"내가 너무 오래 살았네. 병이 걸리려면 아무짝에도 쓸데없는 나한테나 걸릴 일이지 글쎄 이게 무슨 꼴인가?"

할머니는 갑자기 눈물을 지었다. 우글쭈글 주름이 진 얼굴로 눈물이 누렇게 흘러 내려가고 있었다. 할머니는 눈물을 닦을 염도 없이 푸념을 하기 시작하였다.

길영재 씨는 딱한 모양이었다. 위로의 말을 던지기는 하였지만 할머니의 옹골찬 설움에 대할 때 그것은 어쩐지 허황하게 들려서 위로가 되지 않는 것이었다. 그에 따라 길영재 씨의 안면 근육은 딱딱해졌다. 이 불행한 사태에 대하여 어느 정도의 냉정성을 지켜 두는 것은 어쩌는 수 없다고 생각하는 듯하였다.

할머니는 이윽고 눈물을 거두었다. 형광등은 직직 소리를 내면서 시꺼먼 가장자리로부터 떨기 시작하더니 깜박거렸다. 조그마한 방 안은 더욱 조그매지는 것 같았다. 셀로판종이로 만들어 붙인 창은 도시의 불빛을 은은하게 받아들이고 있었다.

할머니는 담배를 다 태웠다. 치마폭으로 얼굴을 한번 훔치고는 엎드려서 책을 보고 있는 을섭이를 흔들었다. 을섭이가 불평을 하면서 껍적 일어섰다.

"얘 넌 어머니한테 가서 그거 시루떡 깨끗한 접시에 담아 달래라. 그리고 닭이 푹 삶아졌거든 가지구 오구……. 참, 우물물도 한 그릇 퍼 가지고 오렴, 깨끗한 물로 담아 가지고 와야 해. 알았니?"

"수돗물 받아 놓은 게 있어요. 그걸 가지고 올까요?"

"안 돼. 우물물을 가지고 와."

하고 할머니는 말씀하셨다.

"환자는 요새 어떤 치료를 받고 있지요?"

길영재 씨가 그때 물었다. 담배를 푹푹 빨면서, 마치 자기가 아프기나 한 것처럼 상을 찡그렸다.

"며칠 전에 종합 진찰을 한 번 받았지만, 돈이 많이 들어서 감당을 못 하겠어. 그래 이 동네의 의사가 날마다 와서 주사를 놔 주고 있지."

"그래서는 야단인데?"

길영재 씨는 한숨을 쉬었다.

"가정 살림도 말이 아니겠습니다. 그려."

"아이구, 난들 알겠나? 세간살이라도 팔아서 입때껏 견디어 오기는 했지만, 이제는 그나마도 없으니……."

"허어, 그거 참."

길영재 씨는 다시 개탄해 마지않았다.

"자네니까 하는 말이지만, 정말 큰일 났네."

할머니는 낮은 목소리로 말했다.

"을섭이 에미가 고생하고 있다는 걸 모르지는 않아. 환자의 뒷바라지라는 게 오죽 힘든 노릇인가? 헌데 말일세……."

"예에, 무슨 말씀이신지?"

"며칠 전부터 기색이 달라. 이놈의 집 재미없어서 못 견디겠다구 맞대 놓고 투덜대는 게 아닌가? 난생에 서방 덕 바란 적은 없지만, 또 청상과부 노릇을 하게 됐다고 쫑알대니 이 일을 어쩌면 좋은가."

"글쎄 말입니다."

길영재 씨의 어조는 점점 누그러들었다. 왜 자기에게 그런 소리를 하고 있는지 딱하다는 태도였다.

길영재 씨는 왼쪽 엄지손가락으로 이빨을 딱딱 때리고 있었다. 귀찮은 일에 부닥쳤을 때 나오는 씨의 버릇이었다.

난리 통에 우연히 만나 동거하게 된 부부간이니 애정이고 무엇이고 있을 리 만무하다는 것을 길영재 씨 또한 모르지 않았다. 그러다가 남자가 죽을병에 걸렸으니, 여자가 도망칠 준비를 한다는 것도 있을 수 있는 일이기는 하였다. 이 각박한 세상에 무슨 열성으로 여자 혼자서만 성인군자 노릇을 하기를 바라겠는가?

할머니가 걱정하는 것도 아마 이 점에 있는 듯했다. 환자가 저러다 죽고 말면 할머니는 양로원에라도 들어가야 할 판이었다. 며느리 최 씨가 할머니를 부양하지 않을 눈치임은 확실하였다.

"그러니 이를 어쩌면 좋은가 말이야."

할머니는 또 담배를 찾았다.

"환자가 어서 쾌차해야지요."

길영재 씨는 어조에 힘을 주었다. 환자가 기동을 해야만 하는 것이다. 그 이외의 다른 방도란 생각할 수 없었다. 6·25 전쟁 중에도 죽지 않고 살아남았던 그 끈질긴 생명력이 병을 물리치고 일어서야 하는 것이었다.

"그래야 해. 어서 저 아이의 몸이 나아야 하지."

할머니도 말했다. 그 길 이외의 다른 방도란 생각해 볼 수 없다고 단정하는 듯한 눈치였다.

"섭섭이가 안 보이누만요."

"글쎄, 그년마저 속을 태운다니까. 나이가 스무 살이나 처먹은 게 도라방정을 찧고 돌아다니니 정말 큰일이야."

"벌써 그 아이가 스물인가요?"

"그 애 취직 좀 시켜 주어. 지금 나가고 있는 와이샤쓰 상점은 고달파서 못 견디겠대. 가만히 눈치를 보아하니 어떤 사내놈이 쫓아다니는 것 같애."

을섭이가 들어왔다. 오른손에는 물그릇을 들고 있었고, 왼손에는 시루떡 접시를 위태위태하게 받쳐 들고 있었다. 길석윤 군이 그것을 받아서 할머니에게 건네었다. 할머니는 소반을 다시 한 번 훔친 뒤에 그것들을 조심스레 얹어 놓았다.

"빨리 저녁밥 달란 말야."

하고 을섭이는 말했다. 을섭이는 화가 올라 있었다.

"가서 늬 에미한테 달라구 하렴. 그거 닭은 아직 삶아지지 않안?"

"엄마는 할머니한테 밥 달라구 하래."

"원 빌어먹을 자식 같으니라구. 애비가 아파 누웠는데, 그래 너는 밥 하나 차려 먹지 못해?"

할머니가 역정을 내었다.

을섭이가 훌쩍훌쩍 울기 시작했다. 할머니는 아랑곳하지 않고 있었다. 허리를 힘들여 펴더니 다락문을 열었다. 거기에서 금색의 함을 꺼내더니 할머니는 걱정스러이 그것을 열기 시작했다.

"정말 큰일입니다."

하고 길영재 씨가 무겁게 입을 떼었다.

"환자를 살리느냐 못 살리느냐 하는 것은 주변의 사람들 하기에 달린 일이거든요."

"아니, 자네는 무슨 소리를 하는 게야?"

"여러 사람들이 떠들어 대는 대로 내버려 두면 안 됩니다. 제게 당숙이 되는 분을 기억하시는지요? 당숙은 일본에서 쭈욱 개업의로 지내다가 얼마 전에 귀국했지요. 성만우의 병 증세를 얘기하니까, 왜 진작 찾아오지 않았느냐구 하더군요. 그래 내일이라도 그 아저씨한테 진찰을 받아 보는 게 어떨까 합니다마는……."

"병원엘 찾아가자구?"

"네에. 환자를 낫게 할려면 일심협력해서 근본적인 치료를 해야 되니까요. 저의 형편도 옹색합니다마는, 입원비에 얼마쯤은 보태겠습니다."

"말만 들어두 고맙지 무언가? 하여튼 임 면장의 백형 되는 분이라나 그이한테 뜸을 들여 보구 나서 생각해 보세나."

"글쎄요. 이런 중병을 뜸으로 치료할 수 있을지요. 사공이 많으면 배가 산으로 올라간다는 말이 있듯이, 이리 집적 저리 집적 하다 보면 환자만 골탕 먹어요."

길영재 씨는 딱해 하였다.

하지만 할머니가 시무룩한 표정을 지었으므로 길영재 씨는 입을 다물었다.

"애, 을섭아 나하구 마당으로 나가자."

하고 할머니는 말했다. 을섭이는 울음을 그치고 할머니를 따라 나섰다. 길영재 씨는 환자의 방엘 가기 위해서 일어섰다.

"애, 섭섭이 좀 나오라고 해라."

할머니가 말했다.

을섭이는 시무룩하게 서 있더니 한참 만에야 "누나!" 하고 말했다.

높이가 2미터쯤 되는 소나무 한 그루가 대문 옆에 서 있었다. 소나무의 주변에는 시멘트가 일종의 단과도 같이 쌓아 올라 있었다. 할머니는 소반을 그 위에다가 놓았다. 김이 무럭무럭 나는 시루떡과, 껍질을 벗겨 버린 통닭과 우물물이 상 위에 놓여 있었다. 촛불이 바람을 받아 움직이고 있었으며, 희미한 그림자가 할머니의 등 뒤로 하여 마루에 닿기까지 어른대고 있었다. 맑은 밤하늘에는 별들이 총총했고, 초가을의 약간 싸늘한 밤공기가 이 집에서 일어나고 있는 사람들의 동작에 어떤 근엄한 느낌을 가미시켜 주었다.

섭섭이가 분개한 듯한 표정으로 나타났다. 을섭이는 누나의 뒤편에 서서 시루떡 한 조각을 입에 물고 있었다.

"자아, 우리 부군(府君)님께 치성을 드리자. 을섭아, 이리 오지 못하겠?"

할머니는 을섭이의 입으로부터 시루떡을 뺏들더니 마당으로 팽개쳤다. 을섭이는 씨근덕거리며 할머니를 바라보았으나 별수 없다는 것을 깨달은 모양인지 풀이 죽은 태도로 다가왔다.

"자아, 손을 머리 위로 올리구 그리고 절을 해야 된다."

할머니는 금박의 함에서부터 조그만 나뭇등걸을 끄집어냈다. 할머니는 그것을 정성스럽게 어루만지더니, 소나무 줄기에다가 기대어 놓았다. 촛불은 더욱 흔들리기 시작하고, 통닭은 장차 벌어질 중요한 의식을 퍽 풍요롭게 느끼도록 해 주었다.

"섭섭아, 같이 합장을 해라."

하고 할머니는 불만스럽게 말했다.

"네에." 하고 섭섭이는 말했다.

"이게 무어 쓸데없는 놀음인 줄 아니? 부군님은 우리 집안을 내리 지켜주셨다. 내가 애 아버지를 낳은 것도 부군님 덕이었어. 고향의 부군 나무는 참 굉장했었지. 천 년 묵은 나무였으니까."

할머니는 떨리는 목소리로 말하였다. 촛불이 얼른거릴 적마다 할머니 얼굴의 주름살은 심각하고도 깊숙한 그늘을 긋고 있었다. 일평생 겪어 온 고통의 흔적이 주름살로 남아 있는 듯하였고, 이제 그 주름살로써 새겨진 온갖 체험은 놀라울 만한 위세를 발휘하려는 것이었다.

할머니는 평화스럽게 살던 고향집을 생각하고 있었다. 그 집은 구월산으로부터 뻗어 내려온 산줄기가 병풍처럼 둘러친 고향의 널따란 들판 한가운데 위엄을 그득히 미금고 서 있었던 것이었다. 그 집에서 약 1마장 정도 산기슭을 올라가다 보면 부군 나무가 있었다. 그 부군 나무는 동네를 지켜 주는 수호신이었으며, 길흉화복은 물론이려니와, 몸 아픈 것, 농사짓기, 여행을 편안하게 해 주기, 남자아이 낳기 등등 사람들의 소원을 들어주었다. 할머니도 그러했었다. 결혼한 지 삼 년이 되건만 손이 없었던 할머니는 백날을 한결같이 부군님께 빌었던 것이다. 부군님은 할머니의 청을 들어주었다. 때 아닌 까치가 날아들더니 치성을 드리고 있는 할머니 앞으로 나뭇조각을 떨어뜨렸던 것이다. 할머니는 그날 밤 꿈을 얻었다. 백발이 성성한 부군님께서 잎사귀 달린 나뭇조각을 할머니 배 속에다가 집어넣어 주는 꿈이었다. 그때로부터 태기가 있어서 낳은 것이 바로 성만우 씨였고, 그때의 나뭇조각은 바로 지금 조그만 소나무 앞에 초라하게 놓여 있는 그 나뭇조각이었다.

할머니는 지나간 일을 회상하면서, 고향만 갔다면야 아들의 병이 벌써 나았으리라고 생각하는 것이었다. 부군 나무만 앞에 있다면야, 부군님께서 청을 안 받아 줄 리 없는 것이었다.

이윽고 할머니는 정성을 다하여 두 손을 머리 위로 치켜올리고 싹싹 비비기 시작하였다. 천천히 힘을 빼면서 하체를 수저앉히고 상체를 앞으로 굽히어 절을 하였다. 경건한 빛이 할머니 얼굴을 흐르고, 간절한 염원과 소망이 눈물 고인 할머니의 시선을 영롱하게 하였다. 할머니는 신들린 무당처럼, 전신으로부터 짜내는 듯한 음성으로 중얼거리기 시작하였다.

"부군님께 비나이다. 부군님께 비나이다. 정성을 다해서 닭 잡아 놓고 시루떡 지어 놓고 맑은 물 떠다 놓고 부군님께 비나이다. 서울에서 살고 있는 마흔세 살 먹은 상남(上男) 자손, 이북 고향에 남아 있는 서른여섯 살 먹은 연주 악 씨 두루두루 부군님께 비나이다."

할머니는 다시 일어나서 팔을 곤추 올렸다 내렸다 하였다. 전신의 힘은 할머니의 손에 몰려 있는 것 같았다. 열심히 두 손을 비비적거리고 있었다.

"일 년 열두 달 삼백육십오 일 하루같이, 낮이면 물이 맑고, 밤이면 불이 밝고, 나비 날듯 새 날듯, 청명수가 흐르듯이 지나가게 하옵소서. 부군님께 비나이다. 서울에서 살고 있는 마흔세 살 먹은 상남 자손이 쇠간을 잘못 먹고 득병하여 생사가 분별없는 바 되었사오니 부군님께 비나이다. 변란을 만나 이리저리 피난 생활, 가난하게 사는 터수에도 단 한 번 부군님 소홀히 모신 적이 있소웨까? 부군님께 비나이다. 그저 우리 집 아이 몸 좀 낫게 해 주시구레. 맑은 물 잡숫고 시루떡 잡숫고 잡아 놓은 닭 잡숫고 우리 집 아이 몸만 낫게 해 주신다믄야 그거 밥이 문제갔시까, 떡이 문제갔시까? 부군님께 비나이다. 그저 우리 집 아이 몸 좀 낫게 해 주시구레."

할머니는 부군을 눈앞에 보고 있는 듯하였다. 부군님은 소반 위에 차려 놓은 시루떡과 닭을 보며 먹고 싶은 마음이 있지만, 청을 들어주기가 귀찮아서 딴청을 부리고 있음을 보고 있는 듯하였다. 부군님은 마음이 자상하며 이따금씩 심술을 부릴지언정, 간곡히 빌어대기만 하면 청을 안 들어주고는 못 배긴다는 것을 할머니는 알고 있는 것이었다. 할머니의 몸동작은 유연해지고, 민첩해지고, 빨라졌으며, 가쁜 숨결과 도도하게 흐르는 언사와 열정이 도사린 손의 마찰로 하여 점점 무아지경을 헤매는 것 같았다.

"부군님께 비나이다. 저 아이로 말하자면 부군님께서 점지하여 주셨고, 마음 착하고 행실 바르며, 부모께 효도하고, 친구 우애 깊으며 나라 사랑한 아이올시다. 저 아이가 부군님 노여움을 살 만한 짓을 난 한 번도 한 적이 없음을 아실 거 아니웨까? 부군님 지켜 주시는 덕분으로 일정 때를 넘기고 빨갱이 행패를 모면하고 전쟁 난리에도 죽지 않고 살아남지 않았시까? 부군님께 비나이다. 부군님이 저 아이를 지켜 주지 않는다면 내 지옥에 가서도 눈을 감지 않을 거웨다. 저 아이를 죽이면 이 어린 손주 녀석은 어찌하며, 이북에 남아 있는 손주 녀석은 어찌하란 말이웨까? 그저 우리나라 통일이 될 때까지, 부군님께 비나이다. 저 아이를 죽이지 않도록 해 주소서. 통일이 되어 고향엘 가게 된다면 그담에야 부군님 마음대로 해도 좋지 않으시까?"

할머니는 적당히 구슬렸다가 공갈을 놓았다가 달래곤 하였다. 할머니는 부군님의 성격을 잘 알고 있는 것이었다. 할머니는 더욱 구체적으로 지나온 얘기를 시작하였다.

밤하늘은 도시로부터 붉은 기운을 섭취하고 있었다. 저 멀리 조그만 언덕처럼 보이는 남산에는 불의 계단이 마련되어 있었고, 그 꼭대기에 안테나불이 켜졌다 꺼졌다 하고 있었고, 땅의 소원을 한데 모아 하늘에 기도라도 드리고 있는 것 같았다. 그것을 신호로 하여 땅의 정령이 한꺼번에 일어서서 빛을 발하며 기도를 드리고 있는 것 같았다. 하늘의 별이 여기에 호응하고 바람이 그것을 전파시키고 있는 것 같았다. 억울한 갖가지 사연들이 얘기되고, 성립되지 않으면 안 될 소망이 울음처럼 터져 나가고, 살아 있는 사람들의 슬픔이 소리의 합창을 이루어 하늘과 땅을 울리고 있는 것 같았다. 할머니의 간절한 소원은 하늘을 감동시키고 땅을 뒤흔들게 하여 기적을 행사할 수 있을 것 같았다. 부군님이 나타나기 시작하여 할머니의 목소리를 반드시 듣고 있는 것 같았다. 개개인이 사람마다 자기가 모시는 신이 하나씩 있게 마련이던 저 고대의 세계에서와 같이 할머니는 자기 생명의 근원인 부군님을 찾아 부르고 있는 것이었다.

할머니의 치성은 계속되었다.

"부군님께 비나이다. 부군님은 이 할망구의 소원을 늘 들어주셨으니까, 부군님께 비나이다. 피난지 광주에서도 들어주셨지요.

식량은 다 떨어져 버리고 판잣집이 헐릴 지경이 되었지요. 거기다 저 애가 득병하여 앓아누웠더랬지요. 부군님께서도 딱하게 생각하셨던 줄 내 알았사웨다. 부군님은 청을 받아 주셨더랬지요."

할머니는 줄줄 눈물을 흘리면서 과거를 열심히 생각해 보고 있는 것이었다. 고향에서 살던 때의 일이 주마등처럼 스치고 지나가는 것이었다. 일제 말기가 되어 징용을 나오라고 했을 적의 일. 할머니는 그때에도 부군님께 가서 빌었었다. 부군님은 아들을 숨겨 두라고 현몽을 보내셨다. 할머니는 그대로 했다. 해방이 되고 기쁜 마음을 가졌던 것도 잠깐이고, 공산사회가 되자 머슴을 살던 태식이 아버지가 감투를 얻어 쓰더니 보복을 해 왔던 일. 날마다 영감님을 오너라 가라 하며 불러내더니 드디어는 죄명을 붙여서 감옥소에 집어넣었던 일. 그때에도 할머니는 부군님께 치성을 드렸었다. 부군님은 청을 들어주었다. 영감님은 다 죽게 되었을망정 무사히 집으로 환가할 수 있었다.

할머니는 부군 나무가 타 버리던 날을 기억하고 있었다. 이주를 당하기 얼마 전의 일이었다. 웬 까닭도 없이 부군 나무로부터 연기가 새 나오더니 슬금슬금 타기 시작하였다. 동네 사람들이 달겨들어 물을 끼얹는 등 소동을 부렸지만 부군 나무는 계속해서 연기를 내뿜고 있었다. 이파리가 누레지기 시작하더니 천여 년을 부지해 왔던 나무는 삶을 마감하기 시작됐다. 성급한 사람들은 커다란 느티나무를 새로 부군 나무로 정하자고 하였지만 할머니는 끝내 반대했었다. 사람들은 당나무로 쓰던 소나무를 새 부군 나무로 정해 버리고 말았다. 그러나 할머니는 도저히 그럴 수가 없었다. 날마다 새벽같이 일어나서 죽어 가고 있는 부군 나무 앞으로 가서 치성을 드렸었다.

그 부군 나무가 죽어 버리고 났을 때, 이주 명령이 내려졌다. 할머니는 보안서원들의 길 안내를 받으며 달구지에 간단한 짐을 싣고 고향을 하직할 때 부군 나무의 마지막 영험을 보았었다. 부군 나무는 할머니가 고향을 저버리고 피난 생활을 하지 않을 수 없을 것이라고 예언을 내렸던 것이었다. 할머니는 너울거리는 촛불을 보면서 바로 어제 일만 같은 그 옛날 일들을 하나하나 회상하는 것이었다.

할머니는 치성을 계속하고 있었다. 이제 할머니는 전쟁 통에 이리저리 끌려다니던 일을 생각하고 있었다. 38선을 넘나들다가 아들이 잡혀 들어가 총살을 당할 뻔했던 때의 일이 떠올랐다. 할머니는 염치 불고하고 빌고 있었다. 대신 자기를 죽여 달라고 떼를 썼다. 할머니는 그때에도 부군님께 치성을 드렸던 것이었다. 이주당해 살던 사리원에서 생활은 고달프기 짝이 없었다. 인민군에 징발당할 뻔하던 때의 일이 할머니의 머리에 떠올랐다. 할머니는 부군 나무의 분신인 이 나뭇조각을 모셔 놓고 치성을 드렸었다. 과연 아들은 다니고 있던 직장 관계로 해서 인민군에게 징발당할 뻔한 일을 모면할 수 있었다. 10월 1일, 고향이 유엔군에 의해 탈환되던 때를 할머니는 회상하고 있었다. 그때 할머니는 부군님께 치성을 드리지 않았었다. 그 결과로 영감님이 매 맞아 죽은 것 아닌가? 후퇴하던 보안서원들이 강연회에 나오라고 하여 집단총살을 감행했었다. 영감님의 시체는 끝내 찾지 못했다. 어느 것이 이 영감의 시체인지 알아낼 도리가 없었다. 할머니는 1·4 후퇴 시절의 일을 회상하고 있었다. 어디로 가버렸는지 종적을 알 수 없던 아들이 새벽같이 나타나서 무작정 할머니와 섭섭이를 데리고 나섰던 일을 회상했다. 그때 며느리는 친정집에 가고 없었으며 그리하여 지금껏 갈라져 만나지 못하고 만 것이었다. 그때 할머니는 부군 나뭇조각만 가슴에 품었다. 다른 것은 가지고 나올 생심을 내지 못했었다. 할머니는 기차 지붕 위에 올라타고 가던 피난길을 회상하고 있었다. 춥기는 왜 그리 추웠으며, 기차는 어찌하여 그리 굼벵이 걸음이었던지? 할머니는 피난지 광주에서 지내던 낯선 고생을 회상하고 있었다. 아들은 지게꾼 노릇도 하였고 화물운반 노릇도 했다. 아들은 위장병을 앓으면서도 늙은 어미를 봉양하기 위해 갖은 고생을 다했었다. 그런 아들이 지금 몹쓸 병에 걸려 죽어 가고 있는 것이었다. 할머니는 줄줄 눈물을 흘리면서 부군님의 얼굴을 그려 보는 것이었다. 부군님이 청을 들어 주지 않을 수는 없는 것이었다. 할머니는 부군님의 자상스런 얼굴이 꼭 죽은 영감님의 얼굴을 닮았다는 것을 이상하게 생각하지도 않았다. 할머니는 손을 비비면서 고두사배를 올렸다.

할머니는 이제 절을 하고 있지 않았다. 힘이 들어서 가만히 서 있지도 못할 지경이었다. 목소리는 한결 낮아졌고, 이따금씩 두 손만을 허우적거리고 있었다. 할머니는 부군님이 가까이 내림하고 있음을 느끼는 듯했다. 허리를 구부리고 열심히 소나무를 바라보고 있었다. 촛불은 여전히 너울거리고 있었고 바람이 파도처럼 다가올 적마다 나뭇잎이 살랑거리며 소리를 내고 있었다.

"부군님께 비나이다. 일 년 열두 달 삼백육십오 일 하루같이, 낮이면 물이 맑고, 밤이면 불이 밝고, 나비 날듯 새 날듯, 청명수가 흐르듯, 자 아이 몸 좀 낫게 해 주시구레."

이윽고 할머니는 치성을 끝마쳤다. 어린애처럼 코를 훌쩍거리고, 알아들을 수 없는 소리를 중얼중얼하면서 마루 있는 곳으로 다가갔다. 섭섭이가 할머니를 바라보고 있었다. 그녀는 발름한 콧구멍이 커다랗게 벌어지도록 상을 찡그리고 있었다.

"얘, 섭섭아, 저리 가서 부군님께 빌어라, 응?"

할머니가 말했다.

"싫어요. 내가 그런 짓을 왜 해요?"

섭섭이는 톡 쏘듯이 말했다.

"그런 짓 절대로 안 해요. 아버지가 앓아누우신 건 부군님 때문인지도 모르는걸요. 부군이 있다면, 아마 중병에 걸려 버렸을 거예요. 아버지보다도 더 위중한 병일 거예요. 내가 미쳤다고 빌어요? 그런 짓 하기보다는 아버지가 오줌이나 제대로 눌 수 있게 돌봐 드리겠어요."

"저런 미친년 봤나. 네년이 함부로 죵알대다가는 천벌을 맞아, 천벌을."

할머니는 화가 나서 숨을 씨근거리고 있었다.

"우리 아버지를 병들게 한 게 무엇인지나 아세요? 날마다 이 수선이니 아버지가 병 걸린 거예요. 아이, 따분해."

섭섭이는 궁둥이를 팩 돌리더니 잽싸게 건넌방으로 들어가 버렸다.

"원, 저런 년이 다 밥을 먹고 산다니?"

할머니는 한숨을 쉬었다. 집안이 망해 가는 징조가 보이기 시작했던 것은 벌써 예전부터였다. 할머니는 노여움이 풀리지 않아 치를 떨고 있었다.

"아아, 환자가 저 지경이 되다니?"

안방으로부터 길영재 씨가 나왔다. 길영재 씨는 도저히 믿지 못하겠다는 듯이 괴로운 표정을 지으며 할머니를 바라보았다.

"환자가 이토록 중환일 줄은 몰랐구만요."

길영재 씨는 다시 말했다.

"그러게 말일세. 가련해 못 보겠어. 내가 왜 일찌감치 죽어 버리지 않구 이 지경을 당하는지."

할머니는 우글쭈글 팬 주름살로부터 눈물을 쏟아 내고 있었다.

"그래 말입니다. 당장 그분을 찾아가 볼랍니다. 아까도 말씀드렸지요? 저의 당숙 되는 분이 내과 전문의사라구요. 그분에게 왕진을 부탁해야겠어요."

"왕진을 부탁하겠다구?"

"네에, 차마 내버려 두질 못하겠군요. 그분한테 근본적인 치료를 부탁해야겠습니다. 아아, 성만우가 저렇게까지 되다니……."

길영재 씨는 우울하게 하늘을 쳐다보았다.

마침 대문께로부터 동네 의사가 들어왔다. 날마다 주사를 놓아 주러 오는 의사였다. 허름한 바바리코트에 고무신을 신고 있었다. 의사는 흥미 없다는 듯이 사람들을 바라보더니, 직업적인 냄새를 강하게 풍기며 환자가 있는 방으로 들어가고 있었다. 환자의 부인 최 씨가 따라 들어가고 있었다.

"가만히 내버려 두질 못하겠군요."

하고 길영재 씨는 다시 중얼거렸다.

"가만히 내버려 둘 수야 없지."

할머니도 말했다.

"그래서 나는 날마다 부군님께 빌고 있는 거야. 그런 줄도 모르고 섭섭이 년은 날더러 미신 숭상만 한다고 하니 이럴 수가 있나?"

"그런 것이야 아니겠죠."

하고 길영재 씨는 얼굴을 찡그렸다.

"주위 사람들이 한마음으로 환자가 쾌차하기를 바란다면 아마 환자는 쾌차하겠지요."

길영재 씨는 마치 스스로에게 확인을 주기라도 할 듯이 이렇게 다짐했다.

"아이구, 힘이 들어 못 견디겠군. 나는 방에 들어가서 좀 쉬어야
겠어."

할머니는 맥이 빠진 어조로 말했다.

"그거 담배 있으면 하나만 주게나."

길영재 씨는 담배를 붙여 드렸다.

을섭이는 마당에서 하늘을 바라보고 있었다. 하늘의 중앙으로
별들이 모여드는 것 같았다. 밤바람은 시원하게 불어왔으며 마치
을섭이 스스로가 하늘로 높이 솟구쳐 올라간 듯이 이상하게 생각
되는 것이었다. 그때 을섭이는 배가 고파 오기 시작하였다. 어른들
은 모두 이상해져서 저녁밥을 먹을 생각을 않는 것이었다. 을섭이
는 그것이 안타까워서 견딜 수 없었다. 저녁밥은 먹어야 될 것이 아
닌가? 어서 밥을 먹은 뒤에 숙제를 마저 끝내지 않으면 안 되었다.
그때 할머니가 말했다.

"을섭이한테 저녁상을 차려 주어라. 그거 부군님이 잡쳤던 닭을
을섭이에게 좀 주구……."

"네에."

하고 최 씨가 부엌에서 말했다.

그래서 을섭이는 마음을 놓았다. 배에서 꼬르륵 소리가 났지만
을섭이는 상관하지 않고, 이상한 냄새가 가득 차 있는 밤공기를 마
시고 있었고, 아버지가 어서 빨리 나아야지 저러다 죽어 버리면 큰
일이라고 생각하였다. 을섭이는 기분 좋게 졸음 기운이 다가오는
것을 느끼고 있었다.

《신동아》, 1968년 8월호

전범자

전범자

1.

전쟁이 중단되었다는 소식이 들렸다. 우리는 사람들의 피곤한 눈 초리에서 메마른 안도감이라고나 할까, 그러한 것이 어떻게 파문 져 가는가를 보았다. 사람들은 서울로 서울로 떠나가고 있었다. 피 난지 무산에 다지다지 늘어붙은 바라크에서는 떠들썩하게 유행가 가 울려 퍼지곤 했으니, 남인수가 부른 〈이별의 부산 정거장〉 따위 의 노래였다. 기적소리는 구슬프게 들렸고, 사람들은 짐짝처럼 기 차에 옮겨져서는 피난지의 풍경을 전송하는 것이었다. 서울로 올라 가고 싶었던 것은 우리 양아치 소년들에게 있어서도 마찬가지였다. 우리는 피난지에서 너무너무 서러운 일을 당하며 지냈던 것이다. 어 느 날 형소동도 서울로 올라갈 생각을 했던 것이다. 그 당시 형소동 도 열여덟 살이었다. 나이가 제법 많이 들어서였는지, 그는 맨 밑의 똘마니가 되었던 것은 아니었다. 그는 똘마니를 다섯 명 거느린 똘 마니였다. 할로 모자를 쓰고 깡통을 옆구리에 꿰차고 '앞바퀴 뒷바 퀴 자동차 바퀴, 이북에 불났다, 불 끄러 가자' 따위의 노래를 흥얼 거리며 피난 도시의 중심가를 돌아다녔다. 뱅글뱅글 돌아다니면서, 구걸도 하고 쓰라이질도 하고 쫌생이질도 해 보고, 말총으로 만년필 잡아빼기(그것을 작대기 사냥이라고 불렀지만), 깔치들 울려 주기, 펨프 노릇하기 등 눈깔만 커다래져서 왕초들에게 다구리 켜지 않을 생각에 제정신이 아니었다. 그럼에도 왕초들은 다구리로 두드려 패곤 했던 것인데, 울어 댈 수도 없고, 밥도 못 얻어먹고, 강아지새끼처럼 할딱거리며 설설 기었던 것이었다. 수입을 올릴 수 있는 방법도 여러 가지로 발전이 되어서, 차차 쓰라이질이 본격화하고 시라이 줍기, 네다바이 노릇, 야간작업, 노상 강도질이 성행하게 되었던 것이다.

왕초들 중에서 나이가 많은 치들은 밀수 특공대 노릇도 하고, 미군부대 터는 짓도 하고 있었지만, 기껏해야 열두어 살에서 열대여섯 살짜리 우리 똘마니들은 얻어터지지 않기 위해 이 눈치 저 눈치 잽싸게 굴어야 했다. 배고프고, 서럽고, 고달파서 아무런 생각도 할 여유가 없었다. 우리 양아치들은 우리의 부모를 앗아간 그 전쟁에 관해서는 잘 알지도 못했으며, 우리가 보았던 사람들의 시체가 얼마나 끔찍했던가도 느끼지 않았다.

형소동은 비록 열여덟 살밖에는 안 되었지만 덩치가 크고 어깨가 딱 벌어졌으며, 코도 컸고, 그리고 주먹도 컸다. 형소동은 똘마니를 열 명가량 불러 놓고, 서울로 도망가자고 몰래 이야기했던 것이다. 윗대가리 왕초가 그것을 알기만 하는 날이면, 자갈치 시장 앞바다에 쥐도 새도 모르게 빠져 죽고 말기 때문에 몰래 이야기했던 것이다. 형소동은 러키스트라이크 담배 꼬바리를 붙여 물고, 서울로 환도한 뒤의 일에 관해서 얘기해 주었던 것이다. 형소동의 얘기에 의하면, 그의 집은 휘황동이라는 곳에 있다는 것이었다. 휘황동은 북악산에서 남산으로 뻗어 가는 언덕에 생겨난 동네라고 했다. 그런데 휘황동의 형태가 복숭아처럼 생겼다고 한다면, 그의 집은 그 꼭지

부분에 해당되는 언덕 막바지에 서 있다고 했다. 형소동은 똥폼을 잡기 시작했으므로, 우리는 '복숭아꼭지'라는 것을 대갈통 속에 정확하게 기입해 두었던 것이다.

어느 날 우리는 요령껏 행동을 취하여 서울역 앞 도동 입구에서 만나기로 약속을 했다. 특히 나는 형소동이 동생처럼 돌보아 주었으므로, 그와 함께 부산역으로 숨어들어가 서울로 올라가는 기차 안에 타 있었던 것이다. 기차는 움직이기 시작했다. 남인수가 부른 〈이별의 부산 정거장〉을 마음속으로 따라 부르면서 우리는 눈물을 흘렸다. 부모도 없고, 친척도 없고, 형제도 없는 고아, 똘마니 신세라는 것이 서글펐기 때문이었다. 열차 승무원이 나타났고, 발각이 된 우리는 다구리로 얻어터진 뒤에 구포에서 쫓겨나고 말았다. 다시 숨어 들어간 우리는 삼랑진까지 왔으며, 쫓겨났다가는 다시 주워 타고 대구까지 왔다. 대구역 앞에서 나는 배기 고파 질금질금 눈물을 흘렸다. 형소동이 나를 갈겨댔으므로 지나가는 미군에게 "할로 쪼꼬래또 기부 미. 먹던 것도 좋아요"를 불러 젖혔던 것이다. 우리는 이틀 동안 대구에 머물러 있었다. 그 동안에 형소동은 양키시장에 들어가 아까다마 한 보루와 군용 잠바 따위를 훔쳤다. 나는 망을 보았고, 그리고 먹을 것도 훔쳤고 지나가는 국민학교 애한테서 돈을 뺏들기도 했던 것이다.

전투를 벌이면서 북진했던 군인들처럼, 우리는 하루 묵고 하루 잠자면서, 힘들게 힘들게 북상하고 있었다. 기차의 칙칙폭폭 소리가 여간만 듣기에 상쾌한 것이 아니었다. 대구역을 떠날 적에 우리는 칙칙폭폭 소리를 "대구 문둥이들 밥만 먹고 똥만 싼다"라고 맞춰 노래를 불렀으며, 김천에 닿아서는 "김천 놈들 밥만 먹고 똥만 싼다"라고 맞춰 노래 불렀다. 칙칙폭폭 소리는 마치 자장가처럼 우리를 즐겁게 해 주었다. 우리는 그 소리에 운율을 맞게 해서 모든 노래를 고쳐 불렀던 것이다. "아빠 따라 천리길 머나먼 길을, 타박타박 피나온 소년"이라는 노래가 아주 기분에 맞았다. "낙동강아 잘 있거라, 우리는 떠나간다"는 가사는 우리의 마음을 여실히 표현한 것으로 이해가 되었던 것이다. 우리가 서울에 닿기까지는 열사흘이나 걸렸다. 서울은 터무니없이 파괴당해 있었다. 휴전 협정은 체결되었지만, 전쟁의 냄새는 어디에서든 맡을 수 있었다. 파괴된 건물 속에는 사람의 뼈다귀가 굴러다녔다. 부서진 총 조각, 재가 되다시피 한 군복, 수첩, 사진들이 너저분하였다. 이상한 악취가 그대로 배어 있었으며, 사람들은 괴상한 옷을 주워 입고 눈알만 반득이며 돌아다니고 있었다. 우리는 길을 잃어버린 개새끼처럼 어슬렁어슬렁 시내를 방황했다. 형소동과 나는 전쟁 전에 내가 살았던 동네로 가 보았다. 내가 살던 집은 형체도 없이 사라져 버렸다. 줄줄이 늘어서 있던 기와집은 몽땅 파괴되어 버리고 말았으며, 뚝섬 앞 미나리 밭처럼, 널따란 공터가 휑하니 뚫려 있었다.

이윽고 우리는 '복숭아꼭지'를 찾아갔다. 그곳도 형편없이 파괴되어 버리고 말았다. 언덕 막바지에는 허물어지다가 만 벽이 하나서 있었다. 그 벽은 원래 하얀 빛깔이었지만, 얼룩이 져서, 눈물 자죽이 남아 있는 사람의 얼굴처럼 보이는 것이었다. 우리는 그 벽면에 새겨져 있는 총알 자죽, 낙서 자죽을 볼 수 있었다. 벽은 시내를 향하여 우뚝 서 있었는데, 두 개의 창과 하나의 커다란 구멍을 가지고 있었다. 멀리에서 그 벽을 보면 마치 사람 얼굴처럼 보이기도 하는 것이었다. 그래서 우리는 그 벽을 얼굴이라고 불렀던 것이다. 우리는 '얼굴'에 기대어 조그만 천막을 하나 쳤다. 그 속에서 우리는 서울의 새 생활을 시작했던 것이다.

전범자

155

형소동은 나에게 전쟁 전의 이 동네에 관해서 설명해 주곤 했다. 여기에 안방이 있었고, 저기에 마루가 있었고, 그 마루 벽에는 어머니가 시집올 때 가지고 왔던 시계가 걸려 있었다, 라고 설명해 주었다. 저 앞에는 무슨무슨 사람이 살고 있었고, 그 사람네 개새끼가 굉장히 무서웠다, 라고 얘기해 주었다. 나는 그의 설명을 열심히 들어 주었던 것이지만, 실감은 나지 않았다. 그 동네는 철저히 폭격을 맞아 있었으므로 전쟁 전의 모습을 회상한다는 것이 무리였던 것이다. 해가 서쪽의 금화산으로 저물 무렵이면, '얼굴'은 시뻘겋게 보였다. 얼굴의 창을 통해 시내를 굽어보는 우리의 마음에는 쓰라린 감동과 말 못 할 슬픔이 황금 햇살처럼 무너져 가곤 하였다. 우리는 남산 위의 안테나를 바라보곤 하였으며 중앙청을 위시해서 화신백화점, 국회의사당, 반도호텔 등을 눈 익혀 두었던 것이다. 새로 판잣집들이 들어차기 시작하고, 이곳저곳에서는, 쓰러지다가 만 건물들이 을씨년스러운 모습을 던지고 있었다.

휘황동은 도시의 한복판에 자리를 잡고 있었다. 예전에는 왜놈들이 고급 관사를 지어 놓았다고 하였으며 줄을 꼭꼭 맞추어 주택과 상가가 펼쳐져 있었다고 했다. 그러나 전쟁은 한 동네의 모습을 뒤바꾸어 놓아서 저 언덕 아래로는 바라크들과 창녀촌들이 들어차기 시작했다. 언덕 이쪽으로는 시장이 있어서, 큰길이 뚫려 있었다. 시장으로부터 올라오는 길은 달아나기 시작한 뱀처럼 휘황동 속으로 꼬불꼬불 들어와 이윽고 자취를 감추어 버리고 마는 것이다. '얼굴'에서 보자면, 휘황동은 쓰레기를 제멋대로 쌓아 둔 곳만 같았다. 시꺼멓게 그을음이 묻은 판잣집이나 깡통을 엮어 만든 지붕은 그곳에 사람이 살고 있다는 징조를 드러내지 않고 있었다. 그러다 보면 서울의 간선도로가 나타나게 되고, 휘황동은 거기에서 끝나 극락동이 되는 것이었다. 극락동은 시내에서도 이름난 유흥가의 하나였다. 극락동 너머로는 관공서 건물들이 들어차 있었고 바로 시내의 중심가가 되어 버리는 것이었다.

부산에서 올라오는 똘마니들을 우리는 서울역 앞에서 속속 만났다. 그들은 복숭아꼭지에 닿아서는 울음을 터뜨리곤 하였다. "이제부터는 내가 왕초다."라고 형소동은 말하였다. 그러면 그들은 두 손을 모아 엄숙하게 충성을 맹세하는 것이었다. 복숭아꼭지에는 어느덧 나무판자를 주워 모아 천막을 친 건물이 널따랗게 서 있었으며, 똘마니들은 깡통을 차고 시내로 벌이를 나가곤 했던 것이었다. 이미 정부도 환도한 뒤였고, 사람들은 속속 서울로 몰려들기 시작했다. 한편에서는 열심히 집을 허물고 있었고, 다른 한편에서는 막세릿간 집을 짓고 있었다. 휘황동의 공터에도 바라크들은 쉴 새 없이 생겨나고 있었다. 얼마쯤 시간이 지났을 적에 휘황동은 마치 송충이 떼가 습격하고 지나간 야산처럼 살벌하게 보였던 것이었다.

그 당시의 정경을 다 묘사하기란 확실히 무리한 일이다. 피난지 부산에서는 엄벙덤벙 물위에 뜬 가솔린 기름처럼 제멋대로 흘러 다닐 수조차 있었지만, 서울에 올라온 뒤에는 모든 것이 악착스러워졌던 것이었다. 형소동의 눈에는 잔인한 빛이 흐르기 시작하고, 그의 주먹은 정확한 사수가 쏘아 대는 탄환처럼 이따금씩 폭발되곤 했다. 똘마니들은 나무토막처럼 빳빳하게 긴장하기 시작하였으며, 하루하루는 톱니바퀴처럼 흘러가기 시작했다. 6·25 전쟁은 엉성하게 휴전협정이라는 조건으로 중단되었지만, 전쟁이 가지고 있었던 비겁한 일면, 새로운 전쟁은 사람의 마음속으로 옮아 붙어 치열하게 계속되지 않으면 안 되었던 것이다. 그리하여 형님파라는 깡패 단체가 탄생하게 되는 것이다.

2.

휘황동은 목이 좋았다. 양아치 노릇하기에 편리한 입지 조건을 갖춰 두고 있었다. 휘황동만 점령한다면 동쪽 서쪽, 북쪽의 여러 동네를 관장할 수 있게끔 되어 있다. 시장과 창녀촌과 유흥가가 한아름에 펼쳐지는 것이었다. 휘황동은 시내의 한복판에 위치하고 있었다. 교통이 편리했으며, 사람들이 많이 꼬여 드는 곳이었다. 아직껏 사회질서는 잡혀 있지 않았으며, 그것은 깡패 세계에서도 마찬가지였다. 형소동은 휘황동에 웅거해서 이 세상의 무관심에 대항하여, 도전적인 태세를 마련하였던 것이었으며 법이 미칠 수 없는 지경에서 당돌한 악행을 일으키기 시작했다.

'복숭아꼭지'는 추악한 몰골을 드러내고 있었다. 경찰과 동회에서 간섭을 시작했으므로, 외견상으로는 시라이 줍는 애들이 몰려 있는 곳처럼 꾸미었다. 싸리나무로 엉성하게 울타리를 쳐 놓았으며, 시라이가 지저분하게 널려져 있었다. 커다란 천막이 두 개 쳐 있어서 애들은 그 안에서 잠도 자고 밥도 먹고, 욕설과 싸움질을 일삼았던 것이었다. 그리하여 아침이 되면, 깡통을 차거나 커다란 광주리를 둘러업고, 마치 출근이라도 하는 것처럼 시내를 향하여 뿔뿔이 출발했다. 또 다른 한 무리의 애들은 담배를 비껴 물고, 어슬렁어슬렁 카바레나 다방, 당구장으로 '수금'을 하러 가는 것이었다.

휘황동은 시내의 중심적인 창녀촌이 되어 있었다. 시장은 너저분한 환경 아래에서 크게 번성하고 있었다. 사람들은 계절의 변화를 느끼지 못하는 가운데, 지루한 듯한 증오의 시선을 반짝이고 있었다. 사람들은 죽음과 삶의 경계가 확연히 구별되지 않는 그 가운데에서 살고 있었다. 삶은 언제 죽음이 될지 모르는 것이었으며, 그리고 죽음은 너무 쉬운 일이었다. 죽음은 슬픔을 가지고 있지 않았고,

분노를 가지고 있지 않았으며 고함도 가지고 있지 않았다. 죽음은 다만 타인의 죽음일 뿐이었다. 자기가 죽게 된다 할지라도 그것은 다만 타인의 죽음일 뿐이었다.

그때에는 세상 돌아가는 것이 아주 어수선하였던 것이었다. 너나 없이 먹고살기에 아득바득이어서 그야말로 생존 경쟁이 치열했었다. 치자들은 일반 국민의 실정과 담을 쌓고 있었다. 휘황동을 중심으로 한 그 지대의 주민들은 일종의 중세사회를 살고 있었다. 그들이 일으키고 있는 살인, 강간, 협잡, 절도의 풍속도는 그대로 중세 사회의 풍속도였다. 시꺼먼 그림자를 던지고 있는 낮은 구름덩이가 휘황동을 내리누르고 있는 것 같았다. 그 위의 세상과 그 밑의 세상은 분간되었다. 소수의 리더십을 쥔 사람들만이 현대와 민주주의의 세상을 살고 있었다.

그런데 형님파들은 휘황동의 주민들보다도 더 먼 옛날을 살고 있었다. 일종의 탄압적인 질서가 부족의 힘처럼 뭉쳐져서, 하나의 영웅을 중심으로 하여 할거하고 있었다. 그들은 마치 춘추전국시대의 여러 토호들처럼, 새로운 분쟁 속에 말려들어가 있지 않으면 안 되었다. 내부적으로는 형소동을 중심으로 일치단결하지 않을 수 없었고, 외부적으로는 호시탐탐 침입의 기회를 노리는 외세의 세력에 대항하지 않을 수 없었다.

서울의 여러 곳에는 발호하기 시작한 깡패들이 티격태격 세력다툼을 벌이고 있었다. 그들은 수시로 이합집산 했으며, 뭉쳐졌다가 흩어졌다가 하였다. 신화에 등장하는 것과 흡사한 영웅들이 수없이 나타났다. 영웅들은 쥐새끼 같은 눈알에 역발산기개세의 힘과 용기를 가지고 있었다. 그들은 가공할 만한 무용담을 전개하고 있었다. 하루에도 수없이 트로이 전쟁이 일어나는 것이고, 상산 조자

룡의 후예들이 난무하는 것이었다.

피비린내 나는 혈투가 곳곳에서 벌어지고 있었다. 왕초는 똘마니들을 거느리고 출정에 나서는 것이었다. 더러운 창고에서, 공사장에서, 또는 한강 백사장에서 그들은 날림(칼)과 장뙬과 곤봉과 권총을 휘두르며 자웅을 결하였다. 이긴 측은 잔인한 쾌감을 느끼며 패배한 측의 왕초를 죽여 버리거나 얼굴에 칼집을 냈다. 똘마니들은 공손히 다가가서 새로운 왕초를 섬기게 되는 것이었다. 그리하여 왕초들은 카바레에 나타나, 정부를 수십 명씩 거느리게 되는 것이었으며, 새로운 판도, 새로운 영토를 확장하기 위해 고심하는 것이었다.

복숭아꼭지는 위치가 좋았으므로, 애초에 나의 식민지로서 출발하지 않을 수 없었다. 형소동이 터를 잡은 지 얼마 안 되어서 강치근이라는 이름을 가진 패거리의 침략을 당했던 것이었다. 형소동은 변변히 싸우지도 못하고 굴복당했다. 강치근은 '얼굴' 옆에 버티고 앉아서 형소동으로 하여금 무릎을 꿇게 했으며 형님이라고 말하도록 했다. 강치근은 조그만 키에 뱀눈을 가지고 있었다. 넙죽 엎드려 절을 하는 형소동의 마빡을 구두로 차 버렸다. 형소동은 넘어졌으나 다시 일어나서 절을 했다. 강치근은 다시 차 버렸다. 형소동은 또 절을 했다. 그렇게 하기를 세 번이나 한 뒤에 강치근은 형소동을 자기의 식민 왕초로 인정하는 데 동의했다. 그는 형소동의 오른쪽 눈 위에 칼집을 냈으며 그 뒤에 조공을 바칠 것에 관해서 조인이 있었으며, 외세의 침략을 받았을 때에는 상호 협조한다는 선언을 했다.

그런 일이 있은 지 얼마 뒤에, 홀연히 서른 살 가까이 들어 보이는 사내가 나타났다. 그 사내는 마치 항우와도 같은 힘을 가지고 있었다. 그 사내는 워낙 힘이 세어서 형소동들은 파리 새끼처럼 이리저리 도망 다닐 수밖에 없었던 것이었다.

형소동은 다시 똘마니 신세가 되었으며, 그 사내(나중에 동탁이라는 별명을 얻게 되었는데, 물론 동탁이란 『삼국지』에 나오는 바로 그 인물인 것이다)의 명령에 무조건 복종하지 않을 수 없었다. 동탁은 두 가지 면에서 복숭아꼭지의 분위기를 쇄신시켰다. 그 하나는 똘마니들에게 조직의 힘을 씌운 것이었다. 똘마니들의 서열이 엄중하게 구분되었으며, 각자에게 책임 할당량이 분배되었다. 똘마니들은 이중 삼중의 감시를 받으며, 탈선이나 방종을 할 수 없게 되었으며, 뼈 빠지게 돈과 음식과 재물을 갖다 바쳐야만 했다.

동탁의 또 하나의 업적은 복숭아꼭지의 세력을 확장시켰다는 것에 있었다. 그는 휘황동에 타 세력이 침범하지 못하게끔 실력을 쌓았을 뿐만 아니라, 나아가서는 시장에도 진출하기 시작했으며 극락동에까지도 손을 써 볼 수 있게끔 하였다. 그는 똘마니들의 숫자를 배가시켰다. 위로는 점차 두각을 나타내기 시작하던 평안도파, 함경도파, 또는 경기도파의 깡패들과도 긴밀한 유대를 쌓기 시작했다. 어느덧 동탁이 거느리고 있는 복숭아꼭지의 세력은 무시하지 못할 만한 위력을 가지게 되었다. 경찰이 함부로 손을 못 델 정도의 지반을 닦아 놓았고, 강치근이로 하여금 새로운 두통거리감으로 등장하게끔 만들었다. 그 당시 강치근은 어떤 계집과 연애를 하는 통에 세력 확장에는 등한시하고 있었으므로 복숭아꼭지의 발전을 견제하는 데 적절한 조치를 취하지 못하고 있었다.

동탁의 뛰어난 업적에도 불구하고 똘마니들은 그를 싫어하였다. 동탁은 워낙 난폭한 데다가, 모든 수입을 자기 혼자서만 유용하고 있었던 것이었다. 그는 네 명의 계집을 거느리고 있었으며, 카바레 하나에 돈을 대고 있었다. 그는 똘마니들에게 전혀 인정을 베풀지 않았다. 한편으로는 형소동이 은인자중 실력을 쌓아 가고 있었다. 그는 동탁의 똘마니로 있으면서 절치부심, 쿠데타의 기회를 노리고 있었던 것이었다. 형소동은 기회를 포착했다. 동탁에게 이 이상 복숭아꼭지를 맡겨 둘 수 없다고, 측근의 똘마니들과 모의하였다. 그러나 정면 대결로 동탁을 처치해 버리는 데에는 자신이 없었다. 그는 어떤 계집을 하나 이용하기로 했다. 바(bar)로 동탁을 유인하도록 지시했으며, 술에다가 수면제를 풀도록 했다. 여자는 시키는 대로 했다. 곯아떨어진 동탁을, 여러 놈이 번쩍 쳐들어 숙소로 끌고 왔다. 형소동은 자고 있던 똘마니들을 전부 깨워 일으켰다. 형소동은 연설을 한마디 했다. 이 새끼들아, 하고 형소동은 눈물을 흘리면서 호소했다. 우리는 더 이상 참을 수가 없다, 라고 그는 말했다. 그런 연후에 형소동은 칼을 빼들어 서슴지 않고 동탁의 배때기를 찔러 댔던 것이다. 동탁은 피살되고 말았지만 그것은 사직 낭국에 고발되지 않았다.

그 당시 깡패 세계에도 커다란 변혁이 있게 되었는데 정부통령 선거를 앞두고, 소위 정치 깡패라는 무리들이 크게 대두하기 시작하여, 판도에 많은 변화가 일어났던 것이었다. 강치근과 그 일당들은 어느새 분산되고 말았다. 강치근이라는 일개인의 쇠퇴는 그 전체의 쇠퇴를 의미했다. 영웅을 중심으로 하여 이합집산 하는 깡패의 세계에 있어서, 하나의 영웅의 몰락은 그 전체의 몰락을 의미하는 것이다. 형소동의 쿠데타는 시기를 잘 잡은 감이 있었다. 강치근의 판도로부터 벗어나게 되었으며, 다른 파의 지배도 아직은 받지 않았다. 좀 어설픈 대로 형소동은 자주독립을 구가할 수 있게 되었다. 당장은, 복숭아꼭지가 형소동을 중심으로 하여 실력을 쌓아 높게 되었다.

형소동은 과묵한 인간이 되었으며, 매서운 눈초리에 잔인한 미소를 머금고 있었다. 그는 담배를 비껴 물고 이따금씩 판도를 순시했고, 복잡한 문제들을 처리했다. 똘마니들은 형소동을 개성을 가진 인간으로서 납득한다기보다는, 하나의 상징, 또는 일종의 벽처럼 의지했다. 형소동의 행동과 형소동의 언어는, 진리였으며 법률이었으며 철학이었다. 그는 그래서 법률이나 철학처럼 또는 동상처럼 행동했다. 그는 누구에게도 인간적인 접촉을 하도록 허용하지 않았다. 그는 자기의 느낌을 말하지 않았으며 다른 사람의 고통에 민감한 반응을 나타내지 않았다. 그는 똘마니들과는 구분되어졌다. 똘마니들은 힘을 합하여 그에게 충성을 맹세하고, 그것을 실현함으로써, 맡은 바 임무를 완전히 수행한 듯한 느낌을 갖게 되었다. 거역이나 반발은 용납되지 않았고, 그 이상의 참견도 있을 수 없는 일이었다. 형소동은 두 어깨에 위임받은 사명과 해야 할 일을 가지고 점점 거대해져 갔던 것이었다.

3.

전쟁이 일상생활에서 잊히는 듯한 시기를 맞이하였다면, 그것은 정확한 판단이 될 것인가? 6·25 전쟁이 그 뒤의 시간에 대하여 던지는 일종의 그림자라고나 할까—그런 것에 의해서 사람들은 새로운 태도를 가지게 되었는지도 모르는 일이다. 말하자면 전쟁은 전사로 기록이 되고, 영화나 소설로 용해되었으며, 회상하기 싫어하는 사람들의 안일함 속에서 무서운 파괴의 느낌으로 연상되었다. 전투와 전쟁은 다른 말이었다. 전투는 중단되었지만 전쟁은 의연히 계속되고 있었다. 사람들은 전쟁의 사정거리 안에 있음을 의식하면서도 일견 자기 자신을 살펴볼 수 있을 만한 여유를 찾게 되었다. 십여 년 만에 처음으로 관찰해 보는 자기의 모습—거기에서 사람들은 끝 길 없는 분노와 병든 자아를 발견했다.

사람들은 그들이 전생의 피해자였을뿐더러, 가해자였다는 점을 깨달았다. 그러한 혼란의 시기에 있어서 차라리 그들은 가해자가 되기를 원해야 했을지도 모른다.

형님파가 '한국의리인협회'라는 명칭으로 이름을 바꾸게 된 시기가 그때쯤 해당될 것이다. 형소동은 무엇보다도 의리를 앞세웠던 것이었다. 이 험난한 세상에서 의리 없이 어떻게 살아나갈 수 있겠는가, 하고 그는 늘 중얼거렸다. 그의 말은 똘마니들에게 그대로 먹혀 들어가는 말이었다. 비교적 공부깨나 한 녀석이 있어서, 그가 초안을 잡아 강령 비슷한 것도 만들었다. 아무리 살기 힘든 세상이라 하지만 우리는 의리를 지킨다고 했다. 비록 깡패짓을 하고 돌아다닐망정, 정의를 저버릴 수는 없다고 주장했다. 그들은 심지어 배달민족이라고 하는 자부심을 가지자고, 유식한 만족감을 가지고 맹세했으며, 나아가서는 화랑정신을 본받자고 떠들어 대기도 했던 것이다.

전쟁으로 인해 고아가 된 소년들이 삶을 얻기 위해서 양아치 노릇, 절도질, 쓰라이질을 하는 것은 당연한 것이라도 되는 것처럼 말했던 것이었다. 하지만 거지나 양아치로 만족할 수는 없고, '야쿠자'로 발전할 단계가 되었던 것이었다. 똘마니들은 "우리는 용사들, 투사들, 기사들…… 헤이 빠빠룰라 우쭐라이 베베, 헤이 빠빠룰라 우쭐라이 베베."라고 노래하면서 돌아다니고 있었다.

아마 '한국의리인협회'의 처음 거사는 똘마니들에게 영원히 기억될 것이다. 그 싸움은 엿새나 걸렸던 것이다. 싸구려 막걸리집인 복천집에서 윗대가리들이 모여서 의논을 시작할 때부터 똘마니들은 가슴이 마구 설레기 시작했다. 윗대가리들은 복천집에서 나올 때 엔간히 술에 취해 있었다. 형소동은 복숭아꼭지에 애들을 모아 놓고 기분 좋게 일장 훈시를 했다. 작전을 짜 가지고 똘마니를 네 군데에 배치시켜 놨다. 한 패는 시장을 돌아 강가루파의 오른쪽으로 쳐들어가기로 했다. 둘째 번 패는 극락동에 있는 강가루파의 아지트인 마르세이유 빵집을 분쇄하고, 그 여세를 몰아 본거지로 나아간다. 세 번째 패는 만일을 위해서 복숭아꼭지에 남아 있기로 한다. 그리고 네 번째 패는 직접 형소동의 지휘하에 강가루와 대결하러 나타나는 것으로 했다. 시간은 인파가 좀 뜸해질 무렵인 오후 아홉 시 반으로 하였으며, 만일의 사태에 대비하여, 연락 장소는 회현동의 남산 올라가는 길목으로 하기로 했다.

강가루파는 휘황동의 남쪽 시장 한복판에 사무실을 가지고 있었다. 시장 복판이라 습격하기가 수월하지는 않았다. 하지만 형소동은 아홉 시 이십 분쯤 일곱 명의 어깨를 거느리고 그자들의 사무실로 걸어 올라갔던 것이다. 정보가 샌 것 같았다. 이층으로 올라가다가 형소동은 습격을 받았다. 두 명은 피를 보았지만 형소동은 어깻죽지에 경미한 타박상을 입었을 뿐, 끄떡도 없었다. 담배를 물고 난 뒤 형소동은 이 층으로 올라가서 강가루를 만났던 것이다.

강가루는 스물여덟 살 난 악바리였다. 그는 왼편 얼굴에 보기 싫은 흉터를 가지고 있었고, 그 흉터는 전쟁이 선사한 것이었다. 형소동은 처음에는 신사적으로 나왔다. 물샐틈없이 포위되었으니 굴복하라고 했다. 강가루가 말을 듣지 않자 형소동은 와락 꽘을 지르고 휘파람을 불었다. 그러자 일제히 공격해 들어갔다. 사태가 불리함을 깨달은 강가루는 창문으로 뛰어내려 잽싸게 도망가 버렸고, 그 밑의 똘마니들이 붙잡혔다. 형소동은 기물을 완전히 때려 부수고 악질적인 녀석 하나를 개차반으로 만들어 놨다. "형님, 형님." 소리가 안방 저쪽의 녀석들에게서 터져 나왔는데, 형소동은 그들을 꽁꽁 묶어서 천장에 매달아 놓았다. 조금 있으려니 마르세이유 빵집의 강가루파를 소탕했다는 전갈이 있었다. 첫 번 출정은 완전히 성공한 듯싶었다. 소주를 병나발 불면서 그들은 축하를 나누었으며, 앞으로의 넓어질 판도에 대해서 의논을 했다.

그런데 도망친 강가루는 도리어 그 시각에 형소동의 한국의리인협회를 습격하고 있었다. 강가루는 〈77결사대〉의 똘마니들을 휘둘러가지고 그 짓을 벌였던 것이다. 똘마니 하나가 달려와서 형소동에게 급박한 사정을 보고했다. 형소동이 본거지로 와 보니 복숭아꼭지의 상황은 한심하기 짝이 없었다. 똘마니 하나가 맞아죽어 있었다. 죽은 놈은 억울하겠지만 경찰이 알면 시끄럽겠기에 소문 안 나게 마무리시켜 놓고 나서, 형소동은 엉엉 울음을 터뜨렸다. 형소동은 이를 갈면서 복수전을 계획했으며, 무모하게 덤벼들었던 자신의 실수를 탓했다.

그리하여 엿새 동안 싸움이 있었다. 형소동은 똘마니들에게 비장한 각오를 피력하였다. 이 싸움에서 이기면 살아남을 수 있고 그렇지 못할 때에는 죽는 도리밖에 없음을 설명했다. 한편으로는 외세의 힘을 빌려 오기로 하였다. 그 당시 휘황동 부근에는 수양회라는 것이 있었다. 수양회는 상이용사들로 이룩된 일종의 자활원으로서 출발했다. 그런데 상이용사들에 대한 사회의 냉대는 의외로 극심하였으므로, 점차적으로 깡패 집단의 모습을 띠기 시작했다. 그들은 일종의 모기떼의 집단을 이루어, 근방의 극장과 바나 카바레를 상대하여 괄목할 만한 착취 행위를 하고 있었다. 형소동은 궁여지책으로 수양회의 도움을 청하기로 했던 것이었다.

형소동은 사이다병에 화약을 넣고 심지를 달아서 만든 사제 수류탄을 다섯 개 가지고 있었다. 이것도 이번에 사용하기로 되었다. 그날 밤은 대체 토의를 마치고 나서, 창녀촌으로 잠입해 들어갔다. 습격 받을 것을 피하여 당분간은 버드나무집이라고 불리는 창녀 집에 아지트를 정하고, 모든 행동 명령을 거기에서 하기로 합의했다.

다음 날부터 전쟁은 세심하고도 날카롭게 전개되기 시작했다. 거리는 긴장하고 있었고, 똘마니들은 곤봉과 장돌, 아이꾸찌를 은밀히 감추고 다녔으며, 상대방 패거리를 만나면 대번에 공격적인 자세로 나갔다. 일반 상가나 음식점들, 제과점들, 술집들은 행여 습격이나 당하지 않을까 문을 닫았고, 경찰에서는 요처요처에 형사들을 풀어놓았다. 소식은 은밀히 전파되어 시내의 여러 곳에 발호하고 있는 깡패 부족들은, 일단 여기의 전쟁을 주목했다.

그럼에도 불구하고 법의 지배 속에 안주되어 있는 이 세상 사회에서는 형소동들의 전쟁을 무시했다. 그들은 알 필요가 없었던 것이다. 어떤 신문의 지방 소식란에 일단짜리 기사가 게재된 적이 있었지만, 거기에 주의를 기울인 사람은 거의 없었다. 깡패들의 난동이야 상식적인 것이었다. 태양은 날마다 무심하게 떠올라 왔으며, 사람들은 그들이 살고 있는 동네에 굉장한 탄력성을 지닌 변괴가 일어나고 있음을 눈치채지 못했다. 아스팔트 정글의 무성한 밀림 지대에는 비밀을 간직하기가 도리어 수월하였다.

싸움의 첫 단계는 음성적인 심리전으로부터 전개되었다. 스파이를 보내어 상대방을 탐색했으며, 여타의 깡패 집단에게 사절단을 보냈다. 형소동은 강가루가 77결사대의 원조를 받고 있음을 알아챘다. 그들의 아지트가 시장 관리 사무실 속에 있음을 파악했다. 그러자 통금시간 이후에 형사들이 여럿 나타나서 검거 선풍을 일으켰다. 형소동들은 그 정보를 이미 입수했으므로 안전지대에 도피하여 있었다.

사태는 극히 유동적이었는 데다가 이미 너무 소문이 나 버렸다. 그리고 비단 형님파와 강가루파의 국지전으로 끝날 것 같지 않은 기미를 보였다. 크고 작은 여러 깡패 부족들은, 어느 쪽의 편을 들어야 옳을지 관심을 보이기 시작했다. 그 관심은 일종의 균형적인 힘을 이루어, 전쟁에 대한 판단을 더욱 복잡하게 만들었다. 이렇게 엉뚱하게 되어 버릴 줄은 형소동으로서는 예상 밖이었으므로 적잖이 그를 당황케 만들었다.

이튿날이 되었을 적에 양상이 뒤바뀌었다. 강가루파에서 사절단을 보내왔다. 77결사대의 두 녀석이 엄정 중립적인 입장에서 협상을 시도키 위하여 찾아왔다는 명목을 붙였다. 회담은 20분 동안 계속되었나. 77결사대의 두 녀석은 치음 에는 달래는 어조로 나왔나. 공연히 평지풍파를 일으켜 봤자 좋을 것은 하나도 없고, 그러면 자기네들이 용서하지 않겠다는 수작이었다. 형소동은 대꾸를 하지 않았다. 그는 사태를 가만히 주시하다가 갑자기 일어나서 그자들을 두드려 패기 시작했다. 협상은 비참하게 결렬되고 말았으며, 형소동은 의외로 자기네들이 높이 평가받고 있다는 사실을 알아차렸던 것이다.

그리하여 나흘 동안 더 계속된 싸움에서, 승자와 패자를 분간하기란 퍽 어려웠다. 똘마니들은 떼를 지어 가며 여기저기에서 접전했으며, 그러다가는 일시에 퇴각을 하곤 하였다. 여타의 깡패 집단이 찾아와서 협상을 건의하고, 원조를 자청해 오고, 그러는 가운데에도 접전은 그치지를 않았던 것이었다.

사실 승자와 패자를 단숨에 결정한다는 것처럼 무모한 짓이란 없는지도 모른다. 아무리 양자택일의 세계라 할지라도, 변증법적인 합치를 이룩하려면 엄청난 시간이 경과된 후에라야 가능할 것이었다. 형소동은 혹종의 자부심과 우월감을 자기네의 몫으로 함으로써, 일종의 승리를 쟁취했다고 믿게 되었을 것이었다. 강가루는 형소동에게 굴복하지는 않았으나마, 점점 자기들이 궁지에 몰려 가고 있음을 깨달았다. 닷새째로 접어들 무렵부터는 수양회도 손을 떼었고 77결사대도 물러나 버렸다. 전쟁은 다시 원상 복귀되어 형소동파와 강가루파의 대결이라는 모습을 되찾았다.

아마 그때쯤 되어서 그들은 상대방의 존재와 위력을 새삼 확인했을 것이었다. 일거에 상대방 세력을 분쇄한다는 것이 무리였음을 의식하였고, 그럼에도 불구하고 그것을 일거에 획득코자 한다면, 비극적인 여과를 거쳐야 한다는 점을 깨달았을 때, 잠정적인 휴전 상태는 찾아왔다. 형소동은 복숭아꼭지로 돌아왔으며 강가루는 그 이상의 침범을 중단했다. 팽팽하게 당겨졌던 긴장은, 그 긴장에다가 일종의 비인간적인 질서가 가미되어 어느덧 긴장이 아닌 것처럼 되었다.

4.

사회구조를 약간 자세히 들여다보면 느끼는 것이지만 민주주의라는 대원칙 아래, 실제로는 갖가지 독재제, 군주제, 봉건제, 씨족제, 부족제가 발호하고라도 있는 것처럼 보였다. 민주주의는 그것이 일종의 지침일지언정 생활 속에서까지 용해되어지는 것은 아니라고 생각되었던 것이었다. 그런데 깡패 집단은 민주주의라는 것도 의식치 않고 있었다. 깡패는 전후의 파괴된 도시에서 나온 것이지만, 실제의 모습은 가장 시대에 뒤떨어진 고대사회의 표정을 하고 있는 것이었다.

형님파라고 하는 깡패 집단의 고대사회적인 표정이 어떻게 현대와 악수하고 있었는가를 생각하면 놀라움을 금치 못하게 된다. 고대와 현대가 뒤범벅으로 섞여 있는 마당에서, 폭력은 심상찮게 터져 나왔던 것은 아니었을까?

어느덧 형소동은 스물세 살의 나이가 되었다. 그는 좀 바보 같은 인상을 풍기는 청년으로 변모했다. 다리는 길어졌으며, 팔은 굵고 짧았다. 코는 권투선수처럼 뭉툭해졌으며 질퍽한 밀가루 반죽을 얼굴 한복판에 붙여 놓은 것처럼 어색했다. 그는 황소 눈알을 가지고 있었다. 축 늘어진 눈시울은 깊은 생각에 잠겨 있을 때 제멋대로 떨었다. 이마에는 네 가닥의 주름살이 박혀 있었고, 흉터가 훈장처럼 달려 있었다. 그는 흡사 고릴라와 같은 인상을 주었는데 앞이마가 튀어나왔고 짙은 눈썹으로부터 그 위의 머리까지는 二라는 글자처럼 생겨 있었다. 그는 인간이라기보다는 덩치가 커다란 둔한 짐승 같은 사나이가 되었던 것이었다. 하지만 그의 주먹은 위력을 더했다.

형소동은 주먹으로 이 세상을 이해하고 있었다. 또는 이렇게도 말할 수 있으리라. 그의 주먹이 알아낸 이 세상은 따뜻한 인정이 괴어 있는 것도 아니며, 경범죄 처벌법에 나타난 바처럼 자잘한 질서로 균형을 이루고 있는 곳도 아니었다. 형소동은 지금으로부터 오천 년 전인 그 옛날이나, 그 옛날로부터 오천 년의 시간이 흘러간 지금이나 변한 구석이 별로 없다는 것을 알고 있는 것이었다. 주먹이 센 놈은 이기는 법이고, 주먹이 약한 놈은 얻어맞기 마련이었다.

차돌처럼 단단한 그의 육체와, 무서운 의지력과 긴장은 그를 고전적인 영웅처럼 만들어, 그의 신화가 시작되는 것이다. 그는 비록 이름 석 자를 간신히 쓸 정도로 무식했지만, 허술한 점을 드러내지는 않았다. 형소동은 문자 그대로 군주였으며 절대적인 권한을 부여받은 신이었다. 똘마니들은 죽을힘을 다하여 그에게 복종하지 않으면 안 되는 것이다. 군주에게 있어서 잔인성과 포악성은 그래 두어야 할 필요가 없는 일종의 미덕인지도 모른다. 형소동은 똘마니들을 모아 놓고는 전쟁에 관해서, 악에 관해서, 냉정한 사회에 관해서 말하는 것이었다. 그의 어조에는 살이 찔 필요를 느낀 사람이 취하는 엄격한 신중함과, 설득력이 부여되어 있었다. 똘마니들을 대하는 기술도 늘어서 온정과 냉정이 교묘히 조화를 이루게 되었다.

똘마니들은 대개 세 종류로 나뉘어져 있었다. 맨 밑의 똘마니는 시라이를 줍는 거지 애들이었다. 당국에서도 이것이 합법적인 양 내버려 두었다. 그들은 시라이만 줍는 것이 아니라 만년필도 줍고 돈도 줍고 옷가지도 주웠다. 그들은 구걸도 했으며, 도둑질도 했다. 둘째 패는 구두닦이, 거지, 버스표팔이 등등으로 구성되어 있었다. 셋째 패는 나이가 웬만큼 듬직한 녀석들로써 이루어지고 있었다. 그들은 펨프[1]들을 지배하고, 창녀촌의 음성적인 실력자가 되고 있었다. 그들은 시장에 나타나서 영세 상인들을 대상으로 하여 고정적인 징수를 해 갔다. 한편 환락가에도 손을 뻗쳐서, 빵집과 다방 술집 등의 기도를 보아주고 있었다.

형소동은 다섯 명의 심복을 두었다. 부산에서부터 같이 행동을 취해 왔던 녀석이 세 명이었고, 나머지 두 명은 장용팔이와 최윤덕이었다. 장용팔은 무슨 거물 정치인의 외아들로서, 고등학교에 다니다가 말고 집을 뛰쳐나와서 형님파에 소속하게 되었다. 그는 전

---

1) Pimp. 포주, 뚜쟁이.

쟁고아가 아니라는 것을 수치처럼 생각했다. 마치 깡패 생활이야말로 이 세상에서 가장 그럴듯한 일이라고 생각하는 것이었다. 그는 형소동을 존경하여 누구 못지않게 용맹을 떨쳤으며, 머리를 써야 할 때에 이르러서는 놀라운 지략을 펼쳐 놓았다.

다섯 명의 심복 중의 하나인 최윤덕은 나이가 가장 많았다. 그의 정확한 연령을 아는 사람은 없었지만 대개 서른네 살 정도는 되지 않았을까 추측했다. 그는 신문에서 반년가량 떠들어 대었던 잔악한 살인 사건의 범인이었다. 그는 고민에 가득 찬 어조로 그 사실을 폭로했던 것이었지만, 똘마니들이 그를 존경해 주기 시작하자, 어느덧 초연한 영웅처럼 행세하는 것이었다. 정상적으로 운영되지 않고 있는 사회에 대하여, 그가 저지른 악행이 마치 그의 위대성을 증명할 수 있는 요소라도 된다는 듯한 태도였다. 최윤덕은 악이라고 하는 전반적인 사태에 있어서, 그가 해야만 할 어떤 입장을 늘 강조해 두는 것이었다. 형소동은 심심할 적마다 애들을 모아 놓고 일장 훈시를 했다. 우리는 깡패가 아니고, 살지 않으면 안 되는 전쟁고아의 집단이라고 주장했다. 비록 나쁜 짓을 한다 하더라도, 그 한계는 지켜야 한다고 통하지도 않을 명분을 세웠던 것이었다. 그것은 형소동의 마음속에 자리 잡기 시작하는 어떤 인간적인 고뇌에서 나온 명분이기도 했다. 그는 이미 사회의 기성인이 될 나이였다. 그는 양아치의 세계에서 뼈가 자랐지만, 비로소 양아치 이외의 세계를 바라볼 수 있게 된 것이었다. 자기가 체험해 왔고, 알아 왔고, 느껴 왔던 배고픔·증오·살인·강간·폭력이 반드시 정당한 것만은 아니라는 점을 그는 어설프게나마 이해하게 되었다. 그는 자기의 과거에서 아찔할 만큼 절박했던 고통의 산맥을 발견하는 것이었지만, 어느덧 전쟁이 잊히기라도 하는 것처럼 달라져 버린 세태에 있어서,

자기의 과거가 허무하다는 생각을 가지게 된 것이었다.

　그럼에도 불구하고 조무래기 깡패들의 숫자는 늘어 갔으며, 퇴학당한 학생들, 가출한 후라빠 소녀들, 맘보바지에 재즈를 들큰대는 놈들은 열성적으로 형소동의 앞에 와서 무릎을 꿇고 시선 가득히 존경과 충성을 담고 형소동을 우러러보는 것이었다. 형소동은 자의든 타의든 점점 더 위대한 인물로 둔갑이 돼 갔고, 그의 일거수일투족은 의미심장하게 파문져 가는 것이었다.

　한국의리인협회의 전성기를 향하여 나아가자면 넘어야 할 단계가 둘이 있었다. 깡패들의 판도는 또 뒤바뀌어서 강가루파는 어느새 종적도 없이 사라져 버리고 말았다. 휘황동을 중심으로 해서 보자면, 상이군인들이 주동 멤버로 되어 있는 수양회와, 흔히 정치 깡패로 불리는 다른 일파들이 세력을 휘어잡고 있었다.

　상이군인파들은 시장을 장악하고 있었고, 극락동의 상가와 유흥가를 실제적으로 지배하고 있었다. 그들은 나이들도 많고 나무다리와 의수를 휘두르며 떼 지어 다녔다. 기분에 안 맞을 적에는 무턱대고 행패를 일삼는 것이었다. 그들은 안하무인격이었으며, 거칠 바가 하나도 없었다. 그들은 시장과 극락동을 장악하여 좀 더 거대하게 세력을 점점 기세를 내보이고 있었다.

　다른 한편으로 정치 깡패들은 서울을 전체적으로 평정해 가고 있었다. 그들은 음성적인 관의 비호 아래 깡패 세계를 통일시켜 갔다. 관의 하수인 노릇을 하고 있을지언정, 점차적으로 가장 두각을 나타내는 집단으로 군림되어 있었다. 그들은 야당 정치인의 집회에 테러를 하러 나타났고, 관제 데모에 앞장섰으며 부정선거에 가담되었다. 그들은 정치 행위의 뒤안길에서 자라는 독버섯이었으며, 깡패 세계를 주름잡는 강력한 폭력 집단이었다.

수양회와 정치 깡패들은 접전을 벌이고 있었다. 그들은 극락동과 시장을 서로 자기의 수중에 넣으려고 피비린내 나는 혈투를 계속하고 있었다. 그 싸움은 실로 거대한 것이었으며, 치밀하고도 계획적인 것이었다. 그것은 흡사 『삼국지』를 재현하는 듯한 싸움이었다. 맹장들은 똘마니를 데리고 나타나서 진을 치는 것이었고 갖은 모략, 배신, 의기, 전술이 이용되었다.

　한국의리인협회는 커다란 두 집단의 싸움에서, 어부지리를 얻고 있었다. 한국의리인협회는 도저히 수양회와 정치 깡패들의 상대가 되지 않았다. 그랬으므로 수양회와 정치 깡패들은 형소동을 자기 편으로 끌어넣으려고 회유책을 썼을지언정, 이를 분쇄시키려고 하지는 않았다.

　형소동은 약간의 외교적인 수완을 발휘했다. 그는 정치 깡패들에게 복종하는 듯한 빛을 보였다. 수양회에 대해서도 친근한 냄새를 피웠으나, 실제로는 중립적인 자세를 유지했다. 형소동은 두 집단이 싸움을 계속하고 있는 한 자기 파는 안전하다는 것을 알고 있었다. 한국의리인협회는 비밀리에 실력을 키워 두느라고 안간힘을 다하고 있었던 것이었다. 형소동은 다섯 명의 심복을 교묘하게 이용하여 똘마니들의 숫자를 늘려 갔을 뿐만 아니라 장차 닥칠지도 모르는 전쟁에 대비하여 대내 질서의 강화를 꾀해 두고 있었다. 그는 똘마니들에게 말하곤 하는 것이었다. 우리는 정치 깡패들처럼 누구의 비호 아래 독버섯처럼 기생하고 있는 것은 아니다. 그렇다고 수양회처럼 전쟁에서 받은 피해를 무기처럼 들이대고 있는 것도 아니다. 우리는 이 세상으로부터 버림을 받은 고아일 뿐이다. 우리의 권익은 우리에 의하여 지켜질 수밖에 없는 것이다.

　분노한 얼굴로 형소동이 이렇게 내뱉으면 똘마니들은 주먹을 부르쥐고 결의를 단단히 하였다. 똘마니들은 마치 한국의리인협회를 지키는 일이 자기 자신을 지키는 일이라도 된다는 것처럼, 울먹이는 가슴으로 맹세를 하는 것이었다.

수양회와 정치 깡패들의 싸움은 집요하게 계속되고 있었다. 그것은 장기전의 태세로 돌입하여 있었다. 정치 깡패들은 여러 가지 합법적인 방법으로 이곳에 침투할 방안도 모색하고 있었고, 다른 한편으로는 주먹을 휘두르며 나타나 분탕질을 치는 것이었다. 자유당 말기로 접어들면서부터, 사회의 공기는 아연 긴장하여지고, 노대통령의 독재화에 대한 국민의 반발은 민심을 흉흉하게 하였다. 금방이라도 무슨 일이 터질 지경이 되었지만, 깡패들에게 있어서는 이러한 사회적인 조건이 그들의 행위를 위한 호조건이 되고 있는 것이었다.

아마 똘마니 녀석 한 명의 배신으로 인하여 형소동이 빵깐엘 2개월가량 들어갔다가 나온 일이 그때쯤 발생되었을 것이었다. 형소동의 빵깐행으로 해서, 그는 더욱 존경을 받게 되었다. 형소동은 마치 이 세상의 고난을 씩씩하게 물리칠 수 있는 불가해의 위력을 가진 것처럼 보이는 것이었다. 3·15 부정선거가 치러지고, 그것이 4·19라고 하는 강력한 데모 사태로 발전하기까지의 흥분된 세상에 있어서, 형님파는 차츰차츰 그 전성기를 맞이할 준비를 갖춰 두고 있었다. 1960년 4월 26일 전혀 예상할 수도 없는 일이 현실화되자 세상은 하루아침에 달라져 버리고 만 것이었다. 정치 깡패들은 부정선거의 연루자로 지목이 되고, 사회 여론의 맹렬한 지탄을 받아 일단 쇠퇴의 길을 걷게 되었다. 수양회는 시장 상인들의 반발에 부딪쳐 그 본거지를 이동해 버리고 만 것이었다. 한국의리인협회의 전성기는 이렇게 해서 도래했다.

5.

이제 한국의리인협회가 어떻게 해서 해체되었는지 말할 단계가 되었다. 물론 세월은 많이 흘러갔다. 주위 환경도 달라졌다. 사람들의 느낌도 변화되었고 나이들을 먹어 갔다. 군사혁명도 일어나서 깡패 소탕이 벌어지기도 했다.

이것은 결론부터 미리 말하는 것이 되지만 요사이의 휘황동은 어처구니없이 달라져 버려서 옛날의 분위기를 찾아볼 수 없게 되었다. 창녀촌이 빽빽하게 들어찼던 곳에는 커다란 도로가 생겨나 버렸다. 그 도로는 무허가집들을 허물었을 뿐만 아니라 주변을 변모시켰다. 복숭아꼭지도 달라져서, 그곳에는 새로 교회당이 생겨나 있다. 조무래기 깡패들과 하루벌이 사람들이 웅성대던 거리에는 기름 구덩이에서 갓 나온 듯한 청년들이 택시를 붙잡으러 왔다 갔다 하고 있는 것이다. 거리의 분위기가 달라져 버렸을뿐너러 그 거리의 주인들도 바뀌어졌다는 말이다. 이 말은 또한 형소동과 같은 부류의 사람들을 휘황동에서 발견할 수 없게 되었다는 것을 뜻하기도 한다. 도시는 공간만 만원이 된 것이 아니라 시간도 만원이 되어 버린 듯하다. 시간은 파괴되고 건설되고 세분되며 기계음을 내면서 웅덩이와 같은 도시 속에 더러운 물처럼 괴어 있는 것이다.

이 어정쩡한 세대, 불안한 현재에서 우리가 상황을 얘기하게 되는 것은 그것이 개개인의 인생에 터무니없이 개입되어, 그 개인을 이루는 중요한 요소가 되고 있기 때문인 것이다. 설사 가장 개인적인 얘기처럼 보이는 것도 상황에 대한 하나의 증좌로서 반납되고 마는 것이다. 현대라고 부르는 것 속에 포함돼 있는 현대의 중세기, 또는 현대의 고전 세계에 있어서 새로 자라난 사람들이 갖는 느낌은 무엇인가? 그것을 사회와 역사에 대한 새로운 자각(自覺)의 과정으

로 파악할 수 있다면, 이제 나 자신에 관해서 조금 설명을 첨가하여
야겠다.

　나는 형님파의 일원으로 야쿠자 생활을 하면서 자라 왔던 것이
지만, 공부를 하여야겠다는 생각이 들어 야간 고등학교에 적을 두
게 되었다. 형소동은 나를 구타했지만, 나는 굴하지 않았다. 깡패 생
활의 근본적인 한계점을 느꼈기 때문에 내가 공부를 생각하게 되었
다고 믿을 근거는 없다. 나는 어느 이류대학에 입학이 되어, 배움이
라는 것이 사치라는 것을 염두에 두어 그 사치를 즐기고 있었을 것
이다. 그러다가 공부가 사치가 아닐 수도 있다는 것을 발견하였을
적에, 내가 느꼈던 당황감은 무엇이었을까? 이 세상에 대한 인식의
과정에서 나는 진정 놀라움을 느끼지 않고는 아무 얘기도 할 수 없
는 것이다. 형소동을 쫓아다니는 야쿠자 생활은 학문을 파는 생활
과는 엄청난 거리를 유지해 두고 있었다. 그런데 나는 이 두 가지 생
활을 그대로 지속했다.

　형소동은 이상해진 나의 태도에 여러 번 불만을 표시했다. 그는
내가 공부라는 것을 통하여 마치 타락이라도 하고 있다는 듯이 생
각하는 것이었다. 나를 바라보는 그의 눈초리에는 말로써 표현하
기에는 너무 격렬한 감정이 스며 있었다. 나는 그것을 형소동이 갖
고 있는 독선적인, 또는 독재적인 태도라고 생각했다. 형소동은 전
쟁의 격심한 피해자였으므로, 격심한 가해자가 되어야 했으리라.
그는 그런데 자기의 행태(行態)에 대한 자각을 갖고 있지 않았다.
그가 구현하고 있는 고전적인 인간 형성, 다시 말하자면 현대라는
그것이 영웅을 만들지 않는다면, 고대사회 또는 중세사회에나 있
음직한 그런 영웅적인 행동을 취해 왔었다. 그런데 그는 그 거리감
을 의식치 않고 있었다. 그에게 치밀어 오르는 절실한 감각은 스스

로에게 혼란만을 안겨다 줄 뿐이었다. 아마 혼란은 당시의 사회에도 해당될 것이리라. 모든 사람들이 깡패로 둔갑한 듯한 시기였다. 사람들은 독재 정권에서 방금 해방된 참이었다. 사람들은 믿어지지 않는 신천지를 현실로써 갖게 된 것처럼 생각하고 있었다. 그들은 새로운 정부에 대하여 열렬한 기대를 품고 있었다. 의식 속에 쌓여 있던 전쟁이라는 것을 충분히 씻어 내릴 수 있을 줄 알았다. 마음속에 남아 있는 불안과 불만을 없애 줄 정부가 나타나리라고 믿고 있었다. 사람들은 자유를 구가했다. 흥분한 어조로, 어린애와 같은 단순성으로 자유를 말했다. 자유는 독재에 대한 반대어만으로 이미 가장 존경할 만한 단어가 되어 있었다. 그래서 자유는 일종의 방종이나 무질서를 의미할 정도로 타락하게끔 되어 있지만, 설사 그렇다 할지라도 독재와 억압보다는 훌륭한 것이었다. 사람들은 자유를 처음으로 맛본 듯 말하곤 하였다.

그러나 한국의리인협회는 여전히 싸움질과 도둑질, 강간질로 뒤범벅이 되어 있었다. 자유가 주어진 세상에서 그들은 마치 더욱 힘을 얻은 것 같았다. 세상을 향하여 퍼붓던 분노와 울분은 어느 정도 사라져 있었으나, 그 대신 능동적으로 분노를 뱉어 내고 있었다. 골목마다 조무래기 깡패들이 판을 치고 있었다. 외래 사조가 물밀듯이 들어와 재즈홀이 여러 군데 생겨났으며 공공연히 아르바이트홀, 카바레들이 번성하기 시작했다. 춤은 널리 보급되었고 전후의 외래 사조가 저항 없이 상륙했다. 마치 사람들은 노예의 상태에서 금방 해방이 된 듯했으며, 눈을 뜨고 바라보는 모든 풍물이 신기하고 놀라워 전혀 새로운 세계를 살고 있는 듯 생각했다. 그들은 전쟁을 잊고 싶어 했다. 전쟁은 실제로 잊히고, 과거가 문제된다기보다는 미래가 문제되는 시대를 맞이한 것이었다.

한국의리인협회는 더욱 세력이 확장되어 갔으나, 그 성격은 많이 달라져 있었다. 새로운 식구들이 많이 늘었으며, 그들은 비참했던 과거를 생각하지 않았다. 현실 문제로 다가오는 공허함, 불붙는 듯한 욕망, 쾌감을 추구하여 당대 사회의 들뜬 분위기에 편승해 있었다. 배가 고프기 때문에 주먹질을 하는 것만은 아니게 되었다. 가만히 앉아 있으면 견딜 수 없기 때문에 살아 있는 흉기가 되어 시내를 어슬렁거리며 돌아다니는 것이었다. 세상은 독재 정권을 무너뜨렸다는 것에서 여전히 도취된 상태대로 남아 있었다. 과도정부가 물러나고 장면 정권이 들어섰을 때, 그들의 욕구가 채워지지 않음을 억울하게 생각하고 있었다. 어찌하여 국민들의 신선한 열망이, 다만 사회의 혼란을 의미하는 것으로밖에 귀결 지어질 수 없을까? 한국의리인협회와는 담을 쌓고 혼자 떨어져 나와 지내기로 나는 단단히 결심을 굳혔다. 나는 당시의 사회 표정을 어느 정도 이해할 수 있었다. 사람들은 만족할 수 없게 되어 있는 것이었다. 시달릴 대로 시달려 왔으며 터무니없는 일들만을 당했던 의식의 지평선에는 혁명(革命)을 치렀다 하여, 새로운 대륙이 발견될 수 없는 것이었다. 그것은 나도 마찬가지였고, 형소동도 마찬가지였으리라. 내가 한국의리인협회에서 뛰쳐나왔을 때, 그는 똘마니들을 시켜서 나를 잡아 오도록 했다. 나는 도망질을 쳤다. 나는 다시는 깡패 집단에 휘말려 들어갈 수는 없었다. 내가 도망치고자 한 것은 나의 과거에 뿌리를 내리고 있는 모든 것으로부터였는지도 모른다. 나는 과거의 일을 잊어 먹으려 애쓰고 있었다. 아마 형소동이 나를 불러들이고자 하는 이유도 이 점에 있을는지 몰랐다. 가슴 아팠던 지난 과거─깡패로서 낙인찍혀진 그 생활을 피할 수 없다고 생각하는지 모른다. 이 세상은 어떤 개인이 행복을 추구하고 사랑을 말하며 자기 인생을 노래하는, 그러한 한가로운 세상이 아니라고 생각할 것이다.

나는 형소동의 장래가 어떻게 전개될 것인지 짐작할 수 있었다. 그의 얼굴에는 지나간 과거가 비참한 형태로 머물러 있었던 것이다. 그는 도저히 그것으로부터 도망칠 수 없는 것이었다. 그것은 아물어 버릴 성질의 것이 아니며, 더욱더욱 그를 괴롭혀 댈 것이었다. 형소동이 나에게 하고 싶은 얘기도 그것일 것이었다. 형소동은 아마 많은 것을 체념적으로 깨닫고 있었으리라. 자기의 힘으로써는 어찌해 볼 도리가 없는 그러한 상태에 관해서.

형소동에 있어서 6·25 전쟁은 일종의 종교와 같은 것이었다. 전쟁에서 보았던 참혹한 풍경을 그는 마치 원초적인 풍경처럼 간직하고 있었다. 그에게 있어서 인생은 6·25 전쟁의 재현과 변주에 불과한 것이었다. 깡패 생활이나 주먹질이나 사회의 움직임이 모두 그렇게 보였다. 형소동은 바로 그 전쟁에서 모든 것을 알았으리라.

나는 정리되지 않은 고통을 간직한 채 이 세상 사회로 나왔다. 내가 형소동의 소식을 듣게 된 것은 재작년부터이다. 나는 옛날에 사귀었던 친구를 통해서 그의 소식을 들은 것은 아니었다. 나는 신문을 통해서 그것을 읽었다. 형소동은 이제 깡패는 아닌 것이다. 그는 당당한 사회인의 하나였으며 어찌 보면, 뛰어나게 출세한 사람 중의 하나가 되어 있었다. 군납업계에 진출하고 무역에 손을 대서 떼돈을 벌고 재단을 설립하고 정치계에 야심을 두고 있다고도 전해진다. 그러나 여전히 그는 옛날과 같은 모습을 보여주고 있다고 생각된다. 그는 여전히 전쟁을 일으키고 있었다. 형님파 시절의 그 유치했던 규모는 아니었다. 한국의리인협회 시절의 주먹다짐도 아니었다. 가슴속의 황폐를 메꾸기 위해 여전히 이 세상을 할퀴어 대고 있다고 생각된다. 그는 과거에 그래 왔던 것처럼 미래의 세계에 있어서도, 자기를 피해자라 생각함으로써 남에 대한 가해자 노릇에 열심일 것이다.

그런데 우리는 과연 어떠한 환경, 어떠한 처지에서 삶을 지속하고 있는 것인가? 나는 이따금씩 곰곰 따져보고는 한다. 물론 내 처지로서는 우리의 비극을 말할 자격은 갖고 있지 않다. 하지만 현재와 이 상태가 하나의 과도기의 세월로서 납득이 된다면, 거기에서 얻어지는 피곤한 의념(疑念)은 얼마나 구차하게 실생활에 그늘을 던져 주는지 생각하게 된다. 자라나는 세대는 약간 새로운 각도에서 이런 모든 사실을 판단하고자 할 것이다. 역사 상속의 미아(迷兒)라고나 할까. 어떤 본질적인 것으로부터 차단된 듯한 시절을 보내었던 사람은, 이제 그만 전쟁을 청산해 버리고 그리고 형소동과 같은 인간이 영원히 소멸되기를 바라는 강렬한 느낌을 가지는 것이 당연하지 않은가?

《세대》, 1968년 8월호

변명

변명

1.

로터리로 나왔을 때 약현이는 어느 행인이 들고 있는 트랜지스터 라디오로부터 열두 시를 알리는 시보(時報)가 울려 퍼지는 것을 들었다.

"내 시계는 4분이나 빠르구나."

그는 자기의 팔뚝시계를 들여다보면서 이렇게 중얼거렸다. 그의 시계는 아주 낡은 것이었다. 요새 유행되는 시계란, 테가 크고 날짜와 요일까지도 한목에 알아볼 수 있는 그런 것이지만, 그의 시계는 조그맣고 1, 2, 3, 4……의 숫자까지도 그대로 박혀 있는 것이었다. 작년에 인천 작약도에 놀러 간 적이 있었는데, 잊어 먹고 시계를 찬 채 바닷속으로 뛰어 들어갔다. 그 이후로 이놈은 터무니없이 빨라지는가 하면, 아무리 밥을 많이 주어도 움직이지 않는 때가 종종 있는 것이었다. 그는 로터리를 끼고 돌아 합승 정류장 쪽으로 걸어가고 있었다. '약속 시간에 늦을지도 모르겠는걸.' 그는 4분 빠른 시계를 믿음직스럽지 못하게 들여다보았다. 마침 11번 합승이 정류장에 닿았다. 그는 차 안으로 들어갔다. 좌석은 많이 비어 있었다. 운전석 바로 뒤의 자리에 궁둥이를 붙인 뒤에 거리를 내다보았다. 사람들은 길을 잃어버린 것처럼 헤매고 있었다. 햇빛은 거리가 얼마나 지저분하지 밝혀내기 위하여 환하게 비치고 있는 것 같았다. 합승은 출발하였고, 그 위로 무뚝뚝한 노인의 움직이지 않는 눈빛처럼 푸른 하늘이, 차츰 분주하게 돌아가고 있는 정오의 도시를 못마땅하게 훑어보고 있었다. 그는 무릎 위에 놓여 있는 가방을 그때 의식하고 있었다. 그 가방 속에는 갖가지 종류의 아크릴 조각들이 들어 있을 것이었다. 합승이 도심 지대로 접어들수록 그는 세일즈맨이라는 직업에 혐오감이 일었다. 물론 그를 세일즈맨으로 바라보지 않는 사람들도 있었다. 그의 직업이 타인들의 눈초리에서 퍽 당연하게 인식되는 때의, 그 객관적인 평가에는 상당히 익숙해진 터였으나, 그를 남편으로서 또는 오빠로서 바라보는 아내나 약희의 눈초리에는 어쩐지 익숙해질 수가 없는 것이었다. 그것은 지금부터 만나고자 하는 오만달 씨도 마찬가지였다. 바로 어제 서울 시내를 피곤하게 돌아다니다가 회사에 들어왔더니, 오만달 씨로부터 전화가 걸려 왔던 것이었다. 오만달 씨는 돌아가신 어머니와 내종사촌 간이 되는 분이었다. 고향이 이북인 관계로 약현이는 친척붙이가 거의 없었다. 오만달 씨는 바튼 친척의 한 분이었는데, 이 근래에는 거의 내왕이 끊어졌다. 약현이는 나이 많은 분들이나 친척 되는 분들을 찾아다닌다는 것이 이쪽의 독립적인 생활 설계에 도리어 부담을 가져다주는 것을 깨달았다. 그는 나이 많은 분들을 만나기 좋아하는 것은 아니었다. 약현이 자신도 근래에는 성격이 많이 달라져서 아주 소심해졌다. 아내인 봉술이와 그 밑에 돌이 지난 딸, 그리고 여동생 약희까지 딸리고 보면, 사내의 성격도 어지간히 진지해지지 않을 수 없는 노릇이었다. 하지만 어제 오만달 씨로부터 걸려 온 전화를 받고 약현이는 좀 송구스런 느낌이었다.

"전화도 한번 못 올리고, 사람 처신이 말이 아니게 되었어요."

그는, 오만달 씨에게 이러한 말을 하였다.

"밥이나 제대로 빌어먹고 살면, 그게 다 처신 올바로 하는 거야."

오만달 씨는 말하더니,

"자네를 한 번 만날 일이 있어."

하고 좀 엄숙한 어조로 말했다.

'이분은 어째서 만나자고 하는 것일까?' 약현이는 오만달 씨가 무슨 일 때문에 만나자는 것인지 짐작이 되지 않았다. 그는 미도파 백화점 앞에서 내렸다. 충무로 방향으로 걸어가면서, 그는 오만달 씨가 해 올 말에 관해서 저 나름대로의 방비를 생각하고 있었다. 오만달 씨는 삼색토건회사의 상무 자리에 있었다. 약속한 곳은 삼색토건회사가 들어 있는 5층짜리 건물의 지하실 다방이었다. 약현이는 전에도 그 다방에 들어가 본 적이 있었는데 가벼운 식사와 음료수도 팔고 있는 곳이었다. 그는 판에 찍어 낸 듯이 깔끔한 양복에 반짝거리는 구두를 신은 화이트칼라들을 헤엄쳐 나가 이윽고 상업은행 본점 앞을 지나, 지하도로 들어섰다. 그의 시계는 12시 39분을 가리키고 있었다. 약속 시간에서 9분이나 늦어 버렸다. '참 내 시계는 4분 빠르지.' 그는 아까 열두 시 시보를 들었을 때 자기 시계가 4분 빨랐다는 사실을 상기하였다. 그러니까 약속 시간에서 5분 지각한 셈이었다. 그는 삼색빌딩 안으로 들어섰다. 육중한 유리문은 반만큼 열려진 채 고정되어 있었고, 노란 테가 달린 모자를 쓰고 있는 수위가 그를 노려보고 있었다. 약현이가 되쏘아 주자 수위가 고개를 돌렸다. 엘리베이터 앞에는 푸른 사무복을 걸친 두 명의 젊은 여자가 재잘대고 있었다. 두 여자는 모두 키가 작았고 쇼트커트 머리에, 석고 같은 표정을 하고 있었다. 그들은 미니스커트를 입고 있었지만, 푸른 사무복이 미니스커트의 귀여운 여자다운 느낌을 배격해 주고 있었다. 그들은 건물이 풍기고 있는 냄새와 사무적인 분위기에 썩 잘 흡수되어 있었다. 약현이가 그들을 자세히 관찰하게 된 것은, 오른쪽에 서 있는 여자가 그의 여동생 약희와 비슷했던 때문이었다. 약희는 한때 마음의 갈피를 잡지 못하고 타락할 기미조차 엿보였었다.

그것이 걱정이 되어 약현이는 오만달 씨에게 취직을 부탁했었다. 마침 약희는 타이프라이터를 칠 줄 알았기에, 이 건물의 4층에 있는 흥업상사에 취직이 되었다. 엘리베이터가 1층까지 내려온 모양이었다. 두 명의 아가씨는 약현이 쪽으로 머리를 돌렸는데, 바라보자니까 오른쪽의 여자는 분명이 약희였다.

"오빠."

약희가 그를 발견했다.

"여기는 웬일이지?"

"너를 만나러 온 건 아냐."

하고 약현이는 말했다.

"그럼 무슨 일로?"

"오만달 씨가 만나자고 해서 왔어."

"이 밑의 다방에서?"

"그래."

"무슨 일일까?"

약희는 솜털이 엿보이는 코밑을 손으로 만졌다. 약희와 같이 있던 다른 아가씨가 방그레 웃었다.

"조금 있다 나 내려가도 될까? 실은 차 한잔 마시고 싶어 죽겠어."

"그거야 네 마음대로 하렴."

약현이는 웃었다.

"그럼 이따가 내려갈게. 어쩌면 점심이라도 사 달라고 할지 모르겠어."

약현이는 다방으로 내려가는 계단을 밟았다. 마침 변소가 눈에 띄자 그 안으로 들어갔다. 물 흐르는 소리가 났다. 세면대 위에 걸린 거울을 들여다보며, 그는 머리의 가르마를 정돈했다. 그는 여동생을 만났다는 점에서 좀 당황스런 심정이었다. 집에서 대하던 여동생과는 달랐다. 사회인의 표정을 짓고 있는 약희에게서, 그는 젊은 여자로서는 참기 힘든 생활적인 표정, 직장에서 시달리고 있는 말단 월급쟁이의 고달픈 얼굴을 보았다. 그는 코끝을 만졌다. 당황해졌을 때 코끝을 만지는 것은 그의 습관이었다. 변소에서는 나프탈렌 냄새가 생소하게 그의 후각을 건드렸다. 이윽고 그는 진정이 되었다. 여동생의 애처로운 모습에서 오빠로서의 할 일을 못 해 주고 있다는 느낌은 여전했으나, 다른 면으로 생각해 본다면 그렇게 고분고분하게 사회의 밑바닥에 껴묻어 자기 밥벌이를 하고 있는 여동생을 대견하게 생각하기도 했다. 그는 이윽고 진정할 수 있었다. 아랫배로 숨을 몰아쉰 뒤에 가방을 부쩍 추켜올리고 나서 계단을 내려가기 시작했다.

푸른 빛깔의 유리문을 밀고 들어서니까, 얼마 떨어지지 않은 곳에 오만달 씨가 앉아 있음을 볼 수 있었다. 실내는 어둠침침했다. 가녘마다 빨간 등이 쭈욱 켜 있고, 〈사랑은 아름다워라〉를 편곡한 경음악이 흐르고 있었다. 제법 시설이 잘 되어 있는 다방이었다. 미국식의 본을 따서, 실내의 왼편에 큼직한 바를 세워 놓았다. 까만 바지에 붉은 윗도리를 입은 웨이터 두 명이 잡담을 나누고 있었다. 커다란 나무껍질을 벗겨서 만든 벽에는 200호 정도의 추상화 두 개와, 여자의 나체를 소재로 삼은 나무 조상(彫像)이 세 개 세워져 있었다. 피아노도 한 대 놓여 있었다. 저녁이 되면 그 피아노가 살롱의 무드를 살려 주는 모양이었다. 언뜻 보기에 이 다방의 장식은 상당히 사치스러웠다. 마치 이만큼 치장을 했으니, 사람들이 몰려들어 돈을 던져 주고 가는 것은 당연한 일이라고, 다방의 주인은 생각하지 않을까 여겨질 정도였다. 손님은 과히 많은 편은 아니었다. 약현이는 기계가 가득 찬 공장을 견학 간 학생처럼, 이곳의 분위기에 약간 겁을 내면서 테이블 사이를 지나갔다. 오만달 씨가 그를 바라보고 있었다. 하지만 오만달 씨의 표정에는 아무런 변화도 일어나지 않았다. 씨는 앞이마가 넓고, 길쭉한 얼굴에 얄팍한 입술을 가지고 있었다. 두 눈만을 따로 떼어 놓고 본다면, 여자가 좋아하는 미남 배우의 그것처럼, 적당히 패고, 큼직하고, 열정을 담고 있는 그러한 눈이었다. 젊었을 적에는 물론이려니와 지금에 있어서도 양복에 신경을 쓰고, 머리 손질과 구두를 깔끔하게 손질하고 있었다. 씨는 왜정시대 일본 유학을 가서, 토목건축에 관한 전문적인 지식을 배웠다. 자세히는 모르지만 씨의 유학에는 고향에서 부자로 살았던 외할아버지가 상당히 뒤를 대준 모양이었다. 지금은 세상이 바뀌어서, 외할아버지는 일찍 별세했고, 그리고 아버지는 이북 고향에서 월남을 하지 못하고 만 것이었다. 오만달 씨는 특히 목덜미가 가느다라했다. 대개 양복장이들은 목덜미로 나이를 먹어 가는 것이라면, 씨가 쉽게 늙지 않는 체질임을 증명하는 것이었다.

"많이 기다리셨지요."

약현이는 의자에 가서 앉았다.

"좀 늦었군"

"합승이 늑장을 부려서요, 그래 늦었군요."

"에에또, 차를 시키지 그래. 나는 먼저 마셨지."

웨이터가 다가와서 물수건을 약현이에게 주었다. 웨이터는 스물세 살쯤 들어 보였는데, 얼굴을 말갛게 화장했고, 기계적인 미소가 서리어 있었으며, 나무토막처럼 정중했다. 오만달 씨는 커피를 주문시켰는데, 웨이터는 고개를 꾸벅이고는, 왕정 시대의 불란서 근위병처럼 뒤로 돌아서서 꼿꼿이 걸어가 버렸다.

"지금 몇 시나 되었지? 아침에 말야 허둥지둥 출근하느라고 시계를 집에다 놔두고 왔어."

"제 시계로는 12시 43분이군요."

약현이는 자기의 시계가 4분 빠르다는 것을 감안하여 그의 시계가 가리키고 있는 시각보다 4분 늦은 시각을 오만달 씨에게 알려 주었다.

"벌써 그렇게 되었나? 아예 점심 식사를 할 걸 잘못했군."

"이사를 하셨다는 소식을 들었습니다."

"응, 신촌 쪽에 조그만 집을 하나 샀지. 참 전화를 하나 놨어."

오만달 씨는 약현이가 낡은 수첩에다 전화번호를 적는 것을 세밀히 관찰했다.

"이십여 년 만에 처음으로 집다운 집을 하나 장만했지. 나야 워낙 바빠서 모르겠는데, 애들이 좋아하더군. 제집이라니까 손질도 하려 하구……. 그런데 자네 하는 일은 잘 되는가?"

"그저 그렇지요 무어. 하루 종일 돌아다니니까 몸은 피곤하고 교통비가 많이 들어요."

"무슨 일이든 열심히 하면 되는 법이야."

오만달 씨는 위로하는 듯한 어조를 썼다.

"사실 약희를 흥업상사에 취직시켜 주었을 땐 은근히 걱정도 되었어. 그런데 그 애도 착실하게 일을 잘 하는 모양이야. 내가 할 수 있는 말인지는 모르겠으나, 이 사회는 냉정하지. 잠깐만 한눈을 팔아도 낙오하고 말아. 비록 자네를 물질적으로 도와주지는 못할망정 늘 염려를 하고, 걱정을 안 한 건 아니야. 생존 경쟁이 치열한 이 사회에서, 아버지 어머니도 안 계시는 자네들이 어떻게 그 어려움을 이겨 낼 수 있을는지 관심을 안 가질 수가 없었거든. 물론 지금 당장이야 생활도 곤란할 것이고, 세상 일이 뜻대로 안 되겠지만, 자네는 퍽 성실하게 살려고 하니 그것이면 되는 거야. 세상이 어떻게 달라지든 사람은 성실하고 볼 판이야. 성실하기만 하면, 다 길이 생기고, 자기 몸 감당은 물론이려니와, 사는 보람을 얻을 수도 있지."

"그렇게 염려를 끼쳐 드려서 죄송합니다."

하고 약현이는 발했다. 그는 이분이너무 자상스러워서 그 얘기를 믿지 않기로 했다. 그는 이 살찐 대화, 난방기의 더운 공기처럼 따뜻함이 흐르고 있는 분위기에 더럭 갑갑함을 느꼈다.

"아예 여기서 식사를 하기로 하지. 어때, 맥주라도 한잔할까?"

오만달 씨는 이렇게 말하더니, 웨이터를 불러 맥주를 주문했다.

"나이 50이 가깝도록 남의 밑에서 일을 하자면 따분해. 아무리 삼색토건회사가 크고, 상무 자리라는 게 중역의 위치라 할지라도 월급 받아먹고 지낸다는 점에서는 맨 밑바닥의 말단 사원과 다를 게 없거든. 기회를 봐서 독립해 볼 생각이 없는 건 아니지만, 그것도 어째 여의치 않고, 자식새끼들은 자꾸 커 오는데 여간 걱정이 아니야."

오만달 씨는 약현이가 대꾸할 만한 기회를 만들어 주지 않았다.

"자잘한 일상생활에 파묻혀 이런 것 저런 것 다 잊어 먹고 있다가도 문득 생각이 치받쳐 올라오면 오만가지 감회가 다 떠오른단 말이거든. 자네는 어렸을 적에 고향에서 나왔으니 잘 모르겠지만, 점점 더 그때의 생각도 떠오르고, 과연 우리나라는 언제쯤이나 통일이 되려는지, 죽기 전에 고향땅을 밟아 볼 수나 있을는지 이런 생각이 들기도 해. 지금 생각이 나지만 자네 아버지는 나보다 나이가 다섯 살 많았지. 나는 해주에 나와서 관청에 취직하고 있었는데, 하숙을 하자니 그렇고 해서 자네 집엘 가서 있었지. 그때 참 여러 가지로 폐를 많이 끼쳤어. 바로 그때의 생각이 훤히 나는군그래. 자네 아버지는 술을 좋아하셨어. 내가 싫다고 하는 것을 마다하고 자꾸만 끌고 다녔었지. 자네 아버지는 일단 술이 들어가면 중도에서 그치는 법이 없었어. 완전히 곯아떨어질 때까지 마셔야 직성이 풀려 했어. 나는 졸랑졸랑 따라만 다녔지만, 이럭저럭 두 잔 얻어 마시다 보면 으레껏 먼저 녹초가 되어 버려 온갖 추태를 다 부렸어. 지금 생각하면 아주 옛날일 같지만, 그러나 옛날일도 아니지."

"하지만 저는 아버지 얼굴도 생각이 안 나요."

"아버지 얼굴도 생각이 안 난다구?"

오만달 씨는 약현이를 바라보았다.

"그럴 수도 있겠군. 벌써 세월이 그만치 흘러가 버렸으니 그럴 수도 있겠지. 세상은 많이 달라졌지. 내 나이 벌써 50이 가까웠다는 걸 도저히 믿을 수가 없단 말이야. 지금 생각해 보면 세상일이라는 게 다 시들해. 그동안에 얼마나 파란만장한 우여곡절이 있었는지 알 수 없지만, 이제는 그걸 얘기해 보고 싶은 긴장도 다 풀렸어. 엄숙한 어조로 얘기하고 싶어지는 것은 젊었을 때나 있는 일이야. 모든 일이 손바닥에 새겨진 손금과도 같아서 그저 그렇고 그래. 내 경우에만 따진다 하더라도 이북 고향에는 열여덟 살 때 결혼한 여자가 있거든. 나는 그 여자와 뜻이 맞지 않았지. 양반 가문을 찾는 집안 어른들 때문에 마지못해 결혼을 하기는 했지만, 일본에서 공부를 하며 현대를 맛본 나로서는 그 시골 여자가 참을 수 없을 정도로 보기 싫었어. 하기는 그것이 후회가 되는군. 그 사이에서 태어난 자식 녀석도 지금 살아 있다면 서른 살쯤 되었겠군. 과연 어떻게나 살고 있을지 모르겠어. 지금 나 자신이 한가하니 다방에 앉아서 맥주나 마시고 있다는 게 어이없는 노릇이기는 하지. 그러나 아까도 얘기했지만, 사람 살아가는 놀음이란 정도(正道)와 순리(順理)를 밟아서 이루어지는 게 아니거든. 우리나라의 현실이 각박해진 걸 한탄해 본댔자 소용이 없고, 내 생전에 이북에 남겨 두고 온 자식을 따뜻하게 만나 볼 수나 있을는지 고통스럽지만 소용없는 일이야. 그렇지만 자네는 아직 젊으니 희망을 가져야겠고 앞으로 좋은 세상을 만나게 되리라고 믿어야지. 그때에는 자네 같은 젊은이들도 사는 보람을 느끼면서 일할 수도 있겠지."

오만달 씨는 맥주를 약현이에게 따라 주었다.

"오는 일요일에 창경원에서 우리 고향 사람들이 만난다는 건 자네도 알고 있겠지."

오만달 씨는 주머니에서 누런 봉투를 하나 끄집어내어 약현이에게 주었다.

"서울이라는 데는 묘한 곳이어서, 동향 사람들끼리 만나서 술 한잔 나눌 기회조차 마련해 주지 않거든. 그래서 이번에 군민회를 갖기로 한 모양이더군, 나도 무슨 감투를 하나 쓰기는 했지만, 자네도 빠지지 말고 참석해 주어야겠어. 우리들 나이 많은 사람들이 오래간만에 만나서 옛일을 회고하자는 뜻도 있지만 자네들 같이 어린 사람들로 하여금 고향을 잊어버리지 않고, 서로들 알고 지내도록 해 주어야겠다는 데에 그 의미가 있는 것이기도 해. 이제는 본적까지도 서울특별시로 되어 있지만, 그렇다고 고향을 잊어버릴 수는 없는 노릇이지. 참석해 주어야 해. 고향의 분위기에 휩싸여 각박한 현실 생활을 잊어 먹고 한순간이나마 기쁨을 나눈다는 게 좋은 거야."

"하지만 저는 고향 생각이 나지를 않아요."

하고 약현이는 말했다.

"설사 고향 생각이 난다 하더라도 그런 것을 추억하고 싶지도 않고요."

"그래서야 쓰나?"

오만달 씨는 언짢은 기색이었다.

"자네 군민회에는 꼭 나와야 해. 자네 심정을 모르는 건 아니지. 아버지는 이북에서 월남을 못 하신 채 연락이 끊어져 버렸고, 거기에다 어머니는 뜻밖의 변을 당해 돌아가시고 말았으니, 지나간 과거를 회상하기 싫어한다는 걸 모르지는 않아. 하지만 그것은 틀린 생각이야. 사람들은 행복하기 때문에 모이는 게 아니지. 불행을 함께 이겨 내기 위하여 모이는 것이야. 알아듣겠어? 외로운 처지를 함께 이해하고 걱정해 주며, 그리고 정신적으로나마 격려해 주고 함께 그 아픔을 나누자는 것이거든. 사람이 사는 사회라는 것은, 자기 혼자만의 양심이나 성실만으로 견딜 수 있는 것은 아니고, 나 아닌 다른 사람과 끊임없이 만나고 왕래를 하고 슬퍼하고 기뻐하는 데에서 견딜 수 있는 거야."

"그러면 나가 보도록 하지요."

하고 약현이는 말했다.

"하지만 저는 고향 분들을 거의 알지도 못하는걸요."

"고향 사람들은 모두들 자네를 알고 있어. 자네가 누구의 자식이며, 월남해서 얼마나 고생하며 성장했는지 알고들 있어. 가 보면 알겠지만, 같은 고향 사람들이란 얼마나 정다운지 모르는 거야. 전쟁을 만나 방방곡곡에 뿔뿔이 흩어져 살고들 있지만, 전쟁 전에는 몇백 년 동안 대물림을 하면서 함께 살아온 사람들이야. 그 사람들의 두터운 정이 하루 이틀 새에 그치지는 않아. 자네가 고향 어른들을 잘 모른다는 것은 결코 자랑할 일이 아니지. 찾아다니면서라도 인사를 하고 지내야 해. 더구나 말이야, 이번 군민회에는 자네가 반드시 참석해야 할 일이 있어."

오만달 씨는 갑자기 표정이 굳어졌다. 담배를 한 대 물더니, 시간을 벌기 위해서인지 천천히 성냥을 당겨 불을 갖다 대었다. 담배 연기를 뱉으면서 씨는 말을 이었다.

"이 소식을 자네에게 전해야 할지 어쩔지 모르겠으나, 이젠 자네도 어린애는 아니고, 또 알아 두어야 할 것은 알 필요가 있겠기에, 아예 말하기로 하지."

"무슨 소식인데요?"

약현이는 이분이 만나자고 한 이유가 지금부터 나오는 얘기를 전해 주기 위해서라는 것을 알 수 있었다.

"군민회에 나오면 자연히 알게 되겠지만, 그 많은 사람들 속에서 엉뚱한 소식을 전해 들으면 자네 마음이 혹시 더 쓰릴지 모르니까 미리 알려 주어야겠군. 자네 며칠 전에 신문에 났던 거 읽었는지 모르겠군. 장완준이라는 사람인데, 생각이 안 나는가?"

"모르겠습니다."

하고 약현이는 말했다.

"그 장완준이란 사람은 여우골에서 살았다고 하더군. 여우골이라면 우리가 살던 가루개에서 십 리 남짓한 거리지. 그런데 그 사람은 간첩으로 남파되었어. 삼척 북방에 배를 대어서 남하했더군. 산속에서 이틀 동안 헤매고 서울로 와서 자유를 눈앞에 보게 되니까, 자기가 속았다는 걸 분명히 깨달았지. 그 사람은 자수를 했더군. 며칠 전에 신문에 났지. 그 사람이 기자회견을 했거든. 나도 그 기사를 읽어 보았는데, 가만히 보니까 알 만한 사람이야. 그 아버지가 기억에 나데. 다음 날 장완승이한테 전화를 했지. 장완승이라고, 자네는 잘 모르겠지만, 지금 종로2가에서 시계방을 하고 있는 사람이 있어. 나는 물어보았지. 혹시 간첩으로 넘어왔다가 자수한 장완준이가 네 사촌동생이 아니냐고 물어보았지. 틀림없더군. 그 장완준이는 육촌동생이 된다고 하더군. 바로 자기와 같이 지내고 있다고 하잖는가? 시계방에서 당분간은 같이 장사를 하기로 했다는 거야."

"그럼 그 간첩으로 넘어왔단 사람을 만나 보았겠군요."

"만나 보았지. 우리 고향이 어떻게나 변했는지, 거기에 살고 있는 사람들이 빨갱이 치하에서 어떻게나 지내고들 있는지 여간 궁금한 게 아니니까. 만나 보았더니 그 사람 얼굴이 익어. 20여 년의 세월이 흘러갔지만 생각이 난단 말야. 자기 아버지를 똑 닮았더군."

"그 사람에게서 고향 소식을 많이 들었겠군요."

"응, 들었어."

"고향 소식을 많이 들었다면 저의 아버지 소식도 들었겠군요. 이북에 남아 있는 아버지 말입니다. 전쟁 때 헤어진 뒤로는 한 번도 소식을 모르는 아버지 말입니다."

"그야 소식을 모르는 게 당연하지. 나만 해도 이북에 처자가 남아 있지 않은가? 월남해서 재혼하기는 했지만, 단 한시인들 어떻게 이북에 남아 있는 처자를 잊어 먹을 수가 있나? 그런데 이 친구는, 그때 사람들을 잘 몰라. 내 아내와 자식에 관해서도 잘 모르더군. 내가 말이지 애가 닳아서 아무리 기억을 일깨워 주려고 해도 모르겠다는 거야."

"그럼 저의 아버지에 관해서는요?"

"자네 아버지에 관해서는…… 좀 알고 있더군. 생각이 난다는 거야."

오만달 씨는 찬찬히 약현이를 바라보았다.

"자네 한번 그 친구 만나 보지 않겠나? 지금 제 육촌형과 기거를 같이하거든."

"그래 저의 아버지는 살아 계시기는 하단 말인가요?"

"이따 그 사람을 만나서 직접 들어보지 그래? 다섯 시에 내가 만나기로 했거든. 강신운 씨가, 그 사람을 한번 만나고 싶다고 해서, 나도 같이 만나기로 했지."

"아버시는 돌아가신 모양이군요."

하고 약현이는 좀 방심한 듯한 어조로 말했다.

"자세한 것은 모르겠어."

오만달 씨는 냉담하게 회피하고 싶어 했다. 약현이의 시선을 피하여 뒤를 돌아보고 있었다.

"간첩으로 넘어왔다가 자수했다는 그 사람을 지금 당장 만나 볼 수는 없을까요?"

하고 약현이는 말했다.

"정 그렇다면 내가 전화를 걸어 보지."

오만달 씨는 껍적 일어서더니 카운터 있는 쪽으로 갔다.

오만달 씨가 돌아왔다.

"그 사람은 없군그래. 이따 다섯 시에 만나기로 했으니, 그 시각에 만나기로 하지."

"그렇게 하지요."

하고 약현이는 말했다.

"너무 상심하지는 말아."

"그러기에는 너무 시기가 늦어 버렸어요. 또한 상심해 본댔자 별수 없지요. 이 자리에서 큰 소리로 통곡을 할 수도 없으니까요."

"이놈의 다방은 늘 시끄럽단 말야. 할 수 없이 다방엘 들락거리게 되기는 하지만, 정말이지 넌덜머리가 나. 아무래도 자네와 나는 좋지 못한 장소에서 만난 것 같군. 내 생각인즉은, 지나간 일을 심각하게 생각해 봤자 소용없는 일이고, 알려 주지 않을 수 없는 슬픈 소식이기는 하지만, 그 슬픔을 덜어 준다고나 할까, 그런 의미로 여기에서 만나기로 약속을 한 거야."

약현이는 대답을 하지 않았다.

"사람들은 이 난세를 만나 얼마나 뜻 아니한 슬픔들을 누르며 살고 있는지 모르겠어."

"아버지는 어떻게 돌아가셨다든가요? 병사입니까, 아니면 피살입니까?"

"자세한 것은 나도 모르겠어. 아마 비참한 최후를 맞이하셨던 것 같지만……. 이따 그 사람을 만나 보면 알게 되겠지."

"하기야 어떻게 돌아가셨다고 한들 마찬가지이겠지요."

"그만 나가지. 이따 오후 다섯 시에 다시 만나기로 하고……."

오만달 씨는 자리에서 일어난 뒤에도 한참 동안 주춤거렸다.

조금 뒤에 오만달 씨는 회사 안으로 들어가 버리고 말았다.

여동생 약희가 다방에 들르겠다고 한 말을 약현이는 상기하고 있었다. 그는 담배를 한 대 물고, 가만히 외롭게 앉아 있었다. 그는 왁자하니 떠들고 있는 사람들과 흘러나오고 있는 음악에 귀를 기울여 보려고 애썼다. 하지만 그것은 허사였다. 그의 가슴은 갑자기 두방망이질 치기 시작하고, 그는 열병에 걸린 것처럼 훅 한숨을 몰아쉬었다. 목구멍에서는 비릿한 피의 냄새가 느껴졌으며, 자기의 신체의 여러 부분이 죽음과 싸워 패배라도 당하고 있는 듯한 마음을 느꼈다.

그러나 이 아픔이 어찌하여 이다지도 공허할까? 어찌하여 이 아픔은, 고향과 울분과 분노와 통곡을 가져다주지 않는가? '나는 대단히 잘못되어 있다' 하고 그는 생각하였다. 그는 마치 함정에라도 빠져 버린 듯한 느낌이었다. 어떻게도 할 수 없다. 저 소시민이라는 이름으로 타협되고 있던 것, 회피되고 있던 것들이 발칵 뒤집혔다. '얼마나 비겁하게 이러한 절망과 고통과 아픔을 나는 피하여 왔던가?' 그가 지금까지 생각해 왔고 알아 왔고 생활해 왔던 그 모든 것이 무너져 내리고 말았다. 그는 아버지에 관한 소식을, 이 도시의 한복판에서 신문기사를 읽듯이 접수하고 있는 것에 더할 수 없는 굴욕을 느꼈다. 그는 일어서서 다방을 나오고 말았다.

2.

도시로부터 태양이 사라져 버렸다. 하루가 다시 끝나 가고 있었다. 시시각각으로 어둠이 풀려가고 있었고, 고층 건물들의 키가 음산하게 높아 보이는 시각이었다. 조그만 계곡과도 흡사한 길거리에서 벌어지는 인파와 차량들의 뒤범벅을 잿빛의 어두움이 파묻고 있었다. 교통순경은 성난 소들을 몰아붙이는 목동처럼 호루라기를 불며 버스들을 정돈하고 있었다. 버스들은 뿡뿡 울어 대고 있었고, 사람들을 삼켜 먹고, 뱉어 내고, 부르릉 떨면서 앞으로 내달아 갔다. 약현이는 가방을 단단히 붙잡고 차를 기다리고 있었다. 그는 미도파백화점 꼭대기에 붙은 큼직한 시계를 올려다보고 있었다. 그런데 그 시계는 죽어 있었다. 여섯 시 이십 분의 시각을 가리키고 있었는데, 전혀 움직이지 않고 있었다. 시내의 중심가에 자리 잡은 높은 백화점의 시계가 죽은 채로 내버려져 있다는 것은 이 도시가 얼마나 엉터리인가 증명해 주고도 남음이 있었다. 하기야 저 시계는 하루에 두 번씩 맞는 시각을 가리켜 줄 것이다. 항상 빨라지기만 하는 약현이의 고물시계는, 대한민국의 표준 시간과 일치하는 시각을 가리켜 줄 수 없었다. 하지만 저 죽어 버린 시계는 하루에 두 번은 정직해질 것이었다.

마침 11번 합승이 다가왔기에 그는 주워 탔다. 합승 안은 말할 수 없이 비좁았다. 차장은 신경질을 내고 있었다.

"이 자식아, 빨리 나가지 않고 무얼 꾸물거려."

화가 난 교통순경이 운전사에게 호통을 치고 있었다. 합승은 출발했고, 퀴퀴한 사람 냄새에 섞여 약현이는 마냥 뒤흔들려지고 있었다.

'모든 것은 지극히 평범한 질서 속에서 물리적인 안정을 얻고 있다.' 그는 이런 생각을 하고 있었다. 조금 전에 오만달 씨와 만나 보았던, 간첩으로 넘어왔다가 자수한 그 청년의 얼굴이 떠올랐다. 오만달 씨는 나이 많은 분답지 않게 감개 어린 어조를 사용하고 있었으나, 약현이는 자기 스스로 생각해 봐도 이상하리만치 냉담해져 있었다. 그는 오만달 씨에 대하여 호의를 느끼지 않았다. 그분 자신은 안도감을 느끼고 있는 것 같았다. 세상일이란 전연 우연한 불행과 운명이라고 부를 수밖에 없는 어떤 저차원의 무질서 속에서 선택을 당하기 마련이라는, 그러한 종류의 판단이 오만달 씨를 즐겁게 해 주는 것 같았다. 아버지는 북녘땅에서 전쟁의 소용돌이에 휘말려 익사(溺死)하고 말았다. 익사를 하셨기에 아버지는 그 시신마저 남기지 못했으나 오만달 씨는 생(生)의 나긋나긋한 연장(延長)을 지금까지 갖고 있다…….

"비극은 너무 상식화(常識化)되어 버렸지. 그것이 바로 비극이지."

오만달 씨는 이렇게 말했다.

"그러나 너무 상심하지 말아. 자네에게는 앞으로 어떻게 살아야 하는가, 그것을 더 중요하게 생각해 볼 때가 되었지."

하고 오만달 씨는 말했다.

"자네는 직접적으로 슬픔을 나타내지 않는군."

하고 말한 오만달 씨의 말을 약현이는 반추해 보고 있었다. 그는 합승에서 내려서 신흥 주택이 들어차기 시작한 종암동의 뒷골목을 걷고 있었다. 한옥 기와집과 재건 주택이 싸움이라도 벌이고 있는 것처럼, 그 지대를 양분하고 있었다. 오만달 씨의 말은 결국 무슨 뜻일까. 슬픔의 격렬한 아픔을, 약현이가 느끼지 못할 만큼 되어 버렸다는 개탄일까. 아니면 그것이 참 다행스런 회피책이라도 된다는 말일까? 그는 인적이 끊어진 골목길을 걷고 있었다. '혼자 있고 싶구나.' 그는 이런 생각을 하고 있었다. 혼자서 해결해 볼 만한 일은 너무 많이 남아 있었다. 그는 집 앞에 잠시 서 있었다. 인조 대리석으로 아담하게 꾸민 벽기둥 사이에 철문이 있었고, 그 철문 옆에는 주인집 남자의 문패가 붙어 있었다. '여기가 내가 살고 있는 곳인가?' 그는 버저를 노려보면서 생각했다. 저 버저를 누르면 아내인 봉술이가 나타날 것이다. 아내는 눈치를 살필 것이고 낮에 있었던 사소한 일들을 얘기해 줄 것이다. '이곳이 내 집이란 말인가?' 그는 피곤한 의념을 느끼고 있었다. 하루의 항해(航海)를 무사히 끝마치고, 휴식과 평화를 위해 찾아드는 집이란 말인가? 그는 시선을 올려,

옛날에는 논이었으나 지금은 신흥 동네가 되어 버린 이곳을 쭈욱 훑어보았다. '마치 묘지와도 흡사하구나.' 그는 이런 생각을 하고 있었다. 삶을 감금시켜 놓고 있는 감옥소, 또는 삶을 저질의 질서 속에 묶어 놓고 있는 예비적인 묘지…… 그러자 아버지 생각이 났다. 그분이 이곳을 와 본다면 어떤 말씀을 하실 것인가? '너 참 용케 살고 있구나' 하고 칭찬의 말을 하실 것인가? 소시민이라는 상태, 바뀌어진 사회의 표정에서 새로운 천민의 계급으로 등장한 소시민이라는 무자각의 결론(結論). 아버지는 이것을 이해해 주실 것인가. 4분 빠른 시계를 차고 다니면서 '내 시계는 4분 빠르구나' 하고 항상 의식하는 그러한 생활을 짐작하실 것인가? 고양이의 생리와도 같은 달착지근한 정확성·안정감을 아버지는 당신의 자식이 빠지게 된 함정으로서 용인하여 주실 것인가?

순간적으로 고통이 다가왔다. 마치 가죽으로 몸뚱이를 죄어 들어와, 거기에서 약간의 소금기가 포함되어 있는 수분을 짜내고 있는 것처럼 격발적인 고통이 따르고, 그 고통이 눈물을 흘리게 했다. 아 나는 짐승 같구나. 슬퍼하는 짐승 같구나. 하도 돌발적인 고통에 놀라 그는 가만히 생각했다. 가슴이 세차게 뛰었고, 자기 몸속을 돌고 있던 피가 순간적으로 정지했다가, 다시 격렬하게 모세혈관을 파괴하려는 것처럼 흘러가고 있는 것을 느낄 수 있었다. 그는 철문에 머리를 기대었다. 순간을 동뜨게 했던 고통은 사라졌으나, 고통의 후유증은 쿵쾅거리며 그의 정신에 아직도 남아 있었다. 그는 숨을 쉬지 않았다. 마구 두근거리는 가슴을 진정시키려고 비겁한 본능을 발휘하면서, 아까 간첩으로 넘어왔다가 자수하여 광명을 찾은 청년에게서 들은 아버지의 얘기를 생각해 보고 있었다.

그러자 가슴이 진짜로 텅 비었다. 피가 바깥으로 다 빠져나가고 힘이 하나도 없었다. 조금이라도 움직일 것 같으면, 그의 겉껍질이 와사삭 무너져 버려 한 줌의 재밖에는 남아 있을 것이 없을 것 같았다.

"고향이 이북인 사람들은 무어랄까 원죄(原罪)라고나 할까, 그런 것을 느끼게 돼."

그는 오만달 씨가 했던 이 말이 어째서 생각났는지 알 수 없었다.

오만달 씨는 자기의 연령층에서 보게 되는 외로움을 이렇게 어려운 말로써 풀이하고 있는 것인지도 몰랐다. 간첩으로 넘어왔다가 자수하여 광명을 되찾은 청년이 이 말에 동의했다. 그 청년은 너무도 소극적인 순진성을 나타내고 있어서 가엾어 보이기까지 했다.

'당장 내일부터 나는 어떻게 달라져 있을 것인가?' 그는 멍하니 이런 생각을 하고 있었다. 전혀 고통이 사라져 버리고, 마치 속이 텅 빈 대나무처럼 자기의 육체가 떡떡하게 느끼지는 것이 도리어 불안스러웠다. 그는 아주 허탈하다는 것이 무엇인지 비로소 느꼈다. 그러자 그는 사람들이 살아가는 방식, 후진국에 태어나서 죽음과 삶이 항상 뒤범벅으로 얽혀 있는 그 모든 전반적인 흐름, 그 전반적인 리듬을 자기가 파악해서 알아내고 있는 것처럼 느꼈다. 사람들은 바로 이와 같은 무기력(無氣力) 속에서, 그들이 살아 있다는 것을 마치 변명(辨明)하지 않을 수 없는 그런 절실한 느낌으로 살아가고 있는 것이다. 그것을 구태여 어떤 단어로써 지적하자면 막연히 의지(意志)라는 것이 될 수밖에 없는 그러한 의지로써 살아가고 있을 것이다.

이제 고통은 전혀 없었고, 약현이는 심한 갈증을 느꼈다. 어두움은 짙게 대지를 감싸고, 있었다. 불빛이 한결 뚜렷하게 어둠 위로 부각되어 왔다.

그러자 어둠 속에서 약간 밝은 물체가 얼른거렸다. 약현이는 간신히 눈을 뜨고 움직이고 있는 그것을 바라보고 있었다. 누구인가 이쪽으로 다가오더니 약현이 앞에서 멈췄다. 외등 불빛을 어둠으로 바꾸고 있는 그 사람은, 자세히 보니까 약희였다. 약희는 좀 놀란 것 같았다.

"오빠, 여기서 무얼 하고 있어?"

약희는 말했다.

약희는 약간 상기되어 있었다. 싸늘한 밤바람을 받은 그의 얼굴은 빨갛게 달아올랐고, 무엇이라고 말할 수 없는, 싱싱한 아름다움을 가지고 있었다. 약현이는 여동생을 똑똑히 바라보고 있었다. 그는 처음으로 여동생을 하나의 여성으로서 의식했다. 조금 전에 그에게 있었던 생소한 감정의 체험과는 또 다른 체험에 그는 몹시 어리둥절했다. 어쩌면 오빠로서의 그의 인간적인 품위가 여동생에게 박탈당해 버리자 거기에 대응하여, 약희를 그 자신이 하나의 젊은 처녀로서 의식하게 된 것인지도 몰랐다. 약희는 좀 당돌한 태도로 철문 앞으로 다가가서 버저를 힘 있게 눌렀다.

약현이는 여동생의 몸에서 화장 냄새를 맡았다. 그것이 정신 안정제와도 같이 그를 편안하게 해 주었다. 그는 여전히 오빠로서의 구실을 박탈당한 채 이 새로운 인간관계의 체험, 또는 여동생의 당당한 태도에 위압을 당해 있었다.

철문이 빠개졌다. 주인집 식모애가 문을 열어 주자 약희는 오빠가 먼저 들어가기를 기다리는 듯하더니 이윽고 자기가 먼저 들어갔다. 식모애는 무슨 눈치를 챘는지 약현이를 빤히 바라보았다. 그는 멋없이 한번 웃었다. 대문을 들어설 때, 그는 자기가 들고 있는 가방이 아주 무거웠다. '어서 이놈의 가방을 떼 팽개쳐 버려야지.' 그는 이런 한가한 생각을 하고 있었다.

라디오로부터 리타 김이 부르는 〈여인의 눈물〉이라는 유행가가 흘러나왔다. '이슬비는 내리고…… 그 님은 가셨는데…….' 약현이는 마루로 올라서면서 그 노래를 반추하고 있었다. 봉술이가 부엌으로부터 얼굴을 나타내었다. 봉술이는 아무 말도 하지 않았고, 약현이는 가방을 마루 구석에 내려놓았다. 그는 방문을 밀고 그 안으로 들어섰다.

약희는 하나밖에 없는 의자에 앉아 있었다. 하얀 형광등 불빛에 그녀의 자태가 뚜렷이 드러났다. 약현이는 여동생의 얼굴을 똑바로 바라보았다. 불빛이 그녀의 얼굴에 총집중해 있는 것 같았다. 직장 생활을 다니고 있는 비즈니스 걸로서의 여린여린한 피곤감, 휴식을 원하는 듯한 조용한 원망(願望)이 그 얼굴에 나타나고 있었지만, 약희는 자세히 보니 상당히 예뻤다. 그는 자기의 여동생이 예쁘나는 것을 처음으로 알았다. 알려지지 않은 비밀이 그 예쁘다는 인상에 숨어 있는 것 같았다. 약희는 좀 갑갑하다고 느꼈는지 발딱 일어서서 방의 아랫목으로 내려갔다. 거기에 펴 있는 캐시밀론 이불 밑으로 손을 넣었다. 두 다리를 ㄱ자로 꺾어, 무슨 생각인지 골똘히 하고 있었다.

봉술이가 들어왔다. 어린애를 안고 있었다. 약현이는 어린애를 받아서 둥기둥기를 해 주었다. 어리고 깨끗한 짐승, 이 짐승이 하나의 인간으로서의 규격(秘密)을 갖춰 갈 때까지 그는 자기가 아버지가 되었다는 사실을 신기하게 생각하고 있을 것이었다.

봉술이는 멍청하니 즐겁다는 표정으로 어린것과 어린것의 아버지인 약현이를 눈 주고 있었다. 봉술이는 그러다가 바깥으로 나가 버렸다.

"그 애 이리 주세요."

약희가 말했다. 그녀는 반쯤 일어서서 어린애를 받았다.

"아까 다방에 나갔더니 오빠는 가고 없지 뭐야."

"다방엘 왔었니?"

"커피가 한잔 마시고 싶다고 말했잖아?"

"그럼 혼자 커피를 마셨겠구나?"

"아니 커피는 마시지 않았어. 오빠가 보이지 않길래, 회사로 돌아가 버리고 말았어. 사람들이 많은 곳엘 가면 무서움을 느끼는걸."

약희는 어린애를 들여다보며 생글생글 웃었다. 어린애도 웃었다. 아직 길이 들지 않은 근육을 힘들게 움직여 꿍얼꿍얼 소리를 내고 있었다.

"오만달 씨를 만나서 무슨 얘기를 했죠?"

약희가 물었다.

"무슨 얘기를 했느냐구?"

"그 얘기를 했죠? 솔직히 말해서 나는 직장 생활에 서투른 모양이야. 오만달 씨는 내 얘기를 했겠지. 책임지고 소개를 해 줬는데, 내가 사무를 제대로 보지 못하니까 입장이 난처할 거야, 그분은⋯⋯."

약희는 이해할 수 있다는 듯이 머리를 끄덕끄덕했다.

"사람들의 눈초리가 싫어 죽겠어. 일은 고되지 않지만, 사람들을 대하는 게 고되어 죽겠어. 나 자신의 사회적인 신분을 망각하지는 않지만, 직장에서, 그것은 경멸이 되어 돌아와. 그것이 싫어 죽겠어. 오만달 씨가 어떤 말을 했을지 짐작이 가. 며칠 전에 사고가 일어났어요. 오빠한테는 얘기할 수 없었지만, 내가 실수를 저지른 모양이지? 나는 그것이 실수라고는 생각하지 않지만, 직장 사람들은 그것이 내 실수라고 생각하는 모양이야, 그러니 그것은 실수이겠지 무어."

"하지만 오만달 씨는 그런 얘기를 하지 않았어. 너에 대해서는 얘기가 없었어."

"거짓말은 안 해도 좋아요, 오빠. 내가 직장 생활에 서투르다는 걸 부인하는 건 아니니까. 하지만 나는 참을 수가 없었어. 같은 사무실을 쓰고 있는 어떤 남자가 말이에요, 나를 깔봤어요. 이상하게 추근추근 구는 것이 싫다고 생각했는데, 나를 깔봤기 때문에 그런 행동을 보여 온다는 것을 알았어요."

약희는 오빠에게 이런 얘기를 하고 있는 것이 정당한지 어떤지 의심하는 것처럼 잠깐 동안 말을 중단했다.

"다 말하기로 해요. 이 자식이 허튼수작을 붙여 왔어요. 얼굴이 예쁘다느니 어쨌다느니, 차나 한잔하자느니……. 그걸 큰 소리로 공개해 놓고 말하는 거예요. 꾹 참았어요. 내 행동에 이상한 게 있었는 모양이라고 생각했어요. 그러자 며칠 전이었는데 또 허튼소리를 붙여 와요. 참으려고 했지만 참을 수가 없었어요. 그래 쏴 주었더니, 이 자식은 싱글싱글 웃으면서 그렇게 도도하게 굴 것 없지 않으냐, 이랬어요. 나를 좋아했던 남자가 누구인지 알고 있다느니 따위의 소리를 하다가, 급기야는 내가 실연 자살 소동을 벌인 걸 알고 있다느니, 어린애를 낳은 걸 알고 있다느니 떠들어 댔어요. 가만히 듣고 있다가 잉크병을 던져 버렸어요. 아마 오빠는 오만달 씨에게서 이런 얘기 다 들었겠죠?"

약희는 냉정하게 말했다. 그녀는 다시 어린애를 들여다보며 웃었다.

"일단 약점을 드러내 보인 짐승에게는 모두들 달겨들어 그 고기를 뜯어먹는 법이에요. 내가 약점을 가지고 있는 여자라는 것은 나 자신이 잘 알고 있어요."

"왜 그렇게 말하니?"

"오빠의 말이 맞는 말이라는 걸 절실히 느끼고 있어요. 작년까지만 해도 나는 너무 순진했어요. 여자가 연애를 하는 게 왜 나쁜지 알게 되었어요. 어린 나이에 실연(失戀)을 알아 버리는 게 나쁘기 때문이에요. 여자로 태어났다는 게 이미 하나의 현실인걸요."

"너는 너무 엄청난 말을 하는구나. 어째서 네가 그런 어려운 말을 하는지……."

"오빠를 탓하는 건 아니에요. 우리가 부모 없는 고아가 되어 버렸다는 걸 원망하고 있지도 않아요."

약희는 여전히 어린애를 들여다보며 웃으려고 애쓰고 있었다.

봉술이가 저녁상을 보아가지고 왔다. 봉술이는 무슨 눈치를 챈 모양이지만 말은 하지 않았다. 그녀는 시누이 동생에 대해서는 퍽 관대한 태도를 보이는 것이었다. 실은 경멸하고 있는지도 몰랐다.

방 한가운데에 상이 놓이자, 식구들은 잠자코 모여들었다. 약희는 냉정하리만치 평온을 회복한 체하고 있었다. 눈물을 흘렸던 자국이 조금 남아 있었다. 화장이 지워져서 눈자위가 시꺼메졌다. 아이섀도를 그린 것이 묻어났기 때문이었다.

숟가락질하는 소리가 조용히 울렸고, 말없는 가운데 식사는 계속이 되었다. 이윽고 식사는 거의 끝이 나 갔다.

"무슨 얘기를 들었더라도 상관 안 해요, 오빠."

약희가 말했다.

"나이 많은 분들은 모르는 얘기예요. 오빠가 나를 이해해 준다면 나는 그것으로 족해요. 오만달 씨가 무슨 얘기를 했든 관계없어요."

"물론 너를 이해해."

하고 약현이는 말했다.

"나는 열심히 살고 있는 거예요."

약희는 잠시 사이를 두었다가 이렇게 말했다.

그 말이 약현이에게 감동을 가져다주었다.

그는 바로 그러한 말을 자기의 실감을 섞어서 말할 수 있는 약희가 고마웠다.

뻐근한 아픔이 그의 등허리를 살살이 훑어 내려가고 있었다. 그는 약희를 바라보면서 그의 앞에 전개되어 오는 새로운 세상을 분명히 느꼈다. 어차피 그것은 과거이다.

과거의 슬픔을 현재에 얹어 놓는 것은 나 자신으로써 감당해 보려고 하자. 약희에게 그것을 넘겨주지는 말자. 그는 생각하고 있었다. 그리고 이런 책임을 스스로 느낌으로써, 아버지에 관한 불효를 갚는 것이 되지 않을까 생각했다.

《사상계》, 1968년 12월호

도깨비 하품

도깨비 하품

　나는 괴상한 친구를 한 명 알게 되었다. 이 친구는 출세를 하려고 서두르는 같은 나이의 젊은이들과는 성격이 달라서 의뭉스럽고, 사변적이며, 은둔자적이었다. 그는 고아였고 소년 시절을 비참하게 보내었다. 어릴 적부터 센스가 빠르고 남을 흘겨보며 자라난 사람은, 자기 자신을 믿지 않는 것과 마찬가지로 이 세상 또한 믿지 않는 법이다. 궁극적인 질서라든가, 생활의 보금자리라든가, 이런 것에 대해서 반감이 대단할 뿐 아니라, 놀랍도록 발전된 눈치에 의해서 사회 현실의 비겁한 경향조차도 알아 버리게 되는 것이다. 이 친구는 워낙 제멋대로 자라났으며, 고집이 세고 배짱이 두둑하였다. 그는 고려대학교 농과대학을 다녔는데, 재학 중일 때에는 운동을 했다. 럭비를 했는데, 모가지 힘이 좋은 그는 연고전이라도 벌어질라치면 스크럼의 맨 앞줄에 황소처럼 버티어 서서 어이쌰 어이쌰 기세 좋게 밀어붙이는 것이었다. '운동을 하면 눈치가 빨라지지.' 그는 이렇게 말한 적이 있었다. 그는 이 세상의 모든 철학적인 명제를 눈치라는 말로써 설명하는 것이었다. 격렬하게 운동 중일 때 자기는 지구로부터 한 발짝쯤 바깥으로 걸어나간 듯이 느낀다는 것이었다. 운동이라는 질서와 자기의 몸뚱이가 여하히 교미되고 있는가를 느끼게 되면, 인간이 그 중심이 되고 있는 땅덩어리라는 게 어떻게 운영이 되는지 아주 분명하게 눈치로 때려잡을 수 있다는 것이었다. '눈치가 빨라지면 이 세상을 쉽사리 알아낼 수가 있거든.' 그는 이렇게 말하는 것이었다. 대학교를 졸업하기까지의 그의 어조는 깡다구가 좋은 운동선수의 대범한 어투를 닮아 있었던 것이었다.

그는 고아였으므로, 흔히 고아가 갖게 마련인 편법이라고나 할까 이 세상 현실에 대해서는 늘 심란해했었지만, 자기 스스로의 인생 거처에는 별 신경을 쓰지 않고 있었다.

살기 힘든 세상이라고는 하지만 밥이야 못 벌어먹겠느냐 하는 자신을 밑바닥에 깔아 도무지 빠릿빠릿하게 굴려고 하지 않는 것이었다. 은행에 취직해야겠다든가 3급 공무원 시험을 치러 봐야겠다든가 생각하질 않는 것이었다. 그는 대학을 졸업할 당시에 약간의 돈을 모으게 되었다. 실인즉은 그때 국회의원 선거가 있었는데, 그는 깡패 노릇을 할 때 알았던 어떤 사람을 위해서 선거 운동원 노릇을 해 주었다. 허우대가 단단하고 사람들을 다루는 비결을 갖고 있는 그는 많은 돈을 우려낼 수 있었다. 그 사람은 당선이 되어서 사례금 조로 얼마간의 돈을 집어 주었다. 더 이상 매달렸다가는 정치 브로커밖에는 안 되겠다고 생각하여 손을 싹 씻었지만, 일 년가량 놀고먹어도 괜찮을 만큼의 금전이 생긴 것이었다.

그는 돈 씀씀이가 헤펐지만 무슨 생각이 들었는지 말죽거리에서 과천 쪽으로 오 리쯤 나가 있는 그런 곳의 땅을 이백 평쯤 사 두었다. 그는 농과대학을 나왔으므로, 학교에서 배워 먹은 농사에 관한 지식을 활용할 생각인지도 몰랐다. 하여튼 그는 학교를 졸업하자 문득 정신을 차리게 되었다. 주변의 젊은 녀석들은 장가를 간다느니, 미국으로 유학을 간다느니, 삼성 재벌에 취직이 되었다, 동아일

보에 들어갔다, 하고 웅성웅성대고 있었지만, 그는 이런 당연한 분위기에 함락당하지 않고 있었다. 그러나 자기에게도 변화가 있어야 할 때가 되었다는 것을 알았다. 혼자 막걸리라도 퍼마시면서 곰곰 그런 문제들을 생각해 본 모양이었다.

'이제 대학까지 졸업했으니, 자의 반 타의 반으로 다 자란 셈이 아닌가. 지난 일을 생각해 보면 고생스러웠던 때도 있었고 서러웠던 때도 있었으나……. 지난 일을 생각한다는 것은 무의미하고, 앞으로는 무슨 지랄을 하면서 살아낸다……?' 따위로 곰곰 생각해 본 모양이었다. 그의 친구 하나는 무전사 자격증을 따더니 그것으로 칠천 톤급의 화물선을 타고 오대양 육대주를 돌아다닐 수 있는 이등 선원이 되었다. 그 친구가 꼬셔대는 말을 했다. "시시하게 좁은 반도에서 우물 안 개구리 노릇할 생각 말고 선원이나 되자." 하고 말했다. 선원이 된다는 것은 근사한 일인 듯했지만, 날난 월급 생활의 입장에서는 별수 없으리라고 그는 느꼈다. 농담적인 어조로 어디 지방에 내려가서 포주 노릇이나 하면 좋겠다고, 그는 그런 말을 했다.

그는 당장 하고 싶은 의욕이 생기는 일이 없었다. 친구 집을 전전하면서 얼마 동안 빈둥거리고 지냈다. 그는 여러 명의 애인을 가졌던 적이 있었으나 이제는 다만 강경자와만 만나고 있었다. 두 사람의 연애는 참말이지 묘했다. 나는 명동의 설파다방에서 세 번인가 합석해서 만나본 적이 있었다. 여자는 남자의 도량이 넓은 체하는 태도에 항상 분개하고 있었다. 여자는 힘이 약한 권투선수가 상대방의 눈치를 살피다가 한 대 안기는 식으로, 남자의 약점을 붙잡았다고 생각하고는 그것을 끈질기게 물고 늘어졌다. 그러면 남자는 더욱 관대해져서 허허 소리를 내어 웃었다. 여자가 공격의 말을 할 적마다 '그런 도깨비 하품 같은 소리는 그만두란 말야.' 하고 말했다. 그는 '도깨비 하품'이라는 문자를 애용하고 있었는데 특히 여자를 비난할 적에 이 말을 잘 쓰는 것이었다. 여자는 상당히 분해서, 이 덩치 커다란 짐승에게 어찌하면 나긋나긋한 근대 정신을 불어넣을 수 있을까 궁리해 보는 것이었다. 두 사람은 대학에 다닐 때부터 연애를 했지만. 그 연애는 어딘가 하면 좀 고전적인 분위기를 풍기고 있었다. 남자는 너무 남성다운 체하여 여자와의 접촉이 매끄럽지 않았고 여자는 너무 여성다워서 이 짐승 같은 남자를 어떻게 요량해야 좋을지 한숨을 쉬는 것이었다. 하지만 두 사람은 막연하나마 상대방의 세력을 인정해 주고 있었다. 이따금씩 방사를 가졌으며 서로 떼어질 수 없는 관계가 되었음을 눈치 채는 것이었다. 하도 오랫동안 사귀어 왔던 터라, 두 사람은 서로의 생김생김은 물론이려니와 그 마음속까지 완전히 꿰뚫어 보게 되었다. 남자와 여자의 관계에 있어서 너무 상대방을 알아 버렸다는 것처럼 좋지 않은 것은 없다. 상대방에 대한 존경심은 없어져 버리고, 상대방에 대한 증오와 멸시, 또는 조소하고 싶은 마음이 친근하다는 것에 대한 일종의 답안처럼, 그렇게 자리를 잡아 버리고 마는 것이었다. 원래 애정과 증오란 확연히 구별될 수 있는 것은 아니고 도리어 증오를 통하여 애정은 발각이 되는 것인지도 모른다. 강경자는 속이 상해서 나에게 이렇게 말하기도 하였다. "그 사람과는 빨리 헤어질수록 좋아요. 그 사람을 만난다는 것은 만나서는 안 될 모든 증오 아픔 괴로움을 만난다는 것이에요." 그러나 여자의 이러한 말은 자기 자신을 좀 가엾게 생각하고 싶어질 때 나오는 소리에 불과한 것이고, 남자를 자기 손아귀에 쥐어 잡을 수 없는 안타까움을 표시한 것이라고 생각된다.

허공 한가운데에 붕 떠 있는 듯한 생활, 마음의 갈피를 잡지 못한 채 방황하는 그러한 연애가 대략 육 개월가량 계속되었다. 고려대학교 농과대학을 나온 나의 친구 주황은 여전히 친구 집을 전전하면서 세월을 보내고 있었다. 그는 고아로 자라났으므로 이 세상에 대하여 어떤 책임을 가지고 있다고 생각해 본 적은 없었고 그의 연인 강경자가 결혼해 줄 것을 원하는 태도를 보여 오자 당황한 듯했다. 그에게 있어서 결혼이라는 것은 서투를 수밖에 없는 미개척의 분야였다. 남자와 여자가 함께 산다는 것은 한편으로는 아주 감미로운 일이지만, 다른 한편으로는 귀찮은 일이라고 생각하는 듯했다. 그는 자기 자신의 몸무게를 경시해 버리는 경향을 갖고 있는 것이었다. 언제 어떻게 무너져 버릴지도 모르는 자기가 집을 갖고 살림을 차리고 후손을 생산해 낸다는 것은 상당히 버거운 일이라도 되는 것처럼 생각되는 모양이었다.

그러나 그는 배짱은 여전하여, 마치 자기의 배짱이 얼마나 견고하게 남아 있는가를 시험이라도 하는 것처럼 큰소리를 질러대는 것이었다. 이십 대 시절의 인간들에게 느껴지는 현실은 비참할 수밖에 없지 않는가. 그 비참함을 정직하게 느끼려면 그것을 감당할 만한 이쪽대로의 능력을 갖추어야 하는데 그것이 여간 힘든 것이 아니다. 위대한 능력을 가진 자만 절망할 수 있는 용기를 가지고 있다는 것은 대개 아직까지도 정확한 말이 될 것이다. 보통 사람들은 절망해야 함에도 불구하고, 그럴 만한 능력이 없어서 이를 회피하고 있고 자각하지 않고 있다. 그런데 자기는 현실에의 단서를 당분간 잃어버린 상태 속에서 절망과 팔씨름을 하고 있다……. 그는 이런 종류의 말을 중얼거리고 있었다.

그러다가 주황은 친구들로부터 자취를 감추었다. 그는 자기가 사 놓은 땅이 있는 말죽거리로 들어갔다. 목재와 슬래브를 사 가지고 자작 조그만 집을 하나 지었다. 돈이 생기면 더 늘리기로 하고 우선은 방 하나에 구멍탄 아궁이, 부엌, 마루를 지어 놓았다. 그는 짐보따리를 전부 그곳으로 날라다 놓았으며 그리하여 그의 새 생활이 시작된 것이었다. 워낙 게으른 성격이므로, 하루 종일 이불을 뒤집어쓰고 드러누워 보내는 것이었다. 배가 고프면 마지못해 일어나서 밥을 지었고, 반찬은 버터 냄새가 나는 김치 통조림이라도 사서 먹었다. 생활 환경이 아무리 엉망이든 그런 것에는 괘념하지를 않고, 배짱 편한 즐거움을 얻고 있는 것이었다. 수염은 제멋대로 자라고 몸은 야위어 갔지만, 그는 아랑곳하지 않았다. 그는 그저 열심히 열심히 생각에 잠겨 있는 것이었다. 무엇이든지 일단 생각하기 시작하면 한이 없었다. 하나의 생각은 그 다음 생각을 몰아 오고, 그것은 또 다른 공상과 설계와 고민을 안아다 주는 것이었다. 그는 서너 가지로 방법론을 정해서 무엇이든지 며칠이고 따져보는 것이었다. 그는 여러 가지 철학적인 것도 생각했다. '인간은 왜 사느냐' 하는 문제도 생각했고 '도대체 나라는 인간은 어떻게 되어 먹은 것일까' 하고 자괴의 심정도 가져보았으며, '강경자가 다른 녀석과 결혼을 한다는 것은 사실이었을까' 따져 보았다. 그가 말죽거리로 들어오게 된 동기는 강경자에게도 있었던 것이었다.

말죽거리로 들어온 뒤로 그는 강경자와 한 번도 만나지 않았다. 그녀가 어떻게 지내고 있는지 궁금하지 않은 바는 아니었지만 그는 자기 태도를 결정해야 할 단계에 있었다. 자기란 어떤 인간이고, 앞으로 어떻게 살아가려고 하는지 곰곰 따져 보아서 해답을 얻은 뒤에라야 강경자도 만날 수 있을 것이고, 무슨 지랄이든 할 수 있을 것이라고 생각하였다. 그는 이런 결정이 여간만 힘이 든 것이 아님을 깨달았고, 여태까지의 자기는 다만 순진했으며 아무것도 모르는 철부지였다고 참회하는 마음으로 생각하고 또 생각하였다.

정말이지 그는 고민하고 있는 것 같았다.

그는 지난 세월을 천천히 반성해 보는 것이었고, 인류의 역사라는 것이 구체적으로 어떻게 흘러내려 왔는지 생각해 보는 것이었고 지금의 자기 자신을 해부해 보는 것이었다. 그는 추상적인 상태, 다시 말하자면 뭉텅뭉텅 시간을 허비해 가면서, 아무런 구체적인 일감을 갖지 않고 이 세상의 모든 것에 관해서 생각하고 고민하고 절망하는 것이었다. 그의 마음속에서는 여러 가지 관념과 추억과 사상과 행동이 충돌하기도 하고 마찰하기도 했다. 그는 모든 것을 일단 그를 위한 현전성(現前性)으로 보고 그의 생각을 출발시키는 것이었다. 그래서 모든 것은 그에 의하여 일종의 무질서가 되었다. '사람들이 기성 질서라고 부르는 것은 사실은 기성 무질서이다'라고 그는 말한 적이 있었다. 무질서에서도 기성 무질서가 있고 신 무질서가 있는가, 그러면 신 무질서는 어떤 것인가, 하고 나는 물었다. 그는 내가 질문을 던진 것이 퍽 못마땅한 모양이었다. 그는 몹시도 흥분해서 자각하지 않고 있는 사람들의 옹졸한 질서 의식에 관하여 한바탕 욕설을 퍼부었다. 지금이야말로 절망할 때이다. 지금이야말로 누구를 막론하고 정신을 똑바로 차릴 때이다, 지금이야말로 고민할 때이다……라고 그는 예언자적인 표정을 지으며 말하였다. 뿐만 아니라 그는 발작적인 요소를 가지고 있었다. 한밤중에 갑자기 일어나더니 '지금부터 나는 자서전을 써야겠다'라고 말하였다. 전깃불이 들어오지 않는 가건물이었는데, 마침 사다 놓은 초도 떨어지고 말았다. 그렇다고 그의 결심이 흔들릴 수는 없는 것이고, 그는 부엌으로 들어가서 관솔불을 만들었다. 그는 자서전을 쓰기 시작하였다. 한 시간 가까이 그와 같이 미친 지랄을 하다가 이윽고 기진맥진이 되어 방으로 들어와서는 소리 없이 눈물을 흘리는 것이었다. 그가 우는 모습은 참으로 기괴한 데가 있었다. 얼굴의 근육이 제멋대로 실룩거리고, 살갗이 노화해서 한 조각 한 조각 떨어져 나가는 것처럼 그렇게 흐느끼는 것이었다. 두 주먹을 불끈 쥐고 눈을 부릅뜨고 숨소리 하나 내지 않으며 뚝뚝 눈물을 흘리는 것이었다. 그것은 아무리 아름답게 보아 주려 해도 인간의 모습은 아니었고, 덩치가 커다란 짐승의 모습이었다. 아침이 되었어도 그는 여전히 방심한 태도로 앉아서 꼼짝도 하지 않았다. 무엇이 그에게 저다지도 큰 충격을 주었는지 나는 전혀 알 수 없었다. 흔히 청년 시절의 어떤 괴팍한 인간들에게 있기 마련인 관념적인 인간 형성, 다시 말하자면 현실적인 것과 추상적인 것이 전혀 만나지 않고 이혼하여 현실은 현실대로 비참해지나, 관념은 관념대로 살이 쪄서, 추상적으로만 위대해지려는 그런 사람들에게 흔히 있는 발작적인 증세라고 생각해 버리면 그런대로 해명이 안 되는 바는 아니었다.

그는 생각하고 또 생각했지만 그럴수록 회의만 늘어가고 아무런 결론도 내리지 못하고 있었다. 그는 점점 더 비참해지고 따분해지고 해괴한 인간으로 변모되어 가고 있었다. 그는 아주 병신스러워졌으며, 자신을 잃어 버렸고, 소심한 인간으로 되어 가고 있었다. 그는 너무 소극적으로 부끄러움을 타서, 심지어는 자기 자신을 아주 추하게 생각하는 것이었고 자기가 나쁜 짓을 많이 했으며 걸레조각 같은 인간이며, 도저히 살 만한 값어치가 없는 그런 인간이라고 열등감을 가지기 시작했다. 일단 열등감의 세계에 빠지자 그는 기를 쓰고 꼼짝도 하지 않았으며, 초점이 흐려진 눈초리로 하루 종일 천장을 응시하고 있었다. 그 천장에는 낡은 신문으로 초벌만 발라 놓았는데, 거기에는 1961년 유월 이십삼일에 있었던 여러 사건들이 깨알 같은 글씨로 적혀 있었다. 그는 그 무의미한 기사들을 거의 외울 정도로 들여다보고 있었다.

다음번에 가보니, 그는 버섯을 재배하기로 결심을 하고, 한창 그 공사를 시작하고 있는 중이었다. 나에게 그는 양송이에 관한 기초 지식을 설명해 주느라고 열심이었다. 원래 이놈의 것은 불란서 루이 14세 때부터 시작되었는데 자연생 버섯보다 맛도 좋을 뿐 아니라 보관하기에 편리하다. 묘상은, 서양에서는 밀짚으로 만들고 동양에서는 볏짚을 썩혀 만드는데, 발효열이 높을수록 좋으므로, 이상적인 것은 말똥이며, 쇠똥과 사람 똥으로 하는 것도 썩 좋다. 균사가 자라는 데에 적당한 온도는 팔 도에서부터 이십칠 도까지로서 이를 수시로 조종해 줄 수 있어야 하며 외국에서는 스팀 장치로 기계화 되었지만, 한국에서는 그럴 수가 없어서 봄가을에만 재배하며 지하실을 파서 보온을 한다.

버섯이라는 놈은 음침한 생물이며, 그러면서도 꽤 까다로운 생활 환경을 요구한다. 그놈은 엽록소가 없어서 탄소 동화 작용을 하지 못한다. 버섯은 태양을 아주 싫어하며 햇빛이 새어 들어오면 살지 못한다. 반드시 그늘이 있어야 하고 그늘 속에서만 자랄 수 있다. 버섯은 그런가 하면 산성도 싫어하고 알칼리성도 싫어한다. 이놈이 좋아하는 것은 중성이다. 묘상이 되는 볏짚을 산성도 아니고 알칼리성도 아닌 중성으로 썩혀야 한다. 그래서 페하 측정기가 필요하고 탄산 석회도 있어야 한다. 또 하나의 버섯의 특이한 생리 현상은 과도한 습기를 좋아한다는 데에 있었다.

드디어 지하실 공사는 끝이 났다. 그는 그 속에 들어가 선반을 만들었으며 난로를 갖다 놓았고, 특별히 버섯을 위해서 전기를 집에까지 끌어들였다. 그리하여 드디어 묘상을 만들어 종균을 파종하기까지에 이르렀다. 그는 낮이고 밤이고 가릴 것 없이 지하실 속에 파묻혀 살았다. 그는 축축한 그곳의 어두움을 좋아했으며, 그리하여 방에서 지내는 시간보다도 그 속에서 지내는 시간이 많아졌다. 그는 볏짚 속에서 버섯의 홀씨가 어떻게 자라나고 있는지 그 생명에의 움직임을 마치 호흡 속에서 느끼고 알아채는 것 같았다.

그러나 버섯 재배는 끝내 실패로 돌아가고 말았다. 아무리 이론적으로 터득했다 하더라도 실제로 해 보면 뜻한 바대로 되지 않은 모양이었다. 이론에 의할 것 같으면 한 달 내지는 두 달 뒤에는 버섯이 솟아 나오게 되어 있었다. 사 개월이 지나면 채취하게 되어 있고, 그것을 시장에 내다 팔면 일 파운드에 오십 원가량, 한 관에는 사백 원가량을 벌 수가 있게 되어 있었다. 한 평에서 생산되는 양은 보통 세 관 내지 네 관이 되므로 평당 천이삼백 원 벌이가 되는 것으로 나와 있었다. 그러나 실제로는 그렇게 되지 않았으니, 버섯은 그만 썩어 버리고 말았고 곰팡이 냄새만이 고약스러웠을 뿐이었다.

'그놈의 습도 때문에 실패하고 말았지.' 그는 여간 실망하지 않았다. '그놈의 수분기 때문에 실패하고 말았어.' 그는 수분기라는 말을 묘하게 여운을 끄는 어조로 말했다. 퇴적물, 다시 말하자면 볏짚의 수분 함량이 육십 퍼센트 이상이 되도록 해야 하는데, 과연 어떤 것이 습도 육십 퍼센트의 상태이냐를 아는 것이 기술이었다. 볏짚을 손으로 꽉 잡았다가 놓았을 때 손바닥에 물기가 많아도 안 되고 없어도 안 되는, 다시 말하자면 끈적끈적한 기분을 느낄 만한 그 상태가 습도 육십 퍼센트의 상태로서 이해가 되는 것이었다. '바로 거기에 실패를 보았단 말야.' 하고 그는 개탄했다. 하도 상심을 해서 '물론 돈도 없었지만' 버섯 재배를 다시 시작해 볼 만한 용기조차 그는 잃어버리고 말았다. 습도 육십 퍼센트의 상태, 그 상태는 바로 그 녀석이 견디어 내기에 알맞은 사회 현실에의 조건인 것 같기도 했다. '많은 것을 배웠지.' 하고 그는 말했다. '사람이 자라나는 상태라는 것도 따지고 보면 마찬가지이거든, 내 경우에는 바로 버섯이 좋아하는 그 정도의 습도를 원하고 있는지 모르겠거든.' 그는 고개를 갸우뚱거리며 이렇게 말했다.

이제 그에게는 돈도 없었고 당장 끼니가 문제였다. 하지만 그는 걱정을 하지 않았다. 그는 다시 깊은 명상의 세계로 말려들어 갔다. 그는 생각을 계속했다. 그는 그의 과거를 생각했고 그의 현재를 생각했고 그의 미래를 생각했다. 그가 사는 곳의 풍경도 많이 바뀌게 되었으니, 끊임없이 주택이 들어차기 시작하였다. 시내에서 품을 팔아 지내던 가난한 사람들은 밀리다 못해, 그가 사는 땅에까지 도피해 내려왔다. 어제까지만 해도 야산이었으며 논이있고 밭이있던 땅들에 마을이 생기고 상점이 생기고 고속도로가 생겼으며 시영버스가 노선을 만들어 들어왔다. 듬성듬성 서 있는 초가집들을 멸시하듯이 재건 주택이 들어차기 시작하여 새로운 빈민가를 만들고 있었다. 그는 창문으로 새로 생긴 동네를 굽어보면서 명상의 대상을 발견하는 것이었다. '저들의 아귀다툼 속으로 뛰어 들어가 부딪쳐야 한다. 바로 저 소음의 한가운데에 이론이 아닌 인생, 실제의 인생은 있는 것이다.' 하고 그는 의연히 생각하고 있었다. 그 의연한 생각은 버섯 재배에 맛보았던 쓰라린 실패에의 추억을 그에게 회상시켜 주었으며, 그는 그 많은 사람들에게서 버섯의 생리와도 흡사한 것을 발견하였다. 저들은 세찬 갈등과 시련, 그리고 버섯과 같은 음지와 끈적끈적한 습도를 요구한다. 저들이 능력이 없다거나 힘이 약해서 가난한 것은 아니리라……. 그는 이렇게 생각하여 보다가 문득 깨닫게 되는 바가 있었다.

　바로 저 사람들이야말로 양송이버섯과 같은 생리를 지니고 있다, 하고 그는 빈민촌을 굽어보면서 생각했다. 저 사람들은 현실 따위의 양지, 또는 그러한 상태에서는 살 수 없게 되었다. 사람들 또한 햇빛을 견디어내지 못하며, 습도가 육십 퍼센트 이하인 곳에서는 살 수가 없게 되어 있다. 그래서 사람들은 밀리고 밀리어 이런 곳에까지 오게 되었는지도 모른다……. 그는 자리에서 박차 일어나 석 달 만에 처음으로 시내에 나타났다. 친구가 많지 않은 그는 바로 나를 찾아왔다. "술 한잔 사지 않겠어?" 그는 머뭇머뭇하며 내게 말했다. 나는 이 녀석이 반드시 하고 싶은 얘기를 갖고 있음을 깨달을 수가 있었다. 우리는 천천히 걸어서 단골 막걸리 집으로 갔다. 그 녀석은 쉬지 않고 벌컥벌컥 들이켰다. 그는 술이 취할 때까지 별로 얘기를 꺼내지 않았다. 다만 그는 이렇게만 말했을 따름이었다. '내가 사는 곳에 말이지, 빈민촌이 들어섰거든. 그래 말이지, 그 속에서 아무런 장사든 시작해 볼까 생각하고 있지.'

　"무슨 장사를 하려고?"

　"저엉 무어하다면 막걸리 집이라도 차려서 나쁠 거 없잖아?"

　그는 빈민촌이 양송이버섯의 묘상과 흡사하다는 것에만 정신이 팔려서 그 이상 구체적인 것을 생각해 볼 여유가 없었던 것이었다.

　"여태까지 헛살았다고 볼 수도 있지, 지금부터 새로 시작하는 거야. 하여튼 좀 더 생각해 봐야겠어……."

　다음 날 주황은 오랜만에 강경자를 만났다. 강경자는 그를 보자 하도 어이가 없어서 말도 제대로 하지 못했다. 덥수룩한 머리, 제멋대로 자란 수염, 간첩으로 오인 받기 좋을 만하게 흙탕물이 발린 구두, 때가 묻고 잔뜩 구겨진 양복, 거기에다 죄라도 지은 것처럼 비칠

비칠하면서 쩔쩔매는 꼬락서니를 보았을 때, 강경자는 자기 눈을 의심했다. 이 사내가 전혀 소식도 없더니, 어디 감옥이라도 구경갔다 나왔나, 하고 생각했다.

하지만 강경자는 이 사내와의 관계에서 어떤 숙명적인 결속의 느낌을 갖고 있는 것이었다. 이 사내가 불행하게 되었다면, 거기에 대해서 모른체 할 수가 없는 것이었다. 말하자면 주황은 강경자를 닮아 버렸고 강경자는 주황을 닮아 버려서, 두 사람은 그 중간쯤에서 그들의 자아를 접근시켜 버렸던 것이었다.

다방으로 들어가서 둘이는 말없이 커피를 마셨다. 주황은 여전히 방심한 것처럼 흘금흘금 다방 안의 호화로운 장식을 먼 이방인의 눈으로 살펴보고 있었다. 그는 정확하지 않은 웃음을 애매하게 띠고, 강경자를 바라보고 있었다.

"뭐예요? 소식 한 번 안 주구."

"참 연락을 못했군." 하고 사내는 말했다.

"그동안 줄곧 들어박혀 무얼 좀 생각하느라고 시간이 그렇게 흘러가 버렸어."

"너무해요." 하고 강경자는 종알거렸지만 이내 맥이 풀려 버렸다. 저쪽의 반응이 신통치를 않으니 어쩔 수 없이 그러한 분위기에 휩쓸려 버리게 되는 것이었다. 모든 것은 다 옛날의 그 분위기로 환원되어 버리고 말았다. 이 사내를 만나면 어째서 이렇게 맥이 나는지, 그것은 강경자로서도 알 수 없는 노릇이었을 것이었다.

"저녁을 사드릴 테니 나가요."

둘은 대중식사집으로 가서 불고기 백반을 먹었다. 남자는 여전히 말이 적었고, 여자는 하고 싶은 말을 할 수가 없었다. 하지만 그녀는 이 멍청스런 사내에게 현실이 과연 어떤 것인지를 알려주기

겸, 자기 주변의 자잘한 일상 얘기, 점점 잔인해져 가는 사회 공기, 자기의 육체적 및 정신적 변화에 대해서 말했다. 이런 말을 하면서 그녀는 주황의 얼굴에서 무엇을 찾아내고자 했지만 실패였다.

"그만 나가요, 저녁 식사도 다 했으니."

여자는 침묵을 지키고만 있는 사내가 딱해서 이런 말도 자기 입으로 먼저 하였다. 바깥으로 나와 보니 벌써 열 시가 넘었다. 둘이는 헤어지자는 말도 못 하고 얼마 동안 걸어갔다.

다음 날 주황은 강경자를 그가 사는 집으로 초대하였다. 합승 종점에 내렸을 적부터 그는 아주 흥분해 있었다. 강변을 끼고 주막집들이 쭈욱 잇닿아 있었다. 시외버스를 탈 수도 있었으나, 그는 굳이 걸어가야 한다고 주장했다. 과히 추운 날씨는 아니었지만, 강바람은 상당히 매서웠다. 리어카 속에 군참새를 파는 포장마차 집으로 들어가서 그는 끽음했다. 안주로는 토끼 다리를 먹었는데, 그놈을 기름칠해서 구우니까 아작아작 씹히는 맛이 그만이었다. 그는 상당히 기분이 좋아서 계속해서 막걸리를 주문했다. 강경자도 반편처럼 웃어대며 술좌석에 꼽사리를 붙었다. 어느덧 해는 지기 시작하여, 강물은 사금파리를 뿌려놓은 것처럼 반짝거리고 있었고, 그곳의 너머 저쪽으로는 도깨비불 같은 전깃불이 깜박이고 있었다. 강의 양안(兩岸)은 점점 더 벌어지는 듯했고, 놀이 붉게 물들어 있었다. 그는 어느덧 술이 취했지만, 이상하게도 그 취했다는 것은 '게으르다'라는 느낌, 또는 '좀 무거워졌다'라는 느낌으로 이해가 되었다. 그동안에도 그는 쉬지 않고 지껄여 대고 있는 중이었다. 그는 거창하게도 아픔과 기쁨에 관한 비극적인 판단이라는 것을 논하고 있는 중이었다.

'알겠어?'라는 말을 그는 간간이 섞었다. 그의 흉중에 잠복 되어 있는 감정의 거대한 뿌리가 제대로 뽑혀 나오지 않는지, 그것을 좀 더 자상하게, 확실하게 설명하느라고 애를 쓰고 있었다. 강경자는 이따금씩 깔깔거리며 웃었다. 그녀는 주황이 무슨 얘기를 지껄이든 상관하는 것은 아니었다. 하지만 그녀는 주황의 어떤 분위기, 어떤 호흡을, 여성 본래의 감수성으로 민감하게 파악하고 있었다. 말하자면 주황의 얼굴 표정만을 읽고 있을 뿐이지, 그의 목소리에는 관심을 두지 않고 있었다. 주황의 열띤 표정이 그녀를 즐겁게 해주는 것 같았고, 그래서 주황의 떠드는 소리가 무엇이든 개의할 필요가 없다고 느끼는 것이었다.

드디어 강경자는 진력이 났다. 술이 취했다는 느낌이 '슬프다'라는 느낌 속에 용해될 때가 되었고, 또는 '우리 몸뚱이가 바늘 같다'라고 느끼게 될 때가 된 것이었다. 그러나 주황은 이제부터 본격적으로 시작이었다. 다른 사람의 현실이 끝나는 곳에서 그의 현실은 시작되고 있었다. 또는 이러한 이십 대적인 언어가 과장이 아니라 실감 있게 받아들여지리만큼 그가 흥분하기 시작할 때가 되었다. 그는 이제 인간이라는 도깨비의 비극적인 자아, 내지는 동물적인 의지라는 얘기로 차츰 옮아 가고 있었다. 다시 말하자면 인류의 흐름을 뚫고 올라간 고독한 사람들의 돌출(突出), 또는 돌출한 사람들의 울부짖음에 관해서 자기가 이해할 바를 얘기하고 있었다. 강경자는 이제 완전히 진력이 나 있었다. 그녀는 이따금씩 생각이라도 난 듯, "그런 도깨비 하품 같은 소리는 하지 말란 말이에요." 하고 면박을 줄 뿐이었다.

"그렇지. 도깨비 하품 같은 소리지."

강경자가 면박을 줄 적마다 주황은 이렇게 긍정을 하였다. 그러고는 참지 못하겠다는 듯이 좀 더 비참한 어조로, 자신 없는 어조로 지껄여 대는 것이었다. 그들은 바깥으로 나왔다. 이제 어둠은 짙게 내렸고, 한강은 공중으로 솟구쳐 올라와서, 마치 땅 위로 넘쳐흐르려는 것처럼 그렇게 시야 저 위에서 엷은 어두움을 형성하고 있었다.

그리고 나서 둘이는 서커스단이 마을에 들어와 있는 것을 발견하였다. 울긋불긋한 천 조각들이 휘날리고 있었고, 쿵작작 소리가 신나게 울려 퍼졌다. 그들은 그 안으로 들어가서 구경을 했다. 서커스는 삼 부로 나뉘어 있었는데, 제1부는 남진과 이미자가 불렀던 노래를 불러 젖히는 쇼였으며, 제2부는 빼짝 마른 어린애들이 애처롭게 줄타기를 하는 서커스였고, 제3부는 서울로 식모살이를 떠난 숙이가 겪었던 고통을 엮은 연극이었다. 그들은 감동했으며, 감동당했다. 주황은 하도 감격한 나머지 줄줄 눈물을 흘리면서 다시 한번 보자고 말했는데, "그런 도깨비 같은 소리 하지 말아요." 하고 강경자가 핀잔을 주자, "그렇지, 도깨비 같은 소리는 말아야지." 하고 말했다.

"제발 건전한 얘기를 하란 말예요." 강경자는 바깥으로 나와서도 이렇게 말했다.

"이봐, 내가 너를 힘껏 껴안아 줄 수 있는 능력을 가졌다는 걸 보여주어야 알겠니?"

"지금 얘기도 도깨비 하품 같은 소리예요."

"까불지 마라." 주황은 호통을 쳤다. "이 쌍것아, 이 세상에 나처럼 완강하게 너를 껴안아 줄 수 있는 사내란 없어, 다시 무어라고 떠들기 전에 너에게 인생이라는 게 무엇인지 가르쳐주어야겠군."

다음에 가 보니까 주황은 집 장사를 하고 있었다. 그가 사 놓았던 이백 평의 대지 위에다가 여섯 채의 집을 지을 계획을 세우고 있었다. 우선은 돈이 달려 터만 닦아 놓았고, 그중 두 채를 먼저 지을 생각으로 그 공사를 시작하고 있었다. 그는 흙과 땀으로 뒤범벅이 되어, 맨 밑바닥 노동자처럼 비실비실 웃으면서 바깥으로 나왔다.

"우선 집을 짓는 것부터 시작하기로 했지, 이것이 성공하면 다음으로는 다시 버섯을 재배해 봐야겠어. 빌어먹을, 내가 또 도깨비 하품 같은 소리를 지껄였군."

"그것이 어째서 도깨비 하품 같은 소리예요?"

강경자가 옆에 있다가 이렇게 말했다.

"그럼 아닌가?"

"제발 비나니, 도깨비 하품 같은 소리를 자꾸자꾸 지껄였으면 좋겠어요. 당신은 도깨비 같은 인간인 걸 어떻게 해요?"

강경자가 이렇게 말하자 주황은 아주 유쾌하게 웃어 젖히는 것이었다.

《68문학》, 1969년 1월

타자가 보내는
신호

타자가 보내는 신호

    홍업전당포 점원 김장웅은 주인 여자로부터 또 한바탕 잔소리를 들었다. 장부 정리를 하고 있는데 주인 여자는 나타나서, 이렇게 장사를 해가지고는 몇 날 못 가서 굶어 죽게 될 판이라고, 마치 그 책임이 김장웅에게 있다는 듯이 말하는 것이었다. 주인 여자가 신경질을 내는 것도 무리는 아니었다. 시내의 변두리에 위치하고 있어서 그런지는 몰라도 오늘 하루 현금이 12만 원이나 나갔는데 저당물을 찾아가서 들어온 돈은 10만 원가량밖에는 되지 않았던 것이다. 그러니까 2만 원가량 도리어 부족이었다. 그러나 전당포라는 곳이 저당물에 대한 이잣돈으로 유지되는 장사는 아니고, 그 저당물을 시장에 갖다 팔아서 수지를 맞추는 장사이므로 주인 여자의 짜증은 좀 더 근본적인 데에 그 이유가 있었다. 오 여사는 전쟁미망인으로서 두 명의 자식을 키우는 것을 낙으로 삼아 살고 있었으며, 고리대금을 해서 돈이 좀 모이자 전당포를 차리게 된 것이었다. 오 여사가 화를 내는 것은 전당포가 고리대금에 비해 이(利)가 남아 떨어지지 않는다는 걸 새삼 확인하는 게 분해서 그러는 것이었다. 홍업전당포가 돈 없는 사람들을 위한 자선단체는 아니잖는가고, 오 여사는 김장웅에게 말했다. 엄연한 영업인 이상 나가는 돈보다 들어오는 돈이 많아야 하지 않는가? 사람을 쓱 보아서 신통치 않으면 아예 저당을 받아 주지 말 것이지 이래서는 아무것도 안 되겠다. 세상에 현금 이상으로 소중한 것이 어디 있는가. 귀한 현금을 내주고 물건을 저당 잡아 둘 때는 그 물건이 현금에 준할 만한 가치가 있다고 인정이 되어야 하지 않는가……? 주인 여자는 며칠 전에 손해를 보았던 일을 두고 말하는 것이었다. 분명히 감정(鑑定)을 했으며 무게까지 재어 보고 나서 받아 놓은 패물이었는데, 정작 그놈의 것이 가짜로 판명이 나 버렸던 것이다. 김장웅이 전당포에서 일한 지도 어언 일 년 가까이 되었으므로 물계(物計)에 관해서는 이골이 났지만, 그럼에도 귀신같이 속아 넘어가는 경우가 없다고는 못하는 것이었다. 그 일만 하더라도 자기 실수이니 변상은 내가 하겠다고 말인즉은 그렇게 했었다. 주인 여자는 김장웅이가 진짜 패물을 빼돌리고 나서 교묘하게 농간 부리는 것이 아닌가 의심하는 눈치조차 보였던 것이었다.

　장부를 갖다 달라고 하기에 그는 몇 달 전의 것까지도 모두 내놓았다. 김장웅이 수판알을 굴려서 한참 동안 계산을 했다. 주름이 잡히기 시작한 오 여사의 얼굴은 더욱 늙어 보였다. 결국 우리는 헛장사를 하고 있어요, 자선사업을 하는 꼴밖에는 안 돼요. 오 여사는 으르렁거리더니, 하지만, 흥, 전당포가 자선사업을 한다면 믿을 사람 하나 있나, 내일부터는 영업 태도를 바꾸어야지 안 되겠다고 하더니, 차라리 이 현금을 가지고 돈놀이로 나서는 게 낫지, 비용을 들여 가며 전당포를 차릴 이유가 없다고 선언하였다. 머리는 머리대로 아프고, 돈 없는 사람 상대를 하자니 욕은 욕대로 먹고, 실속은 하나도 없으니 못 해 먹겠다는 푸념이었다. 한참 동안이나 이런 한탄을 늘어놓다가 오 여사는 나가 버렸는데, 김장웅은 그제야 간신히 제정신을 차릴 수가 있었다. 과부로 늙어 왔는 데다가 전쟁 통에 뼈아픈 고생을 맛본 오십 대의 여자여서 여간 신경질이 많은 것이 아니었다. 김장웅은 오 여사가 없음을 확인하자 새삼스럽게 울화가 치미는 것이었다. 김장웅은 전당포 직원 노릇을 하고 있다는 것에 묘한 직업의식 같은 것을 염두에 두는 때가 있었다. 그는 도스토옙스키의 『죄와 벌』과 같은 소설이 얼마나 순진한 사회에서 있을 수 있었던 소설인가 곰곰 따져보는 경우도 있었다. 또…… 선생의 시대에는 전당포가 악질적인 장사치의 화신일 수가 있겠지만, 놀랍도록 근대화한 한국에서는 전당포라는 것이야말로 박물관에 들어감 직한 장사였다. 그래서 차라리 복고적이며, 서민적인 애환조차 느껴지는 그런 장사놀음이라고 생각되는 것이었다.

　담배를 물고 나서 김장웅은 실내를 이리저리 서성거렸다. 울분을 삭이자니 여간 힘이 들지 않았다. 그는 하루에도 수십 번씩 화를 내고 신경질을 부리고 울분을 삭이는 그런 생활을 하고 있는 것이었다. 그래서 심지어는 하루 종일 잠시도 쉬지 않고 화를 내고만 있는 것 같은 느낌조차 드는 때가 있었다. 김장웅은 의자를 뒤로 기울이고 다리를 책상 위에 걸쳐 놓고 앉아서 복식(腹式)호흡을 서너 번 했다. 얼마 전에 요가에 관한 책을 사 읽었는데, 배꼽 아래로 숨을 쉬는 것이 울분을 삭이는 데 참 좋다는 얘기를 그럴듯하다고 생각했던 것이었다. 하지만 그것도 성가셔서 이내 그만두어 버리고 말았다. 그는 두 눈을 꼭 감고 있었다. 마음 놓고 피로해 볼 수 있다면 얼마나 좋은가? 오 여사의 오늘 태도로 보아서는 전당포를 때려치울 모양이라고 그는 판단할 수 있었다. 도리어 그 편이 오 여사를 위해서도 나을지 모르겠다고 그는 생각하였다. 일단 돈맛을 알게 된 여자는 죽으나 사나 가장 이문이 많이 남는 돈 농사, 다시 말하자면 고리대금 같은 노릇을 하지 않고는 견디어 내질 못하는 것이었다. 벌어먹을 잘되었지. 김장웅은 이렇게 생각했다. 그는 조금씩 돈을 모아 두는 것이 있었다. 장부에는 기록하지 않고 물건을 저당 잡았다가 수지를 맞추는, 그리하여 조금씩 불려 나가는 돈이 있었다. 아직까지는 그 액수가 많다고는 할 수 없지만, 그런대로 월급으로 받는 돈보다는 이쪽 편이 많을 지경이었다. 주인 여자가 인정을 가지고 대해 주기만 했던들 이런 짓은 하지 않았을 것이었다. 애초에는 주인 여자에 대한 반발로 시작한 장난이었으나 이제는 좀 더 그 돈을 불리어 나갈 궁리에 골몰한 것이었다. '잘되었지, 이놈의 전당포 때려치우기 전에 내 쪽 계산을 분명히 해 두어야지.' 그는 속으로 중얼거렸다. 그는 돌아오는 봄에 결혼할 예정으로 있었으며, 돈이 좀 마련되면 아파트 방이라도 하나 얻을 계획을 갖고 있는 것이었다. 그리고 라디오 판매상을 하나 내어 볼 마음까지도 갖고 있었다. 같은 고향 출신인 장수노 씨는 보증금을 이십만 원만 들여놓으면 위탁 판매를 시켜주겠다는 언질을 준 적이 있었다. 그 보증금 이십만 원이야말로 하나의 인간을 평가하는 윤리 기준인 셈이며 도덕률인 것이었다.

　이런저런 생각에 골똘하여 그는 약간 흥분했다. 그는 비밀 장부를 끄집어내기 위하여 금고 캐비닛을 열었다. 주인 여자 몰래 자기 몫으로 달아 둔 저당물과 장부가 거기에 버젓이 놓여 있는 것이었다. 그는 장부를 집어가지고 책상 앞으로 왔다. 두 다리를 벌리고 앉아서 열심히 그놈을 들여다보기 시작했다. 그러자 바깥으로부터 문을 두들기는 소리가 났다. 원래 이 전당포는 4층짜리 신축 건물 2층의 방을 두 개 빌려서 쓰고 있었다. 영업시간이 지났으므로 아까 주인 여자가 나가고 났을 때 그는 문을 잠가 버렸던 것이다. 찾아오는 사람이라야 술값 떨어진 대학생들이 시계를 맡기러 오는 것 따위일 터이므로, 김장웅은 문을 열지 않았다. 그는 장부를 다시 들여다보며 담배를 물었다. 더욱 세차게 문을 두들기는 소리가 났다. 저러다가 지치면 가버리겠지. 김장웅은 전당포에 오는 사람들의 생리를 알고 있었다. 전당포에 들락거리는 짓거리에 아주 익숙해 버린 사람들도 있기는 하지만, 아니 익숙해져 버린 사람들이라 할지라도 조금씩은 덜 익숙한 것이었다. 그들은 자의식과 수치감을 동원하지 않고서는 전당포엘 찾아올 수 없는 것이었다. 그들은 부끄러워하고 공연히 화를 내고 쩔쩔매며 신경이 날카로워져 있는 것이었다. 그래서 어떤 사람들은 떠는 목소리로 마치 법정에라도 출두한 것처럼 초라스러워 하는 것이었고, 어떤 사람들은 이 세상 불의를 자기 차원으로 막아 보려고 하다가 끝내 실패하고 만 것처럼 딱딱거리며 화를 내는 것이었다. 아마 지금 바깥에서 문을 두들기고 있는 자(者) 또한 신경이 날카로워져 있을 것이었다. 올까말까 몇 번이고 망설이다가 에라 모르겠다, 하고 포기하는 심정으로 와버리고 말았을 것이었다. 막상 와 보니 문이 잠겨 있다. 그러자 더욱 마음이 초조해져서 구원을 바랄 수 있는 길은 이 전당포 문을 열게 하는 것밖에는 없다고 생각하여 저렇게 죽어라고 두들겨 대고 있을 것이었다. 김장웅은 돈 없는 사람들의 공연한 피해의식에 대해서는 거의 전문가가 되어 있었던 것이다. 저 자(者)는 이제 조금 있으면 지쳐 버릴 것이다. 문이 열리지 않으리라는 것을 깨달으리라. 그러면 이렇게 자위하는 것이다. '내가 성급하게 생각을 했지. 이 귀중한 물건을 저당 잡히려고 하다니……. 저당 잡혀 본댔자 찾을 길은 막연하지 않은가? 아마 이것은 하느님이 가르쳐 주는 일인지도 모른다. 너무 성급해하지 말라고 하느님이 계시해 주는 거야.' 이렇게 자위하고는 힘없이 돌아설 것이었다. 그러면서 마음속으로는 또 이렇게 생각해 보는 것이다. '아, 인간이란 얼마나 나약한 것인가? 어째서 나 자신은 이렇게 비참해졌는가?' 눈물이 글썽해지며 비로소 자기 자신과 화해(和解)를 하게 되는 것이고, 그 화해를 일종의 고무(鼓舞) 내지는 살아야겠다는 것에 대한 용기라고 생각하고자 애를 쓰는 것이다. 김장웅은 전당포 점원 노릇을 하면서 사람들의 이러한 심리에 관해서 자세히 그러나 냉담하게 관찰하게 되었던 것이었다. 전당포라는 것은 나약해진 사람들의 그러한 생리를 십분 이용하고 계산하여야 수월하게 해 먹을 수 있는 그런 사업인 것이었다.

　더욱 세차게 문을 두들기는 소리가 났다. 누군지는 몰라도 굉장히 끈질긴 자임에 틀림없었다. 곰보 유리창으로 내부에 불이 켜져 있는 것을 보고는 저렇게 두들겨 대는 것이 아닌가 싶었다. 김장웅은 그러나 괘념하지 않았다. 그는 계속해서 장부를 들여다보았다. 돈은 확실히 불어 가고 있었다. 시간은 곧 돈이었다. 시간은 이자(利子)를 가지고 있었고, 그런데 그 시간은 논농사나 밭농사와는 달라서 가뭄을 타지도 않는 것이고 홍수를 만나도 끄떡없었다. 돈 농사라는 것은 전천후 농사였던 것이다. 김장웅은 내년 봄이 되었을 때 돈이 얼마로 불어 나갈지를 계산했다. 그는 흐뭇했다. 지금 액수의 두 배 정도가 되리라는 것은 쉽사리 낙관할 수 있었다. 그러면 형숙이와의 결혼식은 남 못지않게 올릴 수 있을 것이고, 아파트 방 하나 얻는 것도 어려운 문제는 아니며, 잘만 된다면 늙은 어머니와 농사를 짓는 형에게 얼만가의 돈쯤 드리고 올 수도 있는 문제였다. 그리고 라디오 상점을 차리면 심부름하는 애를 두 명쯤 두고, 경리 보는 여자 하나, 전화를 한 대 사서 커다랗게 자기 능력껏 장사를 해 볼 수도 있을 것이었다. 그렇게만 되면 이따위 짜들어진 전당포에서 돈에 미쳐 버린 오 여사의 구박을 들으며 점원 노릇을 했던 과거를 감미롭게 회상시켜 볼 수도 있을 것이었다. 김장웅은 천천히 일어나서 장부를 캐비닛 안에 갖다가 넣고 문을 잠갔다. 그는 여전히 감미로운 생각에 잠겨 천천히 퇴근할 준비를 했다. 시계를 보니 여섯 시가 조금 넘어 있었다. 그러자, 형숙이라도 불러내어서 저녁 식사를 대접해 주야겠다고 그는 이러한 마음도 먹게 되었다.

다시 문을 두들기는 소리가 세차게 울려 왔다. 어떤 자식인지 더럽게 끈질기기도 하군. 김장웅은 화가 치밀어 올랐다. 그는 창문의 덧문을 닫았으며, 거기에도 일일이 열쇠를 채웠다. 도둑놈들이 침범을 잘해 들어오므로 단단히 경계를 해 두지 않으면 안 되는 것이었다. 그는 마지막으로 실내를 휘이 둘러보았다. 모두 다 정비가 되어 있었다. 이쯤 해 두면 아무리 날고 긴다는 도둑놈이라 할지라도 침입할 도리가 없을 것이나. 이윽고 그는 문 앞으로 걸어갔다.

그러자 주먹으로 문을 쾅쾅 치는 소리가 다시 들려왔다. 개새끼같으니라구. 전당포라는 델 자기 첩(妾)쟁이 집으로 아는 건가? 그는 문고리를 땄다. 바깥에서 문을 두들기는 자에게 열어 주려는 것이 아니라 그 자신이 퇴근을 하려는 것이었다. 거칠게 문을 열었다. 문의 이면에 부딪히는 게 있었다. 바깥에서 문을 두들기던 자가 열려지는 문에 이마빼기라도 다쳤을 것이었다. 그러자 김장웅은 웬 여자를 보게 되었다. 나이는 스물두어 살쯤 되었을까. 분홍색 스웨터에 슬랙스를 입고 있었고, 조그만 키에 예쁘장하고 동그란 얼굴이었다. 하지만 어딘가 초라한 구석이 있었다. 그것은 마치 여자의 얼굴에 때가 끼어 있는 듯한 그런 종류의 추함이었다. 그 여자는 문을 두들기느라고 신경질이 나 있는 데다 열려지는 문으로부터 이마를 받혀서 화가 오른 듯했다. 그 여자는 그러다가 김장웅과 시선이 마주쳤는데, 김장웅은 그 여자의 눈에서 서러움과 분노와 주저와 부끄러움이 한꺼번에 얽힌 충혈(充血)을 읽었다. 그 여자는 아마한바탕 욕설이라도 퍼부으려고 단단히 벼르고 있었던 것 같았다. 말할 수 없이 상심(喪心)이 되고 초조하고 울화가 치밀어 올랐던 것에 틀림없었다. 김장웅은 이 여자의 심리 상태가 어떠리라는 것을 알만했기에, 그만큼 냉정해질 수 있었다. 김장웅은 냉정함으로부터 한 치도 양보하지 않았다. 그것은 이 여자를 무시해 버리는 대가를 치르게 될 것이지만, 반면에 김장웅 자신의 위치를 늠름하고 도도하게 확보하는 노릇이 되는 것이었다. 그는 전당포 점원 노릇을 하면서 인간 심리가 어떤 때 계급적인 차이를 드러내는가, 바로 그 분수령을 세밀하게 느끼게 되었던 것이었다. 김장웅은 시무룩한 표정으로 이 여자를 무시해 버리는 것과도 같은 태도를 하고 서 있었다. 그는 차돌같이 차갑게 응결되어 버린 자기 스스로를 잘 느끼고 있었다.

"영업시간은 지났는데요."

하고 김장웅은 말했다.

"영업시간이 지났다구요?"

여자는 꺾여 들어갔다. 슬픔과 분노와 부끄러움과 애달픔이 뒤범벅이 된 얼굴 표정을 여전히 하고 있었다. 여자는 자기가 이렇게 말을 꺼낸 것을 패배로 생각하고 있는 것이었다. 이 개자식아, 너도 인간이냐, 네가 도대체 무슨 놈이냐, 사람을 제멋대로 기다리게 해놓고, 미안하다는 말 한마디 없이 한다는 소리가, 영업시간이 끝났는데요, 라니 과연 이럴 수가 있는가? 여자는 분명히 이렇게 눈으로 말하고 있었다.

"영업시간은 지났습니다. 볼일이 있으면 내일 아침 다시 오시죠?"

"내일 아침 다시 오라구요?"

여자는 파들파들 떨고 있었다.

"네, 내일 아침 다시 오세요. 오늘은 영업시간이 지났다고 말씀드렸죠."

김장웅은 같은 말을 되풀이하는 게 신경질이 나 죽겠다는 듯이 나중 말은 좀 큰소리로 지껄였다. 그는 여자의 곁으로 다가가서 눈짓으로 비켜 달라고 요구했다. 여자는 여전히 파들파들 떨고 있었다. 아더메치[1]라는 말을 누가 만들어 냈는가? 아더메치라는 말을 만들어 낸 사람의 분노와도 같은, 아니 그것보다도 더 심한 굴욕 같은 분노가 여자의 표정에 떠올랐다. 김장웅은 주머니에서 자물쇠 두 개를 꺼냈다. 자물쇠 하나는 열쇠로 여는 것이고 다른 하나는 번호를 돌려 여는 것이었다. 김장웅은 그것을 쇠고리에 끼워 넣었다. 그는 문을 잠그려고 했다.

"아이, 어떡하나? 저어, 여보세요⋯⋯."

"왜 그러십니까?"

"저어⋯⋯. 조금만 편의를 봐주세요 네? 오늘 저녁 꼭 돈이 좀 필요해서 그러는데요, 저어⋯⋯."

그 여자는 억지로 미소까지 지었다. 눈물이 쑥 흘러내려 볼따구니의 마른 선(線)을 타고 흘러내렸지만, 여자는 자기가 울고 있다는 것을 모르는지 억지로, 마치 연기가 서툰 여배우처럼 그렇게 미소를 짓고 있었다. 조금 전까지 그 여자를 사로잡고 있던 분노, 서러움, 주저, 부끄러움, 초조함은 사라져 버리고 말았다. 그 여자는 다만 한 가지 집념에 사로잡혀 있는 것이었다. 모든 것을 망각한

---

1) 60년대에 유행했던 속어. 아니꼽고, 더럽고, 메스껍고, 치사하다.

채, 가장 구체적으로 열렬히 한 가지 목적만을 생각하고 있는 것이
었다.

"안 되겠습니다. 전당포는 다섯 시 반까지 영업을 하도록 되어 있
습니다. 이건 시(市)에서도 규정하고 있는 시간입니다."

"네에, 그건 잘 알겠지만…… 하지만 저어, 딱한 사람 좀 봐주
세요."

"딱한 사람을 봐달라니? 어떻게 봐달란 말입니까?"

"그러지 말고 좀 봐주세요, 네? 물건은 이건데요."

여자는 오른손을 불쑥 앞으로 내밀었다. 오른손은 땀으로 젖어
있었고, 그 가운데 손바닥에 조그만 패물이 하나 놓여져 있었다. 그
패물도 땀에 젖어 있는 것이 확실했다. 왜 그것을 알 수 있느냐 하
면, 두 사람의 머리 위에서 내리비치고 있는 형광등 불빛에 전혀 반
사가 되지 않고 있기 때문이었다.

"자만옥이군요."

"네, 네, 그래요, 자만옥이에요. 잘 아시네요."

여자는 빠른 어조로 긍정했다. 그 빠른 어조를 통해서 여자는 가
슴속에 맺혀 있던 초조함, 불안, 부끄러움, 서러움, 분노를 밖으로
뱉어 내 버린 것 같았다. 열심 어린 눈으로, 신뢰할 수 있다는 듯이
김장웅을 바라보고 있었다.

"좀 받아 주세요, 네? 무리한 부탁이라는 건 저도 잘 알겠어요."

"좋습니다."

하고 김장웅은 냉담하게 말했다.

"진짜라면 저당을 받아들이겠어요. 영업시간은 지났지만, 댁에
서 하도 돈이 필요한 듯하니, 내 주머니에서 꺼내 드리지요. 오백 원
드리겠습니다. 천하없어도 그 이상은 되지가 않겠습니다. 원칙적으

로 저희는 금은이 아닌 이상 패물은 환영하질 않으니까요. 진짜인지 가짜인지 쉽게 감정해 낼 수가 없거든요."

상대방이 여자이고 하기 때문에 김장웅은 어째서 오백 원 이상 내어 줄 수가 없는지 그 이유를 아주 친절하게 설명해 주었다.

"아이 어쩌나, 이건 틀림없는 진짜예요. 지금 당장 내다 팔아두 오천 원 이상의 값을 받을 수 있는 물건이에요."

"그럼 맡기질 말고 갖다 파시지 그래요?"

"팔 수가 없는 물건이에요. 저어 그러지 말구 삼천 원만 채워 주세요, 네?"

"안 되겠습니다. 다른 델 가서 사정해 보시거나 내일 아침 오시지요."

김장웅은 화가 치민 표정으로 여자를 쏘아 보았다. 그는 입고 있는 코트 사락을 손으로 쓸어내렸다. 뒤로 돌아서서 두 개의 자물쇠 중 번호로 열 수 있는 놈은 고리에 끼워 잠가 버렸다. 사이를 두지 않고 나머지 자물쇠도 잠가 버렸다. 그는 아까부터 오줌이 마려운 것을 줄곧 참고 있었다. 변소는 낭하를 쭈욱 걸어가서 저쪽 맞은편에 있었다. 그는 바지의 시계 주머니에서 변소 열쇠를 가지고 그쪽으로 갔다. 용변을 마치고 나오고 있을 때 그는 정말이지 여자에 대해서는 말끔히 잊어 먹고 있었다. 그 여자는 변소 앞에서 파들파들 떨며 기다리고 있었다.

"여보세요."

"아직 안 가셨군요?"

"그럼 이천오백 원만 해 주세요."

"안 됩니다."

"너무하시네요."

여자의 얼굴에는 아까의 분노, 서러움, 주저, 부끄러움, 초조감이 다시 생생한 힘을 얻어 나타나고 있었다. 여자는 눈을 빤짝 치켜떠서, 마치 눈다래끼라도 생겨나서 그런 듯한 검붉은 핏발이 두 줄 서 있는 홍채(虹彩)를 그대로 드러내었다.

"그럼 좋아요. 저 이천 원만이라도 해 주세요."

여자는 마지막으로 안간힘을 다하여 구걸하는 것 같은, 어조와 음향이 분리되어 버린, 그런 목소리로 말했다.

"내일 아침에 오십쇼. 나로서는 도저히 그럴 수가 없으니까요. 사정한다고 해서 내가 들어줄 일도 아니니까요."

"야, 이 개자식아, 나가떨어져 버려라, 이 개자식아."

그녀는 드디어 욕을 했다.

"여보세요, 욕하지는 마십쇼. 왜 욕을 하십니까?"

"너 같은 자식은 인정도 피도 없는 악마, 돈벌레, 날탕……."

"그거 참, 별 여자 다 보겠군."

김장웅은 전혀 흥분하지 않았다. 흥분하면 이쪽에서 손해를 본다는 것을 그는 잘 알고 있는 것이었다. 한번 흥분하면 심장과 허파가 갑자기 부풀어 오르거나 정지 상태 비슷하게 되어 건강상으로도 좋지 않을 뿐 아니라, 이쪽 스스로가 시비를 걸어온 사람과 마찬가지의 차원으로 떨어져 버린다고 그는 믿고 있는 것이었다. 그는 계단을 내려가기 시작했다. 그는 별로 기분이 나쁠 이유도 없었다. 저 여자는 자기 설움에 겨워 그것을 다른 사람에게 덮어씌우려고 하는 것이다, 라고 그는 생각하였다. 영업시간이 지났는데 자만옥을 가지고 와서 맡아 달라고 했을 때, 오백 원이라도 주겠다고 말한 것은 자기대로의 성의를 다해 준 것이 아니고 무엇인가? 그는 이렇게 자기 자신을 변호하였다. 물론 오백 원은 흥정의 초두에 꺼낸 말이고 천오백 원쯤은 줄 용의가 있었던 것이다. 그런데 저 여자가 오천 원이니 사천 원이니 그런 말을 꺼내는 이상, 김장웅은 자기의 선의가 무시되고 있음을 깨닫지 않을 수 없는 것이다. 저 여자는 마치 김장웅이 저 여자의 모든 고민에 원흉이라도 된다는 것처럼 욕설을 퍼붓는 게 아닌가? 그거 참 별 여자 다 보겠군.

'별 여자 다 보겠군, 별 여자 다 보겠군.'

그는 계단을 내려가면서 이 말을 입속 소리로 중얼거려 가며 발을 맞추었다. 그는 그 여자가 우스운 여자라고 생각해 버리는 데 아무런 저항도 받지 않았다. 돈이 필요한 것은, 그래서 안타까운 것은 저 여자 사정이지 내 사정이 아니지 않는가? 이쪽에서도 안타깝다고 생각해 줄 의무가 과연 있다 말인가? 그거 참, 별 여자 다 보겠군, 별 여자 다 보겠군.

김장웅은 건물을 벗어나서 행길로 나왔다. 어둠이 진하게 깔려 있었다. 골목길은 여러 행인들과 행상꾼으로 비좁았다. 김장웅은 이맘때의 번잡함을 참으로 좋아하는 것이었다. 그는 거리를 걷고 있는 사람들이 그 얼굴에 갖고 있는 표정—자기는 자기이되 남의 눈에는 자기가 타인(他人)으로 비쳐 보일 것이라는 것을 능히 계산하고 있는 그 냉정성을 좋아하고 있는 것이었다. 사람의 감정이란 믿을 게 못 되며, 감정에 의해서 모든 행동을 맡겨 버릴 때에는 본의 아닌 실수를 범하기 마련인 것이다. 조금 전 그 여자가 그러지 않았던가? 김장웅은 이런 식으로 자기 자신을 변호하였다. 그는 그 여자의 실정과 그 여자가 절실하게 돈이 필요하리라는 것, 자기가 약간만 인정을 베풀어 주면 얼마나 감사하게 생각할지 모른다는 것 등을 충분히 알고 있었으며, 자기가 그 여자에게 대해서 아주 냉정하게 대했다는 것도 잘 알고 있었다. 말하자면 그는 냉정함이라는 것을 뼈저린 체험을 통해서 배웠던 것이었다. 변명을 필요로 하지 않는 냉정함, 쉽사리 속아 넘어가지 않는 냉정함, 가장 증오해야 할 악(惡)의 일종인 냉정함을 힘들여 힘들여 배웠던 것이었다. 물론 나는 반드시 정당하다고는 주장하지 않지만(하고 그는 생각을 계속하였다) 반드시 정당하다고 주장하지는…… 아니 도대체 정당하다는 것을 주장하다니, 그런 말이 어디 있담? 그는 이렇게 자기 자신을 열렬히 옹호하였다. 깨닫고 보니 그 여자 때문에 의외로 여러 가지 골몰하게 생각하고 있는 자기 자신을 발견했다. 그 여자가 자기에게 약간의 충격을 준 것은 사실이라고 그는 좀 소심하게 속으로 시인했다. 자기가 그 여자에게 냉정하게 대했던 것은 물론 그 여자에게 냉정하게 대해도 자기에게는 손해가 없다는 이기적인 마음이 작용한 것은 사실이었다. 그러나 이 점이 설사 확실하더라도, 그것 때문에 부끄러워하고 참회해야 할 이유는…… 물론 없는 것이었다. 그는 골목을 빠져나와서 큰 거리로 빠졌다. 그 지대는 곱창집들이 주루니 늘어서 있는 곳이었는데, 벌써부터 많은 술꾼들로 혼잡을 이루고 있었다. 그는 그 술꾼들이 딱하고 가엾다고 생각을 했다. 그것은 그 자신이 술을 마실 줄 모른대서가 아니라, 말하자면 한잔 술에 인생과 그 모든 것을 타협시켜 버리려고 하는 것만 같은 그들의 들뜬 태도, 커다란 목소리, 선명하지 않은 몸동작이 못마땅하고 심지어는 불쌍하기까지 했던 것이었다. 그가 합승 정류장 쪽으로 가고 있는데 누가 등을 쳤다. 그는 걸음을 멈추었다. 친구가 많지 않은 그로서는 길거리에서 우연히 아는 사람을 만나는 경우란 드물었다. 그는 혹시 자기 행동에 이상이 있어서 누군가의 미행이라도 당하고 있지 않았는가 덜컥 겁이 났다. 그는 뒤를 돌아보았다. 그러자 조금 전에 전당포로 찾아왔던 그 여자를 발견했다. 조그만 키에 분홍빛 스웨터를 입고 슬랙스를 걸친 동그란 얼굴의 그 여자였다. 키가 작은 그녀는 금방이라도 푹 고꾸라질 것처럼 하얀, 새하얀 얼굴로, 마치 백랍 인형처럼 웃고 있었다. 그 웃음은 그 이외의 모든 다른 기능을 거세당해 버린 사람이 마음속에 끼어드는 절망감을 표현할 길이 없어서 웃어 주고 있는 것처럼 처참하고 어떤 살기마저 띠고 있었다. 그 여자가 무어라고 중얼중얼 말했다. 그러나 소리는 전혀 들리지 않았고, 또한 소리를 애당초 가지고 있지 않은 것만 같았다. 김장웅은 좀 기분이 이상해지고 목구멍이 비릿해져서 아주 언짢았다. '아까 군말 없이 저당을 받아 줄 것을 잘못했군.' 그는 의기소침이 되어 이렇게 생각했다. 그는 이렇게 이상한 여자를 만나 보기는 처음이었다. 전당포에 오는 사람들은 다만 돈 때문에 오는 것이고, 김장웅이 그 사람들을 대하는 관건은 돈 이상의 것이 아니었다. '그거 참 별난 여자군.' 김장웅은 이렇게 생각하는 수밖에 없었다. 어서 이 여자로부터 도망을 가 버리고 싶은데, 그럴 만한 기회가 찾아지지 않는 것이었다.

"여보세요."

모기같이 가느다란 소리로 여자는 말했다.

"아이, 어지러워 죽겠어, 저 대단히 미안하지만, 다방에 같이 좀 가 주지 않으시겠어요? 커피 한잔이 마시고 싶어요……. 돈은…… 커피 한잔 살 돈은 있어요. 골치가 막 쑤셔요."

"네에 그렇게 하지요. 팔이라도 붙잡아 드릴까요?"

김장웅은 이 여자가 시비조로 나오지 않은 것에 감사한 생각이 들어서 여자 곁으로 가서 팔을 붙잡았다. 그렇지 않았더라면 이 여자는 쓰러져 버렸을지도 몰랐다.

"고마워요."

하고 여자는 말했다.

"머리가 핑핑 돌고 어지러워 죽겠어요. 부축해 주세요."

김장웅은 부축했다. 그는 여자의 팔을 붙잡고 있는 손에 힘을 주었다. 여자는 움질거리며 한 발을 앞으로 내밀었고 그는 에스코트했다. 그는 여자의 머리칼 냄새를 맡았다. 이 여자의 머리칼 냄새는 육체를 포함시키고 있는 약간의 사탕기와 땀기가 묻은 기름 냄새를 풍기고 있었고 그것이 김장웅의 의식을 한꺼번에 후려 때렸다. 그는 이 여자가 몹시 괴로워하고 아파하며 절망하는 연약한 인간, 젊은 처녀라는 것을 비로소 의식하였다.

두 사람은 다방으로 들어갔다. 그러자 김장웅은 안도의 한숨을 놓았다. 그는 여유를 가지기 위해서 담배를 한 대 물었다. 조금 전의, 마치 꿈속에서 일어났던 것만 같은 이 여자의 이상한 나약함과, 자신의 겁나는 증상은 아직 완전히 지나가 버리지는 않았지만, 김장웅은 평상시의 무뚝뚝한 그 자신으로 돌아갔다. 말하자면 그는 전당포 직원으로서 생활하고 있는 그 자신의 세계 속으로 움츠러들어갔다. 하여튼 참 별난 여자야, 자기 생명이라도 내어던지는 것처럼 진지한 태도로 전당포엘 찾아온 이러한 여자를 그는 처음 보았던 것이다. 김장웅은 담배를 더 이상 태울 의사가 없어서 재떨이에 비벼 껐다. 그러는데 여자는 힘이 하나도 없는 목소리로, 갈비뼈를 가느다랗게 울려서 내는 듯한 비현실적인 억양으로 말했다.

"돈 있으면 한 이천 원만 취해 주세요. 틀림없이 갚아요."

"돈을 취해 달라?"

"무척 돈이 필요해요. 그건 어쩔 수 없는 사실이에요. 그건 진실이고 오늘 밤에 한해서는 진리예요. 이미 여러 군델 돌아다녀 봤어요. 지쳐 버렸어요. 하지만 지쳐 버렸다는 것은 현상이지 진실이 아니에요. 돈이 무척 필요하다는 진실에는 변함이 없어요."

"이천 원이라고 하셨죠? 취해 드리지요."

김장웅은 이렇게 말했다. 그는 주머니에서 돈을 끄집어내었다. 오
백 원짜리 넉 장을 세어서 여자에게 건네었다. 그 여자는 여전히 백
랍 인형처럼 차갑고 창백한 미소를, 미소 아닌 미소를 짓고 있었는
데, 돈을 받아서 다탁 위에 놓았다.

"그냥 받을 수는 없어요. 담보를 드리겠어요. 내 몸뚱아리밖에는
없으니 그걸 담보로 드리겠어요."

"그런 건 말도 안 되는 소리입니다."

"이봐요!"

그러자 여자가 째지는 것 같은 목청으로 말했다.

"나한테 선심을 쓰는 것으로 생각하지 마세요. 댁에서는 선심을
쓰는 거라고 생각하겠지만, 사실은 나를 감당할 수가 없어서 돈을
내놓은 거예요. 그런데 나는 둘 다 원하지 않아요. 내 담보를 받아
주세요."

"당신은 아까와 똑 마찬가지로 억지를 쓰는군요."

하고 김장웅도 조금 기분이 나빠져서 말했다.

"아까는 가짜 자만옥을 내놓고 이천 원을 달라더니 지금은 또 엉
뚱하게도 내 마음에다가 억지 담보를 시키려고 하는군요."

"그건 그래요. 아무러면 이천 원을 준다고 해서 댁에게 감사한 마
음을 먹을 줄 알았어요? 그건 어림도 없는 얘기예요. 이건 물리학적
인 거래일 뿐이에요. 댁에서는 내게서 무엇이든지 이천 원에 해당된
다고 생각되는 요소만큼 가질 권리가 있을 거예요. 내 손목 한번 잡
는 것이 이천 원에 해당된다고 생각하신다면 그렇게 해 드리겠고
요, 무엇이든지 이천 원어치를 요구하세요."

"그거 참 별난 여자 다 보겠군."

김장웅은 참지 못하고 이렇게 말했다.

"나더러 별난 여자라고 하셨어요? 댁에서는 내가 별난 여자로 보이는 거겠죠. 그러나 댁이야말로 인간 축에도 끼이지 못할 인간이라는 걸 모르시나요? 멀쩡하게 이목구비가 제대로 달려 있고, 그럴듯한 옷을 입고 웃고 떠들고 마실 줄 알면 인간인가요? 인간 같지 않은 인간이 너무도 많지만 그중에서도 댁과 같은 인간이야말로 오늘 당장 죽어 버린다 해도 전혀 당연할 만한 그런 인간이에요. 이만하면 아시겠지요? 내가 댁을 어떻게 생각하고 있는지? 여기 돈 이천 원은 받아 넣겠어요. 그 대신 이천 원에 해당할 만한 담보를 가져 주세요. 아마 댁에서도 이 이상 사양하거나 거절하지는 못하겠지요. 그럴수록 나는 댁을 경멸하고 증오할 뿐이니까요."

그러자 김장웅은 더 참을 수가 없어서 뛰쳐나오고야 말았다.

그는 이렇게 별난 여자, 지독한 계집은 처음 보았다. 그는 이름도 알지 못하는 이 여자가 그의 돈 이천 원을 받고 나서 해 온 말(이 여자는 혹시 창녀인지도 모르겠다고 그는 생각했는데)에 그가 도저히 응할 수 없었던 것은 너무 당연한 일이었던 것이다. 그것은 설사 공짜로 이천 원이라는 돈을 그가 빼앗긴 것이나 마찬가지라 해도 어쩔 수 없는 노릇이었다.

《월간문학》, 1969년 2월호

당나귀는 언제
우는가

당나귀는 언제 우는가

1.

변 사장은 예비역 대령이고, 오 년 전에 제대를 해서 여러 가지 사업에 손을 대 본 경력을 가지고 있었다. 변 사장은 혁명 주체세력으로 참여까지 했으나, 이내 세력권에서 밀려났으며, 그 뒤로 돈 버는 일에 매달리고 있었는데 배짱이 좋고, 사업수완이 놀라우며, 관계 요처에 아는 사람이 많았다.

오 사장은 자수성가한 사람이었다. 오 년 전에 대학 졸업장을 하나 샀으며, 십 원 이십 원에는 인색하지만 십만 원 이십만 원에는 전혀 인색하지 않고, 투전에 취미가 있어서 일주일이면 하루 이틀은 마작으로 밤을 새웠다. 그는 왜정 시대 자전거 배달부로 출발해서 수금원, 회사원, 공무원, 군인, 동대문 시장의 화장품 가게 주인, 약방 주인, 화공약품 회사 사장을 거쳐, 이번에는 좀 더 큰 사업을 벌일 생각을 가졌다.

변 사장과 오 사장은 1966년 여름에 만나서 조화(造花) 회사를 차리기로 했다.

보세 가공이니 수출 특혜니 따위의 붐을 타 보자는 얘기였다. 수속 절차와 아이디어는 변 사장이 맡아서 했으며, 돈은 오 사장 쪽에서 많이 냈다. 중간에 만만히 부려먹을 젊은 녀석이 하나 필요해서 이근택을 총무부장에 앉혔는데, 그는 고등학교밖에는 안 나왔지만 성품이 서글서글하며, 영어를 잘 지껄일 줄 알고, 조화계에 관해서는 어느 정도 전문적인 지식을 갖춰 두고 있었다.

회사의 제목은 '플로라 조화 회사'였다. 영등포에 공장을 하나 샀다. 천이백 평 대지에 오백 평 건평의, 전쟁 시에 미군의 막사로 사용되었던 퀀셋 건물이었다. 융자를 얻어 일본으로부터 기계를 도입해 왔으며 수출 회사로서의 등록도 모두 마쳤다. 그리하여 공장은 가동하기 시작했다.

'플로라 조화 회사'가 있는 곳은 감옥소의 주변 풍경을 연상시켜 주었다. 주택이란 거의 없고, 보이는 것은 높직높직하게 담을 막아 세운 공장들뿐이었다. 아크릴 회사와 합성섬유 회사로부터는 그 원료로 쓰는 볏짚 가루가 흩날려서 공기가 아주 틱틱하고, 사마에라도 들어선 것처럼 코끝이 짜릿해졌다. 그런가 하면 대포 소리가 났다. 제철공장에서 울려오는 소리였다. 하수천은 늘 빨간 물만 내보내고, 달걀 썩은 냄새가 났다. 하수천 위를 낡아빠진 나무다리로 건너가면 철문이 있고, 웅장한 벽돌담이 높이 높이 세워져 있다. 철문을 들어서면 수위실이 나타나고, 그 옆에 사무실과 상품 진열실, 탁구대, 수도, 변소, 쓰레기통, 창고 그리고 야근하는 사람을 위한 온돌방이 두 개 있다. 공장은 퀀셋 건물 속에 있는데, 오륙십 명의 아가씨들이 열심히 조화를 만들어내는 것이었다.

조화는 마치 스테인리스 식기처럼 제조되고 있었다. 온도와 습도를 세밀히 측정하고 토양의 생리에 호응하는 원정(園丁)의 마음을 비유할 수는 없는 것이었다. 여름철에는 뜨겁고 겨울철에는 추운 퀀셋 건물 속에서 어린 여직공들은 고약한 화약 냄새와 싸우면서 가짜 꽃을 제조해내고 있었다. 꽃을 만드는 것에는 비로드나 '하부다이' 천이 있고, 꽃잎을 만드는 데에는 주로 사땡천을 쓰며, 꽃줄기는 철사에다가 싸구려 헝겊을 입히는 것이었다.

거기에 접착제가 필요한데 그것은 국내 생산이 안 되어서 일본으로부터 수입해 왔다. 구리나 납으로 만든 '가다'가 있는데, 이놈은 어떠한 꽃 모양이든지 척척 찍어낼 수 있게 되었다. 장미, 백합, 글라디올러스, 카네이션, 아카시아, 베고니아 등등……. 하부다이, 비로드, 사땡과 같은 천을 '가다' 위에 놓고, 나무망치로 두들겨서 형태를 만든다. 다음에는 여공들이 일일이 손을 놀려서 완전한 하나의 꽃을 만들어 치우게 되어 있었다. 그러면 맨 마지막으로 '플로라 조화 회사'라는 이름이 영어로 새겨지게 되고, '메이드 인 코리아'라는 것까지 써넣었다.

이 꽃들은 국내 시장에 내놓지 않았다. 미국을 중심으로 수출해서 달러를 벌어들이는데, 꽃가지 수로 한 가지마다 삼 센트씩 받게 되어 있었다.

공장은 잘돼 나갔다. 변 사장과 오 사장은 톡톡히 재미를 보게 되었다. 보세 가공 공장으로서의 긍지, 다시 말하자면 달러를 벌어들인다는 긍지를 갖게 되었다. 국가에서는 그러한 긍지에 합당할 만큼 특혜도 베풀어 주었다. 면세 조치를 취해준다든가 수입품에 관해서는 지불보증을 서준다든가…….

그러자 좀 더 돈을 벌 수 있는 방안이 모색되었다. 조화에 필요한 원료를 수입해오는 대신, 수입금지 품목으로 되어 있거나, 제한수입 조치를 받고 있는 다른 물품을 들여온다든가 하는 방안이 모색되었다.

변 사장과 오 사장은 약간의 불법행위는 하고 있었다. 국내시장에는 내놓을 수 없도록 된 조화를 다른 상표를 붙여 내놓는다든가, 접착제로 쓰는 화학약품을 은근슬쩍 비싼 값을 받고 팔아치운다 든가…….

하지만 그런 정도로는 부족해서, 밀수를 하기로 했다. 총무부장 인 이근택이 은밀하게 알아보았다. 어떤 물건을 들여오면 수지가 맞는지, 어떠어떠한 요처에 기름을 쳐 두어야 하며 그 방법론은 여 사하게 되는지, 자세하게 알아보았다. 신문이나 법망에 걸리는 날 이면 쫄딱 망하게 되지만, 그런 일이 일어나면 그건 그때 가서 처리 하기로 하고 우선 그 일을 해보지 않고는 견딜 수 없었다.

그래서 밀수를 했다. 일은 순조롭게 잘 되었다. 이번 일은 변 사장 쪽에서 주동이 되어서 했고, 오 사장은 변 사장을 감시만 하고 있었 다. 차량으로 운반할 때 약간 애를 먹기는 했지만, 제때에 듬뿍 '기 름'을 쳐 두어서 말썽이 되지 않았다.

기가 막힌 장사였다. 너무 수월하게 돈이 벌어졌다. 보다 큰 규모 로 벌이를 못한 것이 안타까울 지경이었다. 남은 돈은 변 사장과 오 사장이 똑같이 분배했다. 총무부장인 이근택은 특별수당 조로 단 지 이만 원을 받았을 뿐이었다.

그러자 변 사장과 오 사장은 뜻이 맞지 않았다. 예비역 대령인 변 사장은 큰소리를 꽝꽝 치고, 웃기를 잘하고, 바람기가 있어서 첩을 두 명 거느리고 있었는데, 그것은 오 사장의 성격과는 반대되는 것 이었다. 자전거 배달부로부터 출발해서 자수성가한 오 사장은 돈 이라는 게 얼마나 귀한 것인가를 충분히 알고 있었으며, 단 한 푼이 라도 과용을 하면 며칠 밤 계속 속이 상하는 성격이었다(다만 투전 에서만은 예외였다). 오 사장은 변 사장이 회삿돈을 과용하여 제멋 대로 갖다 쓰는 것에 불만을 느껴 한바탕 호통을 쳤다.

두 사람이 뜻이 맞지 않은 결정적인 요인은 밀수해서 남아 떨어진 돈을 분배할 때에 일어났다. 오 사장은 전체의 육 할 내지는 칠할은 자기의 몫이라고 생각했다. 반면에 변 사장은 자기가 맨발 벗고 뛰었으니 최소한도 육 할은 자기가 가져야 한다고 주장했다. 두 사람은 우이동에 있는 요정으로 가서 한 상 그럴듯하게 때려먹고는 화해를 했다. 밀수해서 떨어진 돈은 '고부고부'로 분배하기로 결정을 보았다. 하지만 두 사람은 화해를 한 것이 아니었다. 어서 빨리 결별해야겠다고 다짐하게 되었다.

먼저 오 사장 쪽에서 손을 썼다. 이 회사는 주식회사로 등록이 되어 있기도 했지마는 소위 주주총회라는 것을 열었다. 그러나 총회는 명색만 그럴듯했지 오 사장의 부인, 대학교에 다니는 아들, 여고생인 딸, 변 사장, 이근택(이근택은 감사역으로 되어 있었다)이 모였던 것에 불과했다. 거기에서 의견을 교환하여 대표취체 역에 오 사장이 들어앉고 만 것이다. 변 사장은 울화가 치밀어서 항의를 했지만, 투자한 돈이 오 사장보다 적은 판이라 울며 겨자 먹기로 승복하고 말았다.

회사의 분규는 이것으로 일단락을 지었는데, 그동안에도 조화는 꾸준히 팔려서 세상일이 뜻대로 잘되었다. 하지만 돈이라는 것은 얼마든지 벌어두어야 할 필요가 있으므로 두 번째로 밀수를 하기로 했다. 이번에는 큼직하게 해 먹기로 작정하고, 꽃을 만드는 데 이만저만한 원료가 필요하다고 서류를 제출했다. 제꺼덕 수입해 와도 좋다는 허가가 떨어지자, 변 사장은 서북항공기를 타고 일본으로 직접 비래(飛來)했다. 변 사장은 거기에서 꽃의 원료와는 상관이 없는 화학 약품을 잔뜩 사들였다. 그리하여 두 번째의 밀수가 감행되었다.

배가 도착하는 날보다 앞당겨 귀국한 변 사장은, 그 밀수품이 무사히 상륙할 수 있도록 만단의 준비를 완료하였다. 사실 이번 밀수질은 투자한 돈의 액수가 너무 커서 오 사장도 여간 긴장해 있지 않았다. 발각나는 날이면 몇십 년 피땀 흘려 만들었던 재산이 날아가 버릴 뿐만 아니라, 콩밥을 먹어야 할 가능성조차 있었다. 한국 사회란 묘한 곳이 되어서 발각이 나지 않는 한 어떠한 짓을 해도 '후진국이니까 그런 일도 있겠다' 하고 관용심을 베풀지만, 일단 발각만 나면 '과연 이 나라는 어떻게 되어가고 있는가?', '국민을 기만하는 자들을 처단하라' 따위의 절규가 터져 나오게 되고, 그러면 기왕의 관용심은 온데간데없어지고, 철저하리만치 냉정하게 되어 버리는 것이었다. 사회의 관용심과 냉정심을 교묘하게 이용해야 한다는 것은 중요한 일이었다. 오 사장은 사회의 관용심 쪽에 등을 기대고 있었는데, 그쪽에서는 '밀수란 이 무엇도 아니다'라는 답안은 던져 두고 있는 것이었다.

밀수품은 드디어 세관을 통과했다. 대기하고 있던 자동차는 제꺼덕 그놈을 실었다. 고속도로 공사가 한창인 경인가도(京仁街道)를 통과하여 그 물건은 서울에 왔고, 이어 브로커 손에 넘어가, 이미 기다리고 있던 수매자의 손으로 들어갔다. 그 수매자는 즉석에서 현금을 변 사장에게 지불했다.

변 사장과 오 사장은 내일 만나 가지고, 이번의 성공을 축하도 할 겸, 남아 떨어진 돈을 분배하기로 하였다.

다음 날이 되었다. 오 사장은 약속한 곳으로 나갔다. 변 사장은 와 있지 않았다. 그러다 한 시간 이상이나 지나가 버렸다. 의심을 하기 시작한 오 사장은 변 사장의 집에 전화를 걸어보았다. 신호는 가는데 받는 사람이 없었다. 덜컥 의심이 난 오 사장은 택시를 잡아타고 변 사장의 집으로 가 보았다. 그러나 변 사장의 집은 텅 비어 있었다. '뺑소니를 쳐 버렸구나.' 오 사장은 뒤통수를 얻어맞은 듯한 느낌이었다.

이근택을 불렀고, 사원을 총출동시켰다. 변 사장을 찾아내기 위해 온갖 방법을 다하였다. 마음 같아서는 경찰서에 고발이라도 하고 싶지마는, 뒤가 켕기는지라 그것만은 하지 못했다. 오 사장은 집구석에 박혀 앓아누웠지만, 끝내 변 사장을 찾아낼 수 없었다. 들리는 얘기에 의하면 그는 이미 한국에 없다는 것이었다. 돈을 몽땅 가지고 월남으로 가 버렸다고 했다.

플로라 조화 회사는 가동을 못 하고 있었다. 원료가 모자라는 데다가 돈도 없었다. 오 사장은 고민을 했지만 뾰족한 대책이 서지 않았다. 빚쟁이들이 알면 큰일이었다. 빚쟁이들이 모르게 일을 꾸몄다. 그러다가 오 사장은 결심을 했다. 플로라 조화 회사를 은밀하게 청산해 버리고, 공장 건물도 팔아 버려 조화계에서 손을 끊고, 다른 사업을 벌이리라 작정하였다.

여직공들은 해고되었고, 사원들도 모두 해고되었다. 이근택은 황상헌이라는 젊은 친구 한 명과 공장을 지키고 있었다. 외부에서 찾아오는 사람들에게는 공장이 계속 가동 중인 것처럼 꾸몄고, 걸려오는 전화에는 회사 운영이 너무도 잘되어서 걱정이라는 투로 얘기했다.

이근택은 적잖이 따분했다. 감옥소와도 같이 음산한 공장 속에 박혀 지내자니 할 일이라곤 아무것도 없었다. 그러자 하루 밤에는 도둑놈들이 들어오기까지 하였다. 사람들이 없는 지대라 도둑놈들은 리어카까지 끌고 와서 물건을 실어내는 판이었다. 이근택은 플래시를 비추며 쫓아갔지만 도둑놈들은 도망갈 기세가 아니었다.

늠름하게 대들더니 이근택의 옆구리를 내질렀다. 그러고는 유유하게 물건을 집어내 갔던 것이었다.

다음 날 이근택은 친구들을 부르기로 하였다. 망해 자빠진 공장의 처참한 모습, 을씨년스러운 풍경에 관해서 얘기를 한 뒤에, 무숙자(無宿者)들은 주저하지 말고 오라고 말했다. 그리하여 별의별 괴상한 젊은 녀석들이 몰려들기 시작했다. 아등바등 대한민국의 현실 속으로 입장해 들어가고자 애를 쓰다가 그 좁은 문 근처에서 된통으로 타박상을 입어, 회의, 고민, 타락, 체념, 울분에 사로잡혀 지내는 녀석들이었다. 그 녀석들은 망해 자빠진 공장 속에다가, 마치 무중력 상태와도 같은 빚잔치를 벌였다.

2.

우선 밥 먹는 일과 잠자는 걱정은 없었다. 근처에 중국집이 하나 있었는데 필요한 음식은 전화를 걸어 시켜 먹었다. 날마다 술타령이 벌어졌고, 라면과 국수, 쌀, 간장, 된장, 쇠고기들이 부엌에 쌓여 있었다. 오 사장은 공장에 있는 모든 물품의 목록을 작성하라고 이근택에게 지시했다. 조화가 몇 송이나 있고, 접착제, 사땡, 비로드가 얼마나 되는가부터 위시해서, 유리는 몇 장이고, 주전자, 냄비, 전화기, 장작, 대야, 펜치, 플래시, 심지어는 구멍탄 집게에 이르기까지 총 비품의 명단이 작성되었다. 이러한 모든 것을 팔아치울 예정이었다. 접착제 파우더는 스물여덟 통이 있었는데, 이근택은 스물다섯 통이라고 적어 넣었다. 그러니까 세 통은 이근택의 몫이 되는 셈이었다. 접착제 파우더는 한 통에 대략 오천 원 정도니까 만오천 원 정도가 이근택의 것이 되었다. 그 돈은 친구 녀석들이 먹고 마시는 비용으로 충당되었다. 그랬으므로 먹고 마시는 것은 풍성할 만했던 것이다.

친구 녀석들은 전화를 받았고, 찾아오는 사람들을 접대하였다. 전화번호는 하나였지만 수화기는 두 개였다. 이근택은 은밀하게 지시를 했고, 그러면 친구들은 임기응변으로 받아넘겼다.

"아, 사장님 말씀입니까? 방금 상공부 수출과에 융자 관계를 의논하러 가셨는데요."

이런 식으로 얘기를 하는 것이었다. 월급을 받지 못한 채 해고된 여직공들은 빈민촌의 딸들이었고 하루 끼니를 메우기가 힘들 지경이었으므로 날마다 찾아왔다. 떼어먹을 돈이 따로 있지 피땀 흘려 노동한 월급을 지불하지 않으면 어떡하느냐고, 눈물을 흘리며 하소연했다.

그러나 오 사장은 여직공들의 월급 같은 것을 사소한 문제로 생각해버렸다. 공장 건물이 팔릴 때까지 참아달라고 옹색한 변명을 하지만 그녀들은 들은 체도 하지 않았다. 그녀들의 실생활이 얼마나 곤란할지 잘 알고 있는 이근택은 바로 그것 때문에 화를 내곤 했다.

잡비도 들었다. 공장은 가동을 안 하고 있는데 전기요금만은 예외 없이 나왔다. 동력선이므로 기본요금이 오천 원가량 되는 것이었다. 하지만 오 사장은 전기요금 같은 것에 신경을 쓰고 싶어 하지 않았다. 이근택더러 알아서 처리하라고 말하고는 그만이었다.

"무얼 알아서 처리하라는 거야? 불쌍한 여직공들의 월급을 떼어먹는 역할을 하면서 말야, 제기랄."

하고 이근택은 한숨을 폭폭 쉬었다.

"너무 진지하게 생각할 것은 없지."

하고 최건달이 위로해 주었다. 최건달은 이근택을 보필하여 귀찮은 일을 많이 처리해 주었다. 그는 허우대가 멀쩡하고, 양놈처럼 뚱뚱하게 살이 쪘으며, 브로커 노릇을 해 보았고, 쿠린내 나는 사건을 맡아서 처리하는 데에는 그만이었다. 그는 사회 상식이 풍부하였고 돈을 벌 수 있는 아이디어를 쉰일곱 가지나 알고 있었다. 하지만 그는 회의(懷疑)라는 것을 모르는 녀석이었다. 아무리 엄숙한 얘기, 심각한 문제라도 그 녀석의 입을 통해 나오면, 그저 그렇고 그런, 아무것도 아닌 일이 되어 버리는 것이었다. 그는 넉살 좋은 관리 타입이 되었으며 사탕을 좋아하여 주머니에 넣고 다녔고 껌을 항상 씹고 있고 신문에 나는 퀴즈 문제, 경품권 응모를 보내는 것을 취미로 삼고 있었다. 그는 회의라는 걸 안 했고, 이 세상 사물을 의심하는 눈초리로 바라보는 법이 없었다. 그래서 그는 여자관계가 지저분했다. 그는 자기의 생식기가 얼마나 강건한지 늘 자랑하는 것이었다. 자기의 물건은 특제품이어서 아무리 고되게 근무를 시켜도 피곤해 할 줄을 모른다는 것이었다. 그는 지저분한 색골이었지만 섹스에 따르기 마련인 저 올올(兀兀)한 자의식, D. H. 로렌스적인 인간 정신을 가지고 있지 않았다. 그래서 최건달은 건달이었다.

"내가 알아서 처리를 할 테니 걱정을 말라니깐."

여직공들이 월급을 달라고 찾아올 적마다, 고민에 빠져 있는 이근택을 위해서 최건달은 이렇게 장담을 했다.

최건달은 리어카를 끌고 다니며 고물을 엿으로 바꾸어 주는 행상꾼 하나를 단골로 만들었다. 망해 자빠진 공장이라 시시껍절한 고물들이 많았다. 깨어진 소주병, 유리창, 쇳조각, 신문지, 나뭇조각들은 엿과 바꾸어졌고, 또는 옥수수로 둔갑을 했다. 여직공들이 월급을 달라고 찾아오면, 최건달은 듬뿍듬뿍 옥수수를 안겨 주었다. 그러자 철이 없는 아가씨들은 먹는 재미에 빠져 월급 달란 소리를 뜨음하게 하는 것이었다. 최건달은 음담패설도 하고 어린 아가씨들의 볼을 꼬집어 주면서, 월급 달란 소리가 나오지 않도록 분위기를 조정시켰다.

"어때? 내 수완이 그럴듯하지?"

최건달은 이런 식으로 자랑하는 것을 잊지 않았다.

"너 같은 녀석을 '새로운 기성(旣成)'이라고 한다."

최건달이 자부심을 느끼려고 할 적마다, 약간 늦게 빚잔치에 참석했던 득현이는 쏘아 주는 것이었다. 득현이는 최건달을 무골(無骨)의 식충이로 간주해 버리는 것이었다. 득현이는 조그만 얼굴에 쥐새끼 같은 눈알을 가지고 있었다. 어떤 청년들은 자기의 비참한 체험이 약간의 논리성을 획득할 때 그것을 굳은 신념으로 바꾸어 버리는 법인데 득현이는 자기 자신을 지식인으로 정의하고 있었고, 우리나라를 위해서 하지 않으면 안 될 일이 있다고 생각하고 있었다. 그의 눈에 비친 사회 환경은 너무 비정상적이었고, 그가 체험했던 일은 그를 지독하게 몰아세워 버렸던 것이다.

"새로운 기성이라니." 하고 최건달은 물었다.

"그 말이 얼마나 모욕적인 말인가를 너는 계산해 볼 필요가 있겠지." 하고 득현이는 말했다.

"그런가?"

최건달은 말하면서 씩 웃었다.

그리고 그뿐이었다. 최건달은 회의라는 것을 가지고 있지 않은 녀석이었던 것이다. 그는 말장난을 좋아하지 않았다.

하지만 득현이는 말장난을 좋아했다. '새로운 기성'이라는 것은 그가 만들어 낸 말이었다. 이번에는 '기성 무질서'라는 말을 만들어

냈다. 기성 질서가 있다면, 기성 무질서도 있다. 아니, 실은 기성 무질서가 있고, 거기에 약간의 기성 질서가 있기도 하다.

득현이는 아포리즘을 좋아했다. 그의 말은 그래서 독단적인 경우도 있었고, 따분하고 현학적인 경우도 있었다. 그는 정치학과를 나오면서 배워두었던 논리가 군대에 들어가자 여하히 비참하게 말살되는가를 보았으며, 이제 제대를 한 달 앞두고 나서, 다시 옛날의 이론가적인 지식인의 폼을 잡고 있었다.

득현이는 한 여자와 연애를 해 오고 있었다. 그 여자는 오미애라는 이름을 가지고 있는데, 이윽고 빚잔치에 참석하게 되었다. 오미애는 이지적인 여자였고, 센스가 빠르고, 어떠한 분위기든지 파악해내는 데 민감했다. 그녀는 괴상한 장소에 괴상하게 모여 있는 젊은 녀석들을 바라보면서 마치 서양적인 파티에 참석해 있기라도 한 듯이 얘기를 하였다. 그러자 모든 녀석들이 파티에 와 있는 듯한 느낌을 갖게 되었다. 말하자면 톨스토이나 서머싯 몸의 파티가 아니라, 십구 세기 말엽의 소심한 지식인들이 모이는 러시아적인 파티의 분위기처럼 느끼게 되었다. 그녀는 득현이가 아포리즘을 발휘하여 대한민국의 김빠져 버린 듯한 현실이나 무거운 철판 같은 미래 감각을 얘기할 때, 퍽 감심(感心)한 것처럼 듣고 있었다. 하지만 이것은 모두 오미애가 파악한 분위기에 대한 일종의 조처였다. 그녀는 실질적인 약혼자인 득현이를 그런 식으로 대두시켰고, 다른 녀석들을 득현의 아래에 배치시킴으로써 분위기를 조정하는 것이었다.

득현이는 오미애가 설정한 구도 속에서 자기가 맡게 된 배역에 썩 만족해 있었다. 그래서 마음 놓고 정치가 지망생의 포부를 늘어놓고 있었다. 그는 제대를 하면 미국으로 떠날 마음을 먹고 있었고, 그 준비에 바빴다. 그는 열한 시쯤 일어나서 시내엘 나갔고 저녁이면 돌아와 가지고, 미 대사관이나 외무부, 여행사에를 다니며 보았던 '한심한 일'들을 분개한 어조로 얘기하는 것이었다. 그러면서 그는 무엇인가를 배우고 있고 깨달아가고 있는 듯한 근엄한 표정이 되는 것이었다.

외국 지망생이 또 한 명 있었다.

지현덕은 캐나다에 이민을 갈 생각을 하고 있었다. 그는 무척 고생을 하면서 성장했다. 강원도의 산골이 고향인 그는 6·25 때 아버지를 잃어버렸고, 어머니와 함께 리어카 행상을 한 적도 있었다. 그의 어머니는 이 년 전에 별세하고 말았는데, 지현덕은 그때의 일을 잊지 못하고 있었다. 돈은 한푼 없고, 저녁 밥거리를 장만하기에도 벅찬 상황에서 늑막염에 걸린 어머니는 약방에서 제조해 주는 약조차 복용하지 못한 채, 어느 날 밤 아무도 없는 단칸짜리 셋방에서 자식 이름을 부르면서 죽었던 것이었다. 지현덕은 그때의 쓰라렸던 체험으로 아직 얼떨떨한 상태에 있었는데 마침 그의 친구가 캐나다로 이민을 가자, 거기에 힌트를 얻어 자기도 이 지긋지긋한 조국으로부터 도망가 버릴 생각을 하게 되었다. 그는 제재소에서 일해 본 경험을 가지고 있었다. 그 기술로써 동경에 있는 캐나다 이민국에 신청을 내었다. 거기에서 파견 나온 사람과 면접도 가졌다. 그는 패스되었다. 다만 사소한 수속 절차가 남아 있어서 빚잔치에 참석하며 인제라도 떠날 수 있는 태세를 갖추고 있었다.

그는 득현이와는 달리 공부하러 가는 것이 아니므로, 외국에 나가서의 포부도 달랐다. 캐나다에 가게 되면 보나마나 비참한 싸구려 노동자가 되리라는 것을 알고 있었고, 그래서 좀 감상적으로 되어 있었다. '가기 전에 하고 싶은 일을 마음껏 하리라'고 결심하여, 삼천 원 돈을 가지고 창부와 끼고 자 보기도 하였으며, 설악산과

한라산 여행도 갔다 왔고, 그리고 사귀어왔던 여자와는 매정하게 일방적으로 인연을 끊어 버렸다. 지현덕은 그야말로 청산을 하고 있는 것이었다. 그는 늘 술에 취해 있었고, 주위에서 지껄여 대고 있는 녀석들을 한심하다는 듯이 물끄러미 바라보곤 하는 것이었다.

지현덕은 놀림감이 되어 있었다. 뚱뚱하게 살이 찐 최건달은 특히 지현덕을 놀려 대곤 했다. 외국으로 이민을 가면 갔지, '다시 보자 조국 강산아' 하고 떠들어낼 것은 무어냐는 핀잔이었다. 최건달은 책을 본다든가 영어를 지껄인다든가 하는 일에는 관심이 없었고, 외국으로 이민을 간다든가 우리나라가 후진국이라니 따위의 얘기도 싫어하였다. 자기의 풍채가 얼마나 그럴듯한가에 자부심을 가지고 있었고, 관계 요처의 실력자들과 얼마나 긴밀한 유대 관계를 갖고 있는가 자랑하고 있는 것이었다. 그는 꽁생원을 싫어했으므로, 비장한 각오라도 갖고 있는 듯한 지현덕을 바라보면 놀려주고 싶은 생각이 드는 것이었다.

최건달이 놀려주면 지현덕은 얼굴이 새빨개져서 어쩔 줄을 몰라 했다. 주변의 녀석들은 그럴 때마다 웃어버릴 수밖에 없고, 그래서 지현덕은 외톨박이가 되어 있었다.

여러 명이 모이게 되니까 사소한 충돌, 싸움, 욕설이 잇달아 있었다. 그러자 양문신이라는 친구가 빚잔치에 참석하게 되었다. 대개 '영진 구론산 바몬드' 같은 친구는 있게 마련이지만 양문신은 우스갯소리를 많이 알고 있고 고통스러웠던 과거 체험도 가지고 있고, 또한 이 나라가 비극적인 장소로 느껴지는 것은 무엇 때문인가 하는 문제를 놓고 열변을 토할 수 있을 만큼은 유식했다.

"제기랄, 난 대학교라는 데를 팔 년간 다녔어."

"그야 네가 워낙 농땡이였으니까 그렇지."

"얘길 들어봐, 졸업식이라는 게 있었거든, 대학교의 졸업식도 국민학교의 졸업식과 다를 게 없더구먼."

"그야 졸업식이라는 데에서는 촌스러운 짓을 벌인다는 것 이외에는 할 게 없으니까."

"얘길 들어보라니까, 술을 좀 마시고 돌아다니다 보니 어떤 여교수 하나하고 졸업생들이 같이 얼려 있더라. 그 좌석에 찐드기를 붙여 가지고 '졸업생을 보내는 여교수로서의 소감'을 말해달라고 했지."

"그래서?"

"이러더군. '여러분이 대학에 들어올 때에는 참 순진한 소년들이었죠. 그런데 대학을 다니다 보니 점점 나빠졌어요. 이제 졸업하는 마당에서 여러분을 보니 모두가 코미디언 서영춘이처럼 되어 버렸어요. 아마 대학에서는 코미디를 가르쳐 준 모양이죠.'"

양문신은 이런 식의 우스갯소리를 얼마든지 가지고 있었다. 양문신은 외출할 적마다 조화를 한 아름 집어넣고 나갔다. 그는 아가씨들을 사랑해 주고 싶어 하는 마음을 가지고 있어서, 얼굴이 반반하다든가 아름답다고 여겨지는 아가씨를 만나면, 십칠 세기의 불란서 기사와도 같은 태도를 해 가지고, 조화를 갖다가 바치는 것이었다. 그러자 그는 빚잔치를 교묘하게 이용하기 시작했다. 아가씨를 모시고 돌아와서는 밤새도록 감미롭게 사랑해 주는 것이었다. 그러면 다른 녀석들은 심사가 불편하고 심술들이 나서 갖은 방법으로 훼방을 놓았지만 그는 결코 화를 내지 않았다. 그저 낄낄거리며 재미나다는 듯이 웃어댈 뿐이었고, 잘 봐두라는 듯이 기교를 다하여 애무를 하는 것이었다.

그래서 양문신은 천치 같기도 했다. 사회의 백열화한 리얼리티를 그는 농담기 섞인 쉬르리얼리즘으로 바꾸어버리는 것이었다.

3.

빚잔치에 모여든 식구들은 점차적으로 늘어갔다. 공짜로 밥을 먹여주고 잠자리를 마련해 준다는 소문이 퍼지자, 별의별 녀석들이 냄새를 맡고 찾아왔던 것이다.

남자 녀석들의 숫자가 많아지자, 득현이의 진지한 애인인 오미애는 불안을 느꼈다. 오미애는 분위기를 알아채는 데에는 민감한 여자였던 것이다. 득현이가 저러다가 자기의 수중을 벗어나서 병신 같은 사내들의 무리에 휩쓸려갈까 걱정이 되었다. 또한 여왕처럼 군림했던 자신의 위치가 무너져 버리지 않을까 염려하였다. 그래서 오미애는 여자 친구를 한 명 불러왔다. 그녀가 데리고 온 차혜자는 못생겼다기보다는 안 생긴 얼굴이었다. 하지만 상당히 유식하였으며 철학 서적과 문학 소설도 많이 보았다. 차혜자는 주량이 보통이 아니어서 배갈 다섯 병쯤은 무난했다. 거기에다가 차혜자는 이해성이 깊고 지독한 음담패설이라도 거뜬히 상대해내는 것이었다. 그 여자는 호들갑을 떨고 수선을 부리고 사내들에게 명령을 내렸으며, 자기 비위에 맞지 않을 때에는 서슴지 않고 싸우자고 덤볐다. 차혜자는 말괄량이였는데, 연극 계통에 아는 사람을 많이 가지고 있었다. 연극 이야기라면 며칠 밤을 새우더라도 끄떡 않을 만큼의 얘깃거리와 열성을 가지고 있었다. 그녀는 노래를 잘 불렀다. 마스네의 〈엘레지〉를 부를라치면, 사내 녀석들은 묘한 슬픔에 젖어 잠시 남자들처럼 그녀의 주위에 몰려드는 것이었다.

차혜지의 등장은 분위기를 쇄신시켰다. 십구 세기 말엽의 러시아 소도시의 프티 인텔리들의 파티와도 흡사하던 빚잔치에서, 다다이즘이 난만하고 세기말을 외쳐대는 투사들이 등장하는 이십 세기 초엽으로 진보를 했다. '기성 무질서'니 '새로운 기성'이니 떠들어대던 정치적인 발언들은 씻은 듯이 사라져 버렸으며, 음악 얘기와 미술 얘기, 또는 연극 얘기가 중심으로 되었다. 인생에 있어서 최고로 가치 있는 것은 예술뿐이며, 이러한 후진국에서 인간들이 포근하게 자기의 삶을 인지할 수 있는 유일한 방법이란 자기 자신을 예술의 경지에 적셔내는 것뿐이라는 얘기였다. 차혜자는 우스운 얘기도 많이 알고 있었다.

"짜고 달고 쓰고 한 것이 무언지 알아요?"

차혜자는 심심할 적마다 이런 문제를 내미는 것이었다.

"짜고 달고 쓴 거라?"

"그건 문짝이에요. 문짝을 짜 가지고 달아서 쓰는 거니까요. 하지만 짜고 달고 쓴 것은 역시 눈물이에요."

"남자의 눈물이 아니라 여자의 눈물이겠지."

"맞았어요. 여자의 눈물이에요. 그럼 또 물어보겠어요. 당나귀가 언제 우는지 아세요?"

"당나귀가 언제 우느냐구? 그야 배고플 때 울겠지."

"아녜요, 틀렸어요."

하고 차혜자는 말했다.

그러자 모든 녀석들은 이 질문에 답변을 내리고자 시도했다.

"암컷이 그리워서 우는 거겠지."

"아녜요, 틀렸어요."

하고 차혜자는 말했다.

"당나귀는 그런 시시한 것 때문에 울지는 않아요. 더구나 이 당나귀가 수컷이라고 내가 말하지도 않았죠."

그러자 수수방관하고 있던 녀석들도 달려들어 이 문제에 해답을 내리고자 했다. 하지만 차혜자는 대답은 언제나 마찬가지여서 아니라는 것이었다.

그녀는 장난기 섞인 목소리로 정답을 알아맞히는 사내가 있으면 키스를 해주겠다고 말했다. 그래서 사내 녀석들은 밥을 먹다가, 또는 똥을 누고 와서, 또는 잠자다가 말고 차혜자에게 다가갔다. 그들은 정답을 알아냈다고 자부심 어린 소리로 말하는 것이었다.

"그것도 아녜요. 당나귀는 그런 것 때문에 울지는 않아요."

차혜자는 경멸이 어린 목소리로 내뱉는 것이었다.

하여튼 그 질문은 상당히 철학적인 의미를 내포한 차원에까지 올라가 있었다. '우리나라가 분단된 것을 슬퍼해서 운다'라는 대답이 나오는가 하면, '눈에 고춧가루가 들어가서 운다', 또는 '어쩐지 울고 싶어져서 운다' 라는 센티멘털한 대답도 있었다. 심지어는 당나귀의 족보를 캐고 들어가, '그 당나귀의 아버지는 6·25 때 죽었고, 그 당나귀의 오빠는 4·19 때 죽었고, 그 당나귀의 애인은 교통사고로 죽었는데, 이제 그러다 보니 그 당나귀는 언제 어떻게 죽어야 할지 알 수가 없어서, 그것이 고민스러워 운다' 따위의 대답 아닌 해설까지 등장하게 되었다. 그리고 어떤 녀석은(바로 양문신이가 그러했는데), 차혜자가 시시한 문제를 끄집어 내어 똥폼을 잡았다고 판단하고는 버럭 화를 내지르는 것이었다.

"당나귀가 울든 말든 알 게 무어람. 우리는 당나귀가 아니잖아?"

"좀 진지해지세요. 당나귀가 언제 우는지도 알지 못하는 주제에 화까지 낸다면 그게 무엇이죠?"

차혜자는 이렇게 대구하면서 깔깔거렸다.

차혜자가 인기를 끌어 버리니까 오미애는 안심을 했다. 남자 녀석들이 차혜자의 차원에서 시시덕거리고 있는 한 그녀의 지위에는 변함이 없었다. 빚잔치를 벌이고 있는 이 무중력의 공화국에서는,

간과 쓸개를 거북에게 주어 버린 토끼와 마찬가지로 모두들 저급의 차원에서 영리했으므로, 당연히 일종의 모권사회가 형성되는 것이었다.

그러나 자랄 대로 다 자란 인간들이 언제까지나 당나귀 문제에만 매달려 있었던 것은 아니었다. 약간의 변화가 있기도 했다. 그 하나로서 지현덕이가 드디어 캐나다로 떠나 버렸다.

그는 삼십 달러만을 가지고 이민을 가려고 하는 것이었는데, 전야제를 벌였다.

빚잔치의 물주인 이근택은 막걸리를 한 말 사 왔으며 토끼를 두 마리 잡았다. 여태까지 기거를 같이했던 친구가 외국으로 떠나게 되니까, 자연히 그 이별을 서러워하게 되었다. 지현덕은 여간 감격해 마지않았다. 그는 '다시 보자, 조국 강산아' 하는 식으로 피맺힌 설움을 쏟아놓았다. 병에 걸린 어머니가 변변히 치료도 하지 못한 채 별세하고 만 기막힌 사연을 화제에 끌어올려 이민을 떠나는 심정의 참담함을 얘기했다.

"한번 가면 다시 돌아오기 어려울지도 몰라." 하고 지현덕은 말했다.

"보나마나 고생바가지겠지, 영어를 제대로 지껄일 줄 아나, 낯익은 사람이 있기를 하나, 빌어먹을……. 무턱대고 떠나기는 하지만……."

"그렇게 비관할 게 무어람."

"술이나 들라구. 젊었을 때 돌아댕기지 않으면 언제 돌아댕겨."

지현덕은 주량이 센 것이 아니었다. 하지만 그는 권하는 대로 늘름늘름 받아 마셨다. 얼굴은 빨갛게 되었으나, 오만가지 감회와 불만이 그를 못살게 구는 모양이었다.

"지금이라도 그만두어 버릴까 생각이 들어. 그까짓 짧은 인생, 무어가 잘났다구 외국으로 가는가 생각이 들어."

"그런 생각이야 들겠지만 입 밖으로 내뱉을 필요야 없지."

그러자 최건달이 껄껄 웃어댔다. 최건달은 지현덕을 할퀴어볼 기회를 노리고 있는 중이었다. 최건달은 맹꽁한 지현덕의 얘기를 재미없게 받아들였다.

"병신 같은 녀석. 가기 싫으면 안 가면 될 거 아냐? 또 그렇지, 캐나다에서 자기를 대대적으로 환영한댔나, 그거 참."

지현덕은 토끼 다리를 뜯으면서 이렇게 말했다.

"인마, 그렇게 말할 것은 없어." 분위기가 험악해지자 득현이가 훈수를 두었다. "우리 바깥으로 나가서 화톳불이나 만들자."

모두들 바깥으로 나갔다. 벌써 초겨울이어서 으스스 추웠다. 을씨년스러운 마당가에는 쓰레기더미가 산뜩 쌓여 있었다. 그것을 모아놓고 불을 만들었다. 차혜자는 마스네의 〈엘레지〉를 노래 불렀고, 신이 난 양문신은 깩깩 고함을 지르면서 소란을 부렸다. 어느덧 열 시가 넘어서 잠자리에 들만 한 시각이었지만, 주연은 바야흐로 지금부터 한창이었다.

"야야, 우리 밤새도록 마셔보자 엉? 그리구 말야 지현덕이는 말야, 옷에다가 잔뜩 막걸리를 묻혀 가지고 말야, 고상한 폼으로 비행기를 타는 외국 놈들의 코를 찌푸리게 해주는 거야. 그렇지, 야 현덕아, 마늘하구 김치를 주로 먹어둬. 네가 가는 곳에 마늘내와 김치 냄새가 진동하게 말이지."

"인마, 농담하지 말어. 오늘은 일찌감치 자야 한다구. 내일 아침 여덟 시 사십 분에 비행기가 뜬다고 했으니."

"그러다가 비행기 시간 놓칠라. 하긴 그것두 괜찮겠다 그치?"

그러자 모두들 소리 내어 웃었다. 비행기 시간을 놓친다는 것이 어쩐지 우스운 일인 듯했기 때문이었다.

지현덕은 완전히 취해 버렸다. 그는 혀 곱은 소리로 고복수의 노래를 불러댔다. 이윽고 모두들 합창을 했다.

"인마, 너 일루 와, 인마."

술이 취한 지현덕은 드디어 최건달에게 시비를 걸고는 대들었다.

"너를 패주지 않고 캐나다로 갈 순 없지. 너 이 새끼 일루 와."

"그거 참 병신 육갑하는군."

지현덕은 도쿠리 병을 거꾸로 들고 최건달에게 달려들었는데, 그러자 조금 뒤에 지현덕은 나가떨어져 버리고 말았다. 최건달은 화가 치밀어 올라 지현덕을 덮치려고 했다. 주위의 녀석들이 간신히 뜯어말렸다. 여자들은 "어마 어마." 하고 고함을 지르며 발을 동동 굴렀다.

모든 것이 난장판이 되었다. 이미 화톳불은 꺼져 버리고 말았고, 이근택은 술이 취해 소리 내어 울고 있었다. 차혜자는 그러고 있는 이근택을 달래고 있었으며, 지현덕은 마당 한구석에서 이미 잠들어 있었다. 다음 날 비행기는 예정대로 아침 여덟 시 사십 분에 출발했는데, 모두들 술에 곯아떨어져 전송을 나간 것은 양문신과 득현이뿐이었다. 비행기를 타는 당사자인 지현덕조차 술이 깨지 않았다. 박카스를 두 병이나 마셨지만 정신이 들지 않아서 그는 마구 해롱거렸다. 최건달과의 싸움 덕택으로 왼편 뺨에는 생채기가 났고, 입고 있는 잠바에도 막걸리가 묻어 얼룩이 생겼다. 아닌 게 아니라 지현덕에게서는 막걸리 냄새, 마늘 냄새, 김치 냄새가 났다. 조그만 보스턴백 하나에 단지 삼십 달러만을 가지고, 그가 외국에 가서 무슨 일을 할 수 있는지 아는 사람은 하나도 없었다.

양문신과 득현이는 송영대에까지 올라가서 지현덕을 전송했다. 지현덕은 비행기 트랩을 올라가면서 두어 번 손을 흔들었다. 그러자 양문신은 큰 소리를 질러 지현덕을 불렀다. 지현덕은 무슨 일인가 싶어 송영대 밑에까지 걸어왔다.

"잊어먹을 뻔했어. 야 잘 받아."

양문신은 주머니에서 백조 담배 세 갑을 내던졌다. 그러자 세관원은 혹시 이것이 밀수품이 아닌가 하여 달려왔는데, 백조 담배를 뜯어내어 샅샅이 검사하고 나서야 지현덕에게 건네어 주었다. 양문신의 옆에는 만약의 사태를 대비하여 형사가 바싹 붙어 서 있었다.

"이 바보 녀석아, 잘 꺼져라."

양문신은 비난하는 시선을 퍼붓고 있는 주위의 사람들을 아랑곳하지 않으며 고함을 질렀다.

"내가 틀림없이 엘에스디를 보내줄게." 하고 지현덕도 고함을 실었다.

지현덕이 떠나 버린 뒤에도 빚잔치는 전혀 아무렇지도 않게 계속되고 있었다. 녀석들은 당나귀가 언제 우느냐는 문제에 대답을 내보려고 여전히 시도하고 있었다. 그러나 진지한 관심을 가지고 그러는 것이 아니라 따분하고 심심해서 그러는 것이었다. 차혜자는 그 질문을 던진 당사자이지만, 어지간히 진력이 나 있었으며 누가 정답을 알았다고 달려와도 들은 체도 하지 않았다.

"대답은 곧 신념이다."

하고 차혜자는 어느 날 참지 못하고 이러한 힌트를 주었다. 당나귀가 언제 우는지 아무도 알지 못한다. 하지만 이러저러한 때에 당나귀가 운다고 진심으로 믿어 버리면 그것이 곧 해답일 수밖에 없다……라는 뜻이 차혜자의 말에는 포함이 되어 있었다. 그래서 당나귀가 언제 우느냐, 하는 문제는 잠정적으로 다음과 같은 해답을 얻게 되었다.

"신념을 갖고 있을 때 당나귀는 운다."

대답치고는 괴상한 대답이었다. 당나귀가 신념을 가졌을 때 과연 울까? 그것은 전혀 그럴 것 같지 않았던 것이다.

4.

오 사장은 병석에서 일어났다. 지난 한 달가량 꼼짝 않고 치료한 끝에 오 사장은 건강을 되찾을 수 있었던 것이다. 변 사장의 배신은 가슴 아픈 일이었다. 오 사장은 이토록 가슴 아픈 일은 처음 당해봤던 것이었다. 자전거 배달부로부터 출발해서 공무원, 군인……화공 회사 사장을 거쳐 조화계에 발을 들여놓기까지의 지난 세월이 회상되었으며, 앞으로 이 난관을 어떻게 돌파할 수 있을지 걱정이 되었으나 이윽고 오 사장은 다시 자신을 얻었다. 아무려나 여기는 대한민국인 것이다. 대한민국에는 그것대로의 인생론이 있는 법이다. 오 사장은 조화 회사를 청산하는 대로 옛날부터 갖고 있던 화공 약품 회사를 본격적으로 키워볼 결심을 했던 것이다.

오 사장은 조화 공장으로 전화를 걸었다. 그 전화는 통화 중이었다. 십 분쯤 지나서야 간신히 연결이 되었다.

"여보세요." 하고 오 사장은 말했다.

"암만 전화를 걸어 봤자 소용없다니까, 꺼져 버리시라."

전화는 뚝 끊어져 버렸다. 오 사장은 분개했다. 이근택이가 끌어들인 싸가지 없는 젊은 것들이 장난 전화를 치는 것이 분명했다.

"이봐, 장난을 치는 것이 어떤 놈이야? 잔소리 말고 이근택일 바꿔."

"어럽쇼, 세게 나오네? 그래 봤자 소용없다니까. 꺼져 버리시라."

전화는 다시 끊어져 버렸다. 오 사장은 참을 수 없을 정도로 분개했다.

"이런 죽일 놈 같으니라구, 나 오 사장인데 당장 이근택일 바꾸지 못해?"

그때서야 이근택이 나왔다.

"쓸데없는 친구들을 불러모아서 어떡하겠다는 건가, 응? 지금 전화 받았던 놈 좀 바꿔."

"죄송하게 되었습니다, 사장님."

"그 녀석들 모두 내보내라구. 내가 내일 그리로 갈 테니까 오늘 중으로 다 내보내란 말야."

"알겠습니다. 그렇게 해보도록 하겠습니다."

이근택은 싹싹하게 대꾸했다. 그제야 오 사장은 좀 진정이 되었다. 이근택은 성실한 바보였던 것이다. 바보는 그 비위를 맞춰줌으로써 이용해 먹어야 한다. 사실 이근택이 아니라면 망해 자빠진 회사의 뒷감당을 끝까지 맡아서 해줄 만한 위인이 누가 있겠는가? 오 사장은 내심 가엾은 생각이 들어서 어조를 조금 부드럽게 하였다.

"오늘 오후에 말이지. 어떤 사람이 그 공장을 보러 갈 거야. 아마 살 눈치 같애. 어쨌든 말이지, 헐값을 받는 한이 있더라도 그 공장을 빨리 팔아 버려야 한다는 건 알고 있겠지."

"그거야 알고 있지요."

"그러니 지저분한 것은 대강 치워 놓구 말이지. 그 사람들을 정중히 대접해주란 말야. 그리구 말이지, 가격에 관한 한 지난번에 얘기했던 선을 유지시켜야 해. 그 이하로는 부르지 말아."

"알겠습니다."

"응, 그러면 수고해야겠어. 내가 미스터 리한테 감사하게 생각하고 있다는 것은 잘 알고 있겠지? 이제 모든 게 청산이 되면, 전번에 약속했던 것처럼 내가 그 사례하는 거 잊지는 않을 테니까."

오 사장은 사례라는 말을 쓴 것은 너무 겸손하지 않았는가 싶어 후회가 되었다. 그러나 이 정도로 위해주는 체 할 필요는 있는 것이다. 요사이의 젊은 애들이란 똑똑한 체하고 유식한 체하지만, 정작 일을 부려먹으면서 살펴보면 순진하기 짝이 없어서 그 비위를 맞춰주며 잘 요리만 하면 되었다.

"저어 그보다도 말씀입니다." 하고 이근택은 말했다.

"여직공들 밀린 월급은 어떻게 합니까? 이 애들 사정이 여간 딱하지 않아요. 더 이상 연기시키기가 곤란한 지경이에요. 그리구 말이죠, 전기 요금이 만 팔천 원 밀렸구, 수도 요금, 야경비, 소방비가 쭈욱 밀렸어요. 참 그리구 전화 요금이 구천팔백 원 밀렸는데요."

"무슨 전화 요금이 그렇게 많아?" 하고 오 사장은 호통을 쳤다.

"그게 모두 쓸데없는 친구들을 불러모아서 그런 거 아냐? 그런 걸 일일이 나한테 얘기하면 어떡하노? 공장 건물이 팔릴 때까지 미뤄 둬. 모든 건 그때 가서 한꺼번에 청산할 테니까. 참 미스터 리의 월급은 지난번에 고물품을 팔아서 생긴 돈으로 충당된 것으로 알고 있는데 어쨌든 내가 내일쯤 가 가지고 의논을 하지."

고물품을 팔아서 생긴 돈으로는 지난달 전화 요금을 물었다는 것을 오 사장은 들은 기억이 났다. 그러나 전화 요금이 많이 나온 것은 모두 이근택의 싸가지 없는 친구들 때문이므로 오 사장이 책임질 문제는 아니었다.

"전화 요금은 미스터 리의 친구들더러 부담하라고 해. 알겠어? 그래야 쓸데없는 전화 장난을 안 할 게 아닌가? 사리는 분명히 따

져두어야 해. 그러면 내가 내일쯤 들를 테니까 아까 한 얘기 잊지 말
도록. 참 그리구 말이지, 어제 아침에 어떤 녀석이 밀수를 했다느니
어쨌다느니 공갈을 놓고 갔는데, 그 녀석이 공장으로 찾아갈지 모
르니까 조심을 해야겠어."

오 사장은 전화를 끊었다. 그리고 이근택은 수화기를 내려놓았
다. 그러자 줄곧 기다리고 있었던 최건달은 이근택을 밀치고 수화
기를 들었다. 최건달은 장난 전화를 많이 치고 있었다. 낮에는 버스
간이나 다방 같은 데에서 알게 되었던 여자들에게 장난을 쳤고, 밤
에는 콜걸들에게 전화를 걸어 수작을 붙이는가 하면 '여기는 이러
저러한 여관인데, 반반한 걸로 골라서 세 명만 보내줘, 알겠어?' 하
고 장난질을 했다. 그런가 하면 전화 연애도 성사가 되어, 양쪽 주
머니에 잔뜩 조화를 집어넣고는 데이트하러 나가는 것이었다.

이근택은 후회막심이었다. 이런 쓸개 빠진 녀석들을 애당초 끌어
들이는 것이 아니었다. 고독한 대로 혼자 지키고 앉았는 게 훨씬 나
았다. 녀석들은 하루 종일 잡담만 하고, 싸움질이나 하고, 걸핏하면
저 혼자 잘났다는 듯이 이근택을 타매하였다.

"인마, 전화 장난질은 그만해 둬."

하고 이근택은 최건달에게 화를 냈다. 전화 요금이 이렇게 많이
나온 것은 최건달이 밀양에 사는 애인에게 수시로 시외 통화를 했
기 때문이었다. 최건달은 여자에게 달콤한 말을 하면서 이십 분이
고 삼십 분이고 제멋대로 시간을 끌었던 것이었다.

이근택은 약간의 열등감을 느끼고 있었던 게 있었다. 고등학교밖
에는 나오지 못했으므로 유식한 소리를 지껄이는 녀석들을 만나면
자기가 장사치의 하수인밖에는 되지 않는다는 자격지심을 가지곤
했다. 그러나 그는 자기가 옳다는 것을 알게 되었다. 이 녀석들을 접

해보면 그것이 확실했다. 이근택은 그래서 다음과 같은 명언을 확인하는 것이었다. '유식해지지 않았더라면 그토록 무식해지지도 않았을 그런 불쌍한 인간들이 의외로 많은 법이다.'

그날은 여러 가지로 복잡한 날이었다.

지현덕으로부터 편지가 왔다. 그 녀석은 무사히 캐나다에 도착한 모양이었지만 이국에서의 첫날밤은 그닥 만만치 않았던 듯했다.

'전세기 CPA를 타고 밴쿠버에 내렸다. 밤 열두 시에 내렸단 말이다. 지금 나는 꽹장히 핏대가 나 있다. 하도 핏대가 나서 공항의 의자에 앉아 이 엽서를 쓰고 있다. 지금 내 주머니에는 이십사 달러밖에는 없다. 지금 나는 어디로 가야 좋을지 모르겠다. 이민국이 어디 붙어 있는지도 모르겠고, 지금 당장 어디 가서 잠을 자야 할지도 모르겠다.

택시운전사들은 어딜 가나 마찬가지인 모양이다. 연거푸 나에게 와서 시내까지 들어가자고 재촉이다. 안 가겠다고 하니 조금 뒤에 차가 달려들어 또 가자고 한다. 하도 울화가 치밀어서 "이 개새끼야." 하고 한국어로 말했다. 그래도 울화가 풀리지를 않아서 이렇게 엽서를 띄운다. 빌어먹을. 이럴 줄 알았으면 한국에서 노숙하는 요령이나 배워둘 걸 잘못했지 무어냐?'

편지를 다 읽고 나서 양문신은 한바탕 껄껄대며 웃었다.

"참 어쩔 수 없이 딱한 녀석이군그래. 이 녀석은 한국에서 너무 많은 유산을 짊어지고 이민을 갔단 말이다. 캐나다에 갔으면 캐나다인답게 행동을 할 수 있어야 하는 건데……."

양문신은 이렇게 투덜거렸다. 엘에스디를 부쳐 준다고 해서 일루의 희망을 걸었더니, 그것마저도 틀려 버렸다고 아쉬워했다.

드디어 공장 건물이 팔렸다. 오후 두 시가 조금 지나서 강 사장이 찾아왔는데, 지대가 낮다는 둥, 여름철이면 물이 고이겠다는 둥 시비를 일삼았다. 강 사장은 나이는 오십이 좀 넘었고, 드문드문 경상도 사투리를 썼으며, 장차 스프링 공장을 세울 예정으로 부지를 알아보고 있는 중이었다.

그러자 해질녘에 강 사장은 다시 찾아왔다. 그의 옆에는 오 사장도 있었는데 두 사람은 술이라도 한잔했는지 자못 유쾌한 얼굴들이었다.

"미스터 리, 그동안 수고 많이 했어."

오 사장은 이렇게 말했으나, 돈을 내어준다든가 월급을 계산하자는 말은 하지 않았다.

"우리는 한 달 뒤에 이쪽으로 이사를 오게 되었지. 알겠어?"

강 사장도 호기 있게 말했다.

"그러니 말야, 지금부터는 이 공장 전체가 내 것이란 말일세. 그러니 당신들은 검부대기 하나, 지푸라기 하나, 깨어진 유리창 하나 절대로 건드려서는 안 된다 이런 말이야."

"그야 물론 그래야지." 오 사장도 거들었다. "하지만 미스터 리, 당분간은 이곳에 남아 가지고 해야 할 일이 있을 것 같군. 마지막으로 남은 잔품도 청산하고 말이지, 그 장부 정리도 완전히 해야 하고, 관청과의 연락 관계도 있고……."

오 사장과 강 사장은 공장 내부를 한 바퀴 순시했다. 두 사람은 적이 만족한 표정이었다. 그러고 나서 두 사람은 공장을 떠나가려고 했다.

"저어 미스터 리." 오 사장은 이근택을 한편으로 불러세워서 마지막으로 훈시를 했다.

"당분간은 이 건물이 팔렸다는 것을 숨겨주었으면 좋겠어. 아무에게도 말하지 말아요. 소문이 나면 빚쟁이들이 왈칵 달겨들 거고, 그러면 정말이지 큰일이야.”

“그건 그렇지만 여직공들의 월급은 주어야겠는데요.”

“그야 물론 주어야지. 그러나 조금만 더 기다리라고 해. 중도금을 받고 나면 군말 없이 줄 테니까.”

“그리고 말입니다. 저 자신도 돈이 좀 필요하고요.”

“저 녀석들을 다 내보내란 말야. 무엇 때문에 저 쓸개 빠진 인간들을 불러모았지?”

그러고 나서 오 사장은 대기하고 있던 코로나 택시에 몸을 싣고는 가 버렸다.

“이봐, 이쯤 되면 어쩔 수 없잖아? 우리들의 식비도 해결해야 될 게 아니냔 말야?” 하고 최건달이 말했다. 워낙 여러 놈이 모여 있는 탓으로 생활 유지비가 적잖이 들었던 것이다. 처음에는 맥주만 마시고 닭고기, 돼지고기만 처먹었으나, 이제는 돈이 없어서 시장에서 사 온 짠 김치에다가 간신히 밥을 끓여 먹는 정도였다. 중국음식점에 깔린 외상만 해도 구천 원가량 되어서 이제는 배달해 주지 않았다.

모든 녀석들이 분개했다. 오 사장의 냉담한 태도와 끝끝내 이근택을 이용해 먹으려 들지언정 최소한도의 인격적 대접도 해주지 않는 것에 충격을 받았다. 언제나 진지한 득현이는 특히 개탄해 마지 않았다.

“지독한 소화불량증에 걸린 이 사회의 새로운 세대는 단지 기생처럼 껴묻어 있을 뿐이다. 젊은 세대가 기생에 불과하다는 것을 자각한다는 것은 아무리 강조해도 여전히 중요한 일이다.” 하고 득현이는 공허하기 짝이 없는 관념론을 개진하였다.

그리고 이근택은 따분했던 직장생활과 쥐꼬리만 한 월급, 짐승처럼 부려먹기만 했던 오 사장을 회상해 보게 되었다. 밀수질을 했을 적만 하더라도 가장 위험한 일은 이근택이가 도맡아 하지 않았던가? 이러한 과거가 회상되자 이근택은 극도로 분노에 휩싸여 버렸다.

"좋아, 오늘부터 진창만창 때려 마시자구. 내게도 생각이 있어. 이런 판국에 무얼 따져볼 필요가 있담."

이근택은 스리쿼터를 불러서 공장 비품을 실어 내갔다. 얼마 뒤에 그는 삶은 돼지 대가리와 맥주를 두 다스 사 가지고 돌아왔다. 그러자 밤이 되었을 때, 차혜자는 귀신같이 술이 취해서 대여섯 명의 사내들을 휘몰아 가지고 왔다. 그 사내들은 영화와 연극 같은 데에 진출해 보려고 애를 쓰는 어린 녀석들이었는데, 술 마시고 노래 부르고 음담패설을 하며 놀아대는 데에는 아주 그만이었다. 그래서 모는 녀석들은 기분이 좋아졌고 밤새도록 흥청망청 시끌짝하니 소란을 부렸다. 어떤 녀석은 장작으로 땅바닥을 치며 통곡하였고, 어떤 녀석은 여자에게 키스를 퍼부었고, 어떤 녀석은(예를 들자면 이근택은) '돈을 벌어야지, 돈을 벌어야지.' 하고 맹세를 하는 것이었다. 그러나 언제나 진지한 득현이는 그의 애인인 오미애를 보며 이렇게 말했다. "아아, 우리에게는 현실이 없구나."

5.

이제 빚잔치는 시들하게 되어 버렸다. 모두들 이곳으로부터 떠날 생각을 가지고 있었다. 아마 그들은 이곳에서의 문란했던 생활을 금방 잊어 버리게 될 것이었다. 그리하여 말끔한 양복에 넥타이를 매고 시내를 배회하면서 줄기차게 자기만의 함정, 다시 말하자면 자기의 현실을 찾아 헤매게 될 것이었다.

분위기에 늘 민감하기 마련이었던 오미애도 이제는 쓴 미소만을 짓고 있었다. 남성 우위론의 전통은 의외로 완강하여 여러 명이 모여 있을 적에 여자들은 할 일이 없어지는 것이다.

십구 세기 중엽의 러시아적인 파티의 분위기에서 다다이즘의 분위기로 발전되었다가 이제야말로 1960년대의 한국적인 분위기의 모습을 찾아내었다. 1950년대의 센티멘털리즘은 1960년대의 속물주의로 변형이 되어 그 적나라한 모습이 전시되고 있는 것이었다.

그래서 오미애는 퇴진할 결심을 하게 되었다. 오미애의 진지한 애인이며, 제대를 앞두고 농땡이를 치는 득현이도 물러설 때가 되었다.

"정말 무서워서 견딜 수 없어요." 오미애는 이맛살을 찌푸리며 말했다.

"사람이 많이 모여 있다는 것이 이렇게 무서운 분위기를 만드는 줄은 미처 몰랐어요. 이대로 며칠 더 있다가는 강간이라도 당할 것 같아요."

"그럴지도 몰라."

"이 장소는 마치 인간이 얼마나 타락해 버릴 수가 있는가 하는 시험장과도 흡사해요. 나는 질렸어요. 나는 이런 분위기에는 도저히 참을 수 없어요."

"그건 나도 그래."

득현이도 긍정했다. 그는 애인의 손을 꼭 붙잡았다. 그는 많은 것을 배웠고 깨달았던 것이다. 말하자면 나이를 먹어야만 알 수 있는 지혜를 얻었던 것이다. 그것은 자기가 건실한 생활인이라는 사실이었다. '새로운 기성'이니 '기성 무질서'니 떠들어대었던 것은 그 자신이기는 했다. 그러나 그 자신은 아니었다. 그 자신의 육체에 의해서 확인된 것이 아닌 그러한 논리였다. 득현이는 그래서 친구들에게 이렇게 말했다.

"도저히 이 이상 못 참겠단 말야. 도대체 이게 무엇이지? 너희들은 무엇이지? 난 창피해서 이곳엘 못 있겠어. 나는 이런 더러운 곳엘 처음 와봤단 말야. 너희들이 얼마나 한심한 정도로 타락해 버렸는지 개탄하지 않을 수 없어."

"흥, 요컨대는 고상하단 말씀인가?"

하고 차혜자가 빈정거렸다.

"그래, 고상해. 이런 더러운 곳에 껴들어 있기에는 너무 고상해."

"그래요, 고상한 거예요." 하고 오미애도 말했다.

그들은 의기양양하게 떠나가 버리고 말았다.

"아이 기분 나빠. 도대체 저들이 무어람. 저렇게 평범한 속물은 따로 없을 기야." 하고 차혜자가 말했다.

"바보 같은 녀석은 어느 시대에도 있는 법이지." 최건달도 거들었다.

"수치심이라는 걸 덜 배워서 저런 인간들이 나오는 거야." 하고 양문신도 말했다.

"옛날 사람들은 자부심을 느낄 때 각성을 얻었거든. 모세의 각성도 그러했고 삼고초려한 뒤에야 나타난 제갈공명도 그러했고, 심지어는 제임스 조이스 같은 소설가도 자기의 각성을 자기가 느끼게 된 자부심에서 구했어. 하지만 지금은 수치심에서 그것을 얻는다. 얼마나 수치스러워져 보았는가가 중요해. 수치스러워져 보았을수록 그 사람은 각성한 사람이야."

어느덧 계절은 초겨울로 접어들어 찬비가 주룩주룩 내리고 있었다. 낙엽도 다 떨어진 공장 지대를 찬비는 시꺼멓게 물들여 버렸다.

사람이 살고 있지 않은 듯한 음산한 땅, 할 일을 갖고 있지 않은 젊은 녀석들은, 변덕을 부리는 기후에서 갖가지 비참한 감정, 예를 들면 고독이라든가 슬픔이라든가 권태라든가 허무와 같은 것이 가장 싸구려의 느낌으로 찾아드는 것을 어쩌는 수가 없었다. 마치 싸구려 영화의 주인공들처럼……

최건달도 이곳에 있어 줄 이유를 상실했다. 최건달은 빚잔치에 참석해 있으면서도 꾸준히 사회에 진출할 만한 기회를 노리고 있었다. 마침 최건달은 밀양에 살던 애인의 집에서 지방 고등학교를 하나 사 가지고 그 운영을 떠맡게 되자, 그런 운영에 따르는 복잡한 사건을 해결해 줄 겸 아가씨를 만나서 재미도 볼 겸, 이사 감투를 얻어서 전출하게 되었다. 최건달도 퇴장 인사를 하는 것을 잊지 않았다.

"그동안 잘 쉬었지 무어야. 스테미나가 축적이 되었거든. 이제부터 본인은 슬금슬금 턱걸이 운동을 하러 가는 참이라 이거야. 내가 말이지 턱걸이를 잘 해 가지고 풍채가 늘씬해지게 되면, 잊지 않고 너희들에게 맥주 한잔 사지. 아니 맥주로는 부족하고, 요정으로 모시고 가지."

그러나 최건달은 여비가 부족하여 이근택에게서 돈을 뜯어내었다. 밀양에 도착하는 즉시로 그 돈을 우송해주겠다고 했지만, 아무도 그의 말을 믿지 않았다.

"쓰레기들이 모두 떠나가 버려서 이제는 한결 시원하다. 그치?" 하고 양문신은 말했다.

"빚잔치가 끝날 날도 며칠 안 남았으니 실컷 잠이나 자야지."

그런 어느 날 형사대가 찾아왔다. 그들은 플로라 조화 회사가 밀수를 했다는 사실을 정확히 알고 있었다. 하지만 형사들은 망해 자빠진 공장의 을씨년스러운 풍경을 보고는 입맛을 다셨다. 장부를 압수해 놓고, 다음에는 이근택을 붙잡아 놓고 심문을 시작했다.

이근택은 연행되어갔다. 다음 날 신문에는 이근택의 사진이 크게 게재되어 있었다. 그러나 신문기사에 의할 것 같으면 오 사장은 이번 밀수 사건에 전혀 관련이 없는 것으로 되어 있었다. 총무부장인 이근택과 지금은 월남에 가 있는 변 사장이 공모해서 오 사장 몰래 밀수질을 한 것으로 나와 있었다. 오 사장은 신문 기자에게 개탄도 했다. "이근택이란 자가 그런 자일 줄은 몰랐다. 변 씨와 공모하여 그런 극악무도한 짓을 하다니……."

공장에는 물주가 빠져 있었고, 양문신, 차혜자는 이 공장에 다닌 적이 있던 몇몇 직공들과 함께 꾸어다 놓은 보릿자루처럼 숙연하게 앉아 있을 뿐이었다. 그들은 모두 갈 만한 데가 없는 사람들이었다. 여기에서 쫓겨나가면 하루 끼니와 삼사리가 끽궁인 그린 사람들이었다. 하지만 양문신은 걱정하지 않고 있었다. 되는 대로 붙어 있다가, 나가게 되면 그건 그때 가서 생각하면 된다고 배짱 편하게 굴었다. 차혜자는 어느덧 양문신을 좋아하고 있었다. 차혜자는 그의 못생긴 얼굴로부터 가냘픈 여성다움을 찾아내어 양문신에게 접근하고 있었다. 그러면 양문신은 군말 않고 그녀의 머리카락, 귓불, 목덜미, 앞가슴을 사랑해주는 것이었다. 두 사람은 컴컴한 변소간에서 또는 귀신이 튀쳐 나올 것 같은 공장의 한구석 짚더미에 파묻혀 열렬한 애무를 나누며 사랑하는 것이었다. 양문신은 을씨년스러운 이곳을 좋아하고 있었다. 이곳을 벗어나서 겉만 번지르르한 시내로 들어가면, 지금까지 가슴을 두들겨대던 그러한 깨달음이 한꺼번에 허무하게 끝나 버릴 것 같아서 두려워하고 있었다.

빚쟁이들이 찾아오기 시작했다. 플로라 조화 회사의 밀수 행각과 빚잔치 행각은 이제 공지의 사실이 되었으므로 부랴부랴 채권단이 조직되어 사방팔방으로 돈을 건져내려고 하는 중이었다. 오 사장은 어느덧 가족들을 데리고 도망가 버리고 말았으며, 공장 건물을 산 스프링 회사의 강 사장은 매도 서류를 완료하였으므로 채권자들은 갈팡질팡하고 있었다. 양문신은 담배꽁초를 빨아대면서 빚쟁이들을 바라보고만 있었고, 차혜자는 마악 하품을 끝낸 고양이처럼 커다란 두 눈을 동그랗게 떠서 딴전을 부리는 것이었다.

빚쟁이들은 온갖 수단과 방법을 다하였다. 오 사장 집으로 들어가 가재 집물을 들어내 갔으며, 다른 한 패는 캠핑이라도 온 것처럼 공장의 마당 한가운데에다가 모닥불을 지펴놓고 진을 치고 있었다. 그들은 양문신에게서 무슨 단서가 될 만한 말을 찾아내고자 애썼다.

"흥, 나는 아무것도 모른다니까."

양문신의 대답은 한결같아서 그저 이렇게 뱉어낼 뿐이었다.

"여간 재미있지 않아요. 과연 이 나라 이 사회가 어떻게 움직이고 있는가를 똑똑히 보고 있는 거예요."

하고 차혜자는 말하면서 깔깔거렸다.

"그 무슨 어처구니없는 소리람. 마음과 몸을 강하게 가지지 못한 데에서 나온 소리는 그만 두시지 그래?"

"말예요. 나는 국민학교 사 학년 때 처음으로 삼국지를 읽었어요. 사람들이 죽는다는 건 재미있어요. 다만 관운장이나 장비처럼 영웅들에게 죽을 때에는 재미있어요. 사람들이 그렇게 죽는다는 게 얼마나 비참했을까, 요새 와서야 깨닫게 되네요. 삼국지와 꼭 마찬가지의 세상 풍경에서, 나 같은 여자가 근대 의식을 갖고 있다는 게 얼마나 어처구니없는 얘기인지……."

"이봐 너무, 얌전해질 것도 없지. 이따금씩은 고함을 질러봐야 할 때도 있는 법이야. 바로 지금이 그런 때라구. '나는 살아낸다, 나는 살아낼 수 있다, 나는 힘차게 살아내겠다.'라고 고함을 질러 보라구. 알겠어?"

"그래야죠. 나는 당신의 말에 순종하겠어요. 그리고 보니 참 우리는 빚잔치에 참가해서 많은 것을 얻었네요?"

다음 날 양문신과 차혜자는 팔짱을 끼고 빚잔치가 벌어졌던 장소로부터 바깥으로 나왔다.

《현대문학》, 1969년 3월호

하얀 하늘

하얀 하늘

극장 안에서였다. 스크린에는 허장강과 비슷하게 생긴 중국 배우가 칼을 뽑아 들고 있었다. 그 중국 배우가 악당의 두목이었다. 상처를 입은 선량한 주인공을 죽이려 하는 참이었다. 앞으로는 시냇물이 흐르고 있고, 동글동글한 산봉우리에는 안개가 서려 있었나. 이쪽에 성자가 하나 있고 늙은 소나무가 세 그루 서 있었다. 두 명의 중국인 사내는 무심한 자연환경 속에서 처절한 싸움을 전개하고 있었다. 임섭과 채정자는 열심히 화면을 바라보고 있었다. 그러자 임섭은 채정자의 손목을 자기 쪽으로 끌고 가더니 애무하기 시작하였다.

두 사람은 작년 가을에 결혼을 했다. 신혼여행을 다녀온 후부터 두 사람은 뜻이 맞지 않았다. 그것은 연애할 적에는 알 수 없었던 감정이었다. 두 사람은 한바탕 싸웠다. 그러고는 헤어졌는데, 채정자는 상처투성이의 패장(敗將)처럼 여자의 인생이라는 것의 비참한 쓴맛을 안고 친정집으로 돌아오고 말았다. 채정자는 임섭과는 다시 만나지 않으리라 결심했었다. 그리하여 석 달이 지나가 버렸다. 어제 임섭은 전화를 걸어왔다. 한번 만나서 이야기를 하자는 것이었다. 오늘 채정자는 임섭을 만났다. 그리하여 두 사람은 이러한 극장에를 오게 된 것이었다.

임섭은 채정자의 손목을 여전히 애무하고 있었다. 그녀는 모르는 체하고 있었다. 임섭은 자신을 얻어서 애무의 영역을 넓혔다. 그녀는 모르는 체했다. 그녀는 열심히 화면을 바라보고 있었다. 그 화면 속의 두 사나이가 피를 뿜으며 어서어서 죽어 버리기를 애타게 기다렸다. 그런데 사나이들은 죽지 않고 싸우고 있었다. 임섭의 머리가 그녀의 귀를 스쳐서 코앞까지 다가왔다. 그녀의 볼에 임섭의 입술이 닿았다. 그녀는 모르는 체하고 있었다.

"당신을 만나고 싶어서 죽을 뻔했어."

하고 임섭은 속삭여왔다. 그녀는 대답하지 않았다. 그녀의 볼은 뜨거워져 갔고 가슴은 뛰었다.

"당신에게 참 미안했어. 나를 용서해 주겠지?"

하고 임섭은 속삭였다. 그녀는 대답을 하지 않았다. 임섭은 그녀의 목덜미를 만지기 시작했다. 그녀는 모르는 체하려고 애를 쓰고 있었다. 화면 속의 두 사나이는 아직 죽지 않고 있었다. 공중으로 풀쩍 뛰어오르기도 하고, 손바닥을 내밀어 회오리바람을 일으키기도 하였다. 그녀의 유방에 자극이 왔다. 그녀는 이 이상 모르는 체하고 있을 수가 없었다. 간지러워서 견딜 수가 없었다. 그녀는 몸을 꿈틀했다. 그러나 저항하지는 않았다. 임섭이 무안을 느껴서 점잖아질까 봐 두려웠다. 얼마나 오랫동안 자기가 여자라는 사실을 망각하고 있었던가? 여자를 여자라고 알려주는 것은 남자였다. 얼마나 오랫동안 자기의 남자를 못 가져오고 있었던가? 임섭은 얼마나 모자라는 사내였는지? 임섭의 손은 꾸준하게 활동하고 있었다. 그러자 그녀의 몸에 불이 붙었다. 지금까지 죽은 상태로 놓여져 있었던 수천, 수만 개의 세포들은 갑자기 살아 움직이기 시작하고, 진동하고,

뛰놀고, 자맥질을 하였다.

그녀는 자기의 육체가 커져 가고, 부풀어져 가고, 넓어져 가는 것을 느낄 수 있었다. 숨결은 거칠어지고, 머리는 트여가고, 피는 뜨거워져 갔다. 임섭의 움직이는 손이 그녀의 육체를 충실하게 해주었다. 그녀는 화면 속의 두 사나이가 죽어 버리기를 초조하게 기다리고 있었다. 그 사나이들이 죽지 않으려고 애를 쓰면 쓸수록 초조하게 기다려졌다. 드디어 임섭의 입술이 그녀의 입술을 더듬었다. 그녀는 모르는 체하지 않았다. 그녀는 열렬히 아는 체했다. 뒷좌석에서 기침 소리가 들려왔다. 그것은 도덕적인 기침 소리였다. 그녀는 임섭이 저 기침 소리에 패배될까 봐 조바심이 났다. 임섭은 패배하지 않았다. 화면 속의 두 사나이는 드디어 칼을 내던지고 맞붙었다.

"그만 나갈까?"

"응."

둘이는 바깥으로 나왔다.

"참 재미없는 영화로군."

"하지만 극장 안에서 그 무슨 짓이에요? 뒷사람이 우릴 지켜봤단 말야. 창피해서 혼났어."

"그놈의 영화가 하도 재미없어서 그랬지 무어."

그들은 거리로 나왔다. 이제 저녁이 되어 가고 있었다. 자동차들과 사람들은 너무나 당연한 세계 속에 놓여 있었다. 그러나 저 사람들의 당연한 표정의 그 조금 안쪽에서는 두 명의 중국 배우가 칼싸움을 하고 있고, 천오백 명 가까운 사람들이 비싼 돈을 주고 와서 그것을 열심히 바라보고 있는 것이었다.

"영화를 보고 나오면 담배 맛이 좋거든."

임섭은 담배를 물었다.

그는 거침없이 채정자의 팔을 잡아당겨 왔다. 담배 연기가 그녀의 머리에 배어들었다. 임섭에게서는 그녀가 익히 알고 있는 체취가 풍겨왔다. 그녀는 이 사내의 육체가 어떻게 생겼는지를 알고 있는 것이었다. '어쩔 도리가 없어. 나는 이 사내의 아내야.' 하고 그녀는 생각했다. 이 사내는 결점이 너무 많은 사내였다. 술을 마시면 주정을 했고, 신경질이 심했으며, 섬세한 여자의 감정을 이해해 주지 않았다. 생활 능력이 없었으며, 여자관계가 지저분했다. 결혼하기 전에는 그것을 알지 못했었다. 이 사내는 연애를 할 때 그녀를 속였었다. 이 사내가 이러한 사내인 줄을 알았더라면 결혼을 하지 않았을 것이었다. 하나의 남자는 한 명의 여자를 확실하게 망쳐 놓을 수 있는 것이었다. 그래서 결혼식을 올린 지 두 달도 못 되어서 뛰쳐나오고야 말았다. 그러나 오늘 다시 이 사내를 만나 가지고, 어처구니없는 애무를 받고 나오는 그녀는 점점 자신을 잃어버리게 되었다. 이 사내는 결점이 많은 사내이지만 하나의 장점을 가지고 있었다. 그것은 힘차게 여자를 껴안아 줄 능력이 있다는, 그러한 장점이었다. '별 도리가 없어. 이 사내와 나는 숙명적으로 연결이 되어 있는 거야.' 하고 그녀는 생각하는 것이었다. 저녁 바람이 불어오는 거리는 약간 쌀쌀하였다. 추위가 얼굴에 머물러 있었다. 그래서인지 눈물이 핑그르 돌았다. 그녀는 이 사내와의 결혼 생활을 머리에 그렸다. 아마 학대를 하겠지. 때리기도 할 거야. 바람도 피우겠지. 모욕을 주고 놀려대고 빈정거리겠지. 돈이나 제대로 벌어올지 몰라? 아마 가난하게 살게 되겠지, 여자가 밥을 벌어먹어야 하는 일도 생길 거야. 가출도 하겠지. 첩을 얻어서 씨앗을 보기도 해야겠지. 그러다 보면 쉽게 늙고 말겠지. 이 사내는 도무지 믿음성이 없는 사내였다. 결혼식을 올리고 나서야 이러한 모든 사정을 순식간에 알아차리게 되었던 것이었다. 그래서 친정으로 돌아와 버렸던 것이지만, 이미 자기에게는 어떠한 종류의 낙인이 찍혀져 있음을 보았다. 그리하여 오늘 이렇게 만나게 된 것이었다. 영화관 안에서 해괴한 애무를 받았을 때 기쁨조차 느끼면서…….

"당신 생각만 하고 있었어." 임섭은 말하고 있는 중이었다. "당신과 나는 결혼을 했거든. 당신 없이는 난 못 살아. 당신과 영화관엘 오니 참 좋아. 그건 그렇고 어디 가서 중국 음식이나 먹을까. 짜장면을 먹고 있노라면 돈이 없이 연애하던 과거가 회상될지도 몰라."

임섭은 웃었다. 거기에다 이 사내는 돈도 없구나. 그녀는 생각하였다. 알량스런 영화를 하나 보고 나서는 기껏해야 짜장면이라? 그녀는 이 사내의 수중에 돈이 넉넉지 않음을 짐작할 수 있었다. 모든 것은 다 이런 식이지. 이 사내가 돈이 넉넉지 않다는 것을 나는 겸코 모르는 체하고 있어야 하는 거다. 그것이 여자가 내보여야 하는 태도라는 거다. 그리하여 돈이 없다는 것을 괘념해야만 하는 자의식이 더 괴롭다는 것조차, 이 사내는 알지 못하고 있겠지. 이런 것이 나이를 먹어서 인간이 얻어낼 수 있는 지혜라는 거겠지. 때가 묻고 세속화되고 뚱뚱하게 살이 찌고 천하태평이 될 수 있는 그러한 무관심한 지혜라는 거겠지.

"중국 음식은 싫어요. 워커힐에라도 가고 싶어."

"그럴 만한 돈이 있으면 우리 아껴서 이따 다른 데 가. 벌써 나는 천이백 원이나 써 버렸어."

"천이백 원에 내가 떨어져 버렸나."

"그러지 마, 돈은 아껴서 써야 해. 헤프게 낭비하고 나면 후회가 되는걸."

임섭은 중국집 앞에서 멈췄다. 그는 안으로 들어섰지만 그녀는 들어서지 않았다. 중국집의 이 층 방에 들어가면 이 사내는 덤벼들 것이다. 애무를 해 올 것이다. 그녀는 그따위 값싼 행동의 노예 노릇을 이 이상 할 수 없었다.

"왜 안 들어와?" 임섭은 화를 내고 있었다. "돈은 내게도 조금 있어요. 오늘은 좋은 장소를 찾아가고 싶어."

"그거 참 별스럽게 그러는군."

임섭은 투덜거렸다.

그녀는 임섭을 바라보았다.

어쩐지 임섭은 허황하게 보였다. 입고 있는 양복, 가랑이가 넓은 넥타이, 반지르르한 머리, 피우고 있는 담배에 이르기까지 그의 인상은 멋없이 박제되어 있는 텅 빈 그늘을 연상시켜 주는 것이었다.

그녀 자신의 인상도 아마 마찬가지이리라. 자기의 모습이 임섭에게 어떻게 비치고 있을지, 그녀는 자기의 텅 빈 그늘이 얼굴에 나타나고 있음을 마치 엿보고 있는 듯한 생각이 들었다.

"우리는 참 우스운 사람들이에요. 그런데 우리는 그것을 웃어줄 만큼 용기를 갖고 있지 않아요." 그녀는 웃었다.

"우습기는 무엇이 우스워? 난 당신을 만나니 행복해 죽겠는 걸."

"행복하다는 것은 어떤 것이에요?"

"그런 건방진 소리는 하지 마." 임섭은 가볍게 그녀의 어깨를 때렸다. "당신은 나의 아내야. 우리는 앞으로 행복하게 살아갈 수 있는 거야. 청춘 시절에는 분별심이 없어서 탈이야. 다행히도 나의 청춘 시절은 지나가 버렸어. 그런데 당신의 청춘 시절은 안 지나갔군?"

"영원히 지나가지 않고 싶어요."

"그야 우리의 생활은 초라하겠지. 우리가 위대하게 될 수 있는 가능성이란 전혀 남아 있지 않아. 그러나 사람이 산다는 것은, 사람이 산다는 것은⋯⋯. 하여튼 이런 유치한 철학적인 소리가 내 입에서 나오지 않게 해줄 수 없어?"

"그렇게 해요."

"자아 유식한 소리는 그만해 두고, 나는 지금 당신을 껴안아 주고 싶어 죽겠어."

"성욕이 막 일어나는 모양이지?"

"그건 그래. 나는 당신을 사랑하고 있는 거야."

"마치 상감마마가 궁녀를 사랑하듯이, 그러한 사랑?"

"제발 유식한 소리는 그만해 둬."

"어차피 나는 당신에게 대항할 수는 없어요."

"그것도 어처구니없는 소리야. 우리 정말 워커힐에라도 갈까."

"그만두세요. 다 부질없는 일이에요."

"아니 왜 그래?" 임섭은 걸음을 멈췄다.

"아무것도 아니에요." 하고 그녀는 말했다.

"왜 울고 있지? 그렇게도 내가 보기 싫어?"

"그건 아니에요." 하고 그녀는 말했다.

"자아 마음을 너그럽게 가져 봐. 내가 다시 한번 약속할게. 과거는 깨끗이 잊어버려. 앞으로는 절대로 당신에게 고통을 주는 일을 하진 않을 거야. 이건 진심이야. 역시 나에게는 당신밖에는 없어. 우리는 숙명적으로 맺어진 거야."

임섭은 열띤 어조로 얘기했다. 그의 목소리는 흥분에 젖어 있었고, 그의 눈은 이글이글 성욕에 불타올라 그녀를 뒤삼켜 버리고 말 것만 같았다. 그러자 그의 손이 그녀의 어깨와 목덜미께를 쓰다듬어 갔다.

그녀는 적이 진정이 되었다. 그녀가 진정한 것이 아니라 그녀의 불만이 진정되어 갔다. 가슴속에는 짜증 비슷한 불만이 얼음덩이처럼 차갑게 응결되어 있었다. 불만을 건드리면 되지 않는 거야. 불만은 정중하게 모셔두어야 하는 거야. 지금 이 사내는 단지 성욕을 느끼고 있을 뿐이다. 그런데 그 성욕은 중요한 의미를 띠고 있다. 이 사내는 오직 성욕을 통해서만 여자를 본다. 성욕을 통해서 여자를 알아차리고 여자를 이해하고 여자와 만난다. 그러면서도 이 사내는 그 점을 의식하지 않고 있다. 이 사내는 대중이라고 하는 무의식 집단 속에 함몰되어 버린 평범한 소시민에게 허여되는 약간의 근대적인 자유를 누리고는 있지만, 그 소시민이라는 위치에 대한 아픈 자각을 갖고 있지 않다. 이 사내에게는 역사가 없다. 이 사내에게는 그래서 근대가 없다. 아니 그것은 모든 사내가 여자를 대할 때에 있어서 도매금으로 적용하는 태도일지도 모른다. 날마다 결혼식은 거행된다. 남자와 여자는 같이 살기로 되어 있다. 시간은 흐르고 모든 것은 반복된다. 반복되지 않은 것은 나뿐이다. 나는 매 순간마다 그것을 결정해야 한다. 나는 이 사내를 아직까지 남편이라는 우리 언어로써 생각하기를 두려워한다. 남편이란 단어에는 이광수가 그려 놓은 1930년대의 그러한 냄새가 난다. 나는 나의 의식과 우리말 사이에 거리감을 느낀다. 나는 이 사내에게 도전하고 반발하고 흥분하고 싶지만, 이 사내는 내가 그렇게 하기를 원하지 않을뿐더러, 내가 그러한 마음을 먹고 있는 것조차 모르고 있다. 이 사내는 말하고 있다. 청춘에는 분별심이 없다고. 나이를 먹으면 달라진다고. 그 말은 무기력하게 옳은 말이다. 모든 것은 반복되고 시간은 흐르니까. 달덩어리 같은 신부, 깨어진 환상, 음침한 시절, 무자각의 슬픔과 기쁨, 해운대에서의 첫날밤, 불결한 늙음의 느낌, 푸른 하늘과 하얀 하늘, 한국을 이해하는 기차, 기차로 간 신혼여행 때의 일을 그녀는 회상해 보고 있었다. 그리고 지금 그의 옆에서 걷고 있는 임섭의 어른스런 태도를 의식하고 있었다.

임섭은 택시를 붙잡았다. 먼저 올라타더니 그녀가 탈 수 있게끔 문을 열어 둔 채로 있었다. 택시를 타고 어디로 가려는가? 그녀는 택시에 올라탔다. 시트는 그 한가운데가 떨어져 있었다. 그래서 불편했다. 차는 움직이기 시작하고 임섭은 담배를 물었다. 조금 뒤에 그녀의 어깨에 팔을 얹었다. 그녀는 모르는 체하고 있었다.

"자아 등을 기대봐. 긴장하지 말고 심호흡을 해봐. 한결 기분이 풀려들 거야."

그녀는 그렇게 했다.

"지금 우리가 어디로 가는지 알겠어?"

그녀는 대답을 하지 않았다.

"지금 우리는 하월곡동으로 가고 있는 거야. 조그만 방을 하나 얻어놓았지." 그는 한동안 말을 끊었다.

"내가 취직이 되었다는 얘기는 들었지? 취직이 되었다는 게 중요한 게 아니라, 주변의 사람들에게 나 자신을 설명할 수 있는 그러한 위치를 가지게 되었다는 게 중요한 거야. 그건 대단히 중요한 얘기야. 내가 그전에 당신에게 화풀이를 했던 것은 내 위치가 없었기 때문이야."

"우린 서로 미안해할 이유는 없을 거예요."

"지금으로서는 그렇겠지."

"우린 서로 희생하면서까지 살아야 할 까닭도 없을 거예요."

"그건 그렇지 않아. 당신과 나는 결혼을 했어. 구청에 결혼 신고는 안 냈다고는 하지만 결혼식이라는 것은 어떤 의미를 갖고 있어."

"당신에게는 다른 여자가 얼마든지 있지 않아요."

"당신과 나는 부부야. 우리는 철없이 백년해로를 맹세했는지도 몰라. 혼란한 나라에서일수록 사람들은 늦게서야 정신을 차리게 돼. 그것도 운이 좋은 사람에 한해서야. 당신이나 나나 결혼 생활을 잘해 나갈 능력이 없었던 거야. 거기에다 당신과 나는 인내심이 부족했어. 결혼 생활이라는 것은 사랑을 가지고 하는 게 아냐. 그것은 차라리 인내를 가지고 하는 거겠지."

　그녀는 대답을 하지 않았다. 어느덧 임섭은 그녀의 손목을 꼭 쥐고 있었다. 임섭의 말보다도 그의 손이 더 설득력을 가지고 있었다. 그것은 땀에 젖어 있었고 더웠다.

　"우리 아버지가 여러 명의 여자를 거느렸기 때문에 얼마나 불행했던가 나는 보았어. 나는 그렇게 되지 않겠다고 어렸을 적부터 결심했어. 나이를 먹고 보니까 결국 나도 마찬가지가 되데. 인간이란 얼마나 지저분하고 더러운 존재인지 모르겠어."

　임섭은 그녀의 손을 가지고 다시 장난질을 치고 있었다. 그녀는 모르는 체하고 있었다. 임섭은 천천히 거기에다가 키스를 한번 했다.

　"그놈의 방을 구하느라고 참 혼이 났지. 복덕방을 열심히 다녀 봤지만 마음에 맞는 방이 없었어. 막상 구해놓고 나니까 맥살이 났지. 이게 내 방이다, 하고 나에게 말해 보았지만 실감이 안 났어. 보기 싫은 인간들과 함께 살지 않아도 된다는 건 기분 좋은 일이지만……. 당신은 내가 어느 집에서 거처했는지도 묻지를 않는군?"

　그녀는 말하지 않았다.

　"방섭이네 집에 가 있었지. 방섭이는 오래전부터의 친구니까 괜찮지만 방섭이 어머니가 놀려댔어. 젊은 인간이 얼마나 똑똑지 못하면 자기 방 하나 없는가, 자기 부인은 다른 데 놓아두고 혼자 와서 사는가, 하고 놀려대더군. 그런 말에는 대꾸할 수가 없었어. 밤

열한 시가 지나서야 그 집엘 들어가곤 했어. 저녁밥은 줄곧 외식을 했어. 돈이 없을 땐 안 먹었지. 사실은 외식을 한 것이 아니라, 술을 먹었지. 아침엔 여섯 시쯤 일어나서 바깥으로 나와 버리곤 했지. 밥상에 낯선 식구가 끼어 있다는 건 괴로운 일이거든. 당신에게 전화 연락이라도 못 한 건 이런 때문이었어."

택시가 섰다. 둘이는 행길로 내렸다.

걸었다.

임섭은 그녀의 팔을 붙잡고 있었고, 그녀는 상당히 피곤을 느꼈다.

"어때, 이만하면 충분히 설명이 된 걸까? 오늘은 이 방에서 함께 자고 가."

"안 돼요. 오늘은 그냥 가야 해요."

"할 수 없지. 내일 오전에 이사를 하기로 하지. 택시를 한 대만 부르면 될 거야. 내가 그리로 갈 테니 준비를 해놓고 있어. 짐이라야 별 게 없을 테니까."

그녀는 대답을 하지 않았다.

집이 나타났다. 그 안으로 들어갔다.

조그만 방이었다. 새로 도배가 되어 있었다. 그 안으로 들어갔다. 방바닥은 차가웠다. 임섭은 담배를 물고 있었고, 그리고 아무 말도 하지 않고 있었다. 조금 뒤에 임섭은 다가왔다.

임섭은 바깥으로 나갔다. 그녀는 자기의 몸매를 정돈하였다. 아마 과자라도 사러 나갔겠지. 사과라도 사 오겠지. 맥주라도 한 병 사 올지 몰라. 그것을 먹게 되겠지. 그리고 다시 키스라도 퍼부어 오겠지. 하얀 도배지의 방 안으로 형광등 불빛은 유난히 창백하게 빛

나고 있었다. 그 짧은 행위를 치르는 동안에 시간이 이렇게 흘러가
버렸나? 그녀는 등을 벽에다가 기대었다. 상당히 피로하구나. 결국
이러한 것일까? 눈을 감았다가 떴다. 다시 한번 속아줄 필요가 있
을까? 임섭은 너무 친절해서 믿을 수가 없다. 왜냐하면 그는 친절
한 사내가 아니었다. 임섭의 친절이 달아나는 때, 또는 임섭의 성욕
이 그녀로부터 멀어질 때 모든 것은 다시 문란하게 되리라. 그것을
그녀는 알고 있었다. 도망가 버릴까? 임섭이 나타나기 전에 사라져
야 하지 않을까? 지금 도망가 버린다면 임섭은 화를 내겠지. 그리고
단념하겠지. 이 여자는 사람의 정성을 받아주지 않는다고. 그녀는
생각을 계속하고 있었다. 도망가 버려야 하는 것이 아닐까? 그녀는
눈을 떠서 조그만 방을 유심히 살펴보았다.

　방.

　그녀는 임섭의 목소리가 둥둥 떠와서 그녀의 귀로 들어오고 있는
듯한 착각을 가졌다. 그녀는 하품을 한 번 했으며 기분 좋게 졸음이
오는 것을 느끼고 있었다. 몸은 피로하였고 정신은 흐려갔으나 슬
프지는 않았다. 기쁘지도 않았다. 나는 잠들어 버린 것일까? 그녀는
이상한 감동 상태에 놓여 있었다. 이제는 아무렇지도 않다. 이 방은
너무 차갑구나.

　아까도 차가웠었지. 특히 방바닥과 맞닿았던 어깨가 차가웠었
지. 이제는 아무렇지도 않다. 얼마든지 견딜 수 있다. 초조하지도 않
고 불안스럽지도 않다. 시간이 흘러간다는 것이 무섭지도 않다. 임
섭이라는 사내가 어떻든 무슨 상관인가? 이 사내가 성욕이 왕성하
다는 것은 그래도 얼마나 다행인가? 힘껏 껴안겨 있으면 좋겠다. 사
람은 어떻게 살아가고 있는 것인가? 대지모신은 사람들로 하여금
어떻게 살아가리라고 명하셨다? 그것을 모두 알면 천재게? 그녀는

자기의 생각이 재미나서 웃었다.

　어린애를 하나 낳고 싶구나. 그녀는 다시 한번 하품을 했으며, 그러고는 똑바로 정신을 차렸다. 이대로 잠들어 버리기는 싫었다. 그렇게 되면 죽음의 냄새를 맡게 될는지도 몰랐다. 거기에다 이 방은 너무 차가웠다. 그녀는 일어나서 방문을 열고 바깥으로 나왔다. 한결 정신이 맑아지고 그녀는 차가운 공기에서 흥분을 느꼈다. 얼마든지 오래 살아도 괜찮을 것만 같은 그러한 힘이 무럭무럭 솟구쳤다. 그녀는 눈시울을 촉촉이 적시면서 신흥 주택단지를 조망하고 있었다.

　이미 땅에는 어둠이 내렸다. 어둠은 대지를 촉촉이 적셔 놓고 있었다. 그 가운데를 뚫고 전등 불빛이 점점 뚜렷하게 빛을 발해 갔다. 어둠의 포근함에 감싸인 땅이 끝나는 곳에 하늘이 펼쳐져 있었다. 그녀는 하늘을 바라보았다. 거기에는 아직 어둠이 풀리지 않았다. 그녀는 유달리 하얀 하늘을 바라보았다. 원래부터 푸른 것이 아니라 하얗던 것이라는 듯이 그렇게 하얀 하늘을 바라보고 있노라니까, 그다음으로 시꺼먼 땅에 관해서 그녀는 도저히 이해가 가지 않았다.

　그래서 그녀는 퍽 감동을 느끼면서 한참 동안 서 있었다. 하늘을 바라보고 있는 것이 아니라 하얀 하늘을 바라보며 서 있다가, 이윽고 추위가 골고루 자기의 신체에 채워져 가는 듯한 느낌을 받았을 때 그녀는 방 안으로 들어오고 말았다.

《여성동아》, 1969년 6월호

외도

외도

춤추러 가자는 말을 듣고 다숙이는 놀라 버린다. 그녀는 겁이 나기도 하고 행복하기도 하다. 하지만 행복한 느낌보다는 겁이 더 난다. "네, 가요." 조금 뒤에 다숙이는 대답하는 것이지만, 이것은 일종의 모반이 아닌가? 정 교수는 댄스홀에 가자고 말하고 난 뒤에도 그대로 시부룩한 표정이다.

그렇다고 이 남자의 마음속을 규지(窺知)할 수는 없다. 실패는 차라리 조용한 것이 아닌가? 이 남자는 조용하게 실패되고 있다는 그것을 원한다. 그런 이유로 다숙이의 동의를 구하고자 한다. 댄스홀이라는 곳은 좀 징그러운 장소가 아닌가? 그 징그러움은 해괴한 부(富)의 느낌과 쾌락의 마음을 거느리고 있기 때문이지만, 설마하니 정 교수로부터 댄스홀에나 가자는 말을 들을 줄은 짐작도 못했던 일이다. 하기야 쉰두 살의 사내가 센티해질 때도 있겠지. 값싼 영화에 등장하는 것과 같은 로맨스그레이의 기분조차 가미되어서……. 그러나 흥겨운 사태가 벌어져서 정 교수가 무도에의 권유를 해 온 것은 아니다. 그것과는 반대로 "정말 피로해 죽겠어." 하고 정 교수는 조금 전에 말한 바 있다. 이분은 어처구니없이 무너지려 하는 것이다. 그것을 자신도 알고 있다. 잘 알기에 모반을 꾸며 보려

하는 중이다. 다숙이를 만난 것은 "어째 일이 잘 안 되눈." 하고 자신의 실패를 농담처럼 말해 버리고 싶어서인 것이다.

오늘따라 이분은 늙어 보인다. 나이를 먹어 버린 것이 아니라 나이와 함께 무거워져 버린 것 같다. 이분의 가슴은 유행가사마따나 철판을 깔아 놓은 듯하지만, 다숙이는 오늘따라 이분이 서글픈 표정을 짓고 있는 것이 안타까워 견딜 수 없다. 운전수가 열심히 백미러를 들여다보고 있음을 다숙이는 보고 있다. 운전수는 무슨 생각을 하고 있을까? 영감님이 젊은 첩을 거느리고 댄스홀에 가고 있다고 생각하겠지. 상당히 분개한 기분을 섞어 개탄을 하고 있겠지. 다숙이는 옷매무새를 정돈한다. 자기의 옷 빛깔이 너무 화려한 것 같아 황송하다. 그녀는 궁둥이를 들썩거려 자리를 조금 옮겨 앉는다.

"오늘은 기분이 안 좋은가?"

"네, 그래요." 다숙이는 시인한다.

"왜 그럴꼬?"

"실은 골치가 좀 아프네요." 다숙이는 대답한다. 정 교수는 웃는다. 다숙이도 따라 웃지만, 웃음이야말로 얼마나 교활한 속임수일까 생각한다. 그녀는 오늘따라 사근사근하게 대해 오는 정 교수가 불안스럽다.

"여기 아스피린이 있는데 들겠나?" 정 교수는 아스피린을 꺼낸다.

"싫어요, 물 없이 아스피린을 먹으면 목구멍이 좋아하질 않아요." 다숙이는 거절한다.

그러자 택시는 댄스홀에 도착해 있다.

"어서 오십시오." 나비넥타이를 맨 웨이터는 이 말을 하기 위해서 무척이나 오랫동안 기다려 왔던 듯하다. 정 교수는 나비넥타이가 존경해 주어도 별반 기뻐하지도 않는다.

"참 오랜만에 와 보눈." 정 교수는 말한다.

"그러네요." 다숙이는 대답하면서 홀 안의 광경에 시선을 보낸다. 다숙이는 갑자기 춤이 추고 싶어진다. 넓은 홀 안에서는 반란이 일어나고 있다. 007 영화의 주제 음악에 맞추어 자랄 대로 자란 사내와 여자들은 열심히 부둥켜안은 채 돌아가고 있다. 흡사 짐승의 흉내들을 내는 것 같다. 마음 놓고 짐승의 흉내를 내기 위해서 번질번질 칠을 하고 울긋불긋 전등알을 박아 놓은 것 같다. 음악은 제임스 본드라는 이름을 가진 첩보원이 겪어 가는 모험과 살인과 애정 행위를 감미롭게 재생시키고 있다.

사람들은 음악의 선율에 의탁하여 말하자면 자기들이 제임스 본드나 되었다는 듯이 으스대고 있다.

좌석에 앉자 웨이터가 굽신거리며 물수건을 갖다주고 그러자 음악이 바뀐다. 정 교수는 일어나고 두 사람은 홀 중앙으로 나간다.

음악은 도돈빠[1] 리듬이다. 쿵다라딱딱쿵…… 드럼이 리듬 반주를 계속하고 있다. 그래서 노래는 쿵다라딱딱쿵…… 리듬이 얽히고 설킨, 무슨 복잡한 하소연인 것처럼 들린다. 조그만 여가수는 쇳내가 섞인 음성으로 슬픈 노래를 부른다. "당신과 만났을 때, 내 마음 어쩐지 울렁거렸지만……." 조그만 여가수의 노래는 교미기에 들어선 동물의 슬픔을 연상시켜 준다.

"이런 춤은 힘이 들어. 블루스나 트로트가 역시 내게는 좋아." 정 교수는 민첩하게 굴려고 애쓰면서 다가왔다 물러섰다 한다.

"저도 블루스가 좋아요."

다숙이는 말하지만, 어째 정 교수에 맞추어 춤을 춘다기보다 쿵

---

1) 1960년 초기, 일본에서 만들어 유행하기 시작한 라틴 리듬의 댄스곡.

다라딱딱쿵……에 리드되어 저 혼자 돌아가고 있는 듯한 느낌이다. 그녀의 몸속에 잠복해 있던 여성이 점차로 눈을 뜨기 시작한다. 가슴은 드럼에 맞추어 쿵다라딱딱쿵…… 동계(動悸)하고 있다. 다숙이는 눈을 감는다. 짐승같이 우악진 사내가 나타나 자기를 겁탈하고 있음을 상상해 본다. 그것이 그녀를 흥분케 하고 피로케 한다. 다숙이의 맹목의 의식은 이미 정 교수의 존재를 뛰어넘어 어느 껌껌하고 슬픈 지역으로 초대를 받아 가고 있는 것이다.

그녀의 결점은 쉽게 감동되고 도취되어 버리는 데 있지만, 그럼에도 감동과 도취는 좋다. 다숙이는 막연한 도취 상태에 빠져 정 교수라고 하는 덩치 큰 사람을 불쌍한 어린애와 같다고 생각하는 것이다. 무럭무럭 모성애와도 같은 감정이 일어나서 그것으로 정 교수를 포근히 감싸 주고 싶다. 나는 정 교수에게 정을 느끼고 있는 것이나 아닐까? 정이라는 그것으로 해서, 아니 정을 주었다고 생각한 사내에 의해서 청춘 시절을 비뚤게 보낸 다숙이에게는, 이 말처럼 무섭고 혐오할 만한 말이 없다. 다숙이는 마음속에 생긴 질문에 해답을 내리기를 단념한 채, 정 교수와 다시 저 혼자 화해하는 것이다.

정 교수를 알게 된 지는 퍽 오래된다. 그러나 사적으로 접촉을 가지게 된 것은 일 년여를 굽어보는 정도이다. 정 교수는 주걱턱이 진 얼굴을 가지고 있고 대단히 살찐 목덜미를 가지고 있다. 그래서 턱과 목덜미의 경계선이 선명하지 않으며, 거기에 항상 세 가닥의 비곗살이 진 주름이 그려져 있다. 마치 개개의 이목구비는 얼굴의 엉성한 윤곽 속에서 억지로 타협되고 있는 듯하다. 특히 그의 눈은 비뚤게 박혀 말하자면 필요하지도 않은 장식품으로서 얼굴의 윗부분을 뚫어 놓고 있는 것 같다. 작년 여름철, 정 교수의 못생긴 눈이 열렬한 하소연을 담아 다숙이를 나포하고 있을 때 이상하게도 가

슴이 찌릿했던 것을 그녀는 기억하고 있다. 전신이 하사분해지면서
이분에게 저항할 도리가 없다고 느꼈던 감정이 회상된다. 그때 다
숙이는 결혼했던 남자로부터 버림 비슷하게 받았던 처지에 빠져 있
었고, 그래서 공부나 계속하여 아픈 마음을 달래기로 마음먹고 있
었던 것이지만, 그것이 정 교수를 받아들이는 감정으로 흐를 줄은
생각하지 못했던 일이다. 그 감정은 물론 지금에 이르러서도 큰 변
화를 일으키지는 않고 있다. 하지만 정 교수에 대한 이 세상의 평판
과, 그의 사생활에 있어서의 행동거지가 부합되지 않는다는 것을
발견했을 때 얼마나 놀랐는지? 사내들의 그 남성만의 세계는 너무
잔혹한 생존경쟁의 현장일 테지만, 그렇다고 사내들을 남성만의
세계에 있어서의 어떤 능력에 비견하여 파악한다는 것이 반드시 정
확하지는 않다. 그래서 다숙이는 젊은 남자건 늙은 남자건, 저들이
너무 강한 체하는 것을 신뢰하지 않으려는 기분으로 있는 것이다.

　얼마 전에 정 교수는 세계를 일주하고 돌아왔는데 그때부터 생
각이 좀 달라졌다는 일반인들의 평을 받고 있다. 세계를 일주했댔
자 낭만적인 여행이었을 리는 만무하고 이리 기웃 저리 기웃 엽전의
느낌을 가지고 촌놈 행세나 하고 돌아왔을 테지만, 정 교수는 그러
니까 한국이 대단히 못살고 있다는 사실에 새삼스러운 감명과 충
격을 느낀 것 같다. 세계를 돌아보고 온 정 교수의 시선으로서는,
'우물 안 개구리들'이 얼마나 답답하게 보였을 것인가? 하지만 '우
물 밖 세상'에 황홀해져서 무턱대고 우물 안을 혐오한다면 그것은
또 무슨 노릇인지? "우리도 잘 살아야겠다"라는 말이 정 교수에게
는 중요한 연구 과제가 되는 모양이다. 정 교수의 전공 분야는 심리
학 계통이지만, 대사회(對社會) 발언은 외국여행 이후로 열을 띠기
시작한 것이다. 정 교수의 인생관이라고나 할까 (만약에 인생관이

그에게 용감하게 존재한다면) 그러한 것의 내용도 뒤바뀐 듯하다. 이 세계는 육이오 전쟁을 함께 겪은 것도 아니고 조국분단의 쓰라림을 함께 나누고 있는 것도 아니며, 한국처럼 폐쇄된 분위기 속에서 어처구니없이 고생들만 하고 있는 것도 아니라는 것을 정 교수는 처음으로 깨달은 듯하다. 그러한 발견이 정 교수로 하여금 일종의 에피큐리언적인 소지를 마련케 해 주는 것이다.

다숙이는 정 교수의 달라진 인생 태도에 자기가 관련을 맺고 있음을 안다. 정 교수는 다숙이를 만남으로써 센티멘털리스트가 되고 있고, 인생파(人生派)가 되고 있고, 페미니스트라도 된 듯이 착각하는 것이다. 거기에는 청춘의 향수를 느끼기 시작하는 정 교수의 노령을 붙잡아 매어 두려고 하는 섹스적인 동기조차 엿보이는 것이지만, 다숙이는 그 점에 관해서만큼은 자신의 영토를 허물고 싶지가 않다. 왜 그런고 하니 정 교수의 섹스가 거느리고 있는 묘한 허무주의를 시인하고 싶지가 않기 때문이다. 어느 날 정 교수는 중얼거린 적이 있다. "인생이 너무 허무해 죽겠어. 그래서 불투명한 건 싫어졌어." 정 교수는 열심히 외로워하고 있었는데, 불투명한 것은 다숙이가 아니라 도리어 정 교수 자신임을 의식하고 있지는 않다. 정 교수는 가정적으로는 비교적 무난하게 견디어 온 모양이고, 세상 소문 안 나게 착실한 고령토 수출 회사도 하나 차려 갖고 있는 것이고, 그리하여 공자의 경우에는 이순을 느낄 나이에, 새삼스러이 낭만을 찾고 싶어 하는 것이다. 이제는 너무 늙어 의무적으로 살아 주는 아내와, 제멋대로 성장해 버려 정이 가지 않는 자식들로부터, 그러니까 '인간적으로' 해방되어 보려고 아등바등하는 것이다.

세상은 과연 어디까지 와 있는 것일까? 극심했던 파괴와 무질서로부터 이 세상은 얼마만큼 낙원을 획득해 내고 있는가? 아니면 황무지로 환원되고 있는가? 이런 것을 제법 엄격하게 따져 본 적이 있는 다숙이에게는 자기의 반복될 수 없는 인생에서 무엇이 잘못되어 가고 있는지를 느끼고는 있다. 그럼에도 이 세상에 관해서 너무 진지하게 생각해 본다는 것은 금물이다. 더욱이 여자는 사회를 몰라 두어야 할 필요가 있다. 실패가 왔을 때에는 절간에라도 들어가서 이 사회와의 인연을 끊어야 하는 것이다.

다숙이는 서른한 살이라고 하는 자기의 나이가 독신으로 견디게 하는 뜨거운 힘을 부여하지 못하고 있음을 계산해 보는 때가 늘어 있다. 그러다 보면 자기야말로 이 사회가 마련해 준 어처구니없는 모순으로 인해 존재하는 여자라고 개탄할 때가 있다. 독신으로 지내는 여자는 일종의 사회악이라고 어떤 남자는 험구를 했지만, 다숙이 자신도 그러한 험구에 변명할 생각을 갖고 있지는 않다. 사회는 다숙이와 같은 여자를 승복하지 않는 것이고, 그렇다고 해서 자기가 이 사회보다 한 차원 높은 곳에 위치하고 있다고 자부하고 싶은 마음은 없다. 그런대로 다숙이는 혹종의 자각증상을 갖고 있다. 무섭도록 방임되어 있고, 모순과 비리에 가득 차 있어서, 바로 그것이 모든 정직성과 순진성을 앗아가 버리고 마는 듯한 저 분위기에 대한 자각증상을 그녀는 열등감처럼 갖고 있는 것이다. 거기에 관해서는 정 교수도 말한 적이 있다. 정 교수가 애용하는 용어에는 '대한민국에 있어서의 생존 전개방식'이라는 것이 있다. 이 용어는 그런데 상당히 관대하고 아량과 여유를 거느리고 있다. 웬만한 비리나 부정부패, 끔찍한 사건들은 '대한민국에 있어서의 생존 전개방식'의 한 양상으로 이해되며 용서를 받는다. 지독한 봉건주의 아래에서 몇 천 년의 시간을 보냈고 악독한 식민체제 아래에서 견디어낸 민족이라 일반적인 양식으로서는 납득할 수 없는 짓거리가 쉽사리 허용될 수밖에 없다는 막연한 체념감이 그 투박한 용어에는 포함되어 있는 것이다. 그리고 그것은 정 교수 자신의 인생에 대한 화해의 심정이 곁들여 있기도 하다. 어차피 인간이란 정의와 진리라고 하는 추상적인 목표를 위하여 사는 것은 아니고, 자기 자신의 에고이즘과 쾌락을 위해서 사는 것일 수밖에 없다는 그러한 의미가 내포되어 있는 것이다. 그리하여 생존경쟁의 현장에서 패배당하지 않고 살아남을 수만 있다면 그것으로 가장 위대한 승리를 거둔 것일 수밖에 없다는, 그러한 종류의 회포가 정 교수를 지배하고 있고, '대한민국에 있어서의 생존 전개방식'의 중요한 내용을 이루게 되는 것이다.

하기야 그럴 만도 하겠지. 험난한 후진사회, 분단된 조국, 전쟁을 예감케 하는 갖가지 징후가 당위론적으로 표현되는 과도기를 살고 있는 개개의 인간은 얼마나 무력하고 허약한 존재들일 수밖에 없는가? 개인들이 그 허약하다는 이유로 해서 혹종의 자유를 획득하고 있다고 착각한다면, 무슨 생각인들 못 할 수 있겠는가? 다숙이는 1960년대의 서울에서 살고 있기 때문에 생겨나는 구체적인 삶을 생각해 본다. 그런데 그 삶을 자기의 삶으로서 이해할 때에는 아픔과 무거움과 슬픔이 수반된다. 하나의 슬픔을 이겨 내기 위해서는 얼마나 많은 변명과 비굴이 필요한 것인가? 슬픔은 오직 약한 인간의 소유물인 것일까? 다숙이는 슬픔 또한 어느 한계에서 차단되어야 하리라고 굳이 생각은 한다. 그러면 어느덧 자기의 슬픔은 타락해 버린 슬픔에 불과하다는 것을 깨닫는 것이다.

정 교수는 다숙이가 젊다는 것을 이해하지는 않는다. 젊음이 갖고 있는 고민을 알아줄 아량이나 여유가 정 교수에게 없기 때문이다. 다숙이를 단지 육체의 젊음과 싱싱함으로 이해하고 거기에 막연한 질투를 하고 있다. 그것이 정 교수의 노령의 의미를 이룬다. 전쟁과 혁변(革變)의 소용돌이를 간신히 맴돌아 왔던 생명력의 쇠퇴에 대한 안타까움과 몸부림은, 옛날 시조 시인들의 백발 타령보다는 복잡한 느낌을 갖고 있다. 그러기에 정 교수는 다숙이가 갖고 있는 리얼리즘이라고나 할까, 이 세상에 대한 인식의 세계를 그저 젊은 여자의 발랄한 생명력쯤으로밖에는 치부해 주지 않는다. 거기에 대해 다숙이는 항의를 제출해 보는 것이지만, 그것은 달걀로 바위를 때리는 항의에 불과한 것이다. 후진사회일수록 나이를 먹어 보지 않으면 저 모든 엄청난 비리를 도저히 이해할 수 없다는 것이 정 교수의 의견인 것 같다. 정 교수는 자기의 약점을 시인하는 경우가 드물지만, 때에 따라서는 자기가 가지고 있는 약점을 어떤 도덕감이나 양심의 문제로 되돌려 생각해 보려는 정직성을 가지고는 있다. 하기야 그 누구도 한국과 같은 이러한 상황에서, 그 시대를 인도하고 그 시대를 초월하여 미래를 열어 주는 능력을 보일 수야 없을 것이다. 정 교수 자신도 어차피 이 과도기적인 시대의 평범한 아류에 불과하다. 이따금씩 너무 크게 들키지 않을 목소리로 얘기를 해 보기는 하지만, 이 시대가 도저히 예언자의 출현을 기대하거나 뛰어난 리더십에 의탁하여 사물을 바라볼 수 있게 만드는 시대가 아님을 정 교수는 알고 있다. 그래서 양심 앞으로 다가오는 힘든 문제를 그리 힘들지 않게 소화시키고, 다음으로는 정 교수 자신의 사적인 인생 문제로 돌아가는 것이다. 더욱이 근래에는 정 교수의 노령이 갖고 있는 안타까움과 무력감에 의해, 파라다이스에로의 열망을 표시하는 젊은이들에 대한 개탄을 금하지 못하게 한다. 지난 세월의 곤란을 회상케 하여 경제개발이 어느 정도 이루어져 있는 현재가 그 어느 때보다도 나았다는 결론을 내리는 것이다.

"전쟁을 하면서 느꼈던 고통이 상환되기에는 너무 짧은 세월이었겠지만…… 그러나 내 인생이 늙어지는 데에는 아주 충분한 세월이었어. 이걸 다숙이가 이해하지는 못할 테지만 말이야."

정 교수는 말한 적이 있다. 이럴 때 다숙이는 여성이 갖고 있는 이해심과 애정 감각으로 정 교수의 고독에 대한 동반자 노릇을 해 주고 싶다. 하지만 인간이 갖고 있는 감화야말로 가장 주관적인 토로에 그치고 마는 것뿐일까? 다숙이는 문득 정신을 차리고 생각해 본다. 빨갛고 파랗고 크고 작은 여러 개의 전등알— 그 모두가 갑자기 여간 낯설어 보이지 않는다. 춤이라는 것도 또한 낯설다.

다숙이는 자기의 분별심에 약간의 분노를 가미하여 댄스홀의 내부를 유심히 관찰한다. 댄스홀에는 생활이 없다. 이런 곳에 들락거리는 사람들에게는 차라리 부르주아 정신도 없다. 이곳은 얼마나 어처구니없는 장소인가? 사람들은 어찌 이따위 곳엘 들락거리면서 마치 저네들이 대단히 가난한 나라의 지배층이라도 된 듯이 거드럭거리고 있는가? 그것이야말로 어린애들의 시쳇말로 따져서, 별꼴이 반쪽이다. 도돈빠 리듬은 계속되고 있고 무조건 슬픈 여가수는 노래의 제2절을 부르고 있다. 다숙이가 텔레비전을 통해서 보았던 사회 명사가 귀신같은 화장을 한 젊은 여성에 파묻혀 이쪽으로 다가오고 있다. 그 사회 명사의 살찐 얼굴에 이글이글 고여 있는 음탕한 섹스가 다숙이를 놀라게 한다. 다숙이는 고개를 돌려서 정 교수를 바라본다. 정 교수는 나무토막처럼 뻣뻣하게 돌아가고 있다. 마악 입을 열어 무슨 얘기든지 해 보고 싶다는 표정이다.

이제 트럼피트가 바이브레이션을 일으키며 청승맞게 고조되기 시작한다. 드럼을 치는 사나이의 두 손은 여전히 분주하다. 쿵다라 딱딱쿵…… 사람들은 마치 드럼 소리가 당대(當代)를 지배하는 비접한 법칙이라도 되는 것처럼 그 리듬에 순종하여 돌아가고 있는데, 음악이 격렬해지자 그들의 광란적인 몸짓은 열기를 띠기 시작한다. 거기에는 이 세상이 어떻게 되든, 육체에 묻어 있는 본능을 철저히 씻어 버려야겠다는, 말하자면 악착스런 고리대금업자의 상혼과도 같이 완벽한 열성이 포함되어 있다. 그러자 음악은 섹슈얼 인터코스를 끝낸 뒤의 무기력함과 흡사하게 흥분을 가라앉히고 나서 코다 부분에 이르러 있다. 사람들은 댄스를 멈출 채비를 차리고 있고, 우스꽝스런 도취 상태에서 마악 깨어나려는 때의 엉뚱한 점잖음에 지배받기 시작한다. 순식간에 음악이 멎어 버린다. 다숙이는 갑자기 멈추어 선다. 여전히 뚱한 표정의 정 교수를 바라본다. 정 교수는 즐기지 못했다는 불만스러움을 내보이고 있는데 그것이 다숙이에게는 우습다. 그래서 다숙이는 애매하게 미소를 띤다. 이제 지겨운 놀음도 다 끝나서 홀가분한 마음을 가지게 된 사람처럼 어깨를 내리 세우고는 좌석으로 돌아간다. 정 교수도 쫓아오면서 "좀 덥군그래." 하고 혼잣소리로 중얼거린다.

"전 목이 타요." 다숙이는 정말 갈증이 심해 와서 좌석에 앉자 이렇게 말한다. 새로이 왈츠가 시작되어 있고, 어슬렁어슬렁 홀의 가운데로 나아가고 있는 남녀들이 보이기는 한다.

그러나 좌석이 있는 곳에는 어둠의 보호를 받은 채 많은 남녀가 주둔하고 있다. 이곳의 사치스러운 실내장식이 사람들을 그저 막연히 세련되게 보이도록 해 주고는 있다. 그러나 그 세련된 인상이라는 것은, 많은 돈을 지불해야 하는 이러한 장소엘 들어오게 되었다는 어떤 특권의식을 즐기려는 상황 감각으로 인하여 유도된 것임을 다숙이는 느낀다. 말하자면 살찐 사람이 살찐 것에 대해서 갖는 속된 우월감과 흡사한 것이다. 그러자 다숙이는 자기가 저들과 마찬가지로 살이 쪄 버린 것이 아닐까 두려워지는 것이다.

그리고 다숙이는 정 교수의 시선을 피하면서 또 생각에 잠긴다. 어째서 정 교수는 댄스홀에 오자고 한 것일까? 이러한 분위기에 섞이어 있으면 서글퍼진 마음이 위로를 받을 수 있다고 생각해서인가? 다숙이는 그것이 알 수 없다.

경제개발이 당위론적으로 국가 시책의 중요한 과제로 등장한 이후로 보이고 있는 중요한 변화는 빈곤에 대한 반응보다는 차라리 부(富)에 대한 의식 조작(操作)이라면, 이러한 댄스홀의 분위기가 바로 그러한 것의 적나라한 표정인지, 다숙이는 알 수 없어지는 것이다. 그리고 정 교수라고 하는 오십 대의 사나이가 이 시대의 표정에 대해서 갖고 있는 소박한 서글픔의 연원은 이와 같은 댄스홀에의 입장권(入場券)을 빼앗길까 봐 조바심을 내는 그러한 것에 불과한지 알 수 없어지는 것이다. 차라리 다숙이는 요염하게 담배라도 한 대 물고 싶다. 여자가 담배를 피운다는 것이 어색하다면 그러한 어색함을 붙잡음으로써 이곳의 분위기가 주는 느글느글한 감정을 제거하고 싶어지는 것이다.

"정말이지 오늘은 긴 하루였어." 정 교수는 맥주를 따르면서 말한다. "사람 살아간다는 일이 어찌 이다지도 힘이 드는지 모를 일이야. 그래서 다숙이를 꼭 만나고 싶었지."

"네에." 다숙이는 어정쩡히 말한다.

"내일은 또 무슨 일이 터질지 몰라. 비록 흥분해서 낙망하거나 그럴 나이는 아니지만, 시간이 흐른다는 것이 두렵기도 해."

"잘 되겠지요 무어." 하고 다숙이는 말한다. 그녀의 말은 무력한 종류의 것이지만 그 이상 위안이 될 말을 다숙이는 알지 못하는 것이다. 정 교수는 이 며칠 사이에 여러 방면으로 내우외환을 겪고 있는 것이다.

"요사이는 갈피를 잡을 수 없어. 내가 이런 곤경에 부딪쳐 보기는 육이오 전쟁 이래 처음이야." 정 교수의 언어는 묘한 서글픔을 담고 계속된다. "전쟁 때에는 모든 사람들이 곤경을 함께 겪고 있었으니까 문제는 달랐어. 요사이 내가 겪고 있는 곤경은 오직 내 개인의 문제에 국한하는 듯하니 이걸 참을 수 없단 말이거든. 참 묘한 느낌이 들어. 내가 늙어 버렸다는 것을 확인하는 일이 되니 얼마나 한심한지 몰라."

정 교수는 다숙이에게 말하고 있다기보다는 자기 스스로에게 말하고 있는 것 같다. 그래서 다숙이는 마음이 불편하다. 정 교수의 불행에 관해서 보여주어야 하는 예절(禮節)에 관해서 다숙이는 썩 자신이 있는 것이 아니다. 그러나 다숙이는 경박하지 않은 마음을 가지고 정 교수를 이해하려고 애를 쓰기는 한다. 이분이 심중을 토로하고 싶어 하는 대상은 다숙이밖에는 없는 것 같기도 하다. 다숙이자신이 지루한 청문회의 군중 노릇을 하는 한이 있더라도 정 교수의 곤경에 관해서는 그것을 들어줄 의무를 즐거이 가져야 하는지도 모를 일이다.

이 세상의 중심은, 그것이 사람에 의해서 운영이 되는 것처럼 생각되는 한에 있고서는, 누구도 함부로 건드려서는 아니 될 엄격한 객관성에 있는 것인지 모른다. 살고 있는 것은 일인칭적인 세기만을 강조해서 고집할 수는 없을지 모르겠다. 따뜻한 이인칭의 출현을 기대한다는 것은 어쨌든 사치스러운 일이고…… 설사 나의 곁에서 누가 배고픔에 못 견디어 자살을 기도하였다 하더라도, 내가 그에게 보일 수 있는 관심이란 나의 어떤 한계를 침범하는 것 이상일 수는 없을 테니까, 그때 나는 깊숙이 도망가 버리고 마는 것이리라⋯⋯.

　냉정성, 또는 이 세계를 지배하는 최소한도의 객관성을 긍정하다 보면 어떠한 사태가 벌어진다 하더라도 이 세상은 정상적으로 돌아가고 있다는 관점을 버릴 수 없게 된다. 바로 그것에 의해서 예기치 않게 벌어지는 한심한 일들은 용서를 받는다. 범죄는 끊임없이 일어나고 있고, 전쟁이란 것도 당장 일어날 수 있으며, 편안히 일생을 마쳐야 마땅할 순박한 사람들이 그렇게 되지 못하는 비극적 실례조차도 또한 하나의 당연성 속에 용해되어 버린다. 그렇다면 그 당연성이란 과연 무엇이며 누가 그 당연성을 걱정하고 있는 것인가? 한국의 현실에 고여 있는 이러한 분위기 속에서는 언어를 가지고 얘기해 보는 모든 판단이 결국은 하나의 언어적 질환 이상일 수가 없고, 말을 가지고 진단해 보는 토의라는 것은 허무한 공론 이상의 것이 아니지만, 그럼에도 불구하고 고통을 느낄 때마다 사람들은 그들이 살고 있는 시대를 설명하고 싶어 못 견디어 하는 것이다. 사람들이 시대를 설명코자 하는 것은 시대가 설명되지 않고서는 살 수가 없기 때문인 것이지만, 사실상 이 시대를 정확하게 설명하고 있다고 믿을 사람은 아무도 없다. 다숙이는 정 교수의 얼굴을 파먹어 가기 시작하는 주름살에서, '한국인의 생존 전개 방식'이라는 용어의 어려운 내용을 읽을 수 있다. 그것은 정 교수의 노령이 당도한 엉뚱한 세계, 전쟁과 혁변을 치르며 나이를 먹어 간 사내가 보고 있는 패배감에 연결이 되어 있는 것이다.

　정 교수는 말한 적이 있다. 전쟁 중이었을 때에는 분노가 있었고, 분노로 인하여 사람들이 견디어 낼 수 있었지. 그러자 지금 와서는 그 분노가 사라져 버린 거야. 그렇다면 분노 대신에 무엇이 대체해 들어왔는가? 경제개발인가? 아니면 '소비자는 왕이다' 따위의 선전 문구에 도사린 한심한 소비 정신인가? 전쟁에 의해서 분쇄된 인간들. 정 교수는 개탄한 적이 있다. 이들이 학교 선생이 되고 정치가가 되고 장사꾼이 되고 있지만, 결국 이들이 하고 있는 것은 전쟁에 대한 연장이며 확인이며 망각의 곡선을 그리고 있는 게 아닌가? "난 점점 아물었던 상처가 되살아나는 듯한 아픔을 느껴. 그래서 무서움을 느껴." 정 교수는 이렇게 말하는 것이지만, 세계를 일주하고 온 뒤에 얼마나 그 사고방식이 달려져 버렸는가를 눈치챘을 때 다숙이는 어리둥절하지 않을 수 없다.

"점점 나 자신이 늙어 버렸다는 것이 의식되는군. 이 세상은 아무렇지도 않은데, 유독 나 혼자서만 늙어 가고 있지. 더구나 요사이의 관리들이나 일반 사회 실무자들은 너무 눈앞의 현실에만 붙잡혀 있어서 우리가 살고 있는 땅덩어리가 어떤 땅덩어리인지를 모르고 있는 거야."

"그건 그렇겠네요" 하고 다숙이는 응대하지만, 자기가 말해 볼 수 있는 기회를 주지 않는 정 교수의 얘기에 흥미를 가질 수는 없다. 언제든 정 교수는 자기만을 얘기할 뿐이지 다른 사람의 얘기에 귀를 기울일 성의를 갖고 있지 않는 것이다.

물론 한국의 사회 전선(戰線)에서 실제로 일어나고 있는 어처구니없는 중상, 모략, 시기, 질투, 배신 따위에 관해서는 다숙이 또한 충분히 알고 있다. 어차피 인간이란 그리 착한 존재는 아니며, 여하한 짓거리도 해낼 수 있는 존재들이지만, 요컨대 진지하게 그런 종류의 개탄을 입에 담는 사람들이야말로 능히 그런 일을 해내는 자들임을 다숙이는 알고 있다. 정 교수가 이 근래 당하고 있는 일—그 하나는 정 교수가 다니고 있던 사립대학으로부터 축출을 당한 사건이며, 다른 하나는 정 교수가 은밀히 경영하고 있던 고령토 회사가 뇌물 사건에 걸려들어 까다로운 수사를 받고 있는 사건이지만, 정 교수 자신은 옹졸하고 비겁한 인간들의 어이없는 시기와 모함을 사서 그런 일을 당하고 있다고 생각하는 것이다. 물론 다숙이도 신문의 가십난 담당자와 같이 도덕적인 표정을 가지고 정 교수를 비난하거나 개탄하는 마음을 갖고 있는 것은 아니지만, 그렇다고 정 교수가 하고 있는 이야기를 무조건 동정적으로 긍정해서 듣고 있는 것도 아니다.

사실은 그러한 구린내 나는 사건을 하소연하는 어조로 얘기하는 정 교수 자신이 이미 충분히 허약해져 버린 인간이라는 것을 증명하는 것인지도 모른다. 이제 다숙이는 경직(硬直)된 마음을 푼다. 정 교수는 오늘 밤 아무래도 서글픈 심정으로부터 탈출하지는 못할 것 같다. 냉정한 사회의 현장에서 아등바등하다가 한 발자국 뒤로 젖혀짐을 당했다고 정 교수가 생각하는 한에 있어서는……. 그리고 그런 생각에는 정 교수 자신이 요 근래 나타냈던 무력감은 포함되어 있지 않은 것이고, 더욱이 정 교수가 이 세상과 인생에 관해서 썼던 저서의 그 내용 같은 것과는 하등 상관이 없다.

이것은 말하자면 정 교수의 사생활에 관한 것이니까. 무대 쪽에서는 어이없는 짓거리가 벌어지고 있다. 이 말은 음탕한 조명을 받으며 누드쇼가 방금 시작된 참이고, 사내들은 목쉰 소리로 함성을 지르고 있다. 세 개의 또는 네 개의 라이트는 회전을 계속하고 있고, 그 가운데에서 살찐 쇼걸은 뭍에 떨어진 물고기처럼 흐느적거리고 있는 것이다. 그러자 사람들은 먼지 묻은 욕정에 말려 들어가 있고, 그들에게 힘을 주고 정력을 주는 그 광경에서 원시적인 쾌감을 발견하는 것이다. 타락…… 다숙이는 춤이 추고 싶지만 이곳에서는 춤을 추고 싶은 마음이 사라져 가고 있다.

다숙이는 약간 냉담하게 정 교수를 바라본다. 오늘따라 정 교수는 더 늙어 보인다. 동작 하나하나가 서투른 정치가의 제스처와 흡사하게 허황되이 보인다. 그것이 다숙이의 마음을 불안하게 한다.

곤경을 당했다고 생각되는 사태를 만나서도, 그 곤경의 원인과 이유와 대처할 수 있는 마음가짐이 정 교수에게 없는 것 같다. 다숙이는 정 교수에게 무슨 얘기든지 지껄여 주고 싶다. 힘을 내셔요, 힘을…… 전쟁 중에도 견디어 내지 않으셨어요? 어째서 그렇게 허약해지셨어요? 칼날 같은 인생으로부터 도전을 받았을 때 어째서 뜨거운 도발을 해볼 엄두를 내지 않으셔요? 그러나 다숙이는 지금의 정 교수에게 이 말을 할 수는 없다. 정 교수가 늙은 소년처럼 보이는 한도 내에서는…….

그러나 그녀는 정 교수의 이름이 어떻게 되는가를 기억해 보려고 하는데, 어찌 된 일인지 기억나지 않는다. 그것은 왜 그러한가? 정 교수(教授)…… 교수라고 하는 것이 이름처럼 되어 버린 탓일까? 다숙이는 이 침묵의 대화에서 둘로 분리된 정 교수의 고민을 이해할 수 있다. 자연인 정 씨와, 사회에 그 직분이 마련된 정 교수는 샴 형제처럼 서로 싸우고 있는 것이 아닌가? 생존한다는 그것은 후진국에서 특히 어려운 것으로 되어 왔고, 그리고 대부분의 활동은 양두구육식의, 생존을 위한 발판에 불과한 것이라고 한다면, 이런 식의 무력한 논리가 정 교수에게 해당되는 것은 아닐까? 그리고 그 점에 관해서 정 교수는 언급했던 적이 있다. 저 몸서리나는 가난— 그럼에도 불구하고 일반인들의 가난은 치자(治者)들에 의해서 얼마나 방치되어 왔던가? 왜냐하면 일반인들의 빈곤이 퇴치되면 치자들이 도저히 안심을 할 수 없게 되어 왔던 것이 한국적인 전통이니까. 그래서 특히 현재에 이르러서는 어떤 수단으로든 빈곤이라고 하는 것의 비참을 피해야 하겠다는 보다 현실적인 생각만을 주입시키고 있지 않는가?

누드쇼는 어느덧 끝이 나 있다. 박수 소리가 나고 밴드는 다시 연주를 시작한다. 다숙이는 이제 이곳으로부터 빨리 벗어났으면 좋겠다는 생각밖에는 남은 것이 없다. 공연히 정 교수를 따라왔다고 생각한다.

그녀는 아까부터 젊은 남자 녀석을 한 명 의식하고 있다. 그 남자 녀석을 다숙이는 알고 있다. 그녀의 이십 대 시절을 음흉스럽게 타눌렀던 무책임한 인간. 그 인간이 예기치 않게 이 댄스홀에 들어와 있는 것이다. 이쪽을 보고 있다. 이태리 영화에 나오는 건달처럼 머리를 잔뜩 기르고 있고, 큼직한 두 눈을 여전히 끔벅끔벅하고 있다.

치사한 흥미가 생겨난 것에 틀림없다. 속으로 쾌재라고 부르고 있는지 모른다. 암컷들은 별수가 없군. 그렇게 생각하는 것 같기도 하다.

"나 부산엘 좀 내려갔다 와야 할 일이 있어." 정 교수는 말한다.

"아마 사흘쯤 머무르게 될 거야. 다숙이가 같이 가 준다면 좋겠어."

"언제 가시는데요?"

"응 그야 금주 안으로 가면 되지. 다숙이의 형편이 어떤지에 따라서……."

"요새는 좀 바쁜 일이 있기는 해요." 다숙이는 별로 생각하지도 않으면서 이렇게 말한다.

"한 이틀 정도 시간을 낼 수야 있겠지? 사실은 볼일도 일이지만 좀 쉬고 싶은 마음도 드는군."

그러자 청년이 다숙이 앞으로 다가온다. 이태리 영화에 등장하는 건달과도 같이 어깨를 마구 흔들고 있다. 다숙이는 열심히 정 교수 쪽으로 돌아앉는다. 보기 싫은 인간이 다가오고 있음을 다숙이는 전쟁 중의 군인과 같은 심정으로 계산하고 있다. 그래서 하마터면 부산엘 같이 가겠다고 말해 버릴 뻔했다. 그자는 다숙이 앞에 와 있다. 여전히 사납게 생긴 눈이다. 자기 이외의 모든 사람을 멸시해 버리는 듯한 웃음기를 머금고 있다. 그자가 정중한 체 고개를 숙이면서 뻔뻔스럽게 다숙이에게 춤을 청한다. 다숙이는 전혀 움직이지 않는다. 쌀쌀스런 태도를 유지한 채 딴전을 피우고 있다. 정 교수는 좀 분개한 표정이다. 묘한 패배감이 스쳐 지나간다. 하지만 정 교수가 이루어 놓은 교양이 간신히 점잖음을 유지한다. 행위 결정권을 다숙이에게 일임하고 있는 듯한 태도이다.

다숙이는 그런 정 교수가 불만이다. 다숙이는 화난 표정을 짓기도 한다. 청년은 비웃는 듯한 표정으로 두 사람을 노려보며 입속말로 욕설을 한다.

다시 한 번 다숙이에게 춤을 청한다. 그러나 다숙이는 까딱도 하지 않는다. 그러자 다숙이는 그자가 쌍년이라고 욕설을 퍼붓는 소리를 듣는다. 그 욕설은 묘한 쾌감과 시원하다는 느낌을 거느리고 있다.

다숙이는 전혀 화가 나지 않을 뿐만 아니라, 그런 욕설의 직선적인 표현법에 의해 자기 자신이 씩씩하게 입신(立身)한 듯한 느낌이다. 그자는 돌아선다. 다숙이는 그자가 멀어져 가고 있음을 의식한다. 아쉬움이 따르기도 하지만 무엇인가 대단히 상쾌하다는 느낌도 든다. 그러나 만약에 그자가 다시 한 번 무도에의 권유를 해 온다면 과연 자기가 거절할 수 있었을지 썩 자신이 있는 것은 아니다.

음악이 또 바뀐다. 왜정 시대에 유행했던 느린 템포의 곡이다. 그것이 왜정 시대에 살았던 사람들의 애수와 아픔을 흥건히 공급한다. 다숙이와 정 교수는 홀 중앙으로 나간다. 그리고 이 세상으로부터 벗어 나와서 허공을 헤매고 있는 듯한 기분을 가지고 춤을 춘다. 정 교수의 리드하는 솜씨는 아까와는 달라서 익숙하다. 거기에는 인생을 보다 많이 알고 있고, 보다 오래 살아온 사람만이 가지는 장년 사내의 포용력이 있다. 노래는 애절한 기운을 넘어서 삶이 던져주는 무거움조차 토로해 주고 있다. "오늘도 걷는다마는 정처 없는 이 발길" 그 가사는, 인생에 실패하고 사랑에 실패하고 또한 조국마저도 빼앗겨 버리고 만 사람의 애달픈 방랑의 하소연을 담고 있다. "지나온 자죽마다 눈물이 고였네" 그러자 다숙이는 마음 놓고 울음이라도 터뜨리고 싶은 심정이 된다. 유행가가, 값싼 유행가의 느낌이 오늘따라 그녀에게 감동을 가져다주는 이유가 무엇인지 알 수는 없다. 결국 이러한 멜로드라마에 의해 그녀가 한없이 수식되고 있는 듯한 느낌을 벗겨 버릴 수 없다. 다숙이는 바로 그런 느낌을 가지고 정 교수를 이해하고자 한다. 이분은 인간적으로 너무 약해져 버린 것이 아닌가?

인생을 위한, 특히 한국과 같은 나라에서 사는 인생을 위한 철학은 쉽사리 준비될 수 없는 것인가? 이분이 생각하는 것이 설사 부정확하고, 애매한 것이라 하더라도 그것만 가지고 이분을 판단하지는 말자. 바람이 드세게 부는 곳에 서 있는 소나무에게 왜 그렇게 비뚤게 서 있느냐고 탓할 권리를 충분히 갖고 있는 사람은 없겠지. 정 교수는 팔에 힘을 주고 있다. 다숙이는 그 힘을 견디어 낸다. 그 힘에 의해서 자기의 몸이 부서져 버릴 수 있다면, 또는 그 힘이 그렇게 강경한 힘이라면 얼마나 좋을까 생각한다.

다숙이의 결점은 너무 쉽게 감동되고 도취된다는 데 있지만, 그럼에도 감동과 도취는 좋다. 그래서 다숙이는 깨닫는다. 정 교수가 제발 진지한 어조로 괴로움을 토로해 주지 않았으면 얼마나 좋은가? 자기가 갖고 있는 괴로움을 진지하게 말하는 사람은, 결국 진지하게, 자기 스스로 과장시켜 보는 것에 불과한지도 모른다. 다숙이는 페이소스가 좋고 풍자의 정신이 좋고 유머가 그립다. 다른 사람이 괴로워하는 양을 지켜보는 것처럼 어색한 일도 별로 없다. 정 교수는 음험한 장삿속에 본인이 그것을 알고 있기 때문에, 그럴수록 그 책임을 다른 데에로 전가시키려고 하는 것이다.

그리고 다숙이는 또 깨닫는다. 인생을 좀 더 단순한 것이라고 생각할 방도는 없는가? 다숙이는 아까 춤추러 가자는 말을 들었을 때의 당황했던 심정을 회상한다.

"어때, 부산엘 같이 가 주지 않겠나?" 정 교수는 짜내는 듯한 목소리로 다숙이에게 속삭인다.

다숙이는 대답을 보류한다. 성 교수가 바라고 있는 간절한 소망을 그녀가 모를 수 있다면 얼마나 좋을까? 그녀는 정 교수의 품 안에서 자기만의 독립된 생각을 전개시킨다. 대답해야 한다는 것을 느끼고 있으나, 대답하기가 어려움을 느낀다. 그래서 그녀는 이제 춤추고 있기가 괴롭다. 이곳이 얼마나 겉만 번지르르한 장소인가를 다시 깨닫는다.

그리고 정 교수의 간절한 소망에다가 자기 자신의 느낌을 칠해서 따져 본다.

"이렇게 만나고 있을 때마다 다숙이가 얼마나 고마운지 모르겠어. 제발 나하고 부산엘 가 줬으면 좋겠군." 정 교수는 무뚝뚝한 어조로, 그러나 하소연한다.

"요새는 바쁜 일이 있어서 어떻게 될지 모르겠네요." 다숙이는 대답한다. 정 교수의 팔에 휘감겨 있기가 미안해 죽을 지경이다.

왜 안 가겠다는 대답을 해 버렸는지는 스스로 모를 일이다. 그러나 부산엘 같이 갔을 적의 여러 사태에 대한 막연한 예상, 그 여성적인 직관이 노우라고 대답해 버린 것이다. 정 교수의 얼굴에로 여린 빛이 스쳐 지나간다. 다숙이는 그 빛을 인내할 자신이 없다.

좌석으로 돌아온다. 다숙이는 정 교수와의 거리감을 이제 명확히 해 둘 필요를 느낀다. 언제나 모호한 것은 좋지 않다. 다숙이는 자기의 선호(選好)와 이해타산을 혼동치 않기로 생각한다. 이미 그녀 자신도 인생의 때가 묻을 대로 묻어 있는 독신녀이기는 하다.

하지만 서른한 살의 여성이 인생에 대해서 가지고 있는 여유는 (이 얼마나 어이없는 얘기일까마는), 그것이 불모(不毛)의 황막감이 되어서는 곤란하다. 다숙이는 정 교수의 만나자는 얘기에 응하였을 때의 자기가 느꼈던 감정이 무엇이었던가를 알 것 같다.

다숙이는 냉정하게 선(線)을 긋는다. 그러면 다숙이가 생각하는 것이 아니라, 선(線)이 생각을 하게 되는 것이다. 이것으로 정 교수와 다시 만나는 일은 생기지 않을 것이다. 다숙이는 목을 축이고 나서 정 교수를 바라본다. 이제 정 교수는 퍽이나 낯설게 보인다.

다숙이는 마악 무엇인가로부터 해방되어 나온 듯한 느낌이다. 이런 느낌을 갖고 있을 때 자기의 눈빛이 어떻게 되는지를 다숙이는 안다.

다숙이는 힘이 든다. 체온이 갑자기 차가워진 듯하다. 가벼운 두통이 일어나고 있다.

이윽고 다시 평온한 기분이 된다. 다숙이는 편안한 자세를 취한다. 여기의 침묵은 너무 무겁다. 이 무거움을 그러나 지탱해 보자. 그러자 살고 있다는 그 모든 것의 증세를 얘기하고 싶다. 다숙이는 무한정 얘기를 해 보고 싶다. 그녀는 마치 소설가라도 된 듯한 느낌이고, 이 지겨운 댄스홀에서 얘기해 볼 수 있는 것의 모든 조짐을 계산해 보는 것이다. 그렇군 앞으로는 어떤 일이 있어도 이따위 장소에는 들락거리지 말아야지. 나는 얼마나 어처구니없이 살아왔나? 다숙이는 어려운 얘기를 쉽게 해 보고 싶다.

"그만 나갈까?" 그때 정 교수가 말한다. 다숙이는 잠시 어리둥절해 있다가 "네 나가요." 하고 대답한다. 그리고 그녀는 자기가 한 말을 새롭고 힘차게 듣는다.

《월간중앙》, 1969년 7월호

축사와 금반지

축사와 금반지

 황죽필이 여자를 데리고 나타났을 때 황헌성 씨의 노여움은 극도로 격화되었다. 각오는 하고 있었던 터였으나 황죽필은 당황하지 않을 수 없었다. 이렇게까지 분노하실 줄은 몰랐다.

 황헌성 씨는 아무 말도 않고 바깥으로 나가는가 했더니 장작개비를 가지고 들어왔던 것이다.

 "이놈의 자식, 대갈통이 커졌다고 내버려 뒀더니, 이제는 계집까지도 불러들여? 너 같은 자식은 빨리 죽어 버리는 게 낫다."

 "아버님 고정하세요."

 아들 녀석은 말하는 일방 도망갈 채비를 하였다.

 "저 딱장대 같은 자석이 나더러 고정하라고 말했겠다? 이놈아 도저히 고정하지 못하겠다."

 여러 말을 하면 분기탱천했던 마음이 사라질까 봐 걱정이라는 듯이, 황헌성 씨는 삼국지에 나오는 여포처럼 장작개비를 들고 내달아 왔다.

 "허 그거참, 이래 놓으니 도리가 없거든."

 황죽필은 날쌔게 도망질치면서도 큰소리로 지껄였다.

 "이봐 오숙아, 너도 빨리 도망치란 말야. 잘못하면 맞아 죽는다구."

오숙이는 얼굴이 백지장처럼 하얘져서 어쩔 줄을 모르고 있었다.

"이놈의 자식, 썩 이리 오지 못하겠어?"

"아버지, 이게 무업니까. 장차 며느리가 될 여자 앞에서 이게 무어 냔 말요?"

"원 저런 딱장대 같은 자식."

황헌성 씨의 분노는 다시 격렬하게 폭발되었다. 그의 아들은 도 망질을 치다가 멈추어 서서는 또 한마디 지껄였다.

"우리는 결혼하기로 했단 말예요. 아버지가 말릴 수 없을 거란 말 예요."

"이놈의 자식, 내 눈앞에서 썩 사라져 버리지 못하겠니? 다시 나 타나면 그땐 다리몽댕이를 분질러 버리고 말 테다."

황헌성 씨는 씨근덕거리며 간신히 말한 뒤에는 제힘에 겨워 그만 주저앉고 말았다.

그렇게 하여 황죽필과 권오숙은 함께 집에 나타났다가 혼비백산 하여 돌아 나오는 수밖에 없게 되었다. 그들은 집으로부터 백여 미 터 정도 물러 나왔다.

여자는 질금거리며 울어대는 중이었고, 남자는 눈살을 찌푸린 채 낮게 흐려 있는 하늘을 쳐다보았다.

"그거 울음 그치지 못하겠어!"

"이제 우린 어떻게 하면 좋냔 말예요."

여자는 울음을 그치지 않았다.

"그까짓 거 정 못 견디겠으면 죽어 버리면 돼. 걱정할 것 없어."

그러나 남자의 이 말은 위로의 말이 아니었다. 죽어 버리면 된다 는 말이 나오자 여자는 더욱 서럽다고 울어댔다. 황죽필은 주머니 에서 담배를 꺼내어 물었다. 성냥불이 잘 켜지지 않자, 혼잣소리로 중얼중얼 욕설을 퍼부었다.

조금 있으려니 황죽필의 동생 죽현이가 나타났다.

"어머니가 말리려고 하지만, 도리 없단 말야. 아버지는 굉장히 화가 났어."

"빌어먹을." 황죽필은 누구에게랄 것 없이 욕설을 내뱉었다.

"임마, 돈 가진 거 있음 몽땅 내놔. 아니, 그러지 말구 집에 가서 엄마더러 돈 좀 달라고 말하란 말야."

"집에 돈이 어디 있어?"

"어서 가서 그러지 못하겠니? 내가 콱 죽어 버리는 꼬라지를 보고 싶어, 엉?"

그제서야 죽현이는 비실거리며 돌아서더니 집으로 향해 갔다.

"울지 말라구."하고 그는 여자에게 말했다.

"걱정할 건 없어. 우리 아버지는 저렇게 성을 내시지만 내일쯤 되면 괜찮아질 거야. 걱정할 거 없어."

그러나 여자는 울음을 그치지 않았다.

"제발 그치지 못해. 자, 우리 시내에나 들어가서 영화 구경이나 하자구. 그리고 어디 깨끗한 여관에 가서 푹 잠이나 자면 된다구."

황죽필은 여자의 등을 두드려 댔다. 그는 자기가 차고 있는 시계를 들여다보고 있었다. 그것을 맡기거나 팔아 버리면 얼만가의 돈이 생기겠지. 황죽필은 여자의 어깨를 두들기다가 이윽고 힘껏 감싸고는 버스 정류장이 있는 쪽으로 걸어가기 시작했다.

그때 죽필의 나이는 스물한 살이었다. 그는 집안에서 개망나니로 소문이 나 있었다. 걸핏하면 가출을 하는 것이었는데, 그냥 맨몸으

로서가 아니라 집안의 물건들을 요령껏 빼 가지고 달아났다. 그래
서 집안에는 쓸만한 물건이라고는 남아 있지 않을 지경이었고, 그
의 부모들은 버린 자식이라고 아예 단념을 한 지 오래였다.

그러다가 죽필이는 각성을 했다. 주먹을 쓰며 돌아다니던 지랄
을 깨끗이 청산하고 영등포에 있는 합판 공장에 취직을 했다. 첫 월
급을 타서는 봉투째 집에다 들여놓는 열성을 보였다. 그날 죽필이
는 비장한 어조로, 이젠 우리도 잘살아 보아야 하지 않겠느냐고 말
했다. 그날은 어머니가 막걸리까지 사다 주며, 아들이 벌어온 돈이
하도 대견해서 눈물을 흘렸던 것이다.

그러다가 죽필이는 또 전과 마찬가지로 가출을 시작했고, 그뿐
인가, 집안의 트랜지스터라디오와 전기다리미까지 훔쳐 갖고 달아
났던 것이었다. 물론 합판 공장은 나가지 않고 있었다.

여자를 사귀기 때문에 죽필이가 다시 나빠졌다는 것을 부모들은
알게 되었다. 그리하여 단단히 훈계하리라고 벼르고 있는 중이었는
데, 죽필이는 뻔뻔스럽게도 여자까지 동반하고 왔으니, 그의 아버
지가 분기탱천하는 것도 무리가 아니었다.

"우리 아버지가 화나시게도 되었지."

죽필이는 여자에게 말했다. 그들은 그날 저녁 극장 구경을 하고,
곰탕을 한 그릇씩 먹고, 그리고는 일찌감치 여관으로 찾아 들어와
있었다.

"이제 우리는 어떡하면 좋아요?"

"걱정할 것 없어. 한 주일쯤 푹 쉬었다가 집에 들어가면 될 거야."

그날 밤 두 남녀는 불안, 걱정, 후회, 두려움에 떨며 꼬박 밤을 지
새우고 말았다. 여자는 잠시도 울음을 그치지 않았다. 아버지가 반
대하시니 당신은 나를 버릴 것이고, 그러면 나는 어떻게 하느냐고

여자는 몇 번이고 재우쳐 물었다. 그러다가는 또 변덕이 생겨서, 나를 버리면 할 수 없다, 부모님 의견을 좇아서 제발 착실한 아들로 효도를 해드리라고 엉뚱한 부탁의 말을 했다. 그 모든 얘기는 여자가 얼마나 흥분해 있고, 당황해 있는가를 나타내는 것이었다.

그들은 사흘 동안 여관에 머물러 있었다. 갖고 있던 돈은 다 떨어지고 말았다. 황죽필은 더할 수 없이 초라하였다. 가만히 앉아만 있을 수는 없고 무슨 일이든 하여야만 되었다. 그는 친구를 시켜 집안의 사정을 정탐해 오도록 시켰다. 그러나 아버지의 분노는 조금도 식어들지 않았다는 전갈이 있을 뿐이었다.

"이젠 도리 없어. 넌 한 달 동안만 집에 돌아가 있어. 내가 어디든 취직을 해서 방을 구해 가지고 너를 불러오겠단 말야."

"집에 들어가면 난 맞아 죽어요."

여자는 기를 쓰고 울어내기만 했다.

"빌어먹을, 그러면 어떻게 하잔 말야."

하고 남자는 버럭 화를 냈다.

"정말 죽어 버리는 길 밖에 없단 말야?"

남은 길은 진짜 죽어 버리는 수밖에는 없는 것이 아닐까 하고, 스물한 살짜리 죽필이도 막연히 생각하게 되었다. 죽필이는 죽어 버리는 것이 두렵다는 생각은 들지 않았다. 그러나 죽어 버리면 자기 인생이 좀 아깝다는 생각이 났다.

그날 죽필이는 삼학 소주를 연방 비우면서 골똘하게 생각에 잠겨 있었다. 그러다가 그는 편지를 쓰기 시작하였다.

그는 "아버님 전 상서"라고 쓰고는 또 한참 동안 망설였다. 그러다가 이윽고 다음과 같이 썼다.

'아버님, 이 불효자식을 용서하여 주십시오. 저는 험난한 세상에

빚만 잔뜩 남겨놓았습니다. 어째서 저라고 남 못지않게 잘살아 보고 싶은 마음이 없었겠습니까? 그러나 세상은 너무 차갑고 모든 일은 뜻대로 되지 않았습니다. 저는 구악을 말끔히 청소하고 새사람이 되고자 무진장 노력했습니다. 제가 알게 된 이 여자는 마음이 나쁜 여자가 아닙니다. 이 여자는 저를 좋아하고 있고, 저도 또한 이 여자가 좋습니다. 저는 노래(老來)에 고생하시는 어머님을 편안케 모시기 위해 이 여자를 데리고 집에 갔던 것입니다. 그리고 저도 또한 대갈통이 이만큼 커졌으니 집을 위해 힘을 다 바치려고 했던 것입니다. 그러나 저는 이제 실망했습니다. 앞길은 캄캄하게 막히고, 이 세상이 싫어졌습니다. 부디 없던 자식이라고 생각해 주시기 바랍니다. 그럼 아버님, 어머님 부디 안녕히 계십시오.'

죽필이는 편지를 다 쓰고나서 한번 읽어 보았다. 그러다가 곰곰 생각하더니 여태껏 쓴 것을 찢어 버리고 말았다.
"이 편지를 읽으면 어머니는 너무 슬퍼하실 거란 말야."
죽필이는 이렇게 중얼거리고는, 마치 죽지 않는 수가 없는가를 따져보는 것처럼 곰곰이 생각에 잠겨 있었다.

죽필이는 죽지 않았다. '내가 왜 죽는단 말야? 사내새끼가 이따위 일로 죽다니 어림도 없는 말이다.'하고 그는 다음 날 아침 이러한 결론을 얻었다.
그때까지도 여자는 질금질금 눈물을 짜고 있는 중이었다. 두 눈은 퉁퉁 부어올랐고, 며칠 동안 계속되는 고민에 얼굴은 배짝 말라 있었다. 우선 죽필이는 여자를 위로해 주어야지 안 되겠다고 생각했다.

"이봐, 울음은 제발 그치고 우리 노래나 한마디 뽑자구."

그리고 나서는 제가 먼저 노래를 부르기 시작하였다. 한 곡조 부르고 그만두는 것이 아니라 이십 분 삼십 분이고 계속해서 생각나는 노래는 모두 불러 젖히는 판이었다. 죽필이는 노래를 썩 잘 불렀다. 언젠가 방송국의 음악 콩쿨에서 일등을 한 실력이었던 것이다. 그리하여 두어 시간쯤 목청껏 부르고 나니까 한결 가슴이 트였다. 노래 가사는 어느 것을 막론하고 다 애처로왔다. 그것은 마치 인생이라는 것이 항상 애처롭기 마련이라고 시사하는 것 같았다.

"이제는 영양 보충을 해야지 안 되겠군."

잔뜩 배가 불러놓으면 식곤증이 생겨서 세상만사가 일단 평온한 것처럼 착각되기 마련이라는 것을 죽필이는 알고 있었다. 그런데 돈이 없었다. 너관 값도 못 낼 편인데, 식사는 커녕도 없는 말이었다.

"말야, 내가 두어 시간 댕겨올 테니 꼼짝 말고 기다리고 있어."

"도망가려구 그러지 응? 나를 여관에 남겨둔 채 도망갈 작정이지? 안 돼, 안 돼, 죽어도 같이 죽고 살아도 같이 살아야 한단 말야."

여자는 진드기처럼 달라붙으며 떨어지지 않으려고 했다. 죽필이는 그럴 마음은 전혀 없었다. 그랬기에 화가 났다. 자기가 무얼 느끼고 있는지를 몰라주는 여자가 너무도 야속했다. 그러나 돌려서 따져보면 그럴 수도 있는 일이었다. 이럴 때에는 쇼를 하는 수밖에 없었다. 그는 새끼손가락을 깨물어 피를 냄으로써 여자를 위로해 준 뒤에 바깥으로 나갔다.

하늘은 티 없이 맑게 개었고, 사람들은 무심하게 돌아다니고 있었다. 죽필이는 마치 죄라도 지은 것처럼 비실거리며 걸어갔다. (이거 내가 너무 소심해졌군. 이래서는 안 되겠다) 그는 어깨에 힘을 잔뜩 넣어서, 왕년에 주먹질을 하면서 돌아다니던 때의 어깨 폼을 재어 보았다.

그러자 약간 원기가 회복되는 것 같았다. 우선 돈을 마련하는 것이 급선무였다. 당장 취직을 할 수도 없는 일이고, 그러자면 도둑질이라도 하든가, 또는 순진한 녀석에게 공갈을 쳐서라도 돈을 빌리는 수밖에 없었다.

죽필이는 그중에서도 가장 만만하다고 생각되는 유동이에게 전화를 걸었다. 그 당시 유동이는 서울 문리대에 다니고 있었는데, 돈 꽤나 갖고 있는 집의 자식이었고, 다른 사람의 로맨스에는 열을 내어가며 원조를 아끼지 않는 그런 녀석이었다.

죽필이의 생각은 적중했다. 다방에서 만났더니 유동이는 벌써부터 셰익스피어의 햄릿처럼 심각한 표정을 하기 시작했다.

"내가 이 근래 당했던 고통과 절망을 이해할 사람은 아무도 없어."

하고 죽필이는 말했다.

"이 세상은 우리의 사랑을 인정하지 않아. 그래서 우리도 이 세상을 인정하지 않기로 한 거야."

"그 심정 충분히 알겠지만, 그러나 너무 비관할 것은 없어."

하고 유동이는 위로했다.

"사실 우린 간밤에 세코날을 먹었다구. 그런데 세코날이 엉터리였는지 아침 깨어보니 골치만 더럽게 쑤시구, 죽지는 않고 말았어."

"사내새끼가 그런 일로 죽을 수는 없어."

하고 유동이는 위로했다.

"그까짓 거 죽어 버리면 죽는 거지 뭐."

"우선 당장 돈이 필요하겠구나? 인마 돈이 필요하다면 필요하다고 말해."

"너한테 그런 신세 지고 싶지는 않아."

하고 죽필이는 말했다.

그러나 결국 유동이로부터 돈을 얼마간 긁어낸 뒤에 그는 여관으로 되돌아오고 말았다. 그랬더니 여자는 잠이 들어 있었다. 죽필이는 삼학 소주를 두어 병 시켜다 놓고 노래를 흥얼거리며 마시기 시작했다. 여자는 잘도 자고 있었다. 죽필이는 여자가 피로에 겨워 그러려니 하고 내버려 두었다. 그러다 보니 약간 이상한 느낌이 들었다. 그래서 황급히 흔들어보니 반응이 없었다. '빌어먹을 것, 약을 처먹었군.' 죽필이는 어떤 애처로움을 느낀다기보다도 먼저 울화가 치밀어 올랐다. '사람이 자기 죽고 싶다고 죽을 수 있나?' 그는 여자가 머리맡에 써놓은 편지를 읽었다. 자기 때문에 죽필 씨가 고민하는 것이 너무 죄송스러워 먼지 가는 것이라는 사연이었다. '빌어먹을, 그따위 수작이 어디 있담.' 죽필이는 여전히 화가 끓어 올랐다. '이 아가씨가 나를 좋아하기는 좋아하는 모양이군.' 죽필이는 또 이런 생각을 했는데, 어쩐지 그것이 기쁘지는 않았고, 도리어 약간의 부담감을 갖도록 해주었다. 그는 후다닥 일어나서 의사를 부르러 갔다.

그로부터 9년의 세월이 흘러갔다. 이제 죽필이의 나이는 서른 살이었다. 그동안에 별의별 일이 다 있었다. 죽필이는 9년 동안에 그저 나이만 아홉 살 더 먹은 것은 아니었다. 하여튼 복잡 시끄럽게 지나가 버린 9년이었다.

얼마나 한심한 일들이 많았단 말인가? 심지어는 정사(情事) 소동을 벌이기까지 하지 않았던가? 그때는 너무 순진했었어. 정사 소동이라니? 그 무슨 웃기는 얘기인가? 죽필이는 어느 날 한가한 시간을 만나서 과거를 회상해 보고 있었다. 그는 권오숙과 헤어진 지 벌써 오래되었다. 그때 자살하기 위해 약을 먹었던 권오숙은 사흘 뒤에 깨어났었다. 그리고 나서 약 반년 뒤에 두 사람은 헤어지고 말았던 것이다. 집에서 반대해서는 아니었다. 아니, 집에서는 도리어 찬성을 했던 것이다.

"그러나 저는 그 여자가 싫어졌습니다."하고 죽필이는 말했다.

"이놈아, 사내새끼라고 여자를 울려서는 못쓴다."

"원 참 아버지두 변덕이 죽 끓듯 하시네요. 그 여자를 데리고 들어왔을 때 장작개비를 갖구 달려드신 건 그래 아버지가 아니셨습니까?"

"인석아, 그때에는 내가 그 아이를 잘 몰랐기 때문에 그런 게 아니냐?"

하고 황헌성 씨는 말했던 것이다.

하여튼 하늘에는 별도 많고, 인생에는 수심도 많다는 말이 맞는 말이었다. 얼마나 많은 일들이 그동안에 있었단 말인가?

이제 죽필이는 충분히 나이를 먹었다. 옛날처럼 죽자사자, 결판을 내듯이 밀고 나가게 되지는 않는 것이었다. 죽필이는 점잖아졌을 뿐만 아니라 마음도 상당히 약해져 있었다. 왜 그렇게 되었는가 하면 그는 생활의 밑바닥에서 허덕이고 있었기 때문이었다. 흔히 사람들은 말하기를, 출세하는 인간에게는 세 가지 요소가 구비되어야 한다는 것이었다. 그 첫째는 '빽'이고 그 둘째는 '학교 간판'이며, 그 셋째는 '배짱'이라는 것이었다. 그런데 죽필이에게는 빽도 없고, 학교는 고등학교 때 퇴학당했던 것에 불과했고, 오직 남은 것이 있다면 배짱뿐이었는데, 그것도 나이를 먹어보니깐 어언간 말이 줄어들어 버리고 말았다.

"그 여자는 어떻게나 지내고 있는가?"

죽필이는 과거를 회상하다가 문득 권오숙의 생각이 간절해졌다. 그러자 그 여자야말로 자기가 진심으로 좋아했던 여자가 아닌가 생각되었다. 그동안에 여기저기 싸돌아다니며 숱한 여자를 만나왔지만, 권오숙이만큼 그가 좋아했던 여자는 없었다고 진심으로 생각하는 것이었다. '그래야겠군. 이제는 결혼할 나이도 충분히 되었군.'

수소문해 보니 권오숙은 시집을 갔다가 남편이 죽어 버려서 혼자 살고 있다는 것이었다. 쌍림동에서 조그만 제과점을 경영하고 있다는 것이었다. '그랬었군. 그 여자도 결혼을 했었군.'

그러나 지금은 다시 혼자 살고 있다지 않는가? 죽필이는 어느 날 권오숙과 8년 만에 재회하였다. 그녀도 많이 달라져 있었다. 옛날처럼 질금질금 눈물이나 흘려대는 여자는 아니었다. 죽필이를 보면서도 그저 아련한 반가움을 표시할 뿐이지 울고불고하지는 않았다. 그것은 죽필이도 마찬가지였다.

"당신은 그때 나에 대해서 원망깨나 했을 줄 압니다."하고 죽필이는 말했다.

그의 어투가 마치 1930년대의 소설에나 나옴직한 점잖은 어투였지만, 그것이 별로 이상하다고는 느껴지지 않았다.

"아뇨, 저는 원망하지 않았어요. 당신은 제가 처음 사랑한 분이고, 제 가슴속에 언제든지 살아남은 분인걸요."

"그런 말은 내가 들을 자격이 없는 것 같군."

하고 죽필이는 말했다.

두 사람의 결혼식은 시내의 변두리 동네에서 거행되었다. 생활 간

소화를 위해서가 아니라 돈이 없었기에 될 수 있는 대로 간략하게 치르기로 합의를 보았다. 신랑 측에서는 결혼식장까지도 빌릴 필요가 없다고 주장했으나, 신부 측에서는 예식이야말로 일생에 한 번밖에 없을 것이라고 하면서 우겼던 것이다. 그래서 식을 올리기는 올리되 제반 비용을 억제할 비용을 짰다.

우선 주례를 서줄 만한 사람이 마땅치 않았다. 그러나 그 문제는 곧 해결되었다. 현금으로 일천 원만 주면 그 어느 명사 못지않게 서주는 사람이 있었던 것이다. 다음 문제로는 답례품을 무엇으로 할까, 하는 문제가 나왔다. 그러나 그것도 걱정할 바는 아니었다. 손님들이라야 일가친척이 대부분이며, 그렇지 않다면 같은 동네에서 흉허물없이 지내는 이웃사촌들이었다. 동네로 돌아와서 멍석을 깔아놓고 막걸리 잔치를 벌이면 그만이었다.

주례 선생의 축사는 장장 이십여 분이나 걸렸다. 가만히 들어보니 그분은 왜정 시대 독립운동을 했을 뿐 아니라 해방 후에도 줄곧 애국을 한 사람이었다. 그래서 언변이 좋았으며, 사람들을 즐겁게 만들어주는 요령을 알고 있었다. 또한 가정도 원만하게 이끌어가는 사람이었으나, 지금은 생활이 곤란해서 복덕방을 차리고 있었다. 주례는 신랑 신부에 대해서 아낌없는 칭찬의 말을 했으며, 자기가 여러 번 주례를 섰지만, 오늘처럼 이렇게 믿음직스러운 신랑 신부는 처음 본다고 단언하였다.

모든 사람들이 그 말에 고개를 끄덕끄덕하고 있었다. 이어서 주례는 말하기를 요새 산아 제한이다 무어다 해서 되어 먹지 않은 소리들을 하는데, 오늘 결혼하는 두 사람은 아예 그런 얘기에 현혹되지 말 것이며, 부디부디 아들을 열 명쯤 낳고, 딸을 다섯 명쯤 두라고 축원하였다.

모두들 그 말에 박장대소하고 웃어댔다.

결혼식이 끝나자 사람들은 버스를 타고 신랑의 집으로 갔다. 그러자 준비했던 음식과 술이 나와서, 모두들 걸신들린 것처럼 열심히 먹고 마시고 했다. 어떤 사람은 너무 술을 많이 마셔서 추태까지 부렸고, 싸움판이 벌어지기도 했다. 그러나 결혼식 피로연에는 의당 그런 일도 있는 법이니, 사람들은 개의치 않았다.

그리고 그 반년쯤 뒤의 일이었다. 죽필이는 결혼식 때 자기 마누라에게 해준 결혼반지를 돈이 궁해서 팔아 버리고 말았다. 그때 여자는 아랫입술을 지그시 깨물며 자기 혼자서만 몰래 느껴 울었다. 어떤 일이 있어도 결혼반지는 팔지 않겠다고 그녀는 작정하고 있었던 것이다.

"할 수 없지 무어야. 결혼반지를 팔아 버렸다고 해서, 그 멋있었던 결혼식이 무효가 되는 것은 아니잖아?"

그녀는 결혼식 사진을 들여다보며, 그때의 일을 감미롭게 회상하는 것이었다.

《주부생활》, 1969년 10월호,

권말 부록 단편5인집

물 흐르는 소리

물 흐르는 소리

1.

계절이 바뀌려고 하는 무렵이었다. 북쪽으로부터 찬바람이 밀려 내려왔다. 그날은 새벽부터 안개가 끼어 있었고, 그러다가 차차 흐려들기 시작하여, 도시는 대낮을 맞이하는 것이 아니라 바로 저녁때로 기울어져 가고 있는 것 같았다. 사람들은 흡사히 전쟁이 다가오리라는 소식을 끊임없이 듣고 있는 소도시의 공포에 싸인 주민들처럼 부산하게 발걸음을 옮기고 있었다. 한혜중은 허름한 바바리코트를 입고 외출하였다가 친구가 경영하고 있는 술집을 찾아갔다. 그 술집은 다섯 명 정도가 앉을 수 있는 기다란 오리 의자에 나무 선반을 상 대신에 만들어 쓰고 있는 조그만 막걸릿집이었다. 그 나무 선반이 마치 미국 서부영화에 등장하는 바처럼 생겨 있었다. 그의 친구인 최중규가 경영하는 집이었다. 한혜중이 가보니까 중규는 마침 외출 중이었고, 열세 살쯤 들어 보이는 소년이 혼자서 안줏감을 만들고 있었다. 솥에서는 우동 국물이 부글부글 끓고 있었고 동태·제육 같은 것들이 주루니 진열돼 있었다.

날씨는 더욱 시꺼매졌고, 금방이라도 한바탕 눈발이 쏟아질 것만 같았다. 바깥을 내다보아도 앞의 고층건물이 시계(視界)를 차단하고 있어서 하늘이 보이지 않았다. 일하는 애는 이 술집이 불원간 헐리고 빌딩이 들어설 것이라고 말하였다. 경영자인 최중규가 그 일 때문에 사람을 만나러 나갔는데, 조금 있으면 돌아올 것이라고 하였다. 한혜중은 시간도 있고 하여 술잔이나 들면서 기다리기로 했다. 그는 마른 북어를 두 마리 구워달라고 부탁했다. 이윽고 구워진 마른 북어를 그는 어금니에 갖다 대고 씹어먹었다. 거기에서 고소한 맛이 배어 나왔는데 안줏감으로는 제격이었다. 그는 술을 한 잔 더 비우고 나서 바깥을 내다보기 시작했다. 좁은 골목길은 지저분하기 짝이 없었다. 포장했던 마름모꼴의 타일 바닥은 벗겨져서 울퉁불퉁했고, 질펀하게 물이 고여있었다. 그 맞은편으로는 리어카 위에 커피와 홍차, 그리고 '덴푸라' 따위를 팔고 있는 행상꾼이 서 있었다. 공사판의 크레인 소리는 간단없이 들려왔고, 3층짜리 건물 초입에는 '영지사'라는 간판이 붙어 있었는데 웬 사내 두 명이 실랑이하고 있었다. 세 사람의 행인이 그때 지나가고 있었다. 한 사람은 남자였고 두 사람은 여자였다. 남자는 두 사람의 여자를 약간 딱하다는 듯한 표정으로 인도하고 있었다. 아마 여자들은 시골에서 상경한 것 같았고, 그래서 애달픈 국산 영화라도 보려고 가는 길인 듯했다. 그들이 사라져 버리자 이번에는 젊은 사내와 여자가 팔짱을 낀 채 걸어가고 있었다. 사내는 170센티가 좀 넘을 듯한 키에, 잘 발달된 상체를 가지고 있었다. 어깨가 딱 빠그라져 있어서 래글런의 코트가 바바리코트처럼 가벼워 보였다. 그 사내의 얼굴은 무두질의 피부로 거뭇거뭇했고, 하악의 선이 뭉툭한 것이 범죄자형의 인간들에게 많다는 주걱턱을 이루고 있었다. 이에 비해 본다면 여자는 화장을 짙게 했고, 유행에 따른 옷을 입고 있었지만 어딘가 모르게 천기가 묻어 있었다. 사내가 우스운 이야기를 한 모양이었다. 여자는 경박하게 모가지를 젖히면서 깔깔대고 있었다.

여자는 계속해서 죽겠다고 웃어대는 중이었다. 포근하게 김이 서린 창을 통하여 내다보자니까, 그것은 흡사 영화의 한 장면과 흡사했다. 이윽고 사내는 여자의 등허리를 가볍게 툭툭 치고 있었다. 사내는 여자를 바라본다기 보다도 약간 권태스런 표정을 하고 있었다. 여자는 웃기를 그쳤다. 사내는 하늘을 한 번 쳐다보더니 리어카 행상꾼 앞으로 다가가서 빵을 한 개 집어 들고 있었다.

한혜중은 담배를 한 대 물었다. 한혜중은 그 사내의 얼굴을 기억해낼 수 있었다. 벌써 3년쯤 전의 일이 되는가? 그때 만났던 적이 있었던 사내였다. 처음 만났던 것은 즉결 재판소였을 것이다. 그때 한혜중은 대학생이었고, 데모를 하다가 트럭에 태워져서 즉심에 회부되었던 적이 있었다. 저 사내는 폭행죄로 끌려들어 와 있었다. 엉망으로 술이 취해 있었는데, 꽥꽥 고함을 지르곤 하였다. 다음날 한혜중이 먼저 풀려나가게 되었는데, 사내는 전화번호를 적어주면서 연락을 좀 취해 달라고 부탁했었다. 그 뒤로 시청 앞에서이던가 우연히 만났던 적이 있었다. 즉결 재판소의 일을 감사하다고 말하더니, 대뜸 술을 한잔 사겠다고 나왔다. 그래서 알게 된 사내였는데, 머리 돌아가는 것은 단순한 데가 있는 대신에 그 어떤 직관력은 상당히 빠르게 움직이는 것 같았다. 한마디로 말하여 선은 제법 굵으나, 한국의 현실에 제대로 맞물려 있지 않아서 헐렁헐렁한 나사처럼 좀 풀어져 있는 그런 종류의 사내였다. 나이는 한혜중보다 두어 살인가 많을 것이었다. 그때의 얘기로는 어떻게 하든 외국으로 나가 봐야겠다고 했는데, 그러고 나서 이렇게 막걸릿집에서 발견하게 된 것이었다. 과연 저 사내는 어떻게나 살아냈을까? 동행하고 있는 여자가 어딘지 모르게 천박해 보인다면, 저 사내 또한 제멋대로 생활하고 있는 인간인 듯했다. 한혜중은 저 사내와 이야기를 나누어 보고 싶다는 생각이 들었다. 그는 자리를 박차고 일어나서 바깥으로 나갔다.

아가씨가 먼저 한혜중을 발견하였다. 가까이 다가서서 보니 그 여자는 어딘가 교활하고 섹시한 데가 있었다. 가생이가 째져 올라간 두 눈은 만화가가 악의를 가지고 그려놓은 마귀 할망구의 만화처럼 오망했다. 파란 인조 눈썹을 붙였고, 그 눈썹이 치켜 올라갔을 때 스카치테이프가 반짝하고 빛을 내었다. 한혜중은 그 여자를 적당히 무시하면서 사내의 어깨를 쳤다. 여자는 여전히 경계하고 있었고, 사내는 오징어 튀김을 먹다가 말고 뒤를 돌아보았다.

"나는 저 집에서 막걸리를 마시고 있었지." 하고 한혜중은 말했다. "아니, 이게 혜중이 아닌가? 정말 오랜만이군." 하고 그 사내는 말했다.

그들은 막걸릿집 안으로 들어섰다. 영강이(그 친구의 이름이 영강이었다)는 반갑다는 말을 되풀이함으로써, 과거에 퍽 친밀했었다는 것을 강조했다. 이어서 술잔이 놓이고, 영강이는 거푸 두 잔을 마셨다. 하지만 분위기는 아직 좀 딱딱한 편이었다. 영강이와 동행 중인 아가씨가 좀 저항을 느끼고 있었다. 그래서 두 사람은 의식적으로 얘기를 많이 했다.

말을 들어 보니 영강이는 노무자로 월남에 갔다 왔다는 것이며 잘 했으면 한몫 잡을 뻔했는데, 여의치 않아 일단 귀국했다는 것이었다. 약간의 돈을 벌어온 모양이었고, 그것을 밑천 삼아 무슨 일이든 해볼 계획을 갖고 있는 것 같았다. 그런데 한 일년 가량 나갔다 들어왔더니 고국은 제멋대로 달라져 버렸고, 또한 영강이 스스로도 달라져 버려서, 모든 게 조금씩 이상하기만 하다는 것이었다. 그런데 그러한 이야기를 하는 그의 어조에는 마치 18세기의 식민지 팽창시대의 영국인 건달이 아프리카에 가서 그곳 토인들을 빨아먹고 돌아와 뻐겨대는 것 같은 잔인한 예절 감각이 스며 있었다. 본인은 의식 못 하고 있겠지만.

"어째 서울은 여유가 없는 도시로 변해버린 것 같아. 사람들은 자기를 타인처럼 취급하면서 소심하게 살아대는 데에 길들여져 버린 것 같고……, 아닌 게 아니라 몹시 갑갑증을 느끼게 되는군." 하고 그는 개탄했다.

"갑갑증을 느낀다는 거야, 너무 당연한 얘기지."

"과연 그럴까? 나야 제멋대로 자란 놈이 되어서 갑갑하다는 걸 참을 수가 없군. 이러다가는 다시 외국으로 나가고 싶어지게 될 것 같아서 두려워."

"갑갑하다고 해서 외국에 나간다면, 남아 있을 놈이 별도 없게!"

"반드시 그렇다고 할 수도 없겠지. 참, 우리 사촌 동생에게도 술 한잔 주어야 하겠군."

영강이는 입심이 좋은 사내였다. 자기 옆에 앉아 있는 아가씨를 사촌 동생이라고 했는데, 물론 그 말은 거짓말임이 분명했다.

"실례지만 이름이 어떻게 되십니까?" 한혜중은 약간 섹시해 보이는 그 여자에게 물었다.

"저는 조은애예요. 이름 그대로 좋은 애일 거예요." 그녀는 웃었다.

"조은애가 좋은 애인 건 틀림없지." 영강이도 웃었다.

"영강이는 좋은 사촌 동생을 가졌구만." 하면서 한혜중도 웃었다. 그러다가 그는 화제를 돌렸다.

"그래, 월남을 보고 느낀 감상은 어땠는지……."

"미국 사람들이 엄청나게 돈을 쓰고 있기 때문에 별의별 사기꾼들이 세계에서 다 몰려들지만 월남의 달러 보유고가 대단하다는 게야. 실제 월남 사람들은 비참하게 지내고 있으니 그게 묘한 앰비밸런스(ambivalence)를 이루고 있겠지. 나야 싸구려 막노동자로 갔다 왔으니까, 노동을 하느라고 고생했다는 것 이외에는 월남에 대한 기억도 없군그래."

"월남전이 유야무야로 끝나고 나면, 국제 세력 균형상, 한국에서 전쟁이 벌어질는지도 모른다고 우려하는 사람도 있는 것 같은데……."

"이 딱한 양반아, 그런 얘기야 유식한 군사 평론가들이나 알지 나같이 무식한 인간이 어찌 알 거야? 그리고 나는 그런 얘기엔 관심도 없어. 어쨌든 그것을 회피하거나 도망가 버릴 수 없는 한, 역사가 진행돼 가는 대로 꾸욱 견디어 내고 따라가야 할 것 아닌가?"

영강이는 웃었다. 그래서 한혜중도 따라 웃고 말았다.

"그럼 앞으로 영강이는 어떤 일을 할 계획인가?"

"어떤 일을 하느냐?" 영강이는 반문하면서 갑자기 심각한 얼굴이 되었다.

"좀 막막하게 느껴지는 게 사실이기는 해. 우리나라에서는 어떤 일을 하고 싶다고 해서, 그 일을 할 수 있는 게 아닌 듯하니 말야. 나는 뼈 빠지게 저축을 해서 목돈을 좀 만들었거든. 우선은 그 돈을 은행에다 넣어놨어. 이제 내 나이도 서른한 살이고 하니 정신을 차리고 살아봐야겠다고 느끼게는 되는데 말이지……."

영강이는 모르겠다는 듯이 어깨를 으쓱하더니 약간 쾌활한 어조로 다음 말을 이었다.

"그래서 요새는 좀 어처구니없이 돌아다니고 있어. 글쎄 오늘은 우리 사촌 동생하고 국립 박물관엘 들어가 봤지 뭐야? 어때, 혜중이도 국립 박물관엘 자주 가 보나?"

"이따금씩."

"솔직히 말하자면 나는 처음 들어가 봤어. 나야 박물관에 진열
돼 있는 옛 물건을 봐도 잘 몰라. 우리 조상들이 이런 물건을 만들
어 쓰면서 살아왔구나, 하고 생각하면서 천천히 구경했어. 날씨가
음산해서인지 사람이 없더군. 그래서 찬찬히 구경을 하고 다녔는데
그러다 보니 어느덧 우리 조상님들이 살던 모습을 여실히 보는 것
같은 기분이 들었어. 그 삶이 어떻게 현재로 관류되고 있는지, 느껴
지는 게 있었어. 월남도 외국이라면, 바깥세상을 구경하고 와서 그
랬는지 모르지만 아주 묘하게 느껴지는 게 있더란 말야."

"국립박물관에서는 그래 어떤 것을 보았는데?"

"반가상 앞에서 한참동안 서서 구경했지. 고려 때 만들어진 불상
인데, 단을 민들이 모셔 놓았어. 그 앞에는 십 원짜리 백 원싸리가
몇 장 놓여 있었어. 사람들이 불심을 일으켜 시주하고 간 돈이란 걸
알 수 있었지."

"조그만 청동 반가상인가?"

"아냐. 해설을 보니까 반가사유상이던가 그렇게 쓰여 있는 것이
었어. 그 불상이 어떻게 생겼는고 하니, 앉아 있는 자세도 아니고,
서 있는 자세도 아닌…… 그러니까 입상도 아니고 좌상도 아닌 것
인데……. 무식한 나름으로 내가 느끼기에는 앉아 있을 수도 없고,
서 있을 수도 없어서, 그렇게 하고 있는 것 같았단 말야."

"앉을 수도 없고, 설 수도 없다?"

"그렇게 보았어. 앉을 수도 설 수도 없어서 반가상의 자세를 꾸미
고 있는 것 같았어. 그래서 한편으로는 깊은 생각에 잠겨 있는 자세
를 꾸며주고 있지만, 다른 한편으로는 막 무슨 행동이든지 하려고

하는 듯이 보였단 말야."

영강이는 어째 설명이 잘 안 된다는 듯이 어깨를 움츠렸다.

"나는 그 불상을 만든 장인은 어떤 사람일까 생각했어. 그 사람은 신앙심 깊은 사람이었겠지만, 또한 위대한 예술가였을 테니까 말야. 결국 그 불상은 부처의 상이라기보다는 고통을 겪고 있는 한국인의 상이었을 거야. 국난을 당하여 모진 고생을 하는 민중인의 모습을 부처의 얼굴로써 담아내려고 한 게 아니었을까 생각되었어. 나는 그 불상의 몸짓을 세세히 관찰해 봤거든."

영강이는 만년필과 종이를 꺼내 불상의 모습을 그려 보려 하고 있었다. 한혜중이 그것을 들여다 보았다.

"아마 나는 그 불상의 서투른 감상자였을 거야. 나는 불교에 대해서는 잘 모르고 또한 그 불상의 내력에 대해서는 아는 게 없어. 하지만 나는 그 불상을 통하여 인간의 몸짓이라는 것을 오늘 꽤 생각해 봤단 말야. 인간의 몸짓…… 고뇌의 정신이 힘들게 배어 있는 몸짓에 대해서 생각하게 되었단 말야. 어때? 혜중이, 언제 함께 반가상을 보러 가지 않겠어? 나는 몸짓을 배우기 위해서라도 다시 한번 가 보고 싶어졌어."

"몸짓을 배우기 위해서라면 가지 않는 게 좋을지도 모르겠군" 하고 혜중이는 별 생각 없이, 이렇게 말했다.

"그건 왜 그럴까?" 영강이는 좀 심각하게 반문했다.

"불상에서 어떤 몸짓을 배울 수야 없겠지. 그것이야 산 사람에게서 배워야지. 하다못해 창녀들이나 죄수들한테서라도……"

"물론 그것이야 그렇지." 하고 영강이는 시인했다.

"어때? 영강이는 자기가 얼마만큼 세련된 몸짓을 꾸밀 수 있다고 생각하는지?"

"그야 나는 전혀 세련된 몸짓을 꾸미지 못하고 있겠지."

영강이는 좀 생각하는 표정으로 쓰게 웃었다.

"여자를 단순하게 사랑하는 몸짓은 꾸밀 수 있을 테지만, 진짜 사랑이라는 것에 대해서는 자신이 없을 게고……, 우리나라를 걱정하는 몸짓도 꾸밀 수는 있으나, 과연 그게 어느 정도일는지는 자신이 없을 테고……, 사람들이 어떻게 살고 있는지 아는 듯한 몸짓도 꾸밀 수는 있겠으나……, 과연 그 이상의 것을 내가 할 수 있다거나 하고 있다고 말한다면 그건 거짓말이겠지. 그건 확실히 그렇겠군. 아마 나는 방황한다는 이름으로 결국 엉터리 몸짓에 익숙해져 있을 거야……."

2.

바깥에서는 눈 대신에 비가 내리고 있었다. 그러나 비는 조금 뒤에 진눈깨비가 되었다. 그것은 땅에 닿자마자 물이 되어 버렸다. 이 술집의 주인인 최중규가 들어섰다. 그의 양복은 후줄근하게 물에 젖어 있었다.

최중규는 한혜중 보다 두 살 나이가 많았다. 그는 서울대학을 이태나 떨어지고, 군대엘 갔다 오고, 돈벌이를 나서느라고 휴학을 하고 그러는 통에 아직 대학에 적을 두고 있었다. 아마 서너 번 전과를 하기도 했을 것이다. 그는 어려서부터 인생의 경력을 많이 쌓은 인간이었다. 만약에 한국 사회에 어떤 계급 차이 같은 것이 있다면, 그는 맨 밑바닥의 계급으로부터 그의 일신을 곤두세워 도저히 가당치도 않을 듯한 대학공부를 하고 외국어를 배우고, 유식한 세상을 발견하게 된 그러한 인간이었다. 그랬으므로 예를 들어 관상쟁이

한테 찾아갈라치면 '당신은 젊어서 고생을 할 팔자이지만, 만년에는 부귀영화를 누릴 것이오.' 따위의 말을 듣는 것이었다. 최중규는 인간을 판별해내는 데에 정확한 눈을 가지고 있었고, 인간의 콤플렉스를 해소하는 가장 구체적인 방법론이라고나 할까, 그러한 것을 터득해 가지고 있었다. 그는 한국이라는 사회, 내지는 서울이라는 혼란 속에서 하나의 인간이 살아난다는 것, 또는 살아간다는 것이 의미하는 바를 알고 있었고, 그렇게 부대끼며 살아가는 데에 자기 나름의 배짱을 가지고 있었다. 그런가 하면 최중규는 외국의 학자들, 예를 들자면 한스 모겐소, 찰스 밀스, 헤르베르트 마르쿠제 따위의 인간들을 한국인이라고 가정할 때, 그들이 어떤 식의 논리 전개를 펴는 인간이 될까 하는 것에 무척 흥미를 느낄 만큼은 유식한 인간이었다. 이러한 모든 육체적, 지적 모험이 최중규를 혼란에 빠뜨리고 그를 옴짝달싹 못 하게 묶어 놓고 있는 것 같았다. 비근한 예로, 어떻게 해서 최중규가 이 막걸릿집을 경영하게 되었는가 하는 것이 그것을 증명해줄 것이었다.

흔히 인생이라는 것에 대해서 교활한 지식을 갖게 된 유식한 노인들이 말하는 것과도 같이 젊었던 시절의 저 모든 정확하지 않은 듯한 행위나 사색의 과정은 그것이 정확하지 않은 듯하기 때문에 반드시 필요한 것이며 도리어 부러운 것이라고 말해진다면, 최중규는 그와 같은 젊음에 의하여 너무 깊은 상처를 입었고, 자가당착적인 모순에 빠지는 아픈 체험을 가지고 있었다. 이러는 말은 그가 데모 소동에 휘말려 들어가 유치장 신세를 져 보았다든가, 돈 많은 과부와 어찌어찌 동거 생활 비슷한 일을 겪어보았다든가 하는 외관적인 모습에서 기인하는 것이 아니라, 그러한 혼란투성이의 여러 통로에 삼투됨으로써 그 자신을 혹독하게 파괴시키도록 하였기 때문이었다. 그는 한 1년 동안 외부와 담을 쌓고 나서 어느 지방의 소도시로 내려가 있었다. 그러다가 여름 한 철 해수욕장에서 장사를 해 가지고 약간의 돈을 만들었다. 서울로 올라온 그는 이 막걸릿집을 차렸고, 근근 현상 유지를 해 나가는 형편에 불과할지언정, 이 장사에 묘한 정성을 바쳐오고 있었다. 말하자면 이 막걸릿집을 그의 생활 현실의 발판으로 삼아, 혹독하게 파괴된 자기 자신을 건져내려고 안간힘을 다하고 있는 것처럼 보였다.

그러한 최중규가 외출로부터 돌아와서는 퍽 따분하고 맥살이 나는 표정을 짓고 있었다.

"암만해도 이 막걸릿집이 철거될 것 같아." 하고 그는 말했다.

"여기에 빌딩이 들어선다고 하더니 그게 사실인가?" 하고 한혜중은 물었다.

"응, 그건 사실이야. 지금 한바탕 싸우고 오는 길이야. 아주 교활한 건축 브로커인데, 여러 사람으로부터 돈을 끌어들여 12층짜리 빌딩을 지으려 하거든. 그 빌딩을 지으면 돈이 벌어진다는 것을 그 브로커가 확실히 알고 있기 때문에, 도저히 나로서는 대항할 수가 없더군. 내가 견디어 낼 승산이라곤 아무것도 없어."

이러면서 최중규는 막걸릿집 내부를 눈여겨보았다.

"이 술집은 그동안 아주 정이 들었는데……. 돈이야 벌어지지 않았지만, 그런대로 아기자기한 맛이 있었어. 별로 힘들이지 않고서도 재미있게 운영할 수 있었던 것인데……."

"그럼 앞으로 무슨 일을 할 생각이지?"

"공부를 해야겠어, 공부를……. 모든 걸 다 때려치우고 공부를 해야겠어. 새삼 그걸 느끼게 된단 말이다. 이 세상을 살아가는 비결이란 철저히 무식하거나 철저히 유식할 수밖에 없는데, 유감스럽게도 나는 철저히 무식해질 수 있는 기회를 놓쳐 버렸거든. 생각해 볼수록 우스운 얘기가 아니겠니? 나 같은 녀석이 공부를 해야겠다고 결심하다니? 묘한 방식으로 자기를 들볶는 거지. 천정이 너무 낮아서 고개를 추켜세우자니 된통으로 머리를 얻어맞겠고, 그래 대가리를 처박아 밑바닥만 내려다보고 있자니 숨이 막혀 못 견디겠고……, 그런 거 아니겠어. 우리 살아가는 방식이라는 것이. 환경이 나를 억지로 공부하도록 만드는 것 같단 말야."

최중규는 일하는 소년에게 술을 더 가져오라고 호통을 쳤다. 그러다가 비로소 그는 영강이를 바라보았고, 영강이와 함께 온 조은 애를 발견했다.

3.

"서로 알은 체를 하시지그래." 하고 한혜중이 그때중매자노릇을 했다.

"이쪽 친구는 공부를 해야겠다는 걸 발견한 최중규이고, 이쪽 친구는 인간의 몸짓이라는 것에 대해서 깊은 생각을 가지게 된 영강이고……."

"몸짓?" 최중규가 무슨 소리냐는 듯이 물었다.

"별 얘기가 아닙니다." 하면서 영강이는 웃었다. "우리의 이 시대에 있어서 사람들은 어떤 몸짓을 하고 있는가를 생각하게 되었다는 얘기인데……."

"그러면 어떤 몸짓을 해야 된다고 생각하는 겁니까?" 하고 최중규는 물었다.

"결국 그것은 어떻게 살아야 하느냐는 문제가 되겠지요."

"그러면 어떻게 살아야 한다고 생각하는 겁니까?"

"말해놓고 나니까 좀 우습기는 하군요. 서른 살이 넘은 주제에 그런 얘기를 하다니……. 하지만 어떻게 살아야 하느냐는 문제는 내가 꾸미고 있는 몸짓이 어떤 것이냐, 라는 문제와 연결되어 오늘 좀 우스울 정도로 깊이 생각하게 되었는데……."

"여기 영강이는 월남에서 돌아온 지 얼마 안 돼." 하고 한혜중이 중간에서 해설했다.

"그야 자기가 살아온 현장을 떠났다가 들어오면 그 현장의 지저분함이 이상할 정도로 선명하게 보이니까 당황해지는 것도 무리가 아닌 거야. 더욱이 아까 나는 반가상을 보면서, 한국인들이 지어야 할 어떤 몸짓의 형태를 본 듯한 느낌이 들었거든." 하고 영강이는 한혜중을 바라보면서 얘기했다.

"다시 한번 묻고 싶습니다. 형께서는 그래 어떤 몸짓을 하고 있고, 또는 해야 한다고 생각하는지……." 최중규가 집요하게 물었다.

"말하자면 이런 거겠죠."

영강이는 좀 불쾌한 어조로 말했다.

"사람에게는 상상력이라는 게 있지 않겠습니까? 물론 상상력이라는 것은 어느 차원에서 제한되어 있지만, 일단은 넓고 무한한 듯이 보이는 이상 추구의 정신세계를 구축하겠죠. 인간의 몸짓이라는 것도 상상력과 흡사해서 그 나타나는 형태와 양상이 얼마나 넓고 무한한 것일까를 일단 생각해 볼 수 있겠지요. 그다음 단계의 얘기로, 현재의 이러한 한국에 있어서 가능한 여러 몸짓이 있을 테고, 그 몸짓의 일정한 방식이 있을 거란 말입니다. 월남에 있을 때 나는 그레이엄 그린의 『말 없는 미국인』을 읽었고, 앙드레 말로의 『왕도』를 읽었어요. 그 두 소설은 월남의 몸짓에 대한 구라파인의 몸짓이 어떠한 그래프를 그리는가를 보여주었다고 생각되었는데, 내가 읽은 바로서는 두 소설 다 기분 나쁜 소설이라고 느꼈습니다. 그레이엄 그린은 미국의 월남 정책이 어떠한 모순을 가지고 있는가를 보여주기 위해, 허무주의자이며 아편쟁이인 영국인 기자의 눈을 빌리고 있습니다. 허무주의자인 기자의 눈을 빌림으로써 월남의 비극을 파악하게 된다는 것에 그 소설의 묘한 점이 있어요. 아편이나 태우고 바보 같은 여자의 사랑을 구걸하는 무력하고 권위를 상실한 구라파인의 '몸짓'도 그렇거니와 교과서에서 배운 지식을 곧이곧대로 적용하려다가 어처구니없는 실수를 저지르는 미국인의 '몸짓'도 마찬가지로 모두 성실성을 결여하고 있다는 것을, 그레이엄 그린은 그 소설에서 시인하고 있어요. 그린은 서양의 '몸짓'을 가지고 왜, 어째서 동양의 월남에서 싸움질을 하느냐 묻는 것 같아요.

앙드레 말로의 『왕도』는 좀 다르게 그 '몸짓'을 묘한 영웅주의와 뒤섞어 버렸는데, 그 소설은 월남의 유서 깊은 불상을 훔쳐내려는 고고학자와 전설적인 혁명가가 나누는 대화의 소설입니다. 그런데 소설 주인공들은 중요한 두 가지 사실을 혼동하고 있어요. 인간의 숙명, 죽음, 사랑, 한계 따위의 얘기와 그러한 것의 실습 대상으로서의 월남입니다. 다시 말하자면 하나의 인간이 개인으로서 가지는 여러 고민을 행동이라는 '몸짓'을 빌어, 이미 구라파는 따분한 장소가 되었으니까 동양에 가서 벌여 본다는 그런 식이라고 읽혀졌습니다. 말하자면 T.E.로렌스가 아라비아에 가서 했던 '몸짓'과 비슷하기도 하고, 차이가 나기도 하는 그러한 방식이겠죠. 그러면 얘기를 돌려서 월남인들은 어떤가 하면, 그들에게는 '몸짓'이 없습니다. 그런대로 억지로나마 몸짓이 있다면 불교가 그 몸짓을 해 주어야겠는데, 이미 불교는 하나의 정신적 습관처럼 되어버려서 자기 나름의 몸짓이 안 되고 있습니다. 그렇다면 이데올로기가 '몸짓'이 되어야 겠는데, 월남의 일반인들은 다만 지친 듯한 표정만을 짓고 있을 뿐입니다. 그러다가 나는 다시 고국으로 돌아왔습니다. 벌써 귀국한 지 한 달 가까이 되어가지만, 아직은 뭐가 무엇인지 알 수 없어요. 이삼 년 동안에 그 어떤 분위기 같은 것이 많이 달라졌다는 것을 느끼게는 되지만, 확실히 그 어떤 몸짓을 꾸미기가 어려운 시대라는 게 느껴지는군요. 왜정 시대의 젊은이들은 '나라를 찾아야겠다'는 당연한 '몸짓'이 성립될 수 있었고, 그래서 고민의 양상도 또한 그 당연한 몸짓을 성사시키기 위한 목표에서 당당히 구했었겠죠. 지금 어떤 사람들은 일본 세력의 팽창이라든가 이런 것을 들어서 한일 병합 직전의 혼란 상태에 비유하는 것도 같은데, 물론 그때와는 또 양상이 다르고……, 그렇다고 신라, 고구려, 백제로 분단되어 있던 때의 그런 양상일 리도 만무하고……."

"그거 형께서는 '몸짓'이라는 단어를 좀 애매하게 사용하는군." 하고 최중규가 말했다.

"애매하게 사용하다니?"

"형께서는 '몸짓'이라는 단어를 두 가지 측면으로 사용하고 있어요. 그 하나는 형 자신의 개인적인 '몸짓'이고, 다른 하나는 우리나라 전체가 짓고 있는 '몸짓'인데, 그 점에 대해서 명확한 구분을 짓지 않고 있는 것 같은데……."

"얘기를 듣고 보니까 과연 그렇군." 영강이는 시인했다.

"그러나 이런 점이 있겠지. 나 자신은 전혀 위대한 인간도 아니고, 잘난 인간도 아니거든. 또한 나 자신이 위대하다거나 잘났다고 해봤자 그게 무슨 우스꽝스러운 얘기람? 나는 끌려가는 대로 끌려가고, 당하는 대로 당하고, 얻어맞는 대로 얻어맞겠지. 그걸 회피할 수도 없겠거니와, 회피하겠다고 생각한다면 그건 망발이겠지."

"헤겔의 말이 아니더라도 역사는 숙명적으로 자기 과정이 냉엄하게 전개돼 가는 건데 지금 형이 한 얘기는 결국 아무 '몸짓'도 꾸미지 않겠다는 얘기인 것 같기만 해서……."

"이런 답답한 사람 봤나? 지금 내가 하는 얘기는 우리의 상황이 어떻게 되어 먹은 상황이며, 여기에서 살고 있는 개개인의 삶이 어떤 것인지를 도무지 모르겠다는 얘기란 말일세. 내가 아는 철학론이라는 게 그러한 것인데 어떤 때에는 개인이라는 것을 상황에 우선해서 전면에 내세워 본단 말야. 그리하여 그 한심한 개인의 자아를 추적해서 상황을 보려고 한단 말야. 그런데 한국의 70년대는 역사 감각을 필요로 하는 시대라고 하면서 상황을 앞에다 내세워 그것으로 사람을 설명하려고 하는 것 같은데……, 나는 시대 의식이라는 것이 어떻게 새로운 조류로 등장하게 되는가 하는 것도 그 점에 치중해서 파악하고 싶지만……."

"나야 무식해서 잘 모르지만……, 형께서 하는 얘기의 초점은……."

"이봐, 무식하기는 나도 마찬가지야."

"그렇다면 얘기를 간단히 하자구. 형께서는 그래 어떤 '몸짓'을 지어야겠다고 생각하는 건지……."

4.

"정말 이건 너무해요." 하고 유일한 여자인 조은애가 한혜중에게 속삭였다.

"저는 도저히 참지 못하겠어요. 저와 함께 살짝 빠져나가지 않으시겠어요?"

"빠져나가자구?" 한혜중이 물었다.

"네, 조용히 빠져나가요. 아마 짐작하셨겠지만, 저는 영강이의 사촌 동생은 아니예요. 아까 낮에 덕수궁 돌담길에서 우연히 만난 사이예요. 겉으로 보면 그럴 듯한 사람인 것 같았는데 공연히 유식한 얘기만 떠들어 대구, 잘난 체하기 좋아하는 지저분한 사람이네요."

"지저분한 사람이라구?" 한혜중은 웃었다.

"그렇지 않구 무어예요? 여자와 함께 이런 막걸릿집엘 들어왔다는 것부터가 되어 먹지 않았죠. 저 같았으면 이런 데 여자를 끌고 들어오지는 않았을 거예요."

"과연 그럴까?" 한혜중은 담배를 한 대 물고 나서 짐짓 영강이에게 큰 소리로 말했다.

"이봐 영강이, 아가씨께서는 화가 나 있어. 무엇보다도 화가 나 있는 아가씨의 '몸짓'을 이해해주어야 할 게 아냐?"

그러나 영강이는 최중규와 열띤 이야기를 하느라고 조은애에 대해서는 신경 쓸 겨를이 없는 것 같았다. 한혜중은 약간 생각에 잠겼다가 일하는 소년을 손짓으로 불렀다. 다방에 나가 있을 테니까, 토론이 끝나면 찾아오도록 하라고 일러두고는, 한혜중은 조은애와 함께 먼저 바깥으로 나왔다.

이제 진눈깨비는 그쳐 있었고, 다시 주룩주룩 비가 내리고 있었다. 날씨는 아주 푸근했다. 비를 맞고 있는 네온사인 광고판은 비에 젖은 네온사인을 보내주고 있었다. 아스팔트 도로에는 휘발유 기름이 번져 있었고, 그것은 빗물에 풀려 오색영롱한 무지개 빛깔로 반짝이고 있었다. 그것보다 한혜중은 눅진눅진한 비의 냄새와 함께 여자의 몸에서 발산되는 달착지근한 화장 냄새를 맡고 있었다.

그들은 근처의 다방으로 들어섰다. 이미 밤 시간도 깊어졌기 때문인지 손님들은 그닥 많지 않았다. 여자는 탁탁했던 막걸릿집에서 나오게 되어 기분이 상쾌한 모양이었다. 약간 기다란 모가지를 잦혀서 다방을 둘러보더니, 핸드백에서 콤팩트를 열어 얼굴을 만지고 있었다.

"그렇게 자기 얼굴을 들여다보면서 무얼 느끼지요?" 하고 한혜중은 물었다.

"그야 자기 얼굴을 보는 거지요. 아까는 지루해서 정말 혼났어요."

여자는 입술에다가 색칠을 가하기 시작했다.

"어째서 그토록 지루했을까요?"

"몸짓이 어떻게 되었다는 거예요? 아주 철없는 사람들이에요. 저는 고등학교 다닐 적에 제법 괜찮게 살았었죠. 그래서 발레를 한답시고 좇아다녔던 적이 있어요. 저도 아까 그 남자들이 하고 싶어하는 얘기가 무엇인지는 알아요. 그러나 그것은 한두 마디 말로써 충분히 집어칠 수 있는 얘기거든요. 그런 것을 가지고 공연히 복잡하고 어렵게 여러 말을 하다 보니 점점 우스꽝스러워지거든요."

"그렇다면." 하고 한혜중은 물었다.

"조은애 씨는 어떤 몸짓을 꾸미고 있나요?"

"저는 의식적으로 몸짓을 꾸며 보겠다고 생각한 적은 없어요. 그것이 어떻게 의식적으로 되는 일인가요? 웃고 싶을 때에는 웃고, 슬플 때에는 슬퍼하는 거예요. 그야 저는 남자가 아니고 여자인 걸요. 저는 전혀 책 같은 것은 보지도 않고, 신문 같은 것도 읽지 않아요. 저는 우리나라가 어떤 나라인지도 몰라요. 그야 알 필요가 없기 때문이죠. 그래서 저는 우리나라가 이렇다 저렇다 하고 근엄한 표정으로 이야기를 해대는 사람들이 도리어 미워요."

"그거 참 묘한 말이군."

"아마 제가 여자이기 때문에 그럴 거예요. 저는 서울에 혼자 살고 있거든요. 집안 환경이 좋은 편은 못 되지요. 아버지는 돌아가셨구, 어머니는 동생들을 데리고 강릉에 가서 살고 있어요. 두어 달에 한 번쯤은 저도 강릉엘 갔다 오곤 하는데, 글쎄 며칠 전에는 돈이 떨어졌지 무어예요? 여자는 돈을 벌기가 쉽죠. 1주일만 해보겠다고 결심하고는, 비어홀에 나갔어요. 그래서 한 달 생활비는 충분히 될 만치 돈을 벌었죠. 1주일이 되자, 딱 그만두고 말았어요. 이제 또 돈이 떨어지면, 다음번에는 직업소개소에 찾아가 볼까 해요. 남의 집 식모살이라는 게 어떤 것인지 한번 해 두고 싶어요. 시집가기 전에……."

그녀는 웃었다.

"굉장히 자신만만하시네?"

"그것도 없이 어떻게 이 세상을 살아가겠어요?"

"하지만 속된 말로, 그러다가 타락이라도 해 버리면 어떡하죠?"

"타락할 거라면 일찌감치 타락해 두는 것도 좋지 않겠어요? 과거에 직장 생활도 해봤지만, 직장 생활이라는 것도 무어 그리 건전한 것인 줄 아세요? 그렇지 않거든요. 이 세상에 건전한 연애가 없는 거나 마찬가지 얘기가 될 거예요. 저도 아까 국립박물관에서 그 반가상이라는 것을 보았죠. 영강이는 아무것도 모르는 여자라고 생각해서 안심했겠죠. 하지만 저도 보았어요. 망발일는지도 모르지만, 어쨌든 그 불상보다는 제가 훨씬 낫죠. 그건 옛날 것이구 또 불상에 불과해요. 그런데 저는 지금 현재 살아있거든요."

"그거야 무엇인가를 혼동하고 있는 얘기이고……."

"물론 그렇죠. 저는 여자이니까요."

"여자가 되어서 조은애 씨는 다행이겠군?" 한혜중은 웃었다. "남자가 아니라는 것이……."

"그럴지도 몰라요. 남자들은 몸짓에 대해서 입으로 얘기는 하지만, 어떤 몸짓을 꾸며야 할는지 결정 못 한 채 늙어 버려요. 하지만 여자에게는 몸짓이 있지 않겠어요? 하다못해 남자에게 아양을 떨고, 남자를 유혹해내려고 하는 몸짓이라도……."

"그야 남자에게도 그런 정도의 몸짓은 있지. 여자를 사랑해줄 때 짓는 몸짓 같은 것은……."

"아마 그 몸짓이 가장 구체적이고 확실한 몸짓인 모양이죠? 그건 자식을 생산해낼 수 있는 몸짓이니까요."

"그야 그렇지. 어떠한 혼란의 시기, 지독한 굶주림과 혹독한 피압박의 시대에 있어서도, 인간들은 그 몸짓을 꾸몄지. 그 인간들의 종족이 멸망하지 않기 위해서……."

"아마 그 몸짓만 확실히 알아둔다면, 이 세상은 잘 될 거예요."

"글쎄……, 그게 과연 그런 것일까?" 한혜중은 좀 멍청하게 대답하면서 상대방 여자를 매섭게 흘겨보았다.

《월간중앙》, 1970년 2월호

공동체의 역사적 기억과 이야기의 소망

— 박태순의 1960년대 소설들

백지연

공동체의 역사적 기억과
이야기의 소망
— 박태순의 1960년대 소설들

백지연 (문학평론가, 서울여자대학교 초빙교수)

1. 민중적 삶의 재현과 역사의 상상력

1964년 단편 「공알앙당」이 《사상계》 신인문학상에 입선되면서 본격적인 작품 활동을 시작한 박태순은 문학사에서 '4·19 세대'의 문학 체험을 드러내는 대표적 작가로 불린다. 특히 1960년대에서 1970년대에 걸친 왕성한 발표 활동을 집적한 소설집『무너진 극장』 (정음사, 1972)과『정든 땅 언덕 위: 외촌동 사람들』(민음사, 1973)은 도시 문물에 예민하게 반응하는 지식인의 실험의식과 민중적 삶의 애환을 함께 담는 독특한 작품 세계를 보여주었다.

박태순 소설에 대한 연구들은 그의 실천적 문학 활동과 작가 의식에 기반하여 작품을 평가하는 사례가 많은데, "박태순의 작품 세계는 관조의 세계가 아니라 행동과 외침의 세계"(오생근)라는 평이 대표적이다. 실제로 지식인 화자의 사변적 진술이 중심이 되는 초기 작들은 이후 사회의식의 심화에 따라 시대적이고 정치적인 소재로 확장되는 작품들이 많다. 그러나 박태순 작가의 사회적 발언과 실천적 사회 운동만으로 그의 소설의 다채로운 면모를 모두 파악하기는 어렵다. 그의 소설이 추구하는 사색적이고 관념적인 지식인의 논평이나 실험적으로 추구되는 서술 양식은 민중들의 핍진한 삶을 포착하는 내용들과 나란히 하면서 독특한 작품 세계를 구축하는 데 바탕이 되었다. 월남 난민으로 겪은 시대적 소외의 경험과 대학생으로서 겪은 4·19 체험과 도시 문물의 감각적 체험, 난민촌의 취재와 국토 기행 등 다채로운 경험들은 박태순의 작품 세계를 두텁게 하는 요소들이라고 할 수 있다.

이 책에 담긴 「삼두마차」(1968)에서 「물 흐르는 소리」(1970)에 이르는 작품들 역시 박태순 소설의 바탕이 되는 다양한 경향을 고루 아우르고 있다. 표제작인 「무너진 극장」이 보여준 날카로운 시대 의식과 비판 의식은 「삼두마차」 연작과 「당나귀는 언제 우는가」 「도깨비 하품」에서 당대 정치 사회와 도시 개발에 대한 지식인의 논평으로 연결된다. 또 하나의 계열을 이루는 「타자가 보내는 신호」 「외도」 「하얀 하늘」 「죽사와 금반지」 「불 흐르는 소리」는 도시 세태를 배경으로 청춘 남녀의 연애 혹은 기성 사회의 타락한 가치에 쉽게 젖어 들 수 없는 인물들의 방황과 회의를 그려낸다. 마지막으로 실향 의식과 월남 난민의 체험을 담은 「전범자」 「변명」 「저녁밥」의 계열을 들 수 있을 것이다. 이 작품들은 1960년대 발표된 박태순 소설의 시대적인 경향을 응축하는 동시에 70년대 들어서면서 변모하는 박태순 소설의 흐름을 짐작하게 한다.

2. 4·19 혁명의 빛과 그림자

표제작인 「무너진 극장」은 「정든 땅 언덕 위」와 더불어 박태순의 대표적인 단편 작품으로 꼽힌다. 이 소설은 4·19의 혁명적 의미와 동시에 그것이 지닌 한계를 날카롭게 직시한 작품으로 현재의 문학사 연구에서도 여러 쟁점을 산출하는 문제작이다. 소설은 시위가 벌어지는 광장과 거리, 그리고 군중들의 혼란 상태가 폭발하는 극장 공간까지 공간의 이동에 따른 관찰자의 시선이 변화하는 과정을 역동적으로 드러낸다. 혁명이 일어난 당시의 열기와 감동, 그리고 시간이 흐른 후 일상적 삶 속에서 돌아보는 혁명의 의미까지 함께 다루는 입체적인 구성이라고 할 수 있다.

주인공인 '나'가 회고의 시점에서 돌아보는 4·19는 "비상시국이었으므로, 무슨 일이든 발생할 수 있는 것"으로 느꼈을 뿐 당시 사람들은 그 일의 전모를 알고 있지 못했다는 느낌으로 회고된다. 소설은 4·19의 엿새 후인 4월 25일 거리 곳곳에서 벌어지는 시위에 참여하던 대학생인 '나'와 친구들의 이야기로 시작된다. '나'와 친구들은 시위의 흐름에 동참하여 거리를 걷다가 임화수의 평화극장을 부수러 가는 사람들의 대열에 합류하게 된다. '나'가 시내에서 처음 만난 풍경은 이전에 알던 거리와 완전히 다른 것이었다.

> 군인들이 거리마다 도열해 서 있었으며, 곳곳에 바리케이드가 쳐 있었다. 불타 버린 건물들, 탄흔(彈痕)이 남아 있는 포도에서 우리는 마치 전쟁이 한바탕 휩쓸고 지나가기라도 한 듯한 느낌이었다. 그래서 태양은 더욱 뜨겁고 하늘은 더욱 맑고 푸르게 느껴졌다. 사람들은 무관심한 표정 속에 흥분을 감추고 있었다. 서로들 경계심을 풀지 않으면서도, 비상시의 사람들답게 날카로운 호기심과 분노에 떠는 표정을 간간이 지어 보이고 있었다. 거리에는 계엄사의 포고문이 붙어 있었고, 노 대통령의 담화문도 게시되어 있었다. 집총한 군인들은 호각을 불며 시민들이 혹시 대열을 지어 데

모라도 벌일까 봐 경계하고 있었다. 민간인들은 군인들의 시선을
피하여 우울하게 하늘을 올려다보곤 했다. (107~108쪽)

바리케이드와 불타 버린 건물, 군인과 포고문 등으로 포착되는
시내의 황량한 풍경 속에서 사람들이 보여 주는 흥분 상태와 경계
심은 군중 속에 서 있는 '나'의 마음을 대변하는 것이기도 하다. '나'
의 시선은 시내를 거쳐 망우리 공동묘지와 서울대 병원, 그리고 문
리대 앞 거리를 거쳐서 막걸릿집에서 도심 거리와 평화극장에 이르
기까지의 공간들을 포착한다. 임화수의 극장을 부수러 가자는 군
중의 함성은 타락한 정권에 대한 강렬한 적개심을 분출한다. 군중
이 경험하는 시위의 열기는 서서히 무질서 그 자체에 열중하는 집단
적 행동으로 변해 간다. 시위대에 참가했던 '나'는 불 꺼진 극장 안
의 혼란스러운 세계와 만난다. 쏙노도 틀빈한 시위 교종의 '성난 행
동은 어둠 속의 공간에서 어떤 제지도 받지 않는다. '나'는 무대를
부수고 스크린을 찢는 사람들의 행동을 두려움과 공포 속에서 바
라본다.

아마 이것이야말로, 사람들이 불만스러워할 때 막연히 느끼는
그러한 방심 상태일는지도 모른다. 원시적이고 본능적인 무질서
에로의 해방 상태. 이런 본능이야말로 최루탄을 맞으면서도 애써
진행시켜 갔고 대열을 만들어 갔던 데모의 다른 한쪽 면이 아니겠
는가? 그러니까 데모의 바깥쪽에는 법률적인 것, 도덕적인 것, 종
교적인 것, 심지어는 신화적인 것이 이를 지켜주고 있을 것이나, 데
모의 그 안쪽에는 이런 도취, 이런 공동 무의식이 잠재되어 있을
것이었다. 오류에 빠진 질서를 파괴하여, 인간을 속박시키던 것들

을 풀어 버리고, 구차한 사회생활의 규범과 말 못 할 슬픔과, 부정
부패에 대한 울분을 훌훌 떨구어 버리고 나서, 하나의 당돌한 무
질서 상태를 만드는 것이었다. (117쪽)

군중들의 폭동이 일어나는 평화극장은 이승만 정부의 부패와 연
관된 인물인 임화수의 소유 건물이라는 점에서 의미심장하다. '나'
는 눈 앞에 펼쳐진 군중들의 무질서 상태가 주는 흥분과 쾌감을 느
끼면서도, 그 무질서가 가져오는 혼란 앞에서 공포와 전율을 느낀
다. 무대 객석에서 공연을 바라보던 관객의 입장에서 자신이 직접
무대로 올라가 객석을 바라보는 '나'의 위치 변화는 혁명의 이면성
을 바라보는 관찰자의 시각을 보여 준다. 당시에 '나'가 느꼈던 혼
돈과 비판은 시간이 지난 후 기성세대가 되어 버린 입장에서 '혁명'
을 다시 바라보는 변화된 관점을 보이게 된다.

새로운 시대를 알리는 그 타종의 울림을 새로운 세대였던 우리
가 거느리고 나타날 수 있었음은 그 얼마나 행복하며 영광되며 축
복스러웠던 것인지? 그러나 우리는 얼마 안 가서 어떤 철학자의
말처럼 '한순간의 흥분을 너무 과대평가하여 기억하는 것의 무의
미함'을 어느덧 배우기 시작하였으며 그리하여 우리가 힘들여 끌
어올렸던 그 무질서의 위대한 형식이 역사성 속의 미아처럼 다만
한순간의 고립에 불과하고 말았다고 주장하는 세력이 의연히 버
티고 있음을 보았다. 그것은 마치 그날 밤에 우리가 이룩하였던
그 놀라운 긴장감의 파괴를 부정하고 모든 변혁과 가치를 부정하
는 것처럼 보이는데, 물론 우리는 결코 속아 넘어가지 않을 뿐 아
니라 혁명은 의연히 계속 진행 중임을 도리어 확인하는 것이다. 그

러니까 인생과 사회와 역사에 대한 우리의 시련이 도리어 그때로
부터 출발하고 있었던 듯한 느낌으로…….(125~126쪽)

　4·19의 혁명적 의미와 더불어 그 한계까지도 날카로운 성찰의 시
선으로 짚어 보는 이 대목은 4·19를 소재화한 작품 중에서도 남다
른 의미를 갖는다. 화자는 사회적 지지 계층이나 구조 변동과는 다
른 측면에서 인간의 집단행동에서 발생하는 본능적인 폭력과 광기
의 측면에서 군중의 시위를 분석한다. 그것은 학생 주체, 지식인 주
체 중심으로 파악되었던 4·19 혁명의 시위 양상을 군중 주체의 각도
에서 바라보는 입체적인 관찰을 보여 준다.
　「무너진 극장」의 결말이 개작되는 과정 또한 그 중요성을 짚어
둘 필요가 있는데 작가는 첫 발표 이후 두 차례의 개작을 거쳐 결
말의 전망을 새롭게 정의하고자 하였다.[1] 잡지 발표본에서 작가는
4·19 혁명 자체가 지닌 한계성에 대해 고민하는 대목을 선명하게 부
각한다. "그것은 마치 그날 밤에 우리가 저질렀던 그 놀라운 긴장
감의 파괴가 시시한 것이지나 않았는가 하는 부당한 생각조차 가
져다 줄 때가 많은데, 물론 거기에 대해서는 나의 사적인 느낌으로
완강히 부인해 두는 수밖에 없을 것이었다. 마치 진실을 엿본 듯한
느낌으로……." 라고 끝나는 발표본의 결말에서는 외부로부터의
아무런 제재도 가해지지 않는 무질서의 공간에 대한 자유로운 성
찰과 군중의 해방적 가능성을 짚으며 혁명 자체가 안고 있었던 한
계가 분명 존재함을 시인하고 있다. 여러 연구자들은 첫 발표작의
결말이 4·19에 대한 당대적 인식을 좀 더 풍부하게 드러낸다고 호평

---

1) 《월간중앙》 1968년 8월호에 처음 발표한 「무너진 극장」은 이후 단행본 『무너진 극장』
　(정음사, 1972), 그리고 마지막으로 『낯선 거리』(나남, 1989)를 거쳐 결말이 손질되었다.

하면서, 그에 비해 마지막으로 손질된 결말에서는 집단적인 주체로서의 '우리'가 다분히 의식적으로 강조되었음을 지적한다. 이런 비평 논의들을 새기면서 개작의 시대적 의미를 살펴본다면, 4·19 혁명에 대한 의의를 분명히 함으로써 주체의 의식적 자각을 간결하고 명확하게 드러내려는 의도로 해석될 수 있을 것이다. 이렇듯 주체의 각성을 통해 뚜렷한 시대적 비전을 끌어내려는 개작 과정은 박태순의 이후 소설들이 보여주는 현실 인식의 변화와 연결되는 지점이라고 하겠다.

「무너진 극장」과 연결하여 흥미롭게 볼 작품은 「삼두마차」 연작이다. 「삼두마차 1」은 '김 씨 신문', '쥐꼬리 장사' '팔금산으로 가자'의 세 가지 삽화를 통해 자본주의 사회의 모순과 도시 개발 과정을 비판적으로 다룬다. 이 작품에서는 고전 작품인 '허생전'이 패러디의 방식으로 다루어진다. '김 씨 신문'이 정치와 자본과 영합한 언론의 타락상을 보여 준다면 '쥐꼬리 장사'는 자본주의 사회의 경제 법칙을 이용한 사기 행각을 보여 준다. 권력자와 지식인들의 타락상을 그려내는 소설의 마지막에는 허 노인이 등장하는데 그의 발언이 인상적이다. 허 노인은 '김 씨 신문'과 '쥐꼬리 장사'가 횡행하는 현실을 비판하며 민중의 삶을 담아낸 정감록을 '치세의 도'로 추천한다. 젊은 국회의원은 외촌동을 단순히 '표밭'으로 여기지만, 허 노인은 그에게 생명력 있는 외촌동 사람들의 모습을 주목할 것을 당부한다. "사람의 목숨처럼 끈질긴 것도 없기는 해. 외촌동 사람들을 보면 참 신기하거든. 제대로 돈벌이가 있는 곳도 아닌데, 그래도 죽지는 않고 살아 있단 말야. 어떻게 살아 있느냐 물을 수야 없겠지만……. 참 별천지야. 한국의 13도 사람들이 다 몰려들었어."라는 허 노인의 역사적 회고는 자본주의적 현실에서도 삶의 본성과 활력이 보존될 수 있는 공간에 대한 희망을 피력하고 있다.

「삼두마차 1」이 자본주의 근대의 도시화와 개발 과정, 정치의 타락상 등을 비평적으로 고찰한다면, 「삼두마차 2」는 '점잖은 중국인', '무식한 몬타냐인' '콜 디스카스' 연작을 통해 '국가'와 '국민'의 의미, 그리고 인종주의에 대한 고찰을 진행하고 있다. 월남 전쟁을 다녀온 인물의 발언을 통해 6·25 전쟁의 잔혹한 의미와 더불어 "조국이니 반공법이니 국토 통일이니 따위의 단어들을 그 단어로써 구속시켜 두고 있었던 비참한 세계"를 날카로운 당대적 지식인의 시선으로 보는 지점이 잘 드러나 있다. 음악인인 '콜 디스카스'의 생애를 통해 문명 비판적인 논평을 날카롭게 드러낸 대목도 주목된다.

4·19 혁명이 열어 놓은 변혁과 해방의 공간에 대한 갈망은 「당나귀는 언제 우는가」와 「도깨비 하품」에서 드러난다. 「당나귀는 언제 우는가」는 폐업 직전의 조화 공상을 배성으로 자본주의 도시 일상에 맞서는 젊은이들의 유쾌한 만남을 이끌어 낸다. 노동자의 임금을 착취하는 자본가들의 이기적 행위는 소설 전반부의 공장주들의 음모와 활극으로 대변된다. 그러나 실제 공장에서 임금을 받지 못한 젊은이들과 더불어 동네 주변부의 백수 청년들이 몰려드는데 그들은 아무도 알지 못하는 이 숨겨진 공간에서 자신들의 젊음을 마음껏 발산한다. 이윤 창출과는 무관한 거침없는 소비와 향락, 그리고 익명의 청춘끼리 형성하는 집단적 유대 의식은 폐업 직전의 공장을 축제의 무대로 변모시킨다. 물론 이 작품에서 보여 주는 인물들의 자각은 빈민 계층의 결속이라든가 자본가에 맞서는 계급적 의식을 보여주는 단계로 나아가는 것은 아니다. 조화 공장을 속여 팔고 도망쳐 버린 자본가들 대신 이들은 무너져 가는 공장의 한편에서 몰려드는 빚쟁이들을 만나거나 평범한 일상으로 돌아가야 한

다. 그럼에도 소설의 마지막에서 인물들은 '나는 살아낸다, 나는 살아낼 수 있다, 나는 힘차게 살아나겠다'라는 외침을 간직하려고 애쓴다. 현실의 제약을 인정하면서도 끝내 그것을 뚫고 나아가는 삶의 의지를 보존하려는 야성과 열망이 느껴지는 결말이다.

「도깨비 하품」에서 고아인 주황은 여러 가지 잡다한 노동을 해서 생계를 이어가던 중에 말죽거리에 사둔 땅에 집을 짓고는 버섯 재배를 하겠노라고 선언한다. 그러나 경험 없는 버섯 재배는 실패로 돌아가고 그는 집 장사를 한 후 다시 버섯을 재배해 보겠노라고 다짐한다. 세속과 상관없이 아예 바깥에서 살기를 욕망했던 주황은 현실에서의 적절한 적응 없이는 진정한 현실 초월이 불가능함을 깨닫는다. 이렇듯 체제 바깥의 이방인으로서 자신이 어떻게 살 것인가를 고민하는 주황의 모습은 박태순 소설의 인물이 현실을 모색하고 자기 자신의 내면적 정체성을 확립하는 한 방식을 보여준다. 흥미롭게도 이 작품에서 주목할 것은 '주황'이 황무지로 생각하고 개척하겠다고 산 말죽거리의 땅이 현실적으로는 빈민들의 무허가 정착촌으로 개발되는 장면이다. 그것은 자발적인 체제 이탈자와 타의에 의해 경계 바깥으로 밀려 나간 체제 이탈자가 만나는 순간을 포착한다는 점에서 의미가 깊다. 별 이윤도 남지 않는 버섯 재배에 열중했던 주황의 이웃에 뜻밖에 도시에서 밀려난 난민들이 찾아오게 된다. 세속적 일상으로부터 분리된 듯한 황무지도 온전히 도시로부터 자유로울 수 없다는 자각은 주인공으로 하여금 새로운 각성의 계기를 갖게 만든다. '도깨비'로 불리던 체제 이탈자로서의 자기 정립이 이탈자들 사이의 공통적 유대를 형성하는 연결고리가 되는 대목이다.

도시 공간의 삶을 주목하는 박태순 소설의 계보 중에서는 세태 비판적 요소가 부각된 작품들이 다수 있다. 평범한 소시민들이나 지식인 청년이 주인공으로 등장하는 작품들에는 도시 문물에 대한 감동과 매혹, 그리고 그 뒤에 숨은 물신주의와 도덕적 혼란에 대한 비판이 함께 드러난다. 「물 흐르는 소리」는 술집을 배경으로 각기 다른 배경을 지닌 남성들이 만나 자리를 함께하며 다양한 시대 비판과 생활 이야기를 나누는 장면을 다룬다. 대학 생활도 누려 보고 사회적 방황도 거듭하고 월남전도 다녀온 이들은 "한국이라는 사회, 내지는 서울이라는 혼란 속에서 하나의 인간이 살아난다는 것, 또는 살아간다는 것"에 대한 나름대로의 논평을 주고받는다. 시대 의식에 대한 고민이 충만한 이 소설은 박태순 소설이 고유하게 품고 있는 소설적인 비평 담론의 세계를 은근히 드러낸다.

「타자가 보내는 신호」「하얀 하늘」「외도」「축사와 금반지」는 연애 모티프를 중심으로 세태 비판을 낳고 있다. 「타자가 보내는 신호」는 전당포에서 일하는 주인공이 가짜 보석을 맡기고 돈을 빌리러 오는 여자와 벌이는 실랑이가 핵심이 된다. 속물적인 세태 속에 스스로를 동화시켰던 남성이 낯선 타자로 다가온 여성으로 인해 자신의 가치관이 흔들리는 경험을 하는 이야기이다. 이렇듯 박태순 소설에 등장하는 여성 인물들이 지닌 본능적인 삶의 생기는 연애 서사들에서 남성 인물들이 사로잡힌 지식인적인 습성을 타격하는 역할을 한다. 「하얀 하늘」에서도 채정자는 본능적인 욕망만 앞세우는 남편인 임섭과의 결혼 생활을 현실적으로 받아들인다. 그녀가 결혼 생활에 적응하기로 결심한 것은 임섭이 취직을 하고 방을 구해 놓은 데서 비롯된다. 그녀는 방을 바라보면서 "어린애를 하나 낳고 싶구나"라고 생각한다. 아이를 낳고 생활에 정착하면서 가정을 꾸려 나겠다는 여성들의 현실적인 결심은 소설 속의 비루한 일상을 견디는 힘이 된다. 「외도」에서 유부남인 정 교수와 연애하는 다숙이가 허위적인 지식인의 일상에 사로잡힌 상대와의 관계를 결국 벗어나는 것도 그녀 자신이 지닌 자유와 생기의 감각 때문이다. 이들은 방황하는 남성 인물들의 이기적인 면모를 냉정하게 응시하면서도 그와 도모하는 현실적인 접점들을 찾는다. 「축사와 금반지」에서도 죽필과 오숙의 연애는 젊은 날의 치기와 방랑을 집약한 과도기의 결별을 가져오지만, 이후 두 사람은 현실적인 깨우침 속에서 다시 결합하게 된다. 이렇듯 박태순 소설의 여성 인물들은 세속적인 현실에 적응해 가는 강인한 생명력을 지녔으면서도, 자본주의 체제에 순응하여 살아가는 일상인들의 속물성에 비판적 시각을 보내는 성찰적 주체로서 포착되고 있다. 물화된 일상에 대한 여성 인물의 현실적인 적응과 균형의 감각은 박태순 소설이 도시 빈민층에게 발견하는 하위주체적 성격과 연대하여 일상성을 전복하는 중요한 근거가 되어 준다.

3. '사민'(私民)의식과 생태적 상상

박태순의 개인적 이력에서 분단으로 인한 고향 상실의 경험은 이후 그의 문학을 이루는 원체험으로 놓일 만한 것이다. 월남한 실향민의 정체성은 그의 문학에서 '사민' 의식으로 표출된다. 「사민」(1989)에도 등장한 바 '실향 사민'은 휴전 협정 당시에 기록된 전시 민간인 납치 문제를 둘러싸고 남과 북이 첨예하게 대립한 문제를 중립적으로 표현한 단어이다. '실향 사민'은 그런 점에서 단순한 월남 난민이 아니라 분단체제라는 특수한 현실 속에서 자신의 장소적 정체성을 지니고 살아가는 사람들의 이야기라고 할 수 있다.

전쟁 직후부터 4·19 혁명이 일어난 1960년대에 이르기까지 서울의 변화 모습을 간결하게 포착한 「전범자」는 유년 서사를 통해 이러한 사민 의식을 구체화한다. 전쟁고아들의 우두머리였던 형 소동은 자신의 집이 서울 휘황동에 있다고 자랑하며 자신을 따르던 동생들을 데리고 서울로 상경한다. 기차를 타고 이들이 도착한 도시 서울은 전란의 흔적이 채 가시지 않은 황폐한 곳이다. 고아 소년 집단은 서울로 올라와 도시 주변부에 천막을 치고 구걸로서 생계를 이어간다. 이들의 거주 공간인 '천막촌'과 '판잣집'은 식민지 시대 도시 빈민들의 토막 민촌이 탈바꿈한 형태라고 할 수 있다. 판잣집이 형성된 '휘황동'은 '극락동'의 주변부 동네이고 '극락동'은 관공서 건물이 들어서는 중심가의 주변부가 된다. 「전범자」에서 형상화된 고아 소년들의 성장 과정은 끊임없이 체제에 적응하고자 하나 결국은 아웃사이더로밖에 떠돌 수 없는 '실향 사민'의 체험을 성장소설의 형식으로 섬세하게 담고 있다.

해주 출신의 월남민들 이야기를 배경으로 한 「변명」의 세대 의식과 고향 체험의 충돌 과정 역시 주목해 볼 수 있다. 주인공 약현과 약희 남매는 아버지 세대의 실향민 체험에서 벗어나려는 젊은 세대의 자의식을 보여준다. 이들 남매에게 이북 실향민의 정신적 유대감을 심어 주려는 오만달은 황해도 해주 출신의 기업가로 약현의 아버지와 가까운 친척 어른이다. 오만달은 언젠가 고향 땅을 밟을 수 있을지, 언제 통일이 되는지를 늘 생각한다고 약현에게 고백한다. 북에 아내를 두고 월남한 오만달은 정착에 성공하여 약현과 약희의 삶에 도움을 주려고 한다. 그러나 약현은 오만달로 상징되는 아버지와 고향의 세계에 깊은 부담을 느낀다. 오만달은 실향민들끼리 모이는 군민회에 나오라고 약현에게 권하지만, 약현은 동의하지 않는다. 소설은 젊은 세대인 약현과 약희의 입장에서 전쟁의 기억을 딛고 현실적인 삶을 도모해야 하는 '공민'으로 나아가고 싶은 자의식을 강하게 보여 준다. 월남 실향민들에게 주어진 '사민 의식'이 일으키는 역설적인 자기 보존의 의지는 박태순의 도시 계열 소설들에서 지속적으로 변주되는 주제라고 할 수 있다.

황해도 실향민의 체험이 설화적인 이야기 공간에서 풍부한 생태성을 띠고 나타난 본격적인 작품으로 「저녁밥」(1968)을 주목할 수 있는데 이 소설은 「홍역」(1972)과 「고사목」(1973)과도 연결된다. 이 작품들은 한 마을의 공간과 생태를 중심으로 식민지와 해방, 그리고 전쟁과 분단에 걸친 역사 속에서 살아간 사람들의 삶을 압축하고 있다는 점에서 주제적인 연계성을 이룬다. 박태순은 「나」라는 산문에서 황해도 시절의 유년과 할아버지가 관리하던 오래된 집의 기억을 소상하게 기록한 바 있는데 이 이야기는 위의 세 작품을 창작하는 데 중요한 경험이 되고 있다.

마을 공동체의 의식과 습속에 녹아 흐르는 기층문화에 대한 박태순의 관심은 성장 동화의 분위기를 담은 「저녁밥」에서 황해도 실향민의 이야기로 형상화된다. 기존의 창작집들에 수록되지 않아 상대적으로 조명되지 않은 「저녁밥」은 공동체의 기층 신앙을 뜻하는 '부군 나무'의 상징을 중요하게 부각한다. 소년의 시선을 통해 병든 아들 성만우를 간호하며 마음을 애태우는 할머니의 모습이 그려진 이 소설은 전쟁과 분단의 현실을 겪은 민중들의 고단한 삶을 압축적으로 서술한다. 돈이 넉넉지 않아 자식을 제대로 치료할 수 없는 어려운 형편에 할머니가 고작 할 수 있는 행위는 부군 나무 조각을 두고 치성을 드리는 것이다.

할머니는 평화스럽게 살던 고향 집을 생각하고 있었다. 그 집은 구월산에서부터 뻗어 내려온 산줄기가 병풍처럼 둘러친 고향의 널따란 들판 한가운데 위엄을 그득히 머금고 서 있었던 것이었다. 그 집에서 약 1마장 정도 산기슭을 올라가다 보면 부군 나무가 있었다. 그 부군 나무는 동네를 지켜 주는 수호신이었으며, 길흉화복은 물론이려니와, 몸 아픈 것, 농사 짓기, 여행을 편안하게 해 주기, 남자아이 낳기 등등 사람들의 소원을 들어 주었다. 할머니도 그랬다. 결혼한 지 3년이 되건만 손이 없었던 할머니는 백날을 한결같이 부군님께 빌었던 것이다. 부군님은 할머니의 청을 들어 주었다. 때 아닌 까치가 날아들더니 치성을 드리고 있는 할머니 앞으로 나뭇조각을 떨어뜨렸던 것이다. 할머니는 그날 밤 꿈을 얻었다. 백발이 성성한 부군님께서 잎사귀 달린 나뭇조각을 할머니 배 속에다가 집어넣어 주는 꿈이었다. (141~142쪽)

고향 마을의 신당(神堂)에 있는 '천년 묵은' 부군 나무는 마을과 집을 지키는 절대적인 수호신의 의미를 지닌다. 전쟁이 난 후 고향을 떠나 아들과 함께 광주에서 피난 생활을 치른 할머니는 지금 서울의 바라크촌에서 어렵게 살고 있다. 고향의 부군 나무가 있다면 지금 아픈 아들을 낫게 할 수 있지만, 이제 북의 고향은 갈 수 없는 곳이 되어 버렸다. 대신 부군 나무의 조각을 앞에 두고 할머니가 올리는 치성 행위는 개인의 처지를 넘어 민중들이 공동적으로 겪은 위기와 고난의 삶을 이야기로 승화하는 과정을 보여준다. 이주당해서 살던 사리원의 생활, 아들이 인민군에 징발당한 뻔한 위기를 넘긴 일, 1·4 후퇴의 고단한 행로, 그리고 위장병을 앓으며 힘든 노동으로 자신을 봉양해 온 아들이 죽어 가는 고생스러운 현실에서 그녀가 할 수 있는 것이라고는 '부군 나무'에 대한 소망과 기억을 이야기로 발화하는 것뿐이다. 남편의 죽음에 무심한 며느리, 그리고 할머니의 기도 행위를 미신으로 치부하는 손녀 섭섭이를 뒤로 하고 그녀는 자신의 온 힘을 모아 정성스러운 치성을 올린다.

'부군 나무'라는 생태적 상징을 통해 박태순 소설이 그려내는 실향민들의 '장소 상실'은 '뿌리내림'에 대한 간절한 열망을 담는다. 실향민으로 떠도는 할머니의 삶에서 '뿌리내림'에 대한 열망은 '부군 나무'에 대한 소망과 치성으로 드러난다. '부군 나무'와 신당의 장소적 경관은 사람들에게 공간에 대한 애착을 갖고 자기 삶을 보호하려는 욕망을 반영한다. 박태순의 소설이 재현하는 민간 신앙의 풍습은 운명론적 세계에 승복하는 과정 자체보다는 자연의 힘에 경의를 표하면서 치열하게 생존을 도모하는 인간 존재의 다면적인 모습을 드러낸다. 인물들이 '부군 나무'와 어우러져서 짓는 이야기야말로 파괴된 삶 속에서 스스로를 치유하려는 생존의 본능과 장소적 애착이 이루어낸 고유한 내러티브라고 할 수 있다.

박태순 소설이 주목하는 실향 사민의 삶은 개별적 자아의 경험에 머무는 것이 아니라 분단체제의 현실이 아로새겨진 공적 기억의 세계를 반영한다. 공동체의 장소에 얽힌 역사의 기억은 생태적 위기가 전쟁과 폭력에 노출된 민중적 삶의 위기와 맞물려 있음을 보여준다. 인물들은 인력으로 대항할수 없는 재해와 재난 앞에서 자연의 순환과 생태의 원리를 깨닫게 된다. 그의 소설에서 인물들이 자연에 대해 경의를 표하는 과정은 단순한 순응이 아니라 자신의 장소와 관계를 맺는 새로운 정체성을 얻어 가는 여정이라고 할 수 있다. 마을 공동체의 전설이 깃든 신화적 장소를 향한 민중들의 소망과 기억은 폭력적 세계가 단절시킨 삶의 의례를 회복하려는 지향성을 담는다. 이렇듯 4·19의 혁명적 시대 인식을 바탕으로 지역성과 민중성의 의미를 새롭게 구축해 간 그의 소설들은 앞으로도 풍부한 비평적 논의를 열어줄 현재적인 의미를 지닌다.

* 이 해설은 필자의 「박태순 소설의 로컬리티와 생태적 상상─1960~70년대 소설을 중심으로」(《한민족문화연구》 86, 한민족문화학회, 2024)와 「1960년대 한국 소설에 나타난 도시 공간과 주체의 관련 양상 연구」(경희대학교 박사학위 논문, 2008)를 해설의 체계에 맞게 편집·수정·가감하여 재기술한 글이다.

박태순 연보

1942   5월 8일 황해도 신천군 용문면 삼황리 소산동에서 아버지 박상련(朴商鍊), 어머니 권순옥(權純玉)의 2남 2녀 중 장남으로 출생하였다. 본관은 밀양이다.

1947   1월, 부친이 가산을 모두 정리한 뒤 해주에서 서울로 이주하였다. 묵정동, 삼청동, 청운동, 원효로, 신당동 등지의 빈민촌을 전전하였다.

1950   12월 하순 대구로 피난했다. 그동안 다섯 군데의 국민학교를 옮겨 다닌 끝에 대구 중앙국민학교를 졸업했다.

1954   환도와 함께 서울로 이사하여 서울중학교에 입학했다. 중학교 2학년 때 막연히 작가가 되겠다고 마음먹었다. 친구와 함께 출판사 동업 중이던 부친이 휴전 이후 독립하여 출판사 박우사를 차렸다. 박태순은 국민학교 6학년 때부터 교정과 편집, 배달 일을 거들었다.

1957   서울중학교를 졸업하고 서울고등학교에 진학했다. 문천회, 바우회 등의 독서 모임에서 활동하였다.

1960   서울고등학교를 졸업하고 서울대학교 문리대 영문과에 입학했다. 곧바로 맞이한 4·19혁명 당시 경무대 앞까지 진출했는데, 함께 있던 친구 박동훈(법대 1학년)의 죽음에 큰 충격을 받았다. 이후 이때의 경험을 바탕으로 단편 「무너진 극장」과 「환상에 대하여」 등을 창작했다. 서울대 문리대 교양학부에서 김광규, 김승옥, 김주연, 김치수, 김현, 이청준, 염무웅, 정규웅 등을 동기로 만났다.

1961   학업에 뜻이 없어 학교에는 거의 나가지 않고 음악다방에만 출몰하였다. 자퇴를 결심하고 친구 따라 강원도 영월군 주천면에 가서 한동안 두문불출하는 생활을 이어 나갔다. 상경한 후에는 본격적으로 신춘문예에 도전하기 시작하였다. 시와 소설을 합해 총 스물한 번 도전하였으며 신림동 난민촌에서 한 달여간 틀어박혀 외촌동 연작을 구상하였다.

1964	대학을 졸업하고 단편 「공알앙당」으로 《사상계》 신인문학상에 입선하였다.
1966	중편 「형성」이 《세대》 제1회 신인문학상에 당선되었다. 단편 「향연」이 《경향신문》, 「약혼설」이 《한국일보》 신춘문예에 각각 당선작 없는 가작으로 입선하였다. 외촌동 연작의 첫 번째가 되는 단편 「정든 땅 언덕 위」를 발표하여 문단의 호평을 받았다.
1967	본격적인 창작 활동을 시작하였다. 《월간문학》에 근무하던 이문구, 《사상계》에 근무하던 박상륭 등과 알게 되어 가깝게 지냈다.
1969	1월에 출간된 《68문학》 제1집에 김승옥, 김주연, 김치수, 김현, 염무웅, 이청준과 함께 참여하였다.
1970	11월 청계 피복 노동자 전태일의 분신 사건을 취재하였다.
1971	르포 「소신(燒身)의 경고-평화시장 재단사 전태일의 얼」을 발표하였다. '광주 대단지 사건'(지금의 성남민권운동)을 취재하고 르포 「광주 단지 4박 5일」을 발표하였다. 이때의 경험을 바탕으로 다음 해 단편 「무너지는 산」을 발표하였다.
1972	4월 15일 김숙희(金琡姬)와 결혼하였다. 창작집 『무너진 극장』(정음사), 『낮에 나온 반달』(삼성출판사)을 간행하였다. 장편 「님의 침묵」(여성동아)을 세 달간 연재하였으며, 연출가 임진택이 「무너지는 산」을 연극으로 각색하고 연출하였다.
1973	인문기행 「한국탐험」을 《세대》에, 장편 「사월제」를 《한국문학》에, 「서향창」을 《주부생활》에 연재하였다. 창작집 『정든 땅 언덕 위(부제: 외촌동 사람들)』(민음사)를 간행하였다. 《중앙일보》에 소설 월평을 연재하였으며, 12월 26일 민족학교 주최 '항일문학의 밤'에 참가하여 시를 낭송하였다.

1974   1월 6일 유신헌법에 반대하여 '개헌 청원 지지 문인 61인 선언'에 발기 인으로 참가하였다. 4월, '문인 간첩단 조작 사건'에 대하여 문인 295 인의 진정서 규합 활동을 하였다. 11월 18일, 광화문에서 '문학인 101 인 선언'을 발표하며 '자유실천문인협의회'의 창립을 주도하였다. 이 날 경찰에 연행되었다가 이틀 후 풀려났다. 장편 「내일의 청춘아」를 《학생중앙》에 연재하였다.

1975   창작집 『단씨의 형제들』(삼중당), 산문집 『작가기행』을 간행하였다. 《한국문학》에 '언사록'이라 하여 개항 이후의 상소문, 격문, 선언문, 민요, 풍요와 유언비어 등을 수집·정리해 3회에 걸쳐 소개하였다. 김 지하의 '오적필화사건'과 연이은 긴급조치 등 폭압적인 유신 체제에 항의하는 의미로 절필을 결심하였다. '동아일보 광고탄압사건'에 항 의하여 자유실천문인협의회 문인들의 격려 광고를 주도하였다.

1976   번역시집 『아메리칸 니그로 단장(斷章)-랭스턴 휴즈 시선집』(민음사) 을 간행하였다. 침묵이 길어지는 동안 「사서삼경」을 독파하였는데, 훗날 이것이 이후의 재창작에 큰 도움이 되었다고 고백한다.

1977   3월 '민주구국헌장'에 서명한 혐의로 고은, 김병걸, 이문구 등과 함께 연행되어 수일간 조사를 받았다. 7월 24일 전태일의 모친 이소선이 구 속되고 평화시장 노동 교실이 폐쇄되자 이후 '평화시장사건 대책위 원회' 결성에 참여하였다. 12월 23일 한국 최초로 발표한 '한국노동인 권헌장' 작성에 참여하여 교열 보완 작업을 하였다. 장편 『가슴 속에 남아 있는 미처 하지 못한 말』(열화당)을 간행하였다. '자유실천문인 협의회 제3선언'에 참가하였다. 장남 영윤(榮允)이 출생하였다.

1978   4월 24일 자유실천문인협의회와 백범사상연구소가 공동으로 주최 한 '제1회 민족문학의 밤'에서 한용운의 시 「님의 침묵」을 낭송하였 다. 이 행사를 빌미로 고은과 백기완이 중앙정보부에 연행되었고, 박 태순과 이문구 등이 고은의 화곡동 집에서 단식 농성을 주도하였 다. 12월 21일 '김지하 문학의 밤' 행사에서 「세계 지식인 및 문학인에

게 보내는 메시지」를 낭독하였다. 장편 「백범 김구」를 《학원》에 연재하였으며, 번역서 『자유의 길』(하워드 파스트, 형성사), 『올리버 스토리』(에릭 시걸, 한진출판사)를 간행하였다.

1979   2월 5일 광주 YWCA에서 열린 '양심범을 위한 문학의 밤' 행사에서 사회를 맡았다. 6월 23일 종로 화신 앞에서 '카터 방한 반대 시위'에 참가했다가 연행되어 김병걸, 김규동, 고은 등과 함께 구류 25일 처분을 받았으며, 정식재판 청구 후 10일간 구금되었다. 8월 31일, '1979년 문학인 선언' 발표와 관련하여 퇴계로 시경 안가로 연행되었다. 11월 13일, 윤보선 전 대통령 집에서 불법 회합을 가졌다는 이유로 계엄사에 의해 염무웅 등과 함께 연행되었다가 경고 훈방 조치를 받았다. 고은, 이문구 등과 함께 무크지 《실천문학》 창간을 주도하였다. 11월 24일, '명동 YWCA 위장 결혼식 사건'에 참가했다가 연행되었다. 장편 『어제 불던 바람』(전예원), 『님을 위한 순금의 칼』(경미문화사)을 간행하였다. 둘째 아들 영회(榮會)가 태어났다.

1980   3월 25일, 무크지 《실천문학》의 창간호가 간행되었다. 여기에 『팔레스티나 민족시집』을 번역하여 소개하였고, '사회과학자가 보는 한국문학' 조사를 발표하였다. 4월 19일 연세대학교 '4·19 문학의 밤' 행사에서 '문학에 있어서 4·19의 의미'에 대해 강연하였다. 장편 『어느 사학도의 젊은 시절』(심설당)을 출간하였다.

1981   번역 시집 『팔레스티나 민족시집』(실천문학사)을 간행하였으며, 번역 소설 『대통령 각하』(앙헬 아스투리아스 , 풀빛), 『민중의 지도자』(치누아 아체베, 한길사), 『파키스탄행 열차』(쿠스완트 싱, 한길사)를 간행하였다. 산문 「국토기행」을 《마당》에 연재하였으며 평론 「문학과 역사적 상상력」(실천문학)을 발표하였다.

1982   장편 「골짜기」를 《실천문학》에 연재하다가 중단하였다. 『무너지는 사람들』(후앙 마르세, 한벗), 『우편배달부는 벨을 두 번 울린다』(제임스 M. 케인, 한진출판사)를 번역 출간하였다. 12월 실천문학사가 전

예원에서 분리·독립하면서 독립문 근처 박태순의 집필실 옆으로 이주하였다. 그로 인해 무크지《실천문학》편집은 물론『문학과 예술의 실천논리』『아프리카 민족시집』등 실천문학사의 초기 출판 목록에 적잖은 영향을 미친다.

1983　『문학과 예술의 실천논리』(실천문학사)에 아시아 아프리카 작가 운동을 집중 소개하였다.「국어교과서와 민족교육」을《교육신보》에 연재하였으며, 기행문『국토와 민중』(한길사)을 간행하였다.

1984　자유실천문인협의회 개편 작업에 참가하였다. 장편「풀잎들 긴 밤 지새우다」를《마당》에 연재하였다. 무크지《제3세계연구》(한길사) 창간호에 팔레스타인의 민족시인 마흐무드 다르위시에 대한 소개글과 르포「잃어버린 농촌을 찾아서」를 발표하였다.『종이인간』(윌리엄 골딩, 한진출판사)을 번역 출간하였다.

1985　연작 소설「고향 그리고 도시의 벽」을《열매》에 연재하였으며,《실천문학》에 보고문「자유실천문인협의회와 1970년대 문학운동」을, 장편「어머니」를 발표하였다. 후자는 미완으로 남았다.「역사와 인간」을《오늘의 책》에,「한국의 장인」을《동아약보》에 연재하였다. 8월 '갑오농민전쟁의 전적지를 찾아서'를 주제로 하는 '제1회 한길역사기행'을 강의하였다.

1986　8월 10일부터 2박 3일간 한길사『오늘의 사상신서』101권 발간을 기념하는 '병산서원 대토론회'에 80여 지식인 학자들과 함께 참여하였다. 창작집『신생』(민음사), 산문집『민족의 꿈 시인의 꿈』(한길사)을 간행하였다. 월간《객석》에「작가가 본 연극무대」라는 공연평을 연재하였다.

1987　4월, 자유실천문인협의회가 주최하는 '시민을 위한 민족문학교실'에 강사로 참가하여 '제도 교육 속의 문학'을 강연하였다. '4.13 호헌조치'에 반대하는 문학인 193인 서명에 참가하였으며, 6월항쟁 이후 자

유실천문인협의회를 '민족문학작가회의'로 개편하는 작업에 참여하였다. 신동엽창작기금을 수혜하고, 무크지《역사와 인간》에 「문학은 곧 역사 탐구」라는 창간사를 집필하였다.

1988 '4월혁명연구소'의 발기인으로 나섰다. 「광화문」을《월간조선》에, 국토기행 「한국의 기층문화를 찾아서」를《월간중앙》에 연재하였다. 중편소설 「밤길의 사람들」로 한국일보문학상을 수상하였다.

1989 3월 27일, 민족문학작가회의 대표단으로 남북작가회담을 위해 판문점으로 가던 중 연행되었다. 국토기행문 「사상의 고향」(월간중앙), 역사 인물 소설 「원효」(서울신문)를 연재하였으며《사회와 사상》에 실록 「광산노동운동과 사북사태」 「거제도의 6·25 그 전쟁범죄」 등을 발표하였다.

1990 사회학자 김동춘과 함께 「1960년대의 사회운동」(월간중앙)을 연재하였다. 한길문학예술연구원에서 소설 창작을 강의하고 한길문학기행을 주도하는 등《한길문학》편집위원으로 활동하였다. 역사 인물 소설 「연암 박지원」(서울신문)과 「원효대사」(스포츠서울), 「박태순의 분단기행」(말)을 연재하였다. 10월, 윤석양 이병이 공개한 '국군보안사령부 민간인 사찰 폭로 사건'의 보안사 사찰 대상에 포함된 것으로 밝혀졌다.

1991 사단법인 한글문화연구회의 이사를 맡았다. 4월 「신열하일기」(서울신문) 연재를 위해 첫 번째 중국 기행을 다녀왔다. 이때는 대한민국과 중국 간의 공식 수교가 이루어지기 전이었다.

1992 《민주일보》에 객원 논설위원으로 참여하였으며, 《한겨레신문》에 「역사의 승리자로 남기를」을 발표하였고, 《사회평론》에 「역사와 문학」을 연재하였다.

1993   충북 중원군 상모면 온천리(수안보)에 집필실을 마련하였다. 역사 인
        물 평전 『뇌봉』(실천문학사)을 조선족 동포 최성만과 공동으로 번역
        간행하였다. 부친 박상련이 별세하였다.

1994   일본 후쿠오카 아시아태평양센터 주최 국제학술심포지엄에 '국토
        소설가' 자격으로 참가하였고, 그 방문기를 《황해문화》에 발표하였
        다. 역사 인물 평전 『랭스턴 휴즈』(실천문학사)를 번역 간행하였으며
        《공동선》에 「서울 사람들」을 연재하였다.

1995   계간 《내일을 여는 작가》 창간호에 첫 장시 「소산동 일지」를 발표하
        였다.

1997   《내일을 여는 작가》에 「자유실천문인협의회 문예운동사」를 연재하
        였다.

1998   제15회 요산문학상을 수상하였다. 《실천문학》에 장편 「님의 그림자」
        를 연재하다 중단하였다. 8월 연변작가협회의 강연 초청을 받아 백
        두산과 길림성 일대를 방문하였다.

2000   '안티조선 운동'에 동참하였으며 《현대경영》에 「고전으로 세상 읽
        기」를 연재하였다.

2001   '광주대단지사건' 30주기를 맞이하여 성남 지역 시민단체들이 마련
        한 심포지엄에 발제자로 참석하였다.

2004   『문예운동 30년사 : 근대운동으로 살펴본 한국문학』(전 3권, 작가회
        의 출판부)을 간행하였다. 이는 훗날 『한국작가회의 40년사』(2014)
        집필에 가장 중요한 자료로 쓰인다.

2005 기행문 「우리 산하를 다시 걷다」(경향신문)를 연재하였다.

2006 《공공정책》에 「박태순의 신택리지」를 연재하였다.

2007 첫 창작집 『무너진 극장』(정음사, 1972)을 책세상 출판사에서 '소설 르네상스' 시리즈로 재출간하였다.

2008 『나의 국토 나의 산하』(한길사)를 완간하였다.

2009 《프레시안》이 주최하는 '박태순의 국토학교'의 교장으로 취임하며 "찾지 않는 한 국토는 없으며 깨닫지 않는 한 현실은 보이지 않는다" 는 소신을 30여 회에 걸쳐 실천하였다. 『나의 국토 나의 산하』로 한국 일보사가 주관하는 한국출판문화상 저술상(교양)을 수상하였으며, 제23회 단재상을 수상하였다. 전통공예의 장인들을 취재한 기록 『장 인』(현암사)을 발간하였다.

2013 5월 2일, 모친 권순옥이 별세하였다.

2014 '한국작가회의 30년을 말한다' 좌담회의 첫 대상자로 초청되었다. 한 국작가회의 창립 40주년 기념식에서 문학운동에 관한 각종 기록을 정리하고 보존한 데 대하여 특별 감사패를 받았다.

2019 8월 30일 오후 3시 30분 서울 신촌 세브란스병원에서 향년 77세의 나 이로 타계하였다. 9월 2일 경기도 파주시 파평면 청송로414번길 7-19 망향동산 묘지에 안장되었다.

출전 및 저본 정보

작품명	최초 게재지	저본
삼두마차 1	《창작과비평》, 1968년 여름호	『단씨의 형제들』 삼중당문고, 1975
삼두마차 2	《아세아》, 1969년 10월호	『단씨의 형제들』 삼중당문고, 1975
무너진 극장	《월간중앙》, 1968년 8월호	『낯선 거리』 나남, 1989
저녁밥	《신동아》, 1968년 8월호	최초 게재지와 동일
전범자	《세대》, 1968년 8월호	『향연/ 분례기 와·박태순 방영웅』, 『한국문학대전집』 28권 태극출판사, 1979
변명	《사상계》, 1968년 12월호	『향연/ 분례기 와·박태순 방영웅』, 『한국문학대전집』 28권 태극출판사, 1979
도깨비 하품	《68문학》, 1969년 1월	『무너진 극장』 정음사, 1972
타자가 보내는 신호	《월간문학》, 1969년 2월호	최초 게재지와 동일
당나귀는 언제 우는가	《현대문학》, 1969년 3월호	『무너진 극장』 정음사, 1972
하얀 하늘	《여성동아》, 1969년 6월호	『무너진 극장』 정음사, 1972
외도	《월간중앙》, 1969년 7월호	최초 게재지와 동일
축사와 금반지	《주부생활》, 1969년 10월호 권말부록 단편 5인집	최초 게재지와 동일
물 흐르는 소리	《월간중앙》, 1970년 2월호	『정든 땅 언덕 위』 민음사, 1973

박태순 중단편 소설전집 2권

2024년 12월 13일 1판 1쇄 펴냄

지은이	박태순
엮은이	박태순 전집 편집위원회
	김남일 김영찬 김우영 박윤영 백지연 서은주 오창은 이수형 이승철
펴낸이	김성규
편집	김안녕 조혜주 한도연
작품 검수	김사이 노예은 선상미 신민재 안현미 이준재 윤효원 황채연
디자인	신혜연
펴낸곳	걷는사람
주소	경기도 용인시 기흥구 동백중앙로 358-6, 7층(본사)
	서울 마포구 월드컵로16길 51 서교자이빌 304호 (지사)
전화	031 281 2602 / 02 323 2602
팩스	02 323 2603
등록	2016년 11월 18일 제25100-2016-000083호

ISBN 979-11-93412-76-3 04810
ISBN 979-11-93412-74-9 [04810] (세트)